Words Are My Matter

Ursula K. Le Guin

私と言葉たち

アーシュラ・K・ル＝グウィン

谷垣暁美訳

河出書房新社

心に波は立たない

心に波は立たない。嘘《うそ》満載の堂々たる本が
役に立った試しはない
考えは、苛立《いらだ》たしいハエたちの渦巻き
豚の飼い桶《おけ》の上に立つ

言葉が私の素材。私はひとつの石をカチカチ彫ってきた
三十年間。それはまだ、しあがっていない
私が見ることのできないものの、あのイメージは。
私にはできない　それを完成させ、解放し
エナジーに変化させることが

私はチッチッと言ったり、口ごもったりするけれど
真実を歌うことはない　どんな鳥でもそうするのに
毎日、私は審判の場に出て、たどたどしく口にする
同じ半語を

つまりは、どういうことなのか。私には理解できる
手の中の石の重さが。
残飯の上のハエのように、考えは飛び回る
私はほかの豚たちと押し合い、へし合い、腹を満たそうとする
心に波は立たない

（一九七七）

私と言葉たち　目次

本の紹介と著者についての解説

書評

私と言葉たち

前書き

ノンフィクションを読んで、詩や物語を読むときと同じくらい楽しめることは、私にとってめったにない。よく書けたエッセイに感心することはあっても、考えよりは語りを追っていきたいほうだ。そして、その考えが抽象的であるほど、私には理解しがたい。哲学は、たとえ話としてしか、私の頭に宿らない。そして、論理学は私の頭には、一歩も入ってこない。とはいえ、ひとつの言語の論理だと思われる統語論なら、私はよく理解している。そういうわけなので、自分の思考におけるこの限界は、数学がとんでもなく苦手なことや、チェスはおろか、チェッカー[*1]もできないことに関係していると思う。たぶん、音楽の調《キー》が理解できないことにも。私の頭の中にファイアーウォールがあって、言葉ではなく、数字やグラフで表現される概念や、「罪」や「創造性」といった抽象的な言葉で表わされる概念を受けつけないようだ。私は単純に、そういうものが理解できない。そして理解できないのは退屈なことだ。

だから、私が読むノンフィクションは、大体、物語のように語られるものだ——伝記や歴史、紀

＊1　チェス盤上で十二個ずつの丸い駒を用いてふたりでする遊び。

行、そして科学のうちの記述的な側面――地理学、宇宙論、博物誌、人類学、心理学などだ。具体的なほど良い。そして、物語的であることに加えて、文章の質が良いことが、私にとって何よりも重要だ。正しいかどうかは別として、切れ味の鈍い不器用な文体は、思考が不十分で不完全であることの証拠だと信じている。ダーウィンの思考の正確さ、視野の広さ、質の高さは、彼の文章の明快さ、力強さ、活力に、すなわち、その美しさに如実に表われていると、私は思う。

そういうふうに考えているものだから、ノンフィクションを書く際に、自分に課するハードルはとんでもなく高くなった。そして、物語的なノンフィクションでない場合は、書くのが困難なだけでなく、良し悪しを判断することも困難である。フィクションや詩を書くのは、私にとって自然なことだ。私はフィクションや詩を書いているし、書きたいし、書くことで満ち足りた気持ちになる。ダンサーがダンスをするように、木が成長するように。物語や詩は、私自身の中心から紡ぎ出されてくる。だから、私は、その正確さや正直さや質について一番正しく判断できるのは、私自身だと、疑問の余地なく考えている。しかし、講演の原稿を書いたり、エッセイを書いたりするのは、物語や詩を書くよりも、学校の宿題っぽい感じが強いのが常だ。講演やエッセイは、形式と内容について査定される。そしてそうされるべきなのだ。私の書いた物語について私以上によく知っている人はいないが、私のエッセイは、その題材について私よりもはるかに造詣《ぞうけい》の深い人によって、判定を下されるかもしれないのだ。

幸い、フランス語そのほかのロマンス語文学を学び、学問的訓練を受け、批評的な散文を書くことを学んだおかげで、かなり自信がついた。残念だったのは、私がごまかし仕事にも才能のあるところを示してしまったことだ。虚偽の事実を、吹雪のような統計にまみれさせるというごまかしではなく、文体的なごまかし仕事――不完全な考えを、自信に満ちた優雅な調子で表現し、厳しくチェックされない限りは、非の打ち所なく説得力のあるものとして通用させる、というものだ。結局のところ、流麗な文体は、それが表現している考えに全面的に依拠しているものではないのだ――流麗な文体は、知識の裂け目を飛び越したり、考えと考えの連結の脆《もろ》さを隠したりする手段として用いられることもある。私には、言葉が勝手に進路をたどり、私を優しく、嬉しげに導いてくれるのに任せる傾向があるが、ノンフィクションを書いているときには、自分のそういう傾向をよく意識しなくてはならない。言葉に導かれるままついていくと、事実から離れ、考えと考えの厳密な連結から遠ざかり、私のふるさとであるフィクションと詩のほうへ行ってしまう。そこでは、真実が表現され、ノンフィクションとはまったく異なる仕方で考えが連結される。

年を取るにつれて、私のエネルギーの貯えの総量が減少し始めた。講演のために出かける頻度や距離も減ってきた。何週間も何か月もかけて、調査をして、構想を練り、書いては書き直すことが必要な本格的な講演やエッセイを引き受ける意欲も薄れてきた。これまでのノンフィクション作品集と比べて、本書では、講演やエッセイが少なく、書評の割合がふえているのは、そのためである。

書評というものは、普通、かなり短く、たとえば千語未満だ。そして、当然だが、トピックは限られている。記述の仕方については、いくつかの要請があるが、判決を下すことにかけては、自由裁量の余地が大いにある――執筆者の良心にかなり直接的にかかわってくるにせよ。書評という形式は、興味深く、かつ、高度のスキルを要求される形式だ。書評では、文学的なことにせよ、それ以外のことにせよ、幅広い問題に関係することについて、大いに語ることもできる。

評する本が好きでない場合を除き、書評を書くのは好きだ。書評を読む側である場合は、書店に直行したい気持ちにさせられるのが、最良の書評であるのは言うまでもない。とはいえ、大鉈《おおなた》をふるっているような書評も貴重だと思う――うまく書けていて、対象となる本にふさわしいものならば。できの悪い本をこき下ろしたものを読むのを楽しむことには、まったく気が咎めない。だが、そういう書評を書く楽しみには、著者に対する仲間意識や、人に恥をかかせて楽しむのを恥じる気持ちなど、さまざまな躊躇《ちゅうちょ》が影を落とす。そうは言っても、自分が著者の意図を理解しようと努めたこと、そして自分の批評が無謬《むびゅう》だという幻想をもっていないということに確信がもてる限り、欠陥を大目に見るという選択肢は私にはない。そういうわけで、本書の書評で扱われている中で、ただひとつ、ほんとうに酷評せざるを得ないと思った本は、私に深刻な問題をもたらした。私はその著者に多大の敬意を抱いていたが、その本は信じがたいほどひどいと思ったのだ。その本をどう評したらいいのか、見当もつかなかった。私は友人の小説家、モリー・グロスに助けを求めた——ねえ、どうしたらいい？　彼女は、単純にプロットを語るだけにしたらいいと勧めた。それはすばらしい解決策だった。本を構成する素材だけを淡々と並べて読者に判断を委ねる。それで問題は消える。

エッセイや講演原稿を書くのに必要なもの——調べたり、考え抜いたり、考え直したりするのに費やされる時間とエネルギー——について言えば、当然ながら、話題によって異なる。本書に収録されている長めの作品のほとんどは、講演原稿として、あるいは雑誌や新聞に依頼されて書いたものだが、「芸術作品の中に住む」という一篇はそのようにして書かれたものではない（幸い、のちに『パラドクサ』誌に掲載された）。これは私が書きたくて書いたものだ。純粋に、E・M・フォースターの著書[*1]に出てくる女性の言う原理に従ったまでだ。「口に出して言ってみるまでは、自分がどんなことを考えているかなんて、わかるわけないでしょ」とその女性は言ったのだ。このエッセイを書くのに、調べ物は大してする必要がなかった。そして、いったん調子が出てくると、書くのが楽しくなった。物語を書いているときにするように、思考の直接的手段あるいは形式として散文を用いることができるとき——知っていることや信じていることを言う方法や、メッセージを運ぶ乗り物としてではなく、書く前には知らなかったことに至る探求、あるいは発見の旅として散文を用いることができるとき、私は自分が散文を適切に用いていると感じる。本書に収めた長めの作品の中でも、「芸術作品の中に住む」が特に気に入っているのは、おそらく、そのためだろう。

私はしばしば、メッセージを伝えるように求められる。そして、そうすることについてなかなか有能でもある。しかし、メッセージを伝えるのが簡単だとは思わないし、そうすることが特に楽しいとも思わない。本書で一番短い部類の文章のひとつに、二〇一四年に全米図書協会からメダル[*2]をもらったときのスピーチがある。六月、私はこの栄誉が自分に与えられたことを知った。しかし、それには、ニューヨークで行なわれる授賞式に行って、七分を超えない長さの受賞スピーチをするならば、という条件がついていた。私は承諾したが、ためらう気持ちも強かった。六月から十一月までの間、私はその短いスピーチの草稿を練った。不安にかられて、何度も考え直し、構想に手を加えた。詩を書くときにだって、こんなに長い時間、執念にとりつかれたように推敲《すいこう》したことは一度もない。そしてこのときほど、自分が言おうとしているのは正しいのか、言うべきことなのか確信がもてずにいたことも一度もない。そして私は、自分の作品を出版してくれ、賞までくれようとしている人たちを侮辱するなんて、あまりにも恩知らずなのではないか、という思いにもたじろいでいた。出版界の人たちのパンチボウルに唾を吐きかけようなんて、私はいったい何者なのか、と。

いや、実のところ、私はそういうことをしてのける者だった。だからやった。

スピーチの前にあれほど緊張したのは、中学校の卒業式以来だったし、聴衆の反応にあれほど驚かされたことは、あとにも先にもない（アマゾン社のテーブルだけは、当然ながら、むっつりと黙りこんでいたけれど）。インターネット上での爆発的な反響、続いて私に与えられた、ウォーホルの十五分の名声[*3]には元気づけられた——みんな、本のことを気にかけてくれているし、中には、資本主義に懸念を抱いている人もいるのだ、と。長い目で見て、どのくらいの効果があったかは、ま

＊1　『小説の諸相（*Aspects of the Novel*）』。邦訳は中野康司訳（みすず書房）。

＊2　米文学功労勲章（Medal for Distinguished Contribution to American Letters）。

た別の問題だ。だが、少なくとも、言いたかったことを六分間でちゃんと伝えられたのは、六か月奮闘した甲斐《かい》があった、と私は思ったのだ。

この出来事を通して、自分は人生をうまく使って、費やした時間に見合う価値のある仕事をすることを許されてきた、という思いが強まった。私が主に果たしてきたふたつの役割――アメリカのミドルクラスのインテリで、人の妻であり、主婦であり、三人の子の母親であることと、作家であること――を、両立しがたいものだと感じる人が多いかもしれない。両方の仕事を同時にこなすことがたやすいと言うつもりはないが、そういう人生を過ごしてきて非常に年を重ねた今、こう報告することができる――双方の都合が合わなくて苦労することはあっても、両立不可能とはまったく思わなかった、と。やりたいことを我慢することはほとんどなかったし、芸術のために人生を犠牲にすることも、人生のために芸術を犠牲にすることもなかった。それどころか、そのふたつは深いところで養分を与え合い、支え合ってきた。ふり返ると、私の目には、そのふたつが一体に見えるくらいに。

＊3　（15頁）米国の一九六〇年代のポップアートの代表者だったアンディ・ウォーホルの「誰もが十五分だけなら世界的有名人になれる、そんな時代が来る」という言葉を踏まえた表現。

講演、エッセイ、さまざまな機会に書いたり、しゃべったりしたものこれらはすべて、折々に生まれたもの――さまざまな機会にさまざまな聞き手や読み手に向けて語られたものだ。テーマは多岐にわたっている。本の中の動物たち、人工の言語、睡眠、私の育った家、アナーキズム、詩の読み方、台座についての詩……。これらの作品の配置としてもっとも有用なのは、時系列に沿って並べることだった。多くの作品は、本書のためにわずかに手を加えた。元のヴァージョンは、初出の刊行物や私のウェブサイトで見ることができる。

はっきりと政治的な姿勢のあるものは二篇だけだ。しかし、私たちがロビン・モーガン[*1]その他から学んだように、個人的な問題と政治的な問題は不可分だ。この章の作品の多くは、文学のいくつかの側面――想像力のフィクション、ジャンル、女性の書いたもの、メディアにさらされる受動的な体験とははっきり異なるものとしての読書――の擁護を、ときには喧嘩腰《けんかごし》で展開している。

過去十五年間を通して、批評における関心と理解は、リアリズムだけが文学の名に値するとする硬直した見方から、想像力のフィクションへと着実に、かつ次第に勢いを増して動いた。私がジャンルを擁護する議論を展開していたうちから、すでにそのような議論が不要になってきていたことを知り、私は嬉《うれ》しく思っている。

しかし、文学におけるジェンダーの問題は、未だによく論じられる。女性が書いた本は相変わらず、周辺に押しやられたり隔離されたりして、「主要な」文学賞を受けることが、男性の書いた本より稀《まれ》で、著者が死ぬと永遠に忘れられることになりやすい。「男流文学」という言葉は聞かないのに、「女流文学」という言葉を耳にしているうちは——つまり前者が規範だということだから——正しいバランスは取れていないのだ。このような特権と偏見があることの証拠は、フェミニズムという言葉が広く使われているのに、それと対《つい》になるのが当然であるマスキュリニズムという言葉が、ほぼまったく存在しないことによっても示されている。私はこのどちらの言葉も不要な未来を待ち望んでいる。

＊1　ロビン・モーガン（一九四一－　）は米国の作家、詩人、フェミニズム理論家・活動家。

取扱説明書

オレゴン・リテラリー・アーツ[*1]の会合で行なったスピーチ（二〇〇二年）。

詩人が大使に任命されました。劇作家が大統領に選ばれます。建築労働者と事務系管理職が新刊の小説を買うために、一緒に行列に並んでいます。大人たちが道徳的指針や知的挑戦を求めて、猿の戦士たちや一つ目の巨人たち、風車と戦う騎士たちの物語を手に取ります。読み書きの能力は、目標ではなく出発点だと考えられています。

うーん、たぶん、どこかほかの国ではそうなんでしょうね。でも、この国では違います。アメリカでは一般的に、想像力とはテレビが故障したときに役に立つかもしれないものだとみなされています。詩や芝居は、実際の政治とは無関係です。小説は、学生、主婦その他の働いていない人たちのためのもの、ファンタジーは子どもや未開民族向けです。読み書きを覚えるのは、取扱説明書が読めるようになるためです。私が思うに、想像力は人類がもっている道具のうちで、飛び抜けて有用なものです。それは、ほかの指と向き合える親指をも凌《しの》ぎます。私は親指のない生活を想像することができますが、想像力なしで暮らしていくことは想像できません。

こう言うと、賛同の声がいくつも聞こえてきます。「そうだ。そうだ」と声たちは叫びます。「創造的《クリエイティブ》な想像力は、ビジネスにおいて非常な強みになる。私たちは創造性を評価し、ふさわしい報酬をあたえる」と。クリエイティブという言葉が市場で意味するのは、利益をふやすための実際的な戦略に応用できるアイデアを生み出すということです。この矮小化《わいしょうか》がとても長く続いてきたので、クリエイティブという言葉は、これ以上、落ちようもないぐらい、価値が下落してしまっています。私はもはやクリエイティブという言葉を使いません。諦めて、資本家や学者たちに委ね、彼らが好きなように濫用するのを眺めているばかりです。けれど、想像力という言葉は渡すまいと思います。

想像力は金儲《かねもう》けの手段ではありません。金儲けの語彙《ごい》の中に、想像力が占める場所はないのです。想像力は武器ではありません——すべての武器は想像力から生まれ、その武器を使うことも使わないことも、想像力にかかっているのだけれども。でも、それはあらゆる道具について言えることですね。想像力は精神が本質的に必要とする道具です。基本的な思考の仕方であり、人間になるため、人間であり続けるために欠かすことのできない手段です。

私たちは想像力を使うことを学ばねばなりません。どのように使うかを知らなくてはなりません。ほかのどんな道具とも同じです。子どもたちは最初から想像力を備えています。身体や知性や言語能力をもっているのと同じように。これらは彼らにとって、人間であるのに不可欠なもの、使い方を学ばねばならないもの、上手に使えるようにならなくてはいけないものです。そのような教育・訓練・練習は幼少期から始まり、一生続きます。幼い人には、想像力のエクササイズが必要です。心身両面の、生きる上で基本的なスキルすべてについてエクササイズが必要なように。健康のため、能力を得るため、そして喜びを得るために、エクササイズが必要なのです。この必要性は、精神が生きている限り、変わりません。

＊1　ポートランドを拠点とする、文学振興のための非営利団体。

子どもたちが自分の属する民族や文学的文化圏の代表的な文学を聞いて覚えるように、あるいは読んで理解するように教えられるとき、彼らの想像力は、必要なエクササイズの非常に大きな部分に相当するエクササイズをします。

大抵の人にとって、これほどのエクササイズを課すものはほかにはありません。ほかの芸術を含めて考えてもそうだと思います。私たち人類は言葉の種《しゅ》なのです。言葉は知性と想像力を乗せて飛ぶ翼です。音楽、舞踊、美術、あらゆる種類の技、それらは皆、人間の発達と幸福にとって非常に重要なもので、いかなる芸術あるいは技も、無用な学びになることはありません。しかし、直近の現実から飛び立ち、新しい理解と新しい強みを得てそこに戻ってくる訓練としては、詩と物語に匹敵するものはありません。

いかなる文化も、物語を通して自らを定義し、いかにして人になり、自分たちの民族の一員になるかを子どもたちに教えます。モン族[*1]であれ、クン族[*2]であれ、ホピ族[*3]であれ、ケチュア族[*4]であれ、フランス人であれ、カリフォルニア人であれ、皆、そうなのです。曰《いわ》く、私たちのいるこの世界は第四の世界だ。曰く、われらは太陽の子だ。曰く、われらはジャンヌ・ダルクの民だ。曰く、われらは海から来た。要するに皆、自分たちは世界の中心に住まう民だ、と言っているのです。

詩人たちや物語の語り手たちが定義し、描写するのとは違って、世界の中心に住んでいない民族は、まずい状況にあります。世界の中心こそ、十全に生きられるところ、物事がどのように行なわれるか、どのようにして、正しく、良い方法で行なわれるかがわかっているところだからです。

中心がどこにあるのかわからない――我が家がどこにあるかも、我が家とは何なのかもわからない子どもは、とても不幸せです。

我が家は、ママやパパやきょうだいがいるところではありません。彼らがあなたを必ず迎え入れてくれる――そういう場所ではありません。そもそも、我が家は具体的な場所ではないのです。我が家は想像の中にあります。

　我が家は、想像されることによって出現するのです。それは本物《リアル》です。ほかのどんなところにも増してリアルです。でも、自分の同胞から――それが誰であるにせよ、その人たちから――それを想像する仕方を教えてもらわない限り、そこには行けません。その人たちはあなたの血縁者ではないかもしれません。あなたの言語を話したことがない人たちかもしれません。千年も前に死んだ人たちかもしれません。紙に印刷された文字、声の亡霊、精神の影に過ぎないかもしれません。それでも彼らはあなたを我が家に導いてくれます。彼らはあなたにとっての人間コミュニティーなのです。

　私たちは皆、どのようにして自分の人生を発明し、つくりあげ、想像するか、学ぶ必要がありま す。私たちはそれらのスキルを教わる必要があります。どのようにしてそうするのか示してくれる導き手が必要なのです。導き手がいなかったら、私たちは自分の人生を、ほかの人たちによってつくりあげられてしまうことになります。

　人間は常に、集団に加わることによって、助け合って計画を実施する最適な方法を想像してきました。人間のコミュニティーの本質的な機能は、自分たちが何を必要としているのか、子どもたちに何を学ばせたいのかについて何らかの合意に達することであり、次いで、学習と教育において協力し合って、私たちも私たちの子どもたちも、正しいと考える道を歩むことができるようにするということです。

＊1　中国南部、東南アジアの山岳地帯に住む民族。中国でミャオ族と呼ばれている人たちの中の一グループ。
＊2　アフリカ南部のカラハリ砂漠を中心に居住するサン人の一グループ。
＊3　アメリカ先住民の部族のひとつ。主にアリゾナ州北東部に住む。
＊4　ペルー中部の先住民族。かつてはインカ帝国の支配層だった。

強力な伝統をもつ小さなコミュニティーは、どういう方向に行きたいかについて明確で、それについて教えるのが得意です。しかし、伝統が想像力をかちかちの結晶体に固めて、化石のようなドグマに変え、新しい考えを禁止するに至る場合もあります。一方、都市のような大きなコミュニティーは、人々がさまざまな選択肢を想像できるような余地を切り拓《ひら》き、さまざまな伝統をもつ人々から学んで、自分たち自身の生き方を発明します。

けれど、選択肢がふえるにつれて、教育の責任を担う人たちは、何を教えるべきかについて――何が必要なのか、人生はどのようなものであるべきなのかについて――社会的・道徳的コンセンサスを見つけにくくなります。人口がすごく多くて、商業的政治的利益のために再生産される声、イメージ、言葉に常にさらされている私たちの時代には、魅惑的で強力なメディアを通して、私たちを発明し、私たちを所有し、私たちを形作り、コントロールしたいと望んでいて、かつ、そうすることができる力をもっている人たちが、あまりにもたくさんいます。そんな状況の中をひとりで歩いていくことを求められるのは、子どもにとって荷が重すぎることでしょう。

誰だって、大したことはできません――たったひとりでは。

子どもにとって必要なことは、いえ、私たちみんなにとって必要なことは、道理に適《かな》っているように思われ、なおかつ、いくらかは融通が利《き》くようなものとして、生き方を想像してきたほかの人たちを見つけ、彼らの言うことに耳を傾けることです。受動的に耳に入ってくるのではなく、耳を澄まして聴くのです。

聴くことは、コミュニティーの行為です。それには空間と時間と沈黙が要ります。

読むことは、聴くための手段のひとつです。

読むことは、耳に入るとか目に入るとかいうような受動的なものではありません。読むことは行為です。あなたがそれをするのです。自分のペースで、自分に合ったスピードで読むのです。絶え間なくわめき続けるわけのわからない叫び声を聞かされるのとは、まったく異なります。あなたは自分が取り入れることができるもの、取り入れたいものを取り入れます。あなたを圧倒し、コントロールするために、猛烈な速さと勢いで、かしましく突進してくるものを、ではありません。物語を読んでいて、あなたは何かを教わるかもしれません。でも、何も買わされません。そして、読んでいるときには大抵ひとりですが、それでも、もうひとつの精神と交わっているのです。洗脳されることも、強引に仲間に引きこまれることも、利用されることもありません。ただ、想像力の行為を共にしただけです。

　想像力によって結ばれたこのようなコミュニティーをメディアがつくれない理由は、思いつきません。つくることができるはずだと思います。過去の社会で、しばしば演劇がそのようなコミュニティーをつくってきたように。しかし、メディアは大体のところ、それをしていません。メディアでは広告や金儲けが最優先されるので、メディアの世界で働いている一番優れた人たち、真の芸術家たちが自分の信念を曲げろという圧力に抵抗したとしても、目新しいものを休みなく求めて突進していく勢いや、起業家の強欲さに圧倒されてしまうのです。

　文学の多くは、そのように、人を不本意な活動に巻きこむこととは無縁のままです。ひとつには、多くの本の著者はすでに死んだ人たちで、死んでいるということの定義からして、欲張りになりようがないからです。そして、生きている詩人や小説家の多くも、たとえ出版社がなりふり構わず売れる本を出したがっていようとも、自分自身は、利益を得たいという欲よりも、余裕があれば、無報酬でもやりたいと思うであろうことをやりたい――自分の芸術を実践し、何かを巧みにつくること、何かを正しくすることを究《きわ》めたいという願いに動かされて書いているのです。文学は今も、ほかと比べれば、驚くほど、まっとうで、頼りになります。

　もちろん、本は従来の「本」の形をしていないかもしれません。木材パルプにインクをつけたものではなく、掌《てのひら》に収まる小さな電子機器かもしれません。支離滅裂で、儲け主義で、ポルノと誇大広告とたわごとにまみれてはいても、電子出版は、活気あるコミュニティーのための新しい強力な手段です。どういうテクノロジーを用いるかは重要ではありません。重要なのは言葉です。言葉の分かち合いです。言葉を読むことを通して、想像力を活性化することです。

読み書き能力が重要なのは、文学が取扱説明書であるからです。文学は、私たちのもっている最善のマニュアルです。私たちが訪れている国の、もっとも役に立つガイドブックなのです。その国の名は人生といいます。

あの頃の状況

NARAL《ナラル》オレゴン支部[*1]の会合でのスピーチ（二〇〇四年一月）。

NARALにいる友人たちに、ロウ対ウェイド事件判決[*2]以前はどんな感じだったか、皆さんに話してほしいと頼まれました。友人たちが話してほしいと言ったのは、こういうことです。皆さんが一九五〇年に二十歳だったと考えてみてくださいね。妊娠していて、恋人にそう告げたら、彼は軍隊にいる自分の友だちの話をする。その友だちは、つきあっている女の子に妊娠を告げられると、

＊1　NARALはNARALプロチョイス・アメリカのこと。元はNational Abortion Rights Action League（全国中絶権擁護連盟）と名乗っていて、NARALはその頭文字。二〇二一年の組織改変により、オレゴン支部はNARALの支部ではなくなり、コミュニティーに依拠する独立した組織、プロチョイス・オレゴンとなった。

＊2　人工妊娠中絶を著しく規制し、母親の生命を救う目的で行なわれる場合を除き、妊娠全期間にわたって禁止するテキサス州法の規定は合衆国憲法に違反する、とした連邦最高裁の判決（一九七三年）。中絶を選択することは、憲法によって保障された女性の権利であるという判断を示し、中絶を合法化した。しかし、二〇二二年六月、保守派優勢の連邦最高裁によって、この判決は破棄され、人工中絶を女性の権利として認めるかどうかは、各州の権限に委ねられることになった。人工中絶の問題は今後も、米国の政治における重要な争点であり続けるだろう。

自分の友だちを呼び集めて、こう言わせたという。「ぼくたち、みんな、あの子と寝ましたよ。誰が父親かなんてわかるわけないです」と。そして恋人は、うまい冗談でも言ったかのように、げらげら笑う。

私が友人たちに話すように頼まれたのは、妊娠した女の子である、とはどういうことだったか、ということです。そう、当時、私たちは「女性」ではありませんでした――「女の子」としか呼ばれませんでした。女子学生が妊娠していることに大学側が気づくと、弁明も相談も受けつけず、即座に放校処分にしたものです。もしも、大学院に行って学位を取って、自立し、自分自身を養い、大好きな仕事をする――そういうつもりだったとしたら、どうでしょう？　あなたがラドクリフ・カレッジ[*1]の最上級生だったとして、妊娠していたとするならば、そして、その子を産んだら、法律によって産まざるを得なかったその子は「私生児」「非嫡出子」と呼ばれ、父親に自分の子だと認められず、その子の存在のせいで、あなたは、自立して、自分の天職であり、自分にはそれをする能力と義務があると自覚している仕事をすることができなくなる――それはどういうことだったでしょうか？

イスラム教原理主義の法のもとで女性として生きることがどういうことなのか、私にはほとんど想像がつきません。キリスト教原理主義の法のもとで女性として生きることがどのようなことだったか、五十四年経った今ではほとんど思い出せません。ロウ対ウェイド事件判決のおかげで、アメリカの女性たちがそのような立場から抜け出してから、すでに、長い年月が過ぎました。

でも、私はあのことが今の自分にとって、どういうことであるのか、お話しすることができます[*2]、それはこういうことです。もし私が大学を退学して、受けてきた教育を無駄にし、妊娠・出産から子どもの乳幼児期の終わりまで自分の両親に依存し、そのあとは何らかの仕事について、自分と子どものため、いくらかの自立をする――それは中絶反対論者たちが私にさせたがったことですが、私がそういうことをしていたならば、私は彼らのために子どもを産んだことになっていたでしょう。中絶反対論者たちのため、政府のため、理論家たちのため、原理主義者たちのために。その子は彼らのための子、彼らの子だったでしょう。

そして、その場合、私は私の子どもたちを――自分自身の最初の子どもも二番目の子どもも三番目の子どもも――産むことはなかったでしょう。

あの胎児を産んでいたら、三人のほかの胎児たち――あるいは子どもたち、あるいは命たち、どう呼ぶかは呼ぶ人の考え次第ですが――の存在は阻止されたでしょう。彼らは生まれるに至らなかったでしょう――私の子どもたち、私が産んだ三人の子どもたち、望まれて生まれた三人の子どもたち、私と夫との間に生まれた子どもたちは。望んで妊娠したのではなかった胎児を中絶していなかったとしたら、私が夫に出会って結婚することはありえなかったでしょう。というのは、彼はどっちにせよ、一九五三年にフルブライトの奨学生としてフランスに渡るために、クィーンメリー号に乗っていたでしょうけれど、私が一九五三年に、フルブライトの奨学生としてフランスに渡るために、クィーンメリー号に乗っていることはなかったでしょうから。私はカリフォルニアにいて、三歳の子どもの「未婚の母」で、学業は中断したままで、仕事もなく、両親の脛《すね》をかじり、結婚もできず、コミュニティーに何ひとつ貢献しない、穀潰《ごくつぶ》しの役立たずの女に過ぎなかったでしょう。

でも、今、お話ししたいのは私の子どもたちのことですから、そちらに話を戻しましょう。エリ

＊1　マサチューセッツ州ケンブリッジ市にあった私立女子大学。ハーバード大学と提携関係にあったが、一九九九年、合併。

＊2　ル＝グウィンは学生時代に、当時違法だった人工妊娠中絶を受けたことを、公の場で話してきた。以前の評論集、『世界の果てでダンス』（篠目清美訳、白水社）にも、一九八二年に行なった講演に基づく「ある王女様の物語」が収められている。

ザベス、キャロライン、セオドア。私の喜び、私の誇り、私の愛する子どもたち。もし私が法律を破って、あの誰も欲していない命を中絶しなかったなら、彼らが残酷で頑迷で無意味な法律によって中絶されていたでしょう。彼らは決して生まれ出ることがなかったでしょう。そんなことは考えただけで、ぞっとします。お願いです。私たちが護《まも》らなければならないものは何なのか、考えてください。そして、頑なな女性嫌悪者《ミソジニスト》たちが、二度と再び、私たちからそれを奪い取ることがないようにしましょう。私たちが勝ち得たもの――私たち自身の子どもたち――を護りましょう。年若い皆さん、手遅れになる前に、あなたの子どもたちを護りましょう。

ジャンル――フランス人だけが愛しうる言葉[*1]

二〇〇四年二月、シアトルにおける、公立図書館協会のジャンルについての予備会議で行なわれた講演。二〇一四年改訂。

ジャンルという概念は、根拠のある概念です。私たちには、何らかの方法に則《のっと》って語りによるフィクションを分類し、それぞれの種類を定義する必要があり、ジャンルはその仕事を始めるための道具のひとつになります。しかし、その道具の使い方には、大きな問題がふたつあります。ひとつは、間違った使い方をされることがあまりに多かったので、正しく使うのが困難になっているということです。良いネジ回しだったのに、どこかの頓馬《とんま》が敷石を剝《は》がそうとしたので、ひんまがって使えなくなってしまった――そんなネジ回しのように。

ジャンルは包括的な用語であり――言うまでもないですね！――「種類や様式。とりわけ、美術や文学について言われる」。OED[*2]にはそう書いてあります。そしてもっと個別的には、あるタイプの絵――「日常生活の場面や主題」を扱ったものを指す用語です[*3]。

＊1　genreは、もともとフランス語で「種類」を意味する語で、英語の語彙に加わった。
＊2　オックスフォード英語辞典。
＊3　genreは、美術の用語としては歴史画・宗教画・肖像画などに対して、各階層の人々の日常生活の情景を描く絵を指すのに用いられる。

さて、「日常生活の場面や主題」という表現は、文学において、ジャンル絵画に相当するもの――リアリズム小説の主題もうまく包含します。ところが、ジャンルという語が文学に入ってきたとき、それは、現実的なものや平凡なもの以外《いがい》のものを意味するようになったのです。奇妙なことに、主題が――程度はいろいろですが――ありきたりの日常生活からかけ離れているフィクション――ウエスタン小説、殺人ミステリー、スパイスリラー、ロマンス小説、ホラー、ファンタジー、SFその他――を指すようになったのです。

リアリズムの主題は、ファンタジー以外のいかなるジャンルよりも幅広いものです。そしてリアリズムは、二十世紀モダニズムのお気に入りの様式でした。モダニストの批評家はファンタジーを子ども向けの読み物、あるいはゴミのようなものとして脇へ押しやり、文学という場をリアリズム小説のものとしました。ジャンルという語は、ちっぽけなもの、劣ったものという含みをもち始め、広く誤用されるようになりました――記述する言葉ではなく、否定的な価値判断の言葉として。今ではほとんどの人が、「ジャンル」は、付されたラベルによって定義される、劣った形のフィクションだと理解しています。一方、リアリズムのフィクションは、単に小説あるいは文学と呼ばれています。

つまり、フィクションのタイプのヒエラルキーが受容されていて、その頂点には、ほぼ、リアリズムから成る、定義をもたない「文学的フィクション」があるというわけです。ほかのすべての種類のフィクション、すなわち諸「ジャンル」は、より劣った地位に向かう急激な下り坂に配置されるか、単に、底辺のゴミの山に投げこまれる。この判断システムは、恣意《しい》的なヒエラルキーが皆、そうであるように、無知と傲慢《ごうまん》を助長します。この判断システムは有益な批評的記述や比較や評価の排除によって、何十年にもわたって、フィクションについての教育と批評を混乱させてきました。それは「SFならば、優れているはずがない。優れているならば、SFであるはずがない」というような馬鹿な考えを許してしまうのです。

そして、ジャンルという概念自体が崩壊しつつある今、ジャンルによる判断はなおさら愚かしく有害です。

これこそが、私たちの良い道具についてのもうひとつの問題です。ネジ回しが溶けかかっていたら、ネジはみんなおかしな具合になります。最良のフィクションの大部分は、もはやジャンルの枠に入りきらず、ジャンルを結びつけたり、境界にまたがって交わらせたり、ジャンルの枠組みを壊したり、つくり直したりしています。七十年前、ヴァージニア・ウルフはリアリズムのフィクションを正直に書くことが可能だという考えに異議を唱えました。多くの正直な書き手がその試みを断念しました。

「マジックリアリズム」や「スリップストリーム」といった用語は、それらと相性のよいタイプの文学作品からもち出され、伝統的な語りの構造においてどんどん広がっていく裂け目の上に、無造作に架《か》け渡《わた》されています。それらの用語は、明らかにすることよりも、隠蔽《いんぺい》することのほうが多く、ろくに何も言い表わしていません。大作家は、認識されているカテゴリーの中にではなく、外側に出現します。ジョゼ・サラマーゴはどんな種類のフィクションを書いているか、言えるならば言ってみてください。リアリズムではありません。絶対に違います。でも、まぎれもなく文学です。

主要な境界線――フィクションとノンフィクションの間の境界でさえ、この崩壊が起こっています。ホルヘ・ルイス・ボルヘスは、すべての散文文学はフィクションだとみなしていると言いました。そういうわけで、ボルヘスにとってフィクションには、歴史、ジャーナリズム、伝記、回想、セルバンテスの『ドン・キホーテ』、ピエール・メナールの『ドン・キホーテ』[*1]、ボルヘスの全作品、

＊1　ボルヘスには「『ドン・キホーテ』の著者、ピエール・メナール」という短篇がある。

〈ピーターラビット〉シリーズ、そして聖書も含まれます。それはずいぶん大きなカテゴリーだと感じられます。でも、この枠組みを使ってみたら、役に立たない区別を残そうとするいかなる試みよりも、理に適《かな》っていて使いやすいということになるかもしれません。

とはいえ、ジャンルの区別によって打ち立てられたカテゴリーを、永続的なもの、固定的なものにしているのは、書評家たちの型にはまった考え方や、出版社の骨の髄《ずい》までしみこんだ習慣や迷信、書店や図書館が本を並べたり、本の内容を記述したりする際の慣行だけではありません。ジャンルによるカテゴリーは、フィクションを理解するために役立つものであり、おそらくは必要なものでさえあるのです——今までずっとそうだったし、今もそうなのです。自分の読んでいる本がどんな種類の本なのかわからないが、自分にとってなじみのある種類の本でないと感じたら、おそらく、その本の読み方を学ぶ必要があるのです。そのジャンルにふさわしい読み方を学ばなくてはならないのです。

ジャンルは、評価のためのカテゴリーとしては役に立たず、有害ですが、記述のためのカテゴリーとしては有効なのです。歴史的に見て、それがもっと役に立つのは、二十世紀の作品について記述する場合かもしれません。ポストモダンの時代にはいると、ジャンルは溶解し、流れ出ていきます。しかし、ジャンルによる記述が適用できる場合であれば、そして、それが適切に適用されるならば、ジャンルは読者と作家の両方にとって、価値があるのです。

例をあげましょう。ある作家がサイエンス・フィクションを書き始めます。でも、その人はこのジャンルになじみがなく、すでに書かれているものを読んでいません。これは結構、ありふれた状況なんです。なぜかというと、サイエンス・フィクションは売れ行きが良いことで知られています。でも「文学未満」のものなので、学ぶほどの価値はない。たかがサイファイ（ＳＦ）じゃないか。わざわざ学ばなきゃいけないことなんかあるかな、ってわけです。学ぶべきことはたくさんあります。ジャンルがひとつのジャンルであるのは、独自の場と焦点をもっているからこそです。適切であり、きわだった特色をもつ独自の道具や規則、素材を扱う独自のテクニックがあること、そして、そのジャンルで読書経験を積んで鑑賞眼のある読者がいるおかげです。そんなことをまったく知らない、私たちの新参者は、車輪や宇宙船、宇宙人、マッド・サイエンティストを再発明します。いちいち無邪気な驚嘆の叫びを上げながら。その叫びのこだまのように、読者から驚嘆の叫びが返ってくることはありません。このジャンルになじんでいる読者はすでに、宇宙船や宇宙人やマッド・サイエンティストに遭遇したことがあるからです。その作家が知っているよりも、はるかに多くのことを読者は知っているのです。

同様に、ファンタジー文学の歴史や幅広い理論を知らないのに、ファンタジー小説を論じようとする批評家たちは恥を掻《か》くでしょう。その本の読み方を知らないのですから。彼らは、その本がどういう伝統に属するものか、どういう考えに基づいているのか、何を目指していて、どういうことをしているのかを理解するのに必要な背景知識をもっていないのです。これについては、〈ハリー・ポッター〉シリーズの最初の本が登場して、文学の書評家たちが、その信じられないほどすばらしい独創性についてまくしたてたとき、山ほどの実例が見られました。この独創性とやらは、書評家たちがこの本が属しているジャンル、児童向けファンタジーと英国の寄宿学校ものについてまったく無知であったこと、それに加えて、彼らが八歳のとき以来、ファンタジー作品をひとつも読んでいなかったことから生まれた錯覚でした。情けない話です。テレビ番組のグルメシェフが、バターを塗ったトーストをひと口食べて、「いやあ、こいつはうまい！　前代未聞の美味だ。どんな天才が考えついたんだろう？」と叫ぶ[*1]のを見るようなものです。

『ホビットの冒険』とそれに続く物語が刊行された当時はどうだったかというと、文学専門家たちはトールキンを嘲笑する儀式を執り行ない、自らの高尚さをひけらかそうと、彼を批判しては、自らの無知をさらけ出していたのです。長く続いた、この慣習が急速にすたれてきているのは、幸いなことです。

全般的に見ると、批評家や書評家の慣行と読者の思いこみを改革し、フィクションについての記述に、現状との何らかの関係をもたせるよう、ジャンルについて考え直す必要があります。正直なところ、ボルヘスの真似をして、こう言ってみたい誘惑はとても強いです。すべてのフィクションはジャンルであり、すべてのジャンルは文学である！　堪忍袋の緒《お》が切れたときには実際にそう言っています。

しかし、本が企画され、契約が結ばれ、表紙が決まり、書店や図書館に入るまでの過程全体を通して、カテゴリーのラベルを付し、それに従って本を扱う慣行の硬い壁に、頭をぶつけどおしでいるときに、そんなことを言って何の役に立つでしょう？　出版社自体がカテゴリーのラベルにしがみつき、著者たちの多く――もしかすると、ほとんど――も、自分が書いた本に、ほかのすべてのジャンルのすべてのほかの本に紛れて行方不明になるのを防いでくれるジャンルのラベルが付いていなかったら、金切り声をあげるであろう現状で、書評家に対して、うまく収まらない、時代遅れのカテゴリーに本を押しこむのをやめてほしいと言えるでしょうか？

要するに、マーケティングがすべてを決めるんですね。この問題についても、ほかのどんな問題についても、知性がマーケティングに取って代わることが可能かもしれない、という幻想を、私はもっておりません。商業的なジャンル化には、それなりの理由がいろいろあるのです。それらの理由はわかりやすい《インテリジブルな》ものです。知性《インテリジエンス》の感じられる理由でありませんが。

消費者の意向もまた、力をもちます。本が分類されていなかったら、ジャンルごとに並べられていなかったら、SFとかMとかYAとかいう小さなラベルがついていなかったら、大勢のお客さんや図書館利用者が、カウンターやデスクやオンライン書店のサイトに押しかけて、要望や苦情をぶつけるでしょう。私が夢中になれる本はどこにあるの？　ぼくはファンタジーが読みたいんだ。リアリズム小説なんか読めないよ！　私はミステリーがいいんだ。何にも起こらない小説なんか、読んでられないよ！　どっしりしたリアリズムの名作が読みたいんだ！　頭使わないで気楽に読めるのがいい。文学作品なんか真っ平ごめん！　等々。

　特定のジャンルを依存症的に愛好する人は、ファーストフードがお手軽だというのと同じ意味でお手軽な本を求めます。だから、彼らが何を読みたがっているかよく知っていて、依存症的渇望をなだめてくれる本を安価で提供してくれる巨大オンライン書店に行きます。あるいは、図書館の棚の前に立って手を伸ばし、そういう本を無料で得ます。ところで、図書館のシリーズもののミステリーの巻頭の既刊本のタイトルが並んでいる脇に、手書きでイニシャルが記されている――ときには、そのページの下のほうまで、列を成して書きこまれていることもある――のに気づいたことがおありでしょうか？　それらのイニシャルは、その本を読んだ人たちが、自分がすでに読んだ本だという印として、残したものです。物語自体を目にしても、何もわからないのです。その本はその著者のそのシリーズのほかの本すべてと寸分違《たが》わないからです。こういう状況は、読者が依存症的になっていることを示しています。それがもたらすもっとも大きな害だと思われるのは、依存症の読者が良い本を読まずじまいになってしまうことです。もっとも、彼らはどっちみち、良書を読まないかもしれません。彼らはさんざん、おどしつけられてきたせいで、文学には、馬、宇宙船、竜、夢、スパイ、怪物、宇宙人、それに、英国の辺鄙《へんぴ》な土地に大きな屋敷をもっている、浅黒くてハンサムで無口な男性に関することなどは含まれているはずがない、と思いこんでいます。フィッツウィリアム・ダーシー[*1]、あなたは必要とされているのよ！　ところが、依存症の読者は、これまでず

＊1　（35頁）『指輪物語』。『ホビットの冒険』は『指輪物語』の前日譚にあたる。

っと「文学」に恐れをなして、ダーシーには近寄りませんでした。もしくは、彼をひと目見ることすら許されませんでした。その代わりに、営利目的のフィクション機械が、物語を求める読者の飢えを、ジャンクフード、すなわち営利を目的とし、機械的に、決まった型にはめてつくり出されるフィクションで満たしました。

リアリズムを含め、いかなるジャンルでも、作品を型にはめてつくることが可能であり、それによって利潤を追求することも可能です。ジャンルと型は、別物です。しかし、そのふたつが同一物だと仮定することで、怠惰《たいだ》な精神の批評家たちや学者たちは、すべてのジャンルの文学を無視し、否定することを許容されています。

一般的に言って、個々の本にジャンルのラベルを付すのは、人数的には限られているが確実に買ってくれそうな人へのアピールです。出版社は安全策を好むので、リスクの高い著者に対しては、ジャンルのラベルを付したがります。けれども、リスクの低い有名な著者の場合は、著作の中に、あるジャンルに属するものが一篇でもあると認めると、文学的な評判にかかわるだろう、と考えられてきました。「文学」作家の中には、自らの穢《けが》れなき名がジャンル汚染によって、いささかでも損なわれることがないよう、驚くほど巧妙に立ち回ってきた人々もいます。私は彼らの真似をしたい誘惑にかられます。ただし、逆方向で。私がかつて恥知らずにもリアリズムのフィクションを出版したことに気づく人がいるかもしれない。私はいかにして、サイファイ作家としての汚点《しみ》ひとつない名を、その人たちが抱くであろう軽蔑から護ることができるだろうか？

それは簡単なことです。私の本、『海岸道路』[*1]を例にとってやってみましょう。この本ではリアリズムの凝った言い回しが、皮肉をこめて用いられている——でも、もちろん、私はリーファイ[*2]（肥満体を三つ揃《ぞろ》いで包んだ、あの分野のファンたちが用いる呼称）を書いたわけじゃない。リアリズムは、中途半端な教育しか受けていない、怠惰な精神の人々向けだ。想像力が萎縮していて、非常に限られた、決まりきった主題しか理解できない、そういう人たちのためのものだ。リーファイは、想像力に欠け、単なる現実模倣に頼るしかない三文文士たちが、同じことをくり返し書いているジャンルに過ぎない。彼らにいささかでも自尊心があるなら、回想録を書いているだろう。もっとも彼らは怠惰すぎて、事実確認ができないだろう。もちろん、私がリーファイを読むことはない。だが、子どもたちが、はではでしいリアリズム小説を家に持ちこみ、それについて話をすることがしょっちゅうある。だから、あれが信じられないほど狭小なジャンルで、ただひとつの種《しゅ》を中心に展開され、使い古された決まり文句やありきたりの状況に満ちていることを私は知っている。ありきたりの状況とは、父親探しや母親批判、偏執的な男の情欲、郊外の機能不全家庭といった類《たぐ》いのものだ。唯一の利点は、大衆向け映画にできることだ。リアリズムの手法は古色蒼然《そうぜん》たるもので、主題はごく限られている。あれでは、現代人の経験の複雑さを描くのは到底無理だ。ほら、ざっとこんな具合です。

悪い本はたくさんあります。悪いジャンルはありません。

もちろん、個々の読者にとって、魅力が感じられないジャンルはあります。すべての種類の読み物を同じように好んだり、評価したりする読者は、愚かなまでに見境のない人でしょう。ファンタジーはどうしても楽しめないという人たちがいます。私自身も、ポルノやホラーは全然楽しめないし、ポリティカル・スリラーも大体は苦手です。どんなフィクションも一切、楽しめないという友

＊1　（37頁）ジェイン・オースティンの長篇、『高慢と偏見』のヒロインが心惹かれる相手。
＊1　原著は一九九一年刊行の連作中短篇集、*Searoad*。所収の作品のうち、三篇の邦訳が『現想と幻実』（青土社）に含まれている。
＊2　サイファイに倣ってル＝グウィンがつくった、リアリズムのフィクションを意味する造語。

だちも何人かいます。その人たちには、事実だとみなせるもの、あるいは、そのつもりになれるものが必要なのです。このような違いは文学におけるジャンルという概念に根拠があることを示しています。

けれど、その違いは、ジャンルによって文学に評価を下すことを正当化するものではありません。さまざまな商業的下位カテゴリーがあります。たとえば、シリーズもののミステリー、鼻くそに関する、まったくうんざりさせられる児童向け読み物、そして厳密な処方箋によって書かれたロマンス小説。その手のロマンス小説は、非常に細かな指定に従わねばならず、描かれる感情や知性の幅が著しく制限されているので、天才的な書き手がほんとうに価値あるものを書こうとしたら、苛立ちのあまり、頭がおかしくなってしまうでしょう。けれども、ロマンス小説がフィクションのカテゴリーとして本質的に劣ったものだと軽蔑する人には、ぜひ読んでいただきたいものがあります。それはシャーロット・ブロンテとエミリー・ブロンテの作品です。

カテゴリー、つまりジャンルによって文学作品の価値を判断するのは、無意味なことです。では、私たちは今、どこに向かっているのでしょうか？　フィクションの、あるカテゴリーの作品の読み方を学ぶ手間を省くために、そのカテゴリー全体をこき下ろすことができないとしたら、そしてまた、カテゴリーがあるほうが、ビジネスのリスクが低いからとか、人々が見慣れない形態の文学にさらされて、心を奪われたり、新しい考えを注入されたりすることなく、探しているタイプの本を容易に見つけられるからという理由で、出版社や本の販売者や図書館員が、古臭く、厳格な偽りの区分に必死でしがみついている一方で、フィクションの書き手が境界を越えたり、無視したり、厩《うまや》いっぱいの猫たちのように、各カテゴリーを自由に交わらせ、子どもをつくらせていくとしたら、ジャンルの概念は何の役に立つのでしょうか？

もしかすると、インターネットのほとんど五里霧中のような混乱の中に、そしてまた、出版と読書に、今やふたつの主要な方法があるという事実の中に、ジャンルの問題はすでに解決策を見出し始めているのかもしれません。

「実際には存在しないもの」
――ファンタジーについて、ボルヘスへの賛辞とともに

オレゴン・リテラリー・アーツの会合での講演（二〇〇五年一月）。

『オックスフォード英語辞典（OED）』の完全版はすばらしい本です。ボルヘスの「砂の本」[*1]には及ばないけれど、汲《く》めども尽きぬ本です。私たちがかつて言ったこと、これから言いうることのすべてがこの本の中にあります――私たちに見つけることができるならば。私はOEDを私の賢明なおばだと思っています。そこで私は拡大鏡を手にして、おばさまのところに行って言いました。「ねえ、おばさま。ファンタジーについて教えてくださいな。ファンタジーについて話をしたいのだけど、ファンタジーって言葉が何を意味しているのか、確信がもてないの」

「ファンタジー。Fantasy、または Phantasy ね」[*2]おばは咳払いをして答えます。「これは、ギリシャ語の phantasia、文字通りの意味では『見えるようにすること』に由来するの」そして彼女は私に説明してくれます。中世の後期には、「知覚の対象を心で捉えること」、すなわち、心がそれ自身と外界とを結びつける働きを意味していたが、のちには、その真逆――幻覚、あるいは偽りの知覚、あるいは自分自身を欺く習慣をも意味するようになったと。さらにおばは教えてくれます。ファンタジーという言葉は、想像力そのもの、すなわち「事物の心的表象を形成するプロセス、能力、そしてその結果」も意味するようになったのだと。そのようにして心に表象されたもの、想像された

ものもまた、真実の場合も、偽りの場合もあります。それらは人間の生活を可能にする洞察や予見でありうるし、人間の生活を損ない、危険にさらす妄想や愚考でもありうるのです。

そういうわけで、ファンタジーという言葉は、両義的なまま、偽りのもの、ばかげたもの、心の浅はかな部分と、心と現実の深遠な真実の結びつきとの中間にいます。

おばさまは、文学の一種としてのファンタジーについては、ほとんど言うべきことをもっていません。だから、それについては私が言わなくてはなりません。ヴィクトリア朝時代やモダニズムの時代には、ファンタジーの書き手たちはしばしば、自分のやっていることについて、弁解がましい態度をとりました。単なるおふざけ、本物の文学に付随する、小さなポンポンをぶらさげた縁飾りであるかのようなそぶりで発表したり、ルイス・キャロルがしたように、「子ども向き」だから、まじめに注目してもらうには値しない、というかのように、こっそり世に出したりしたのです。現代のファンタジー作家たちはそれほど遠慮深くない場合が多いです。なにしろ今では彼らの書いているものが、文学として、でなければ、少なくとも、文学の一ジャンルとして、でなければ、少なくとも、文学未満の一ジャンルとして、あるいは、最低限、ひとつの商品として認められていますから。

実のところ、ファンタジーは一大ビジネスになりました。ユニコーンを大量生産する人たちがいます。妖精の国では資本主義が栄えています。

けれど一九三七年のある夜、ブエノスアイレスで、三人の仲間がファンタジー文学について語っていたとき、それはまだビジネスではありませんでした。一八一六年のジュネーブで、友だち同士

＊1　ボルヘスの同名の短篇に登場する、ページや内容が無尽蔵である不思議な本。

＊2　英米の一般的発音では、この語の綴り字sは無声音として発音されるので、「ファンタスィ」と記すのがこの語の発音に近いかもしれないが、本書では、一般的なカタカナ表記に従う。

の四人が座談に興じ、怪談を語り合ったときは尚更のこと、ビジネスの気配はありませんでした。その四人とは、メアリー・ゴドウィン、パーシー・シェリー、バイロン卿、ミスター・ポリドリでした。[*1] 幽霊物語を語り合ううちに、メアリーは怖くなりました。「それぞれに幽霊物語を書こう」とバイロンが呼びかけました。そして、メアリーはひとりになると、それについて考えました。二、三日経った夜、彼女は悪夢を見ました。その夢の中では「青白い顔の研究者」が奇妙な技と仕掛けを用いて、命のないものから、「恐ろしい亡霊のような男」を呼び覚ましました。

　そのようにして、仲間の中でただひとり、メアリーだけが自分の幽霊物語を書いたのです。『フランケンシュタイン　あるいは現代のプロメテウス』です。これは偉大なモダンファンタジーの最初のものとなりました。その中に幽霊はいません。けれど、OEDが言うように、ファンタジーは、おぞましさを売り物にする以上のものです。幽霊はファンタジー文学の広大な領域の一角にいます。その片隅になじんでいる人は、領域全体を幽霊物語あるいは、ホラーと呼びます。同じように、その領域の中でもっとも好きな部分、あるいは嫌いな部分の名称をとって、領域全体を妖精の国《フェアリーランド》と呼ぶ人もいるし、サイエンス・フィクションと呼ぶ人もいます。ナンセンスなたわごとと呼ぶ人もいます。だが、フランケンシュタインの、もしくは、メアリー・シェリーの技と仕掛けによって命を与えられた名前のない存在は、幽霊ではありません。妖精でもありません。サイエンス・フィクション的ではあるかもしれません。ナンセンスなたわごとではありません。彼はファンタジーの創造物であり、原型的なもので、死ぬことはありません。ひとたび目覚めると、二度と眠ることはありません。彼の感じている苦痛が彼を眠らせてくれないからです。彼とともに目覚めた、答えられることのない道徳的な問いは、彼が安らかに休息することを許しません。

　ファンタジーのビジネスが儲かるものになってくると、ハリウッドで彼をネタに、たくさんの金が稼ぎ出されました。けれどもそのことさえも、彼の命を断つことはありませんでした。

一九三七年のブエノスアイレスで、シルビナ・オカンポと彼女の友だちのホルヘ・ルイス・ボルヘスとアドルフォ・ビオイ＝カサーレス[2]が集《つど》った夜に、彼の物語が話題にのぼった、というのは、いかにもありそうなことです。カサーレスが書いているように、彼らは「ファンタジー文学について話し始め（中略）自分にとって最良と思われる作品について語り合い」ました。大いに興に乗った彼らは、それらの短篇を『ファンタジーの本』という一冊の書物にまとめました。この本は今では、スペイン語版と英語版の両方があります。多様なものを大胆に詰めこんだ本で、ホラー短篇や幽霊もの、妖精物語やサイエンス・フィクションなどが一冊に入っています。ポーの「アモンティリャアドの酒樽」のように知られすぎているぐらい知名度の高い作品も、東洋や南米の作品や遠い時代の作品、カフカ、スウェーデンボリ[3]、コルタサル[4]、芥川、牛嶠《ニウチアオ》[5]の作品の間に入ることで、本来の奇妙さを取り戻しています。この本には、ボルヘスの好みと好奇心が表われています。思えば、ボルヘス自身、ラドヤード・キップリングやH・G・ウェルズを含むファンタジーの国際的伝統をなす一員でした。

「伝統」と言うべきではないかもしれません。というのは、批評の業界での認識の度合いが非常に低く、大学の英語文学部においても、ほぼ無視されることによって独自性を発揮しているというよ

＊1　シェリーとバイロン卿はイギリスの詩人。メアリー・ゴドウィンはのちのシェリー夫人。ポリドリはバイロン卿専属の侍医で、吸血鬼を扱った短篇の作者としても知られる。
＊2　いずれもアルゼンチンの作家。オカンポはのちにビオイ＝カサーレスと結婚。
＊3　エマヌエル・スウェーデンボリ（一六八八－一七七二）はスウェーデン王国出身の神学者、思想家。スウェーデンボルクなど、さまざまな表記がある。
＊4　フリオ・コルタサル（一九一四－八四）はアルゼンチンの作家。
＊5　九世紀の中国人作家・詩人。

うな按配《あんばい》ですから。けれど、私が思うに、ファンタジーの紡ぎ手たちの集団は確かにありました。ボルヘスはその枠を越えながらも、その集団に属し、その伝統を変容させつつも、それに敬意を表していたと言えるでしょう。多くの学者、そしてほとんどの文芸評論家たちは、ファンタジーは子ども向けだ（もちろん中にはそういうのもあります）と言い、ファンタジーを商業ベースの型にはまったもの（もちろんそういうのもあります）だと片づけることで、ファンタジーを無視してもかまわないのだと思ってしまっています。でも、イタロ・カルヴィーノ、ガブリエル・ガルシア＝マルケス、ジョゼ・サラマーゴに目を向けると、私たちの語りのフィクションが水の深いところの流れのように、ゆっくりと、力強く、ひとつの方向に向かっているのがわかります。その方向こそ、ファンタジーをフィクションの必須要素として再び採り入れる、という方向です。言い換えると、フィクションは──フィクションを書くことも読むことも──想像力の働きだということです。

もとより、ファンタジーは語りのフィクションのうちの最古のものであり、もっとも普遍的なものです。

フィクションは自分とは異なる人々を理解する最善の手段を与えてくれます。経験が足りなくても大丈夫。実のところ、経験よりもフィクションのほうが数段良いともいえます。なぜなら、扱うのに手頃なサイズであり、理解しやすいから。一方、経験はあなたを圧倒します。何が起こったのか、何十年も経って初めてわかったりします。一生、わからない場合もあるでしょう。フィクションは、事実としての面、心理的な面、道徳的な面のすべてにおいて、理解をもたらすことに秀でています。

しかし、リアリズムのフィクションは個々の文化に特有のものです。言語、暗黙の了解、日常生活のこまごまとしたことのすべてこそ、リアリズムのフィクションの実質であり、強みですが、それらは時と場所を異にする読者には、さっぱりわからないかもしれません。そして、ほかの世紀、ほかの国でくり広げられるリアリズムの物語を読むということには、置き換えや翻訳といった行為が含まれます。それを試みることができない、もしくはやりたくない読者も多くいます。

ファンタジーの場合、この問題は生じません。「すべてつくりごとだから」、ファンタジーは読まない、と言うのをちょいちょい耳にしますが、ファンタジーの題材は、リアリズムが扱う社会習慣よりも、はるかに永続的で、より普遍的です。現実世界に設定されたものであれ、創り出された世界に設定されたものであれ、ファンタジーの実質は、心に関するもの、人間の不変の本質や、私たちが認識できるイメージです。誰であれ、どこの人であれ、一度も遭遇したことがなくても、竜を見ればそれとわかる、というのは事実であるように思われます。

かなり最近まで、リアリズムのフィクションは限定的で均質な社会の中で、その社会のために書かれるものでした。リアリズム小説はそういう社会を描くことができます。しかし、そのような、限定的言語は今、困難に陥っています。二十世紀中頃以降の社会——全地球的、多言語的で無限の相互関連のある社会——を描写するには、全地球的で直感的なファンタジーの言語が必要です。ガルシア＝マルケスはマジックリアリズムの幻想的なイメージの形で、自分の国の歴史を書きました。それが彼が自分の国の歴史を書くことのできる唯一の方法だったからです。

私たちの時代の、そして今この瞬間のもっとも重要な道徳的ジレンマは、壊滅的な力を用いるか用いないかです。ファンタジーの紡ぎ手たちのうちもっとも純粋な人たちが、フィクションの言葉を用いて、もっともわかりやすくこの選択を描きました。トールキンは一九三七年に『指輪物語』を書き始め、約十年ののちに完成しました。その年月の間、フロドは「力の指輪」の誘惑に耐えましたが、現実の国々はそうではありませんでした。

そういうわけで、多くの現代のフィクションにおいて、私たちの日常生活の明瞭かつ正確な描写が、奇妙さを帯びていたり、時が置き換わっていたり、想像上の世界を舞台にしていたり、ドラッグや精神の錯乱による妄想のような光景になったり、ありきたりの退屈な日常から、突然幻想の高みにのぼったものの、すぐ反対側に出てしまったりします。

そういうわけで、南米のマジックリアリズム作家たちや、インドその他のそれに相当する作家たちは、現実を正確に、誠実に描くことを評価されています。

そして、そういうわけだからこそ、若い頃、文学界を支配していたリアリズムやモダニズムの本流にではなく、傍流だと考えられていた伝統に従うことを選んだホルヘ・ルイス・ボルヘスが、私たちの文学にとって中心的な存在であり続けているのです。彼の詩や短篇、鏡像、図書館、迷宮、枝分かれした道などの彼のイメージ、虎、川、砂、謎、変化などについて書かれた彼の本は、いたるところで褒《ほ》め称《たた》えられています。それらは美しいから。滋味豊かだから。もっとも古くからあり、もっとも差し迫って必要とされている言葉の機能を果たすから。その機能とは、私たちのために、「実際には存在しないものの、心における表象」を形作ってくれることです。そのおかげで、私たちは判断することができるのです。自分たちがどのような世界に生きているか、その中で、どこに向かっているのか、何を寿《ことほ》ぐことができるのか、何を恐れなくてはならないのか、を。

〔訳者付記〕

『ファンタジーの本』（ボルヘスほか）*Antología de la Literatura Fantástica* (1940). アルゼンチンで初版発行。英語版 *The Book of Fantasy* (1988). 英語版にはル＝グウィンが序文を寄せている。

「アモンティリャアドの酒樽」（ポー）Poe, Edgar Allan. "The Cask of Amontillado", (1846). 邦訳は田中西二郎訳（創元推理文庫『ポオ小説全集4』所収）ほか。

タウ・セティ星系からのアンシブルによる応答[*1]

この文章の初出は『アーシュラ・K・ル＝グウィン作「所有せざる人々」の新しいユートピア政治学』（ローレンス・デイヴィス、ピーター・スティルマン編、レキシントン・ブックス。二〇〇五年）であり、これは同書に収録されたすべてのエッセイ全体に対する応答である。本書に採録するため、二〇一四年に少し手を加えた。

私はフィクションを観念に単純化することに、猛烈に反対してきた。小説は元になるひとつの「観念」から生ずるものだという広く行き渡っている信念に惑わされて、読者はしばしば迷い子になる。そしてさらに、フィクションを、知性によって完璧に理解できるものとして――本質的に飾りに過ぎない語り《ナラティブ》によって、さまざまな観念を合理的に提示したものとして――論ずる批評家たちの慣行のせいで、読者は道に迷い続ける。社会的もしくは政治的もしくは倫理的な問題を扱っているのが明らかであるような小説について論ずる場合、そしてとりわけ、「観念の読み物」と考え

＊1　タウ・セティは、くじら座τ《タウ》星。『所有せざる人々』の設定では、物語の舞台となる「双子惑星」、アナレスとウラスはこの星系に属している。アンシブルは、〈ハイニッシュ・ユニバース〉のほかの作品にしばしば登場する一種の即時伝達装置。『所有せざる人々』はアンシブルの発明以前の物語であり、主人公の物理学者シェヴェックが、アンシブル技術の基礎となる理論を完成させる。

られているサイエンス・フィクションを論ずる場合、そういう慣行があまりにも行き渡りすぎている（教育の場や学術的なテキストにおいて特にそれが目立つ）ので、私はいささか常軌を逸するほどに、抗議せねばという激しい思いに駆りたてられるのだ。

そういう風潮に反発して、気がつくと、小説を書いたり読んだりするのに知性はまったくかかわりがないかのようなことを言ったり、執筆を純粋なトランス状態みたいに表現したり、書いているときに私に必要なのは、自分の無意識に物語のたどる道を支配させることだけであり、合理的な思考をするのは、見直しの段階でリアリティのチェックをするときだけだと主張したりしている。

そういうことはまったく真実なのだが、実態の半分でしかない。というのは、実態のもう半分だけが、非常にしばしば呈示されたり、議論されたりするので、それに対抗してついつい、頭がぶっとんでいる人みたいなことを口にしてしまうのだ。

批評家たちが私を、緻密に考えを巡らして書く作家とみなし、称賛さえするとき、私は自分のフィクションには、読者を教え諭すような意図などまったくない、と主張せずにはいられない。もちろんそういう意図はある。お説教をするのは避けてきたと思いたいが、教えたいという衝動は、しばしば私自身よりも強い。それでも、その衝動に抵抗する努力をしたことを褒めてもらうほうがよい——抵抗しきれなかったことを褒められるよりは。

とても洗練された批評においてさえ、登場人物（特に、好感のもてる登場人物）が言っていることと作者の考えていることとの幼稚な混同があり、私は、登場人物が言っていることに同感ではないと、言わざるを得なくなる——実際には同感であるとしても。そうでもしなければ、登場人物の声は作者の声だと考えられるべきではないと主張することができないからだ。「私はマダム・ボヴァリー《ジュスウィ・マダム・ボヴァリー》だ」とフローベールはいつもの、うなるような低い声で言った。[*1] 私は言う。「シェヴェックは大好き《ジェーム・シェヴェック》よ。でも《メ》、私はシェヴェックじゃない《ジュヌスウィパ・シェヴェック》」と。ホメロスやシェイクスピアが羨《うらや》ましい。自身の存在があやふやな彼らは、そのような無礼な同一視を免れている。彼らは、作者として登場人物に正しい距離を置くことを何の苦もなくやってのけている。私はその立場を得るために意識的に努力しなくてはならないし、そのように努力しても、完璧に成功することは決してない。

そういうわけで、政治、社会、倫理に関係しているだけでなく、明確に記述された政治理論を通して、それらに取り組んだサイエンス・フィクションである『所有せざる人々』は、私に多くの苦労をもたらした。『所有せざる人々』は、常に、ではなくとも、しばしば、小説としてではなく、論文として論じられた。これはもちろん、自業自得なのだ——両義的であるとはいえ、ユートピアについて書かれたものを、ほかの何が待ち受けているだろうか？　ユートピアについて書かれたものは、小説としてではなく、社会学的理論やその実践の青写真として読むべきものだと、誰もが承知している。

だが、実のところ、十七歳のときに「哲学1-A」の授業で読んだプラトンの『国家』をはじめとして、私はユートピアものを、小説として読んできた。そればかりか、私は今もすべてを小説として読んでいる——歴史も、回想録も、新聞も。ボルヘスが「すべての散文はフィクションだ」と言ったのは、とても正しいと思う。そういうわけで、ユートピアのことを書くことになったとき、当然のこととして、私は小説を書いたのだ。

あの作品が論文として扱われたことには驚かなかった。しかし、あれを論文として読んだ人が、私があれを小説として書いた理由に興味をもつかどうか、知りたかった。そういう人たちは、あれを小説にしている特徴——単純で一義的な解釈を阻む小説的な語りの本質的自己矛盾や、抽象観念や二項対立要素への単純化に抵抗する小説的な「厚い記述[*2]（ギアツの用語）」、キャラクターのドラ

＊1　フローベールの言葉としては、人口に膾炙《かいしゃ》しているのは、“Mme Bovery, c’est moi.（ボヴァリー夫人は私だ）”という表現であるようだ。

マにおいて体現されることで、寓意的な解釈を免れる倫理的ジレンマ、合理的な思考では理解しきれない象徴的要素の存在——に無関心に見えるが、ほんとうにそうなのだろうか。

私がこの、『所有せざる人々』について書かれたエッセイ集に対して、うなだれ、背を丸めて近づいていったわけは、たぶん、わかっていただけると思う。それまでの経験から私は予期していた。この一連の知的なエクササイズは、たとえ、説教癖や、道徳臭、政治についての物知らず、異性愛の押しつけ、わめきたてるフェミニズム、ブルジョワ的怯懦《きょうだ》などについて私を非難しないとしても、また、たとえ、『所有せざる人々』が言っていることに興味を示し、擁護的であるとしても、あの本がそれをどのように言っているかには、無関心であるだろうと。

フィクションの本質が、言うことをどのように言うかにあるとすれば、有益な批評は、フィクションが言っていること自体ではなく、それをどのように言っているかを明らかにするものであるはずだ。

私にとってありがたい驚きだったことに、このエッセイ集はまさに、それを行なっていた。ここに収められたエッセイは、あの本に含まれる観念について書かれたものではなく、あの本について書かれたものだ。

私が感謝を伝える最善の方法は、おそらく、このように言うことだろう——このエッセイ集を読むことによって、私自身、自分があの本をどのように書いたか、どうしてそのように書いたか、ずっとよくわかるようになった、と。テキストの意図性が強調されすぎることが、ほとんどないおかげで、私はテキストの非意図性を強調しすぎることから解放され、自分が何をしたかったのか、どのように、それをしようとしたのか、いま一度、考えることができた。これらのエッセイは、あの本を、私が思いついたままの状態に戻して、私に返してくれた。さまざまな観念の説明ではなく、観念の体現として——革命の遺物として、また、ウィリアム・モリスのデザインや、私の育ったバーナード・メイベックの家のように、思考と認識の永続的な再生の源となりうるものを含む作品として。

『所有せざる人々』の執筆中には、恣意的ではないにしても、合理的に定められたのではないコースをたどっているように思われた語りの中の出来事や関係が、どういうふうに、根本的に美学に適《かな》っていて、かつ、そうであることによって、知的で合理的なデザインの条件を満たす構築物を構成しているかを、これらの批評家は私に示してくれていた。おかげで私は、語りの構造を動かしているリンクとエコーのシステム、飛躍とくり返しのシステムが見えるようになった。これは私が初めて知った、真剣で、打てば響くような、専門用語抜きの批評である。私自身の書いたテキストだけでなく、ほかの人のテキストを読む際にも、貴重な助けとなるすばらしいものだ。

あの本を書く前に、私は自分の頭を、ユートピア文学や平和主義的アナキズムの書や「時間物理学」（そういうものがあるとして）で、いっぱいにしていたのだが、理論的な思考の基盤はまことに弱かった。これらのエッセイに頻繁に出てくる引用文——ヘーゲルを筆頭に、バフチン、アドルノ、マルクーゼそのほか大勢による——を読むとき、私の背中はまた、少し丸くなる。きまりが悪いのだ。持続的に抽象的思考をする私の能力は、スパニエル犬のそれを多少上回る程度だ。私はそれらの著述家たちについて名前と評判の高さしか知らない。あの本はそれらの人々の影響下で書かれたものではなく、それらの人々は私のテキストの中の何についても、良い意味でも、悪い意味でも、何のかかわりもない。言えることがあるとすれば（カール・ユングの「影」と『影との戦い』の場合と同じく）思考の類似性や交差する点があるのを見るのは興味深い、ということぐらいだ。

一方、自分の思考実験が、その形成に実際に寄与した著述家たち——とりわけ、老子、クロポト

＊2　（51頁）クリフォード・ギアツ（一九二六－二〇〇六）は米国の人類学者。

キン、ポール・グッドマン[*1]——との比較において検証されるのを見るのは嬉しいことだ。

この本において、多くの寄稿者が『所有せざる人々』を、私の仕事の中でも独特な存在だとみなしている。あの本が世に出てからずいぶん経つし、私の作品のうちで、特別異色というわけでもないので、この非歴史的アプローチは奇妙に思われる。『所有せざる人々』に続くものとして、一九八二年のかなり長いユートピア論（「カリフォルニアを非ユークリッド的に見れば[*2]」）がある。このエッセイと、（『所有せざる人々』とは根本的に異なっているとはいえ）次なるユートピア小説である『オールウェイズ・カミングホーム』との間には明確なつながりがある。『所有せざる人々』について考えるとき、このふたつの作品のことを思い浮かべないでいるのは、私には難しい。この二作品は、先立つ小説の中で私がしたことの一部を、エッセイの中で言ったことや、後の小説の中でしたことと比較する契機を与えてくれる。一貫性や心変わり、進歩や後退、美学的ならびに知的な目的といったことを調べることができる。そしてまた私は、本書の寄稿者たちの、『所有せざる人々』を単一テーマの一元論的で頑なテキストとして読むことを拒む満場一致ぶりを目《ま》のあたりにして、彼らの何人かが『オールウェイズ・カミングホーム』を手に取ってくれることを待ち望まずにはいられない。『オールウェイズ・カミングホーム』はしばしば、偽インディアンのための一種の「楽しき狩場《ハッピー・ハンティング・グラウンド》[*3]」を描いた、幼稚で退行的な代物として読まれるか、読まれずに捨て置かれるかしているから。寄稿者たちの一部が『所有せざる人々』について指摘する語りの実験やポストモダニズム的な自意識的虚構性は『オールウェイズ・カミングホーム』に引き継がれ、一層強まっている。私個人としては、自分がどうして、ユートピア、あるいは欠陥だらけのユートピアまがいを書くときに限って、そういう特別な技を使うのか興味がある。本書のエッセイのうちのいくつかのおかげで、その理由がおぼろげに見え始めた気がする。ぜひともっとよくわかるようになりたいものだ。

訂正しなくてはと思うことは、ひとつも見つからなかった。単純に間違っている、誤読だと思うことが何もなかったのだ——これだけのページ数の本の中に。ただ、ハイン人の罪の意識は理由のないものではないし、謎めいてもいない、ということは指摘しておきたい。ほかの物語を読むと、すべての人間の先祖であるハイン人がひどく長い歴史をもっていて、その歴史は人間の歴史がすべてそうであるように、ひどいものであることがわかる。だから、この小説の終わりに登場するケソーは、希望を追求することに非常に慎重だ。しかし、彼が希望を見出すか否かは、書かれていない。この点について、本書のエッセイの数篇は、希望的観測にやや傾いているのが感じられた。あの本にはハッピー・エンディングはない。あるのはオープン・エンディングだ。本書のエッセイの少なくとも一篇で指摘されたように、シェヴェックとケソーの両方が、到着と同時に、怒れる群衆によって殺害される可能性はかなりある。そして、シェヴェックが同胞のために胸に抱《いだ》いている、具体的な計画や希望が実現されない、ということも大いにありうる。そうなってもケソーは驚かないだろう。

あの本の結末について語るなら、あの本の最初の読者であり、最初の評者であったダルコ・スーヴィン[*4]に、いま一度、感謝の意を表さなくてはなるまい。彼は私のアナキズム的原稿を、マルクス

＊1　ポール・グッドマン（一九一一－七二）は米国の小説家、社会批評家、心理学者。

＊2　邦訳が収録されている『世界の果てでダンス』（篠目清美訳、白水社）でのタイトルに倣った。この論考の原題は“A Non-Euclidean View of California as a Cold Place to Be”であり、原文をネット上で読むことができる。原題中のcoldというのは、レヴィ＝ストロースの提唱した「熱い社会」「冷たい社会」の概念から借用した言葉で、変化を求めず、同じ状態の中で存在を維持していくあり方を意味する。

＊3　（北米インディアンの一部の信仰における）極楽。

＊4　一九三〇年、旧ユーゴスラビア生まれのSF批評家。モントリオールのマギル大学で長く教鞭を執る。

主義者の容赦ない目と友だちの慈愛に満ちた心で読んでくれた。もともとあの小説は十二章から成り、最後はきれいに元のところに戻るフルサークル・エンディングだった。「十二章だって？」と彼は叫んだ。怒っている声だった。「章の数は奇数でなくちゃダメだ。それにこれは何だ？　閉じて終わるのか？　あなたには原稿を終結させる自由はないんだよ。円は閉じているのか、開いているのか？」

円は開いている。ドアは開いている。

開くドアをもつためには、家をもっている必要がある。

私が風通しのよい、想像上の家を建てるのを手助けしてくださった皆さん、その家について寛大なコメントや鋭い洞察を寄せ、はつらつとした、尽きることのない議論で、その部屋部屋を賑《にぎ》わせてくださっている皆さんに、心から感謝している。「ようこそ、友よ《アマリ》*1」

*1　アマリは、シェヴェックの母語で、きょうだい、あるいは同胞《はらから》を意味する語アマーの複数形。

〔訳者付記〕
『アーシュラ・K・ル＝グウィンの「所有せざる人々」の新しいユートピア政治学』Davis, Laurence (author, editor) and Stillman, Peter (editor). *The New Utopian Politics of Ursula K. Le Guin's The Dispossessed* (2005).
『所有せざる人々』（ル＝グウィン）Le Guin, Ursula K. *The Dispossessed* (1974). 邦訳は佐藤高子訳（ハヤカワ文庫ＳＦ）。
『オールウェイズ・カミングホーム』（ル＝グウィン）Le Guin, Ursula K. *Always Coming Home* (1985). 現在は、The Library of America から増補完全版が出ている。一九八五年版の邦訳は、星川淳訳『オールウェイズ・カミングホーム（上下巻）』（平凡社）。

本の中の動物たち

二〇〇五年、オレゴン州ユージーン市で催された〈文学とエコロジーについての会議〉で行なった講演。二〇一四年に手を加えた。

狩猟採集者の口承文学はおおむね神話です。それらの多くにおいて、主要キャラクターは大抵、もしくはもっぱら動物です。

神話の一般的な目的は、私たちが何者であるか、どういう民族であるかを教えることです。神話物語は私たちのコミュニティーと私たちの責任を呈示するもので、子どもと大人の両方に対して、訓話の形で語られます。

たとえば北米先住民の神話の中には、「最初の人々」についてのものがたくさんあります。「最初の人々」は動物の種《しゅ》の名前で呼ばれ、そのふるまいには人間的なところも動物的なところもあります。彼らの中には、クリエイターやトリックスター、英雄や悪漢がいます。彼らがしていることは、大体、世界を「これからやってくる人々」のために準備することです。「これからやってくる人々」とは私たち人間のことで、ユーロック族であったり、ラコタ族であったりします。これらの偉大な神話体系から生まれた物語の意味は、コンテキストを離れるとぼやけてしまい、キツツキの頭はなぜ赤いという類いの、いわゆる「なぜなぜ物語」に卑小化されることもあります。同じように、インドのジャータカ説話は、法《ダルマ》や転生や仏性《ぶっしょう》といった観念の気配を痕跡も残さず、単なる楽しみとして語り直されています。しかし、その物語を会得した子どもが、それらの深い考えの連なりを、知識としてではなく、感覚として会得するということはあるかもしれません。

大規模な産業が発達する以前の文明の口承文学ならびに文字に書かれた文学が、太陽の下にあるすべてについてのものであるのはもちろんですが、私の知る限り、必ず、動物物語という、時を超える力強い要素を含んでいます。それらは主に、民話、お伽話《とぎばなし》、寓話などの形をとり、ここでもまた、子どもと大人の両方に語られます。それらの物語において、人と動物は肩を寄せ合い、まじりあっています。

大規模産業発達後の社会では、動物は大人にとって関心の薄いものになり、動物物語はおおむね、子ども向きだと考えられています。子どもたちは、動物の登場する神話と、動物の登場する民話・お伽話・寓話の両方を含めて、昔からの物語を読んだり、読み聞かせてもらったりします。それらは子ども向きに語り直され、子ども向きの挿絵《さしえ》を添えられたものです。動物物語は子どもにふさわしいと考えられているから、そしてもちろん、多くの子どもたちが動物物語を好み、探し求め、せがむからです。また、新たに書かれた動物文学もたくさんあります。子どものために書かれたものもそうでないものもあります、大体子どもたちはよく理解します。風刺的でない動物文学のほとんどすべてを、文芸評論家は自動的に、取るに足らないものとみなしますが、作家は動物物語を書き続けています。現実に存在する永久不変の需要に応えて書いているのです。

ほとんどの子どもと多くの大人が、本物の動物に対しても、動物たちについての物語に対しても反応して、動物たちに心を惹きつけられ、感情移入するのはなぜでしょうか？　勢力のある宗教や倫理では、彼らは人間の役に立つモノ――私たちの食べ物の原料、私たちの役に立つ科学的実験の実験台、動物園やテレビの自然ドキュメンタリー番組の物珍しい見世物、私たちの精神衛生に良いペット――に過ぎないのに。

私たちが動物物語を子どもに与え、子どもが動物に興味をもつのを奨励するのは、おそらく、子どもを劣ったもの、精神的に「原始的」で、まだ完全には人間らしさに達していないものとみなしているためだと思われます。ペットや動物園や動物物語は、子どもが大人の、完全な人間らしさを身につけていく過程での「自然」な段階であり、頭のぼんやりした、無力な赤子の状態から、知的に成熟し、最大限に卓越するまでの梯子《はしご》の横木だというわけです。「存在の大いなる連鎖」の用語で言うと、個体発生は系統発生をくり返すというあれです。

それにしても、子どもは何を求めているのでしょう——子猫を見て興奮する赤ちゃん、「ピーターラビット」の綴りを一字一字読み上げる六歳児、『黒馬物語』を読みながら泣く十二歳。自分の属する文化全体が否定しているにもかかわらず、子どもが感じ取っているものは何でしょうか?

議論は大幅にはしょり、この文脈で、ぜひご紹介したい作品を例にとってお話ししたいと思います。児童文学にして動物文学である偉大な作品を三つ挙げます。ヒュー・ロフティングの〈ドリトル先生物語〉、ラドヤード・キップリングの『ジャングル・ブック（正・続）』、T・H・ホワイトの『石にささった剣』（『永遠の王』の第一部）です（お断りしておきますが、私が話しているのは、本についてです。それらの本に「基づいた」映画についてではありません）。これらの本はすべて、人間と動物の関係を扱っています。それぞれにおいて、その関係は異なっており、いずれもそれを深く追求しています。

〈ドリトル先生物語〉について語るのに、こんな言い方は大げさすぎると思われるかもしれません。でも、ヒュー・ロフティングによる、この気取りのないファンタジーは、古典とみなされるのに値します。『たのしい川べ』と同様、この本では、何らもっともらしさをつけ加える工夫もなく、しかも何のためらいもなく、動物と人が相互に作用します。これは、大体において、動物たちが人のようにふるまうことによります。しかし、彼らのふるまいは大方の人間よりも上等です。誰も残酷なことや道に外れたことをしません。確かに、ガブガブはいかにもブタらしく食いしん坊《ピッギー》だし、ライオンは奥さんに叱られなければ、ほかの動物たちを助けることができません。でも、ここにあるのは、ライオンがほんとうに子羊たちとともに横たわる「平和の王国」[*1]です。ドリトル先生は保護し、治療することで動物たちを助けます。動物たちはお返しに先生を助け始めます。これがテーマであり、この物語のほとんどすべての土台です。

ドリトル先生は言います。「鳥や獣やさかなという友だちがある限り、恐れることは何もない」と。これと同じ言葉が、何千年にもわたって無数の言語で語られてきました。世界のあらゆる民族がこの助け合いのテーマ、アニマル・ヘルパーのテーマを理解していました——街路や高層建築から動物たちが締め出されるまで。私が思うに、世界じゅうの子どもは皆、今でもこのテーマを理解しています。動物たちと友だちになることは、世界と友だちになり、世界の子どもになることであり、世界と結びつき、世界によって育てられ、世界に属することです。

ロフティングの道徳性は、申し分なく爽やかで明るいものです。キップリングのモーグリの物語では、人と動物の関係は複雑で、究極的には悲劇性を帯びます。モーグリは故郷の村人たちとジャングルの住人たちをつなぐリンクであり、すべての仲介者、境界の存在がそうであるように、彼はふたつの側の間で引き裂かれます。村とジャングルの間には、何ら共通の基盤がありません。彼らは互いに背中を向け合っています。モーグリは動物の世界のあらゆる言葉で、「おまえとおれ、おれたちは、ひとつの血のもの」ということができます——でも、彼ははたして、その言葉をヒンディー語で言えるのでしょうか？　ヒンディー語が彼の母の言語であり、彼の母の血であるのだけれど。彼が裏切らなくてはならないのは誰なのでしょう？

狼に育てられた子ども、野生で育った子どもは、稀《まれ》に起こる悲惨な現実においても、キップリングの夢のような物語においても、結局のところ、人間社会に安住の地を見出すことができません。

エデンの地から追放される悲哀は、第一話の「おおかみのなかまいり（"Mowgli's Brothers"）」にさえ感じられ、「ジャングルのなだれこみ（"Letting in the Jungle"）」や「春に駈《か》ける（"The Spring Running"）」では一層、痛切の度を増します。これらは胸が張り裂けるような物語です。それでも私たちは、少年が楽しいコミュニティーで、狼、熊、黒ヒョウ、ニシキヘビらとともに話したり、考えたり、行動したりする、ゆったりした時間と息つく暇もない冒険とがもたらす幸福感をも——野生の世界に丸ごと属することの不思議さと美しさをも、『ジャングル・ブック』の中から汲み取って、一生の間、携《たずさ》えていくことができるでしょう。

T・H・ホワイトの『石にささった剣』はアーサー王の話ですが、動物がいっぱい出てきます。第一章では、今はいぼ《ウォート》と呼ばれている未来のアーサー王が、狩猟用のオオタカを連れ出して逃がしてしまったあと、魔法使いマーリンのフクロウ、アルキメデスに出会います。

「わあ、なんてかわいいフクロウだろう！」ウォートは叫んだ。
しかし、ウォートがフクロウのところに行って、てのひらを差し出すと、フクロウは元の一倍半の丈に体を伸ばし、火かき棒みたいにしゃっちょこばった。そして（中略）目を閉じ、わずかなまぶたの隙間から覗き見て、無愛想な声で言った。
「フクロウなんかいないよ」
それから目をすっかり閉じて、むこうを向いた。

マーリンはアーサーの教育にとりかかります。その教育はおおむね、動物に姿を変えることでし

＊1　旧約聖書の預言の中に描かれた、神によって真の平和がもたらされた世界。イザヤ書11章6－8参照。

た。ここで読者は、偉大な神話的テーマである「変身」に出会います。変身はシャーマニズムの中心的な行為です。マーリンはそんなことをぐだぐだ説明しはしませんが。ウォート少年は、タカ、ヘビ、フクロウ、アナグマに姿を変えます。彼は一分間につき、三十年分、木の感じとる世界に参加します。それから、一秒間につき二百万年分、石の感じとる世界に参加します。人間でないもののあり方に加わるこれらの場面は、おかしくて、生き生きしていて、驚きと知恵に満ちています。

魔女がウォートを太らせるために檻《おり》に閉じこめたとき、隣の檻のヤギがアニマル・ヘルパーの役割を果たし、つかまっていた全員を救助します。すべての動物は然《しか》るべき理由があって、ウォートを信頼します。それは彼が真の王である証拠です。ウォートがイノシシ狩りに加わることは、その信頼を損ないません。ホワイトにとって真の狩りは、狩る者と狩られる者の間の純粋な関係であり、それは厳しい道徳的な掟《おきて》と獲物に対する深い敬意を伴うものです。狩りによって引き起こされるさまざまな感情は、とても強いものです。ホワイトはそのすべてを、イノシシに殺される猟犬ボーモントの死の場面に書きこんでいます。私はそのくだりを読むたびに、涙を禁じ得ません。

この本のクライマックスで、ウォートは自分ひとりでは、かなとこの載《の》った石から、王の証《あかし》の剣を引き抜くことができず、マーリンに助けを求めます。すると動物たちがやってきました。

> カワウソたち、ナイチンゲールたち、騒々しいカラスたち、野ウサギたち、ヘビたち、ハヤブサたち、さかなたち、ヤギたち、犬たち、優美なユニコーンたち、イモリたち、単独で暮らす種類のハチたち、木の幹に棲《す》むイモムシたち、ワニたち、火山たち、大木たち、忍耐強い石たち、（中略）一番小さなトガリネズミに至るまで、みんながウォートへの愛ゆえに応援に来てくれたのだ。ウォートは力がみなぎるのを感じた。

それぞれの生き物は、かつて自分たちの一員として、一緒にいたことがある少年に、独自の知恵で呼びかけます。カワカマスが言います。「全力で事に当たれ」と。石が言います。「一貫してがんばれ」と。ヘビが言います。「きみのたくさんの力を、きみの心の力で束ねるんだ」と。――そして、「ウォートは偉大な剣に、三度目に歩み寄ると、右手をそっと伸ばして、さやから抜くみたいに、静かに引き出した」。

T・S・ホワイトにとっては、動物たちがとても重要な意味をもっていました。ひとつには、彼の人間関係が苦渋に満ちていたからかもしれません。けれど、人間でない命に対して彼が抱く絆の感覚は、埋め合わせの域をはるかに超えています。それは道徳的な宇宙についての、熱のこもったビジョンです。その世界はひどい苦痛と残酷さに満ちていますが、そこからイヌサフランのように芽生える信頼と愛は、傷つきやすくとも、不屈の強さをもっています。『石にささった剣』を私が最初に読んだのは、十三歳かそこらのときでしたが、この本は私の心と頭にさまざまな影響を与え（それがどんな影響だったかは、この講演が明らかにしていると思います）、信頼は人類に限定されるものではなく、愛は条件つきのものではない、と確信させました。愛するか、愛さないかという問題なのです。もしあなたが統治者に指名されても、臣民を信用せず、軽蔑するなら、強欲と憎悪の王国しかもてないでしょう。愛と信頼があって王になるならば、あなたの王国は世界全体に広がるでしょう。そしてあなたの戴冠式には、数々のすばらしい贈り物にまじって、「匿名のハリネズミからの、ノミつきの汚い葉っぱ四、五枚」が届くでしょう。

＊

最後に、新旧ふたつの寓話、もしくはファンタジーについてお話ししたいと思います。

フィリップ・プルマンの〈ライラの冒険〉三部作は、豊かな想像力による長い作品ですが、深いところで一貫性に欠けています。この作品で動物が果たしている役割に絞って、検討していきたいと思います。見かけと違って、それは小さな役割です。この物語で、中心的ではないけれど、重要な役割を担っている二匹の猫は、神話や寓話で猫がしばしば行なってきたことをします。異なる世界の間を行き来するということです。そのほかの点では、この猫たちは普通の猫で、リアリスティックに描かれます。それ以外で、この三部作に出てくる動物と言えば、シロクマの部族ぐらいです。このクマたちは人間のように話をし、砦を建設し、武器を使います。ただし、人間とは違って、ダイモンをもっていません。

このダイモンというのは、動物の姿をしています。この三部作——特に第一巻に、山ほど動物が出てくる気がするのは、それぞれの人が一匹のダイモンをもっているためです。人が思春期に達する前は、ダイモンは時々刻々、さまざまな動物の形をとります。人の性的成熟とともに、ダイモンはひとつの永続的な姿に落ち着きます。そして必ず、持ち主と異なる性をもちます。社会的階級が決定的影響力を及ぼすのは明らかです。召使いのもっているダイモンは常に犬だという説明がありますし、上流階級の人のダイモンは、ユキヒョウのような、希少で上品な動物であるのがわかりますから。ダイモンは決して、物理的に持ち主のそばを離れず、どこに行くにもついていきます。分離は耐えがたいほどの苦痛を引き起こします。ダイモンは食べることも排泄《はいせつ》することもありませんが、さわれば指に触れるもので、持ち主はなでたり、抱きしめたりできます。ただし、ほかの人のダイモンに触れてはなりません。ダイモンは理性のある存在で、持ち主ともほかの人とも流暢《りゅうちょう》に話します。

ダイモンという概念には、願望実現という要素が強く出ていて、そのことがダイモンというものに、大きな魅力を与えています。ダイモンは常に忠実で、いつもそばにいてくれる愛すべき道連れです。ソウルメイト、慰め手、守護の天使、そして究極の完璧なペットでもあります。何しろ、餌をやることを覚えている必要もないのですから。

けれど、私が思うに、プルマンはこのダイモンという概念に多くのものを詰めこみすぎ、混乱を招いていると思います。ダイモンは一種の目に見える魂であり、ダイモンから切り離されることは致命的なのだと、プルマンは強くほのめかしていて、彼のプロットは、この分離の残酷さと恐怖を軸として動いていきます。しかし、そののち彼は規則を変え始めます。魔女たちがダイモンから離れても生きていられることに、読者は気づきます。第二巻では、私たちの世界が舞台となります。ここでは、目に見え、さわることのできるダイモンを誰ももっていません。ヒロインのライラは、元いた世界に戻ったのち、死者の国に向かう舟が出る桟橋に、自分のダイモンを置き去りにします。ライラはダイモンを恋しがりますが、ダイモンがいなくとも、申し分なく有能に生き続け、世界を救いさえします。ライラとダイモンの再会はおざなりと言っていいぐらい、あっさりと描かれています。

ファンタジー作品で、自分がつくった規則を変えたり、破ったりすると、物語の一貫性がなくなり、つまらないものになります。ダイモンたちが、私たちが部分的に動物であること、動物性から切り離されてはならないことを示すものとして設定されているのだとしても、ダイモンはそれを示すことができません。動物であることの本質は肉体であることだからです。愚かしい欲求と見苦しい機能をもつ、生きている体——それはまさに、ダイモンに欠けているものです。ダイモンは霊のような存在であり、実体を伴わない形です。彼らは人間の心のかけら、あるいは人間の心の風景のイメージであり、まったく付随的なもので、独立した存在ではなく、それゆえ、ほかのものと関係をもつことができません。プルマンの世界では、人類は恐ろしく孤独です。というのは、神は耄碌《もうろく》してしまったし、動物は全然いないからです——あの二匹の猫を除いては。あの猫たちに、私たちの希望を託しましょう。

ルイス・キャロルの『鏡の国のアリス』は猫たちとともに始まります。アリスは雌猫のダイナとその二匹の子猫に話しかけています。猫たちは返事をしてくれないので、アリスが代わりに返事をします。それからアリスは子猫たちの一方とともにマントルピースによじのぼり、鏡を通り抜けます……先ほど申しましたように、猫は異なる世界の間を行き来するものなのです。

　鏡の向こうの世界はウサギ穴の下の世界と同様、夢の世界であり、それゆえその中のすべてのキャラクターは、アリスのもっているさまざまな側面です――そう、これも心のかけら。けれど、プルマンのダイモンとはまったく違う意味での心のかけらです。彼らの独立性は注目に値します。アリスが鏡を通り抜けて庭に出るとすぐ、花たちは話すだけでなく、反論もします。とても無遠慮でかっとしやすい花たちです。

　民話と同じように、すべての生き物が平等な立場で、まじりあい、口論します。お互いの姿に変身しさえします。赤ちゃんが子ブタに変わり、白の女王がヒツジに変わる……。変身は両方向に進みます。列車の乗客には、人間もヤギも甲虫も馬も蚊もいます。アリスの耳元の小さな声として登場する蚊は、やがて「ひよこぐらいの大きさ」になります。蚊はアリスに昆虫は嫌いなのかと尋ねます。アリスは称賛すべき沈着さで答えます。「おしゃべりしてくれれば好きよ。私のいたところでは虫は全然しゃべれないの」

　アリスは十九世紀イギリスの中産階級の子どもで、自他を重んじる、厳格な道徳規範をもっています。彼女のお行儀の良さは、夢の生き物たちのふるまいによって、手ひどく試されます。この夢の生き物たちは、アリス自身の反抗への衝動や情熱、奔放な気《き》儘《まま》さを体現しているのだと見ることもできるでしょう。暴力は許容されていません。女王の「首をはねておしまい！」は実行されることのない脅しです。ですが、悪夢はいずれやってきます。アリスの夢の生き物たちがまったく制御不能な狂気に近づいていくと、彼女は目覚めてわれに返らなくてはなりません。

『アリス』の本はいずれも動物物語ではありません。けれどそれらをこの講演から除外するわけにはいきません。『アリス』の本は、心の中の動物がもっとも純粋な形で近代文学に現われた例です。心の中の動物、それはあらゆる人間社会が先祖として、予兆として、怪物として、魂の世界の導き手としてなじんできた夢の動物です。『アリス』の本のおかげで、私たちは螺旋《らせん》を描いてドリームタイム[*1]に戻ってきたのです。ドリームタイムでは、人間と動物はひとつです。

ここは聖なる場所。私たちがヴィクトリア朝時代の少女を追ってウサギ穴に落ちることによって、ここに戻ってきたのは、とんでもなく狂っていて、まことに適切なことです。

「人と動物は一緒にいるべきものと考えられている。人と動物は長期にわたって一緒に進化してきた。そして私たちは、パートナーであった」テンプル・グランディンは著書『動物感覚』でこう述べています。

私たち人間は世界を、自分たちと自分たちがつくったものだけの世界に矮小化《わいしょうか》しました。けれども、私たちは矮小化された世界向きにつくられたのではないから、子どもたちにその中で生きることをことさら教えこまねばなりません。多様性に富んだ予測不可能な世界で、すべての種類の生き物と競争し、共存することに安らぎを覚えるような心と体をもつ子どもたちが、コンクリートの上で無数の人間たちに囲まれて暮らし、獣と言えば、檻に入れられているのをときたま目にするだけ――そんな生活をするためには、豊かな世界から追放された者の貧しい暮らし方を学ばなくてはなりません。

とはいえ、生来もっている、ともに生きる者、友だち、敵、食べ物、遊び相手などとしての動物

＊1　オーストラリア先住民（アボリジニ）の神話で、世界が創造された、時を超越した聖なる時間。

への深い関心は、そんなに簡単に根こぎにされるものではありません。その関心は対象を奪われることに抗《あらが》います。そして、欠けたものを補い、より大きなコミュニティーを再び獲得するために、想像力と文学があります。

種を超える助け合いを意味するアニマル・ヘルパーというモチーフ——これは民話にも、近現代の動物物語でも、よく見られます——を通して、親切と感謝は自分たちの種に限られるものではなく、すべての生き物は皆、親戚なのだという考えが示されているのです。民話や、『たのしい川べ』や〈ドリトル先生物語〉のような本で目にする、動物の人間への同化や対等な者同士としての交わり、生きている者たちのコミュニティーを、単純な事実として示しています。

人から動物への変身は、民話では呪い、すなわち不幸をもたらす魔法であることが多いのですが、近現代の物語ではむしろ、経験を広げ、知識をふやすもの、そしてウォートの最後の旅での変身がそうであったように、神秘への参加、究極的な永遠の交わり《コミユニオン》を垣間見させるものです。

多くの動物物語に共通している失われた荒野への憧れは、私たちがむごく扱い、滅ぼしたたくさんの景色、たくさんの生き物、たくさんの種に捧げる挽歌《ばんか》です。今や、それらのものへの挽歌は、ますます切実さを増しています。私たちがかつてないほど、孤立に近づいているからです。私たちは不毛な世界に群れをなす単独の種になろうとしています。「全能なる神よ、我がなしたる業《わざ》を見よ、そして絶望せよ」[*1]

私たちは孤立すると頭がおかしくなります。私たちは社会性に富む霊長類、社交的な存在なのです。人間には属することが必要です。お互いに属すること。もちろんそれが第一です。けれども私たちは遠くまで見ることができ、賢く考えを巡らすことができ、大いに創造することができるので、家族の一員、部族の一員、自分たちと同じような人々の中のひとりであるだけでは満足しません。

人の心は怖がりで疑り深いけれど、それでもなお、もっと大きなものに属すること、もっと幅広いものとひとつになることを渇望します。荒野は私たちを怖がらせます。それは未知のもので、無頓着で危険だから。でも、それは私たちにとって絶対に必要なものでもあります。動物の他者性、異質性——正気でいたい、生き続けたいと願うなら、私たちより古くて偉大なそれにこそ、結びつかなくてはなりません。あるいは、再び、結びつかなくてはなりません。

私たちとつながっている、それに一番近い結び目は子どもたちです。物語の語り手たちはそのことを知っています。モーグリが、そして少年のウォートが両手を伸ばします。右手を私たちに差し出し、左手をジャングルに、荒野の野生動物たちに、タカとフクロウとヒョウと狼に差し出します。みんなが私たちとひとつになります。「ピーターラビット」の綴りを一字一字読み上げる六歳児、『黒馬物語』を読みながら泣く十二歳——この子たちは自分たちの属する文化がおおむね否定しているものを受け入れています。そういう子たちもまた、両手を差し出して、私たちをより大きな世界に、再び結びつけてくれます。私たちを、本来、属しているところにいさせてくれるのです。

＊1　パーシー・シェリーのソネット「オジマンディアス」の中の詩句。

〔訳者付記〕

〈ドリトル先生物語〉（ロフティング）Lofting, Hugh. *The Story of Doctor Dolittle* (1920–1952). 邦訳は井伏鱒二訳（岩波少年文庫）。

『ジャングルブック』（キップリング）Kipling, Rudyard. *Jungle Books* (I and II), (1894, 1895). 邦訳は木島始訳（福音館書店）、金原瑞人訳（偕成社文庫）ほか。

『石にささった剣』（ホワイト）White, T. H. *The Sward in the Stone* (1938).『石にささった剣』はのちに、『永遠の王』の第一部となったが、その際に、内容が少し変えられている。

『永遠の王』（ホワイト）*The Once and Future King* (1958). 邦訳は森下弓子訳（創元推理文庫）。

〈ライラの冒険〉三部作（プルマン）Pullman, Philip. *His Dark Materials. The Golden Compass* (1995).（『黄金の羅針盤』), *The Subtle Knife* (1997).（『神秘の短剣』), *The Amber Spyglass* (2000).（『琥珀の望遠鏡』）. 邦訳は大久保寛訳（新潮文庫）。

『鏡の国のアリス』（キャロル）Carroll, Lewis. *Through the Looking-Glass and What Alice Found There* (1871). 邦訳は河合祥一郎訳（角川文庫）ほか。

言語を発明すること

『架空・幻想言語百科事典』（コンリー、ケイン編、グリーンウッド出版、二〇〇六年）のはしがきとして発表されたものに、二〇一四年に手を加えた。

言語の発明はほとんどの場合、名前の発明から始まる。設定がまったく想像上のものであるフィクション――ファンタジー、あるいは遠い未来や、異世界を舞台にしたＳＦ――の書き手はアダムの役割を果たさなくてはならない。自分のつくった架空世界の登場人物や生き物、土地に名前をつけなくてはならない。

発明された名前は、その書き手の、自分の道具である言語に対して抱いている興味や、それを使いこなす能力をかなりよく示す指標である。そういうネーミングの素朴な段階では、言い換えると、パルプ雑誌の時代のＳＦでは、発明《インヴエンシヨン》はおおむね、慣行《コンヴエンシヨン》に従っていた。ヒーローたちは新機軸に全面的に抵抗した。三十世紀に宇宙のはるか彼方を航行する彼らは、依然として、バックやリックやジャックだった。

異星人たちは Xbfgg や Psglqkjvk だった――ラウィーナとかラゾラとかいう名のお姫さまである場合を除く。

もし、あなたが言葉によって世界を創っていて、その世界に話す生き物がいるならば、彼らを名づけることによって——意図の有無にかかわらず——多くのほのめかしをすることになる。昔のパルプ雑誌のSFの名づけにおける慣行は、男っぽくて、英語を話す男性の恒久的な覇権、非英語言語の嘲笑すべき奇怪さ、美しい姫君（名づけるに値する女性は美しい姫君だけだ）は、母音の「ア」で終わる、響きの良い名をもっているという神聖なルールを含意している。そしてこの慣行はSF映画に引き継がれ、延々と続いた。ヒーローの名はルーク、異星人はチューバッカ、姫君はレイア、というように。

より思慮深く、創意に富む名づけ方を心がければ、社会的・道徳的な含みを、ちゃんと点検せずに、無造作に呈示するようなことは減るだろう。『ガリバー旅行記』のスウィフトの馬たち、すなわち the Houyhnhnms[*1] を例に取ろう。この呼称をどのように発音するかについては、T・H・ホワイトの『マシャム夫人のあずまや』の教授とマリアが最高のアドバイスをしてくれている。ふたりによると、舌を動かさない状態で鼻の奥を通して甲高《かんだか》い叫びを発することが肝心だという。私が思うにそれと同時に、頭を突き上げて震わせるのも有益だ。この名を口にするのは簡単ではない。だが、Houyhnhnm は、無礼なほど無意味で、発音不可能な文字の連なりではない。それとは真逆で、馬が自分のことをそう言うであろうように文字を綴ろうと意識的に試み、熟慮の上で英語話者に難題を突きつけているのである。あなたにあの馬たちの言語のこの一語の発音を学ぶ気があるならば、馬のように考える能力も、その分だけ増すかもしれない。スウィフトは人間でない者を切り捨てるのではなく、人間でない者の世界へ、私たちを誘いこんでいるのだ。

多くの、実に多くの子どもたちが、見知らぬ国々の地図を描き、国々に名前をつける。シマ国《アイランディア》、おこりんぼう国《アングリア》……。名前とともに、そこの丘陵の色や、気候や、住民の気質がなんとなく浮かんでくる。そういう子たちの中には、その国々を探検する者もいる。一生の間、何度も空想の中のその国々に戻っていく人もある。

人の名や土地の名をつくりあげることは、その名が属する言語の世界への道をひらくことだ。それは「ほかのところ」への門なのだ。「ほかのところ」ではどのようにしゃべるのか？　どうすれば「ほかのところ」でのしゃべり方がわかるのだろうか？

この問題についてこれまで書かれた最良の文章は、J・R・R・トールキンのエッセイ、「密《ひそ》かなる悪徳」[*2]である。このエッセイは架空の言語を創造することを見事に、そしてしばしば非常に愉快な筆致で描き出し、説明し、擁護している。

「言語学的発明」の本能、すなわち、概念を音声のシンボルに結びつけ、打ち立てられた新たな関係について熟考する快楽の追求は、理性的なものであり、人の道に外れたものではない。（中略）快楽の主たる源が、音と概念の間の関係について熟考することなのは間違いない。同じ快楽が、純度が落ちた形でではあるが、研究者たちが、外国語で書かれた詩や優れた散文に見出す楽しみの奇妙な強烈さにも見られる。そういう楽しみは、その言語を習得したかしないかのうちから始まる。

そのような研究者たち（私は詩人たちならびに、ある性向をもつ読者たちもつけ加えたい）が自分にとって新しい言語を読むことに見出すのは、「語形を知覚する際に感じられる、強烈な新鮮さ」

＊1　Houyhnhnm は『ガリバー旅行記』の第四話の舞台である〈馬の国〉の支配者である聡明な馬たちの言語で、自分たち馬を意味する語。Houyhnhnm という表記は馬のいななきを表わしたもので、既刊の邦訳では、おおむね、「フウイヌム」というカタカナ表記になっているようだ。

＊2　Tolkien, J. R. R. "A Secret Vice". *The Monsters and the Critics and Other Essays* 所収。邦訳は、松田隆美訳「密かなる悪徳」が『ユリイカ』一九九二年七月号に掲載されている。

だと、トールキンは言う。

　フィクションを扱う批評家たちや教師たちは散文の音に対して、甚だしく鈍感、あるいは無頓着なので、彼ら自身も教え子たちも、この主張を、わけのわからないもの、あるいは、取るに足らないものだと思うかもしれないし、また、これが自分たち自身の言語を読む場合にもあてはまることだと気づかないかもしれない。だが、私自身にとっては、書き手としてフィクションの創造にどのように取り組むか、また、読者としてフィクションを理解し、味わうことにどのように取り組むかについて、はかりしれないほど貴重な示唆を与えてくれるものだ。私は常に、音の適切さを感知するよう努めている。

　概念と音の二者の間に「打ち立てられた新たな関係」のもたらすこの快楽を、私が初めて発見したのは、八歳かそこらのときだった。私にフランス語を教えてくれようとしていた感じのよいスイス人女性が、私の机に置いてあった小さな陶器の鯨を手にとって、にこにこしながら、「Le Moby-Dick!」と言った。るもびーでぃーく？　謎めいていて、心惹かれる無意味なノイズが、その鯨を開示した。悟りが訪れた。海の怪獣《リヴァイアサン》だ！　リヴァイアサンが新しくなった！

　数年後、初めてダンセイニ卿のファンタジーを読んだとき、彼がこしらえた名前の音と意味の関係が洗練されていて、遊び心に富んでいることに、私は喜んだ。たとえば邪悪なノール族。そして呪われた都市、ペルドンダリス。そこに流れる大河、ヤン川……。そして、私が知らない言語だという理由だけで、謎めいて感じられる言語において、半ば推測される意味がもつ魔法も、それと同じくらい強力だった。

Muy más clara que la luna
sola una

en el mundo vos nacistes …

むいますくららけらるな
そらうな
えねるむんどぼすなしすてす……

十三歳だった私にとって、ハドソンの『緑の館』のあの歌[*1]は、ロマンスと月、愛と憧れのすべてを伝えてくれた……私がスペイン語を知っていた場合以上に。これはものを離れたところから見ることの効用だと、トールキンは言う。それは、言葉を音楽として聞くことの偉大な恵みだ。

言語はコミュニケートする「ための」ものだ。しかし、詩とか、こしらえた名前や言語という話になると、コミュニケーションや意味の構築といった機能は、歌のメロディーと同様、知性だけでは理解できないものになる。書き手は耳を澄まさなくてはならない。読み手は耳が聞こえていなくてはならない。明瞭な音と、その音をシンボルとして使うことが与えてくれる快楽こそ、詩の作り手を動かすものであり、そしてまた架空の言語のつくり手を動かすものだ——その言語を話すのがその人の舌だけであり、その言語を聞きとれるのがその人の耳だけであるとしても。

本書、『架空・幻想言語百科事典』の企ては、この本のつくり手たちが告白しているように、野心的なものだ。想像上の言語をすべて蒐集《しゅうしゅう》して、一基のバベルの塔を打ち立てようというのだ。今日、「密かな悪徳」は非常に広まっていて、誰の目にも明らかなものなので、本書の著者たちは詳

＊1　右記の詩句は、十五世紀のスペインの詩人、フアン・デ・メナによるもの。ベネズエラの密林を舞台とする『緑の館』では、主人公兼語り手の青年が、この古い詩を、自分でつくったメロディーに乗せて歌う。

細にわたる熟考の結果、エスペラントのような、ユートピア的ではあるが架空のものではない言語のみならず、ウェブサイトをまるごと満たしている例が多々ある「人工言語」や、漫画やテレビゲームやロールプレイングゲームに見られる「異世界言語」も省かざるを得なかった。多くの人々が新しい話し方をつくりあげるのに熱中している。この百科事典は、そのようにして提示される無数の世界へ私たちを導くものとして、まさにちょうどよいタイミングで登場した。

適切なことだが、本書は想像上の民族の話者、社会、世界に属する言語をもっぱら扱っている。それらは純粋にフィクションの言語であり[*1]、排他的な集団内の暗号でもなければ、ゲームでもない——中にはとても遊び心のある言語もあるけれども。

はじめに言葉あり。[*2]ある言語を話す人を想像する前に、その言語自体を想像することもあるだろう。トールキンの場合は、明らかにそういう具合だった。楽しみのために言語とたわむれる言語学者は、自分の発明した、さまざまな言語が、民族の神話に命を与え、そこから、人類学、歴史、地勢学、そしてあの、中つ国の膨大な叙事詩全体が生まれるのを見た。これが逆方向に起こることもある。想像された世界が発展して、ある点を超えると、それに合った言語が必要になる。これは私の『オールウェイズ・カミングホーム』の場合にあてはまる。ケシュの人々の重要概念を示唆するには、彼らの言語の数十語で事足りると、私は考えていた。そしてすでに嬉しげに書いていたのだ。「まだ存在していない言語からの翻訳の困難さはかなりのものだ。しかし、それを誇張する必要はない」と。しかし、作曲家のトッド・バートンが『オールウェイズ・カミングホーム』のために、大谷《ザ・バレー》の音楽を作曲し始めたとき、彼は歌のためのケシュのテキストを必要とした。私はまっとうな人間でありたかったので、腰を据えて、ケシュ語を発明した——少なくとも、ケシュ語で存在する前から英語に翻訳したふりをしていた詩を、自分で書くことを可能にしてくれる文法と統語法と語彙を。そのプロセスの困難さはいかなる誇張も必要としない。

通常、言語の発明はそれほど複雑なことではない。二、三の謎めいた語によって、ある言語の印象、その言語の風味といったものが伝えられる。ほとんどの小説では、それで十分だ。発明者がしなくてはならないのは、それらの語を言語学的に見て、納得のいくものにすることだけだ。

一貫性のない言語、という言い方は用語として矛盾している。言語とはある意味で、その規則のことである。それはシンボルの決まり事、慣行、社会的契約だ。用いられる音の制限された選択（音素のプール）であれ、語をつくるための、それらの音の組み合わせ方であれ、文を構成するための、それらの語の組み合わせであれ、いかなる言語のいかなる側面もおおむね恣意的でありながら、非常に規則的であり、完璧に特徴的である。英語では、uをフランス人がするように発音することは決してない。フランス語では、thをイングランド人がするように発音することは決してない。マンダリン[*3]は、膠着《こうちゃく》[*4]するぐらいなら滅亡を選ぶだろう。規則はその言語のすみずみまで及んでいるので、ひとつの単語からその言語を特定することができる。たとえば、「アハトゥング！[*5]」とひと言聞けば、何語だかわかる。

この自己一貫性は小説家にとって便利だ。小説家が地方色を出すために、二、三の単語や名前を

＊1　同書の編著者による「まえがき」には、次のように書かれている。「この百科事典はもっぱら、フィクションの王国（具体的に言えば、散文の文学、映画、テレビ）の中で生じた言語を概観したものである」

＊2　新約聖書のヨハネによる福音書の冒頭にあり、広く知られている章句（「はじめに言葉ありき」）をもじったもの。

＊3　標準中国語（北京語）。

＊4　膠着は「ひっつく」という意味で、言語学では、日本語などのように、助詞などの機能語が名詞・動詞など実質的な意味をもつ自立語にひっついて文が構成される言語は、「膠着語」と呼ばれる。マンダリンはほぼ自立語のみから成り、文法的機能は主に語順による「孤立語」。

＊5　「危ない！」「気をつけ（号令）！」の意味のドイツ語。

必要とするならば、執筆に用いている言語とは、いくぶん違って聞こえる単語や名前をこしらえさえすればよい。そして、そのあと、自問するだけでよい。これは人間にとって、発音可能だろうかと。Xbfgg や Psglqkjvk はここで失格する。しかし、Houyhnhnm は合格する。それから小説家は、発明した単語や名前が同一の言語のもののように感じられるかどうか、考えなくてはならない。ある登場人物が Krzgokhbazthwokh という名で、もうひとりの登場人物がリア＝トゥア＝リウリという名前だったら、このふたりは「ほかのところ」の別々の部分から来たのだと考えるのが、もっともなことだから。

この百科事典の序文に引用されているように、ノーム・チョムスキー[*1]は、つくられた言語には「普遍文法[*2]に違反する」という邪悪な目的があると考えているようだ。私には、言語の発明者たちの中に、普遍文法に違反したいと願った人が多くいるとは思えない——仮に、その人たちに、普遍文法という言葉を耳にする機会があったとしても。自分の発明した言語を、本物らしく、使用可能でさえあるようにすることに真剣に努力する人たちは、普遍文法に違反するような試みはすべて避けるに違いない——普遍文法に違反するということが可能だとしても。私たち皆が共通の深層の文法を生得的にもっていて、それが人類のすべての言語の基礎構造を成しているなら、それを無視したり、それに違反したりする結果、生まれるのは、発明された言語ではなく、単に理解不可能なものであろう。私の知る限り、想像上の言語のためにつくりあげられたルールはすべて、私たちが知っている言語のルールに基づく変化形に過ぎない。言語学的テロリズムのように見えるものも、ルールの作り方がへたであるか、ルールの存在自体を知らない、ということに過ぎないとわかるのが常である。そういうわけだから、チョムスキー教授は枕を高くして寝ることができる——フィクションの野蛮人たちは、彼の普遍文法の門を襲ってはいない。

もっともボルヘスは、持ち前のつむじ曲がりの大胆素敵な不埒《ふらち》さで、その門を礼儀正しくノックするぐらいのことはしてのけたかもしれない。トレーンの古代の諸言語には、名詞が存在しない、と彼は私たちに言う。ある言語では、名詞は形容詞の集まりに取って代わられている。また、ある言語では、『月』にあたる語はないが、英語なら『to moon（月する）』あるいは『to moonate（月にする）』となるであろうような動詞がある」。そういうわけで「川の上に月が昇った」は、*Hlör u fang axaxas mlö* 逐語訳で訳せば「上方に、背後に、流れ続ける、月した」となる。しかし、忘れてはならないのは、トレーンのウル諸言語は、印欧祖語と同様、語族全体の初期の資料から理論的に復元したものだということ。そして、ここでもうひとつ、忘れてはならないのは、トレーンの言語のどれも実際には存在したことがない――そもそもトレーン自体存在しないのだから、ということだ。もちろん、それは「トレーン、ウクバール、オルビス・テルティウス[*3]」の物語の最後に、私たちは今、そこに暮らしている、とほのめかされているのを別にすれば、の話である。

Hlör u fang axaxas mlö は、言語学的発明の恰好の例であり、本書に収められた想像上の単語や文法の狂気じみた多彩さの一端を示すものだ。本書を見れば、それらの単語や文法が増殖して、繁茂する異言《いげん》のジャングルへと化していくさまがよくわかる。正気の人たちが、手のこんだまったくのナンセンスを英語に翻訳する、そしてまた、逆方向に翻訳する労多い喜び。誰もじかに聞いたことのない、噂さえ聞いたことのない言語で、詩人が詩を書く、心打つ情景。これこそ、人間がもつ、私の大好きな一面だ。それは人間が人間だけにできること――奇妙な具合に人間的な奇妙なこと――をしている姿だ。この人たちは悪意なく、それをする。快楽が増すこと以外に、目に見える利

＊1　ノーム・チョムスキー（一九二八－　）は米国の言語学者。生成文法を提唱。

＊2　すべての言語に適合可能な文法。古代ギリシャの哲学から、生成文法理論にまで継承されている概念。

＊3　ボルヘスの代表的短篇集『伝奇集』（一九四四）に収録されている。もともとは『八岐の園』の一篇。邦訳は鼓直訳『伝奇集』（岩波文庫）所収。

も得もないのに。その快楽が――本書において存分になされているように――分かち合えるものならば、一層よいが、この言語発明の営みは、ほとんどの良いことと、すべての芸術がそうであるように、したいからするものだ。

〔訳者付記〕
『架空・幻想言語百科事典』Conley, Tim. & Cain, Stephen. *Encyclopedia of Fictional and Fantastic Languages* (2006).

詩の読み方――『灰色雁《がん》のつがいよ』

このエッセイは『ポエトリー・ノースウェスト』の編集長、デイヴィッド・バイシュピールの、詩の読み方について書いてほしいという依頼に応じて書き、同誌に掲載されたもので、今回、少し手を加えた。私の手元の資料からも、オンラインの情報からも、初出の年月日を確認することができなかったので、せいぜい正解に近いところを推測した結果――あるいは、勘でこのあたりと思ったので、というほうが適切かもしれないが――とにかくこの位置に置いておく。

詩を読む方法といえば、何と言っても、声に出して読むこと。もちろん、目で見て味わう詩もある――私はE・E・カミングズ[*1]が好きだ。だが、私にとっては、そういう詩はすべて脇枝のようなもの――耳に聞こえる詩の、印刷技術によって可能になった派生物だ。目に見える言葉は記号であり、楽譜である。耳を通してのみ、心は詩を十分に理解できる。だが、言葉である以上、詩の言葉はその音楽の意味を伝える。メロディーに合わせて歌われる言葉は、歌になる。言葉自体がメロディーであるとき、それは詩である。

＊1　E・E・カミングズ（一八九四－一九六二）は米国の詩人、画家。彼の詩は、視覚的効果を狙って活字を配列するなど、実験的な作品が多い。

そういうことは、『アエネーイス』や『カンタベリー物語』など、とても大がかりなものにもなりうるが、次に紹介するような、ささやかなものである場合もある。

Gray goose and gander
Waft your wings together
And carry the good king's daughter
Over the one-strand river.

灰色雁のつがいよ
翼をともに揺らめかせ
良い王の娘を運んでおくれ
片岸《かたぎし》の川の向こうに

これを初めて読んだのは、アイオナ・オーピー、ピーター・オーピー編纂《へんさん》の『オックスフォード版 伝承童謡集（*The Oxford Nursery Rhyme Book*）』でだった。この本は私自身にとっても、折々に私の膝にすわった人たちにとっても、尽きぬ喜びの源になった。

この詩の音楽と意味を、私の耳に聞こえたままに描き出し、この詩の音楽と意味がどのように協力し合っているかについての――いや、むしろ、その両者がひとつのもののふたつの側面であることについての、私の考えを明らかにするべく努めてみたい。

この小さな詩の「メロディー」は、くり返される音に顕著に示されている。強勢のある音節の最初の文字が頭韻を踏んでいること（最初の三行の *g-g-g/w-w-g/k-g-k*）、そして各行末の四つの語が、完全韻ではなく、強勢のない *er* で終わる不完全韻を踏んでいること[*1]。この強勢のない *er* の音節の発音の仕方は地域によってさまざまだ。ところにより、さまざまに異なる音色の母音として発音されたり、（私の話す方言でのように）*r* そのものの音――猫が喉を鳴らすような柔らかい音で、母音のように、いくらでも伸ばすことができるもの――だったりする。どのように発音されるにせよ、これは弱い音節で、静かに消えて、あとには沈黙が広がる。この詩のすべての母音と子音は柔らかさを帯びていて、私の耳には、銀色に輝く沈黙と広々とした空間が感じられる。

伝承童謡が口ずさまれるときは大抵、そうなるものだが、拍子は強く、頭韻によってさらに強く印象づけられている。強勢のある音節（a stressed syllable）をS、強勢のない音節（an unstressed syllable）をuとすると、この詩の韻律は次のように表わせる。

S S u S u
S u S u S u
u S u u S S S u
S u u S S S u

これを自由度の高い強弱三歩格[*2]と呼んでもいいが、そう呼んだからといって、さして理解が深まるわけではない。伝承童謡には強弱格――揺り籠や揺り椅子を揺らすリズム――が多いが、リズムの単位としては詩脚よりも、行、あるいは連に注目するほうが有益かもしれない。これらの詩は、

＊1　脚韻の正式な定義は、行の最後の強勢のある母音とそれに続くすべての母音および子音が同じ、というもので、これを完全韻と呼ぶが、格式張っていない詩では、部分的に韻が踏まれる不完全韻も多く見られる。
＊2　強勢のある音節に強勢のない音節が続くという配列パターン（詩脚）が一行に三つあること。

川の水が石を滑らかにするように、何世代もの声によってすり減らされ、非常に滑らかな、これ以上削れるものが何もない形になっており、ひとつひとつの詩が、独自の本質的なリズム原理に到達している。

強弱格による始まりの唐突さは、無から発せられる「灰色雁のつがいよ」という呼びかけの唐突さによく合っている。そして、呼び出しがあってすぐに、命令が下される。「翼をともに揺らめかせ」と。「wave（ひらひらさせる）」ではなく、「waft（揺らめかす）」という古めかしい言葉を使っているが、ごく小さな子どもに対しても、説明する必要はない。音の響きと文脈で十分にわかる。

さて、鳥たちは空中に浮かび、リズムが変化する。それぞれの行において、強勢のない音節がふたつ続いて調子を軽くし、次いで、強勢のある音節が三つ続いて重みをもたらす。格式張った詩では、あまり出会わない技だ。あの揺り椅子の拍子につられて、私は「king's（王の）」と「strand（岸）」に置く強勢を控えめにしたい気になる――「*good* king's *daughter*（良い王の娘）」、「*one-*strand *river*（片岸の川）」と。しかし、意味の複雑さと単語の音との両方のせいで、私は三つの語すべてをゆっくりと、そして、いつまでも尾を引く、謎めいた重みをこめて言わずにはいられない。

そう、それらは謎めいた言葉だ。良い王とは誰のことだろう？　その娘は誰なのだろう？　どんな言い伝えから、あるいは隠された歴史から、彼らは現われ出たのか？　そしてなぜ、王女は「片岸の川を越えて」運ばれていかなくてはならないのか？　岸辺が片側だけしかない川とは？　それは海のことだろうか？　死のことだろうか？

答えはない。述べられていることがすべてだ。ちらりと垣間見えるものはある。雄大な光景と決して語られない物語の上空を飛行することについての尽きることのないヒントを与える、この短い音楽は、一生の間、私たちの生を豊かにしてくれるだろう。

デイヴィッド・ヘンゼルがロイヤル・アカデミー・オブ・アーツ[*1]に提出した作品

英国最高峰の美術館のひとつが、スレートの塊の上に小さな木片が載っているものを、行方不明の彫刻の台座に過ぎないとは知らずに陳列した。その美術館、ロンドンのロイヤル・アカデミーは、台座と彫刻——アーティスト、デイヴィッド・ヘンゼルが制作した人間の頭部——が別々に届いたので混乱したと、のちに認めた。同美術館の職員によると、「別々の提出となったので、そのふたつの部分のそれぞれに、個別的な判断が下されました」とのことだった。「頭部は受け入れを拒まれました。台座は優れているとみなされ、受け入れられました」

——『ガーディアン』紙、「一週間の出来事」、二〇〇六年六月三十日

「われらはわれらの芸術を知る。歯に衣着《きぬ》せた物言いはせぬ」ロイヤル・アカデミーの審査員団、言いけり。

＊1　英国王立芸術院。美術学校、美術館の機能をも兼ねる。一七六八年の設立以来、公募展を開催し続けている。

「人間のどたまに、説得力はよもあらじ」

「スレートの平台こそ、はるかに見事なれ。そは、まことの美学的ためらいを引き起こすがゆえに」

「首をはねよ」と審査員団、声をそろえて言いけり。

「首をはねよ。台座は残すべし」

純文学について

私のウェブサイトで発表されたのち、『アンシブル』[*1]に掲載され、それからボインボイン[*2]に私の許可なく、ごく短期間掲載されたのち、『ハーパーズ・マガジン』誌に掲載された。すべて、二〇〇七年のことである。

「マイケル・シェイボンは、ジャンル・フィクションの朽ちかけている死体を浅い墓から引きずりだそうとするのに、多大のエネルギーを費やしてきた。その死体をそこにうち捨てたのは、純文学作家たちだ」

――ルース・フランクリン、『スレート』[*3]、二〇〇七年五月八日。

夜、何かが彼女を目覚めさせた。
階段をのぼってくる足音だったろうか――びしょ濡れのスニーカーを履いた誰かが、のろのろと

＊1　英国の作家・評論家デイヴィッド・ラングフォードによるニュースレターのウェブサイト。
＊2　グループブログのウェブサイト。
＊3　米国の時事問題、政治、文化を扱うオンラインマガジン。

一段、一段上がってくる……でも、いったい誰が？　そしてどうして、靴が濡れているの？　雨なんて降ってないのに。ほら、また、ぐっしょり濡れた重い音。でも、雨なんて何週間も降ってない。ただ、すごく蒸し暑い。こもった空気の中の、白カビや腐敗のにおいが鼻につく。甘ったるい、腐敗のにおい――しみついたフィノキオーナ[*1]のにおい、あるいは、緑色になったレバーソーセージのにおい。ああ、また――びちゃびちゃとへばりつく、のろい足音がして、異臭は一層きつくなる。誰かが階段をのぼってくる。ドアに近づいている。腐りかけた肉を破った踵《かかと》の骨がかちりと音を立てるのが聞こえたとたん、それが何なのかわかった。でも、あれは死んだのよ、死んだはず。あのいまいましいシェイボンが墓から引きずり出したのね。触れられただけで穢《けが》れが移るあれの指先、ぶつぶつだらけの無表情な顔、腐りかけた目の無意味なきらめきから純文学を護るために、せっかく、ほかの純文学作家たちと、みんなして墓に埋めたのに。あの馬鹿者は、自分が何をしていると思っていたのだろうか？　純文学作家と純文学批評家の際限ない儀式――正式な追放の儀式、くり返される破門、何度も心臓に打ちこまれる杭《くい》、辛辣《しんらつ》な冷笑、墓の上で延々と行なわれる厳《おごそ》かなダンス――にまったく注意をはらわなかったのだろうか？　ヤドー[*2]の純潔を保つことを願わなかったのだろうか？　ＳＦと反事実的フィクションとの重要な区別すら、理解していなかったのだろうか？　コーマック・マッカーシーが――はなはだ曖昧な語彙の大胆不敵な使用を除いて、彼の本[*3]の中のすべてが、大規模な破壊があったのちに国土を横断する男たちについて書かれたサイエンス・フィクション初期の多くの作品に驚くほど似ているにせよ――いかなる状況下でも、ＳＦ作家と呼ばれることはないのは、コーマック・マッカーシーは純文学作家であって、その定義からして、身を卑しくして、ジャンルに手を染めることなどありえないからだということが、シェイボンには理解できなかったのだろうか？　もしかしてシェイボンは、頭のおかしい馬鹿連中からピューリッツァー賞をもらったせいで、メインストリームという言葉の侵すべからざる価値を忘れてしまったのだろうか？

　びちゃびちゃと音を立てて寝室にはいってきて、今、傍らに立っているものに、彼女は目をやろうとはしなかった。それは、ロケット燃料とクリプトナイト[*4]を漏らし、風の吹きすさぶ荒れ野に立つ古い屋敷のようにきしんでいた。そして、その脳は、梨のように内側から腐り、両耳から灰色の細胞が流れ出ていた。それは否応なく、彼女の注意を引いた。そして、それが手をさしのべたとき、半ば腐敗した指の一本に、燃えるように輝く金色の指輪がはめられていることに、彼女は気づいた。彼女はうめき声を漏らした。どうして、あんな浅い墓に埋めて立ち去り、放置してしまったのだろう？「もっと深く掘って、深く掘って！」と叫んだのに、仲間は耳を傾けてくれなかった。そして今、みんなは――ほかの純文学作家や純文学批評家たちは――どこにいるのだろう？　今こそ、彼らが必要なのに。『ユリシーズ』はどこだろう？　ベッドサイドテーブルにあるのは、電気スタンドを高くするのに使っているフィリップ・ロスの小説だけだ。彼女はその薄い本を引き抜いて、自分とおぞましいゴーレムとの間に掲げた。だが、それでは不十分だった。ロスさえも、救ってはくれない。怪物は鱗《うろこ》に覆われた手を彼女の体に置き、真っ赤に焼けた石炭のような指輪で、烙印《らくいん》を押した。そして彼女は堕落した。穢れてしまった。死んだほうがましだ。もう二度と、『グランタ』〔英国の文芸誌〕に執筆を依頼されることはない。

＊1　イタリア、トスカーナ地方の、フェネルシードで風味づけしたサラミソーセージ。
＊2　ニューヨーク州サラトガスプリングズにある芸術家村。
＊3　ここでは、マッカーシーの特定の作品――『ザ・ロード』を指しているものと思われる。邦訳は黒原敏行訳（ハヤカワ epi 文庫）。
＊4　スーパーマンの故郷の惑星を成していた物質。この物質の前ではスーパーマンは力を失う。

自らを思考の外へいざなうこと

このエッセイは二〇〇八年、オレゴン州で催された〈ブルーリバーの書き手の集い〉で行なったスピーチをもとに、二〇一四年に手を加えたものである。

この集いの主催者の方たちが、私たちの討論の始まりとなる話題のアイデアをいくつか出してくれた。この世界で、書き手はどこに力と希望を見出せるか？　どのような作品が違いをもたらすのか？　そして、共通の目的をもつコミュニティーは、どのようにすれば創造できるか？

どの問いに対しても同じ反応しかできないので、私は決まりが悪い。この世界で、私はどこに力と希望を見出せるか？　私の仕事の中に。良いものを書こうと努力することの中に。今この時に、あるいは、いかなる時においても、書き手の使命とは何なのか？　書くこと。良いものを書こうと努めること。どのような作品が違いをもたらすか？　できの良い作品。嘘のない作品。うまく書けているもの。そして、共通の目的をもつコミュニティーをどのように創造すればよいか？　私にはわからない。書き手としての私たちの共通の目的に結ばれたコミュニティーが、できるだけ良いものを書くということへの共通した関心、共通した関与に根ざすものでないとしたら、それは私たちの作品の外にある何か――ゴール、目標、メッセージ、効能――に根ざすことになる。それはとても望ましいことかもしれないが、書くことを、作品の外にある目的への手段、メッセージを運ぶ乗り物に過ぎないものに貶《おとし》める。私にとって、書くことはそういうものではない。私が書き手であるのは、そういうことのためではない。

子どもたちは学校で、目的のための手段として書くことを教えられる。実際、ほとんどの書き物は、目的を果たすための手段である。ラブレター、すべての種類の情報、商業通信文、取扱説明書。みんなそうだ。多くの書き物が体現しているもの――それはメッセージだ。

そういうわけで、子どもたちは私に尋ねる。「物語を書くときは、メッセージを先に決めるんですか？　それとも、物語を先に決めて、その中にメッセージを入れるんですか？」

いいえ、と私は答える。そういうことはしない。私はメッセージをどうこうすることはしない。私は物語を書き、詩を書く。それだけだ。その物語や詩があなたにとって意味すること――そのメッセージ――は、それが私にとって意味することと、まったく違うかもしれない。

そう言われた子どもたちは、がっかりすることが多い。ショックを受けさえする。私のことを無責任だと思ったに違いない。子どもたちの先生たちがそう思っていることを、私は承知している。

そういう人たちが正しいのかもしれない。文学も含めて、すべての書き物は、それ自体が目的ではなく、それ自体以外の目標に到達するための手段なのかもしれない。だが、私自身について言うと、自分の作品の真価、中心的な価値が、その作品が運ぶメッセージに、言い換えると、情報や安心を提供し、知恵を分け与え、希望をもたらすことにあるのだと考えたら、物語も詩も書けないだろう。それらのゴールは、いかに偉大で高尚であるにしても、作品の幅を決定的に制限するだろうから。それらは、作品の自然な成長に干渉し、芸術の活力のもっとも深い源である謎から切り離すだろう。

詩でも物語でも、ある問題に取り組むことや特定の結果を得ることを意図して書かれた作品は、どんなに強力で有益なものであれ、それ自身の第一の義務と特権、それがそれ自身に対して負っている責任を放棄している。それの第一の仕事は、自分を正しい真の姿にしてくれる言葉を見つけることなのに。その姿こそ、その作品のもつ美であり、真実である。

　できの良い陶器の壺は――使い捨てのテラコッタであれ、ギリシャの壺であれ――陶器の壺であり、それ以上でもそれ以下でもない。同様に、私の精神にとって、よくできた書き物は、単純に書き物――列を成す言葉である。

　私は言葉の列を書きながら、自分が真実であり、重要であると思っている物事を表現しようとするかもしれない。それはまさに今、このエッセイを書きながら、私がしていることだ。

　だが表現は、隠れているものに対して人々の目を開かせることではない。そしてこのエッセイは、それを書くことの中に芸術が存在するものの、芸術作品というよりはむしろ、メッセージである。芸術はメッセージを超えるものを明らかにする。物語や詩は、書いている最中の私に対して、さまざまな真実を明らかにしてくれるかもしれない。私がそれらをそこに置くのではない。私は書いている物語の中にそれらがあるのを見出すのだ。

　そしてほかの読み手たちは、そこに、ほかの真実、異なる真実を見出すかもしれない。読者には、著者が意図しなかった仕方でその作品を利用する自由がある。私たちがソフォクレスやエウリピデスをどのように読んでいるか、考えてみよう。三千年の間、私たちはギリシャ悲劇を読んで心を奪われ、その中に人間の情熱や正義の希求についての教訓や汲めども尽きぬ意味を見出してきた。それらは宗教的あるいは道徳的な教えや、戒めや慰め、コミュニティーの祝祭について、作者が意識的に意図していたものがもたらしうるものをはるかに超えている。それらの作品は芸術の源泉である、あの謎、あの深みから生まれ出て書かれたものだ。

　キーツはこの問題について私と同じ立場をとっていると思う――彼の消極的能力《ネガティブ・ケイパビリティ》[*1]を私が正しく理解しているならば。そして老子もそうだ。彼は壺の機能は、壺がないところにあると看破した。

適切な形の詩は千の真実を擁しているだろう。だが、そのうちのひとつとして言いはしない。

私はいわゆる「芸術のための芸術」の話をしているのではない。あの不運なスローガンは、芸術は唯我論的なもので、受け手に及ぼす影響などはどうでもいい、ということを含意している。そういうのは誤りだ。芸術は確かに、人々の頭と心を変化させる。

そして芸術家は、コミュニティーの一員だ。コミュニティーとは、その芸術家にとって自分の作品を見たり、聴いたり、読んだりしてくれるかもしれない人たちのことだ。私の担う第一の責任は、自分の技に対するものだ。だが、私の書いたものがほかの人たちに影響を及ぼすとすれば、私は明らかに、その人たちに対する責任も担っている。自分の物語の意味が何なのか、はっきりした考えをもっておらず、書いているうちに垣間見え始めてきたに過ぎないにしても――それでも、やはり、それがそこにないふりはできない。

そういうわけで、あのきらきら輝く目をした子どもたちに、「知っていることがあるなら、あっさり言えばいいいじゃない」と詰問されるはめになる。

真実は隠されていなくてはならないのか？　あなたのつくる壺は空っぽでなくてはならないのか？　どうして私たちのために、良いものを詰めこんではくれないのか？

うーん。まず、第一に、まったく実用的な理由を挙げよう。「斜めに語る」[*2]のは、あからさまに教訓を垂れるより、ずっとうまく行くから、というのがそれだ。より効果的なのだ。

だが、道義的な理由もある。私の読者が私の壺から取り出すものは、その人が必要とするものだ。そしてその人のニーズは、私よりも本人のほうが、よくわかっている。私のもっている知恵は、ど

＊1　「壺がないところ」とは壺の内側の空間のことである。『老子』第十一章参照。
＊2　エミリー・ディキンソンの詩句 Tell all the truth but tell it slant –（真実をすっかり話しなさい。でも、斜めに語りなさい）より。

うやって壺をつくるか知っているということだけだ。お説教を垂れる資格などない。

どんなにへりくだった気持ちでするとしても、お説教というのは、相手を侵害する行為なのだ。「大いなる道はとても単純だ。意見を手放しさえすればいい」とタオイスト[*1]は言う。だが、私の中には説教師がいて、私の素敵な壺に、意見や信念や「真実」を詰めこみたがっている。そして私の主題が、人と自然の関係のような、道徳的な意味をはらんだものである場合、その「内なる説教師」は人々の誤りを正し、どのように考えるべきか、何をするべきか、教えたがる。そう、「主《ロード》よ」と呼びかけ、人々に「アーメン」と唱和させる。そういうふうにやりたがる。

私が「説教師」よりも信頼を置いているのは、私の中の「内なる教師」だ。こちらは自分の言うことを理解してほしいと願っているので、繊細で謙虚だ。相反する意見を抱えこんでいるが、消化不良は起こさない。「あんたに理解されなくたって、屁《へ》とも思わないわ」とつぶやく、傲慢な芸術家の自己と「さあ今から言うことをよく聴きなさい」と叫ぶ説教師の自己との間を、「教師」はとりもつことができる。真実を押しつけることはせず、そっと提供する。たとえば、ギリシャの壺を手に取って言う。「これをよく見て。じっくり研究しなさい。きっと収穫がありますからね。私は、ほかの人たちがこの壺に見出した良きものの例を教えてあげることができます。そのいくつかをあなたも、この壺に見出せるかもしれませんね」

ほとんどの芸術家がそうであるように、私も、自分の芸術が私に教えてくれたことを、人と分かち合いたくてたまらないので、私には「内なる教師」が必要だ。でも、彼女もまた、完全に信頼することはできない。結局のところ、子どもたちにメッセージを期待することを教えたのは彼女だから。彼女の本能は「わかりやすくある」こと。はっきりと言葉に出して言うこと。私の本能は説明を素通りして、もっと大きな明断《めいせき》さに入っていこうとすること。私の仕事は、意味を作品自体に完全に体現させること。そうすることで、その意味は、生きていて、変化できるものになる。芸術家が共通の道徳的目的をもつコミュニティーの一員として話す場合、そのようにするのが一番うまく話せるやり方だと、私は思う。明瞭には話すけれども、自分の言葉の周りに沈黙のエリアを――あの空っぽの空間を残すのだ。その空間で、ほかの幅広い真実や感じ方が生まれ、人々の心の中に形成される。その空間は、次のような言葉が話されるところだ。

なんじ、未だ穢されずにいる　静寂の花嫁よ
沈黙と緩やかな時の養い子よ……
なんじは静かな形、われらを思考の外へと誘い出す
永遠が為すのと同じく……[*2]

＊1　老荘思想信奉者。道家。
＊2　キーツの「ギリシャの壺に寄せるオード」からの引用。先の二行は冒頭から。後の二列は終わり近くから。

芸術作品の中に住む

初出は二〇〇八年の『パラドクサ』誌。私の作品についての特集を含む号（二十一巻、シルヴィア・ケルソ編集）。

サンフランシスコの金門橋に向かう高速道路から、マリーナ近くにあるパレス・オブ・ファイン・アーツという並外れた建造物を——憂いに沈んだ非常に大きな女性たちの像が、巨大なオレンジのようなドームを遠巻きにしたり、支えたりしているのを——見ることができる。それは建築家のバーナード・メイベックが、一九一五年のサンフランシスコ万国博覧会のために制作したものだ。博覧会会場の建造物は、恒久的なものであるとは考えられていなかった。それで素材についての実験精神に富むメイベックは、このパレスを亀甲金網としっくいだったかの、長持ちしない材料でつくった。だが、パレスはとても独創的な魅力をもっていたので、サンフランシスコの人々に深く愛され、博覧会のほかの建物とともに取り壊されはしなかった。六十年ないし七十年経って、とうとう崩れ始めたとき、サンフランシスコ市はパレスを建て直し、これがもともとの色だと言って、ドームの内側をなんとも信じがたい金色に塗り直した。

ニューヨークに生まれ、パリのエコール・デ・ボザール（フランス国立高等美術学校）で訓練を受けたメイベックは、一八九〇年から一九五七年に亡くなるまで、サンフランシスコのベイエリアで暮らし、働いた。彼のつくった建物のうち、よく知られた作品群は第二次世界大戦以前にさかのぼる。中でももっとも有名なのは、バークレーのクリスチャン・サイエンス教会だ。また、カリフォルニア大学のためにつくった建物のうち、少なくともひとつは今も建っている――古い女子体育館である。だが、彼は主として住宅建築家であった。私が育った家は、彼の作品リストの中では、シュナイダー・ハウスという名で呼ばれている。シュナイダー家の人たちは、そこに十八年間住んだ。私の一族であるクローバー家は一九二五年から、一九七九年の私の母の死去まで、五十四年間、そこで暮らした。ケネス・H・カードウェルによる名著、『バーナード・メイベック――職人・建築家・芸術家』[*1]に、この家の写真が二点、載っている。

フランク・ロイド・ライトが、侵すべからざるお手本の地位にまずまず留まり続け、カーペンター・ゴシックやクイーン・アン、アーツ・アンド・クラフツといった古めかしい様式が入れ替わり立ち替わり、はやったりすたれたりしていたこの何十年もの間、私たちは住宅建築についてあまり真剣に考えてこなかったように、私には思われる。今日建設されている美しい家々のどれをとっても、何らかの古い様式の模倣に過ぎないのではないか。高層の集合住宅や、中二階のある「ランチハウス」[*2]、造成地に建てられるマッチ箱のような家々、壮大な凡庸さに満ちたマクマンションは、人が住むための建物について考えることを、私たちがいかに怠ってきたかを示している。

メイベックはいろいろな意味で先覚者であったに違いない。そして彼の個性は、彼の建物にしっかりと刻まれていて、ひと目見ただけで、「メイベックだ」とわかるほどだ。しかし、住むところと住む人との関係に対する彼の理解は、現代以前のものだ。メイベックの家を「住むための機械」[*3]

＊1 Cardwell, Keneth H. *Bernard Maybeck. Artisan, Architect, Artist* (1977).
＊2 建築物としての個性や美しさのない「豪邸」。ファーストフードと関連づけて造られた語。
＊3 スイス生まれでフランスで活躍した建築家、ル＝コルビュジエ（一八八七－一九六五）の有名な言葉に「住宅は住むための機械である」というものがある。

と呼ぶとしたら、それはとんでもなくばかげたことだろう。私が育った家を建てた翌年の一九〇八年、彼は次のように書いている。

家は所詮、殻に過ぎず、ほんとうの面白みはその中に住む人から生じるべきである。家がそういうものになるよう、家のつくり手が注意深く真剣に取り組むなら、そうしてつくられた家は住む人に満足感と安らぎを与え、あらゆる種類の人間的経験でのすべての健全な活動、たとえば音楽や詩と同じ影響力を、精神に及ぼすだろう。

家と居住者との相互作用についてのこのような意見は、野暮ったく聞こえるほど控えめではあるものの、それでもやはり高尚で複雑なものだ。それが主張しているのは、家のつくり手はそこに住む人たち（知り合いであろうとなかろうと）と関係をもつということ、そしてその関係は、建築家の側が住む人たちに対して担う責任を含意しているということだ。少なくとも、それがメイベックの言う「真剣」さだと私は解釈している。建築家は自然環境や社会状況を考慮して、それに合った建物を建てるべきだという考えは、私たちにとってなじみ深い。それと比べると、家はそこに住むことになる個人にとっても適正であるべきだという、この考えに、私たちは慣れていない。そもそも建築家が個人について考えるということ自体に、慣れていないのだ。

メイベックは、自分と個々の居住者との関係を、自分が描き出したい理論や世に伝えたい「声明」に比べて軽いものだとみなしてよいとは思っていなかったに違いない。私は、建築についての理想を自己表現として明示しているフランク・ロイド・ライト設計の住宅を何軒も見たことがある。それらの家の居住者は、巨匠の気まぐれや狂気を受け入れて、それに従うこと以外には、何の役割も果たさない。メイベックのアプローチはそれとはずいぶん異なっている。作品の美学的価値をライトと同じぐらい重んじているが、メイベックにとっての美学的な意味とは、建築家が下す決定的な宣言ではなく、つくり手と住み手の間の継続的な対話の産物である。家の美が活性化し、実現されるのは、住まれることにおいてなのだ。

そういうわけで、私が育った家はびっくりするほど美しく、うきうきするほど快適で、ほぼ完璧に実用的だった。だが、メイベックには、いろいろ癖があった。それは彼のスタイルを個性的にするだけなく、ときに、奇妙そのものといった印象をもたらす。たとえば、私たちの家には、屋内から地下室に下りていく階段がなかった。

「メイベックは階段については、気難しかったのよ」と私の母は言っていた。母の話では、メイベックはカリフォルニア大学の構内の建物のひとつで、階段をまったく用いなかったことがあったし、階段を屋内につけると見かけが悪いとかなんとかいう理由で、外側につけたこともあるというのだ。気難しかったとすれば、それは階段についてよりも、地下室についてだったんじゃないかと私は思う。メイベックは、独創的な楽しさのある階段を設計する人だった。今日でも、バークレーの多くの家々がそれを証明している。

私たちの家の主たる階段は、横幅の広い、濃い色の段々が踊り場までなだらかに続いていた。踊り場には、もうひとつ、とても幅の狭い裏階段も来ていた。この階段は食料貯蔵室から、二度曲がって上がってくる。踊り場までこの裏階段をのぼってきて、そのままの向きで進むか、主階段をのぼってきて踊り場で百八十度向きを変えるかすると、二階に通じる最後の階段が目の前にある。六段の、割合狭い階段だ(家具の搬入に来た人たちは、楽勝だと思って踊り場までのぼってきたところで、自分たちの運命を知ることになった)。この最後の階段に沿ってつけられた幅広の短い手すりは、ただひとつ、きっぱりと斜めのラインを主張している。ほかのものは皆、縦か横だ。上から見下ろすと、一番高い階段の短くまっすぐ流れ落ちる滝はふたつに分かれる。そのうちのひとつの細い支流は、階段の川の本流が緩やかに曲がって落ちていく踊り場から流れ出て、曲がりながら流れ落ちていく。踊り場の上の天井の高さや、壁や梁《はり》の合わさる角度の精妙さは、目に快かった。それらの高い位置の面や空間を見上げると、文字通り、気分が上がった。裏階段が曲がる箇所の高いほうと同じ高さのところに、装飾的なバルコニーに出られるフランス窓があって、北側の光が射すので、そこは明るかった。裏階段はとても狭いので、曲がる箇所では踏み段が三角形になっていた。

複雑そうに聞こえるかもしれないが、こういうふうにしか説明のしようがないのだ。この階段全体の配置は、生物の体内の仕組みのように、有機的な複雑さをもっていた。それは魅力に富む複雑さをもつと同時に、(そのバルコニーとは違って)もっとも純粋な構造的必然性を体現していた。そして、全体がレッドウッドでできていた。空気とレッドウッド。光と空気とレッドウッド。そして影。

この家は、素材と部分部分のバランスの見事さがきわだっていて、とても住みやすかった。この家の各部分は、人間に適したバランスでつくりこまれていた。それが破綻しているのは、地下室に行く階段のてっぺんだけだった――というのは、この階段は、おそらくはシュナイダー家によってつけ加えられたものだったからだ。地下室に行くのに、玄関、あるいは勝手口から家の外に出て壁を二面回り、地下室から外に通じているドアをあけて降りていく面倒を省くためだったに違いない。家は丘の上のほうの斜面に食いこむように建てられているので、この階段の上の天井はかなり低い。だから、裏階段の始まる手前の、狭い割に天井の高い場所に立って地下室に通ずるドアを開き、無造作にその先の階段を降り始めたら、横木に頭を打ちつけることになる。スコットランドの何とかいう王様は、梁に頭をぶつけて死んだそうだ。私の父は、その話を心に刻むべき戒《いまし》めとして、私たち子どもに語り、入り口の上に白いペンキで印をつけた。そして、十年に一度ぐらい、ペンキを塗り直した。私たちは皆、地下室への階段を降り始めるときには必ず身をかがめた。私自身は、頭のてっぺんでその恐ろしい横木を掠《かす》めるかどうかという程度にしか、背が伸びなかったが、それでも、ドアを開くたびに、スコットランドの王様のことが頭に浮かんだ。

そのことを別にすると、あの家について、バランスが悪いとか、不快だとか、使い勝手が悪いとか感じたことは、ひとつも思い出せない。夜、怖くなることはあった。だが、それにはあとで触れる。昼間でも、ところどころ暗かった。まるで森のように。メイベックはどこかで、「暗い高み」について書いていた。私たちの家には、そのような「暗い高み」があった。私たちの家は、中も外側もレッドウッドでできていて、レッドウッドは歳月とともに色が濃くなる。しかし、高いところまである窓や、ガラス張りの扉もたくさんあった。

壁や天井や空間がそれ自体、興趣あふれるものだったから、装飾はほとんど不要に思われた。子どもの頃、一階には敷き物がなく、むき出しの床が広がっていた。そして家具の大半はみすぼらしかった。寄せ集めた半端物の椅子に、籐《とう》のスツール。馬の毛を詰めたクッションとマホガニーの木部のソファーは、ちゃんとすわるのが難しく、すぐ滑り落ちてしまうし、母方の祖母のベッドのフットボードには弾丸がめりこんでいる、といった具合だった。食卓は、私たちのもっていた数少ない優雅な家具のひとつだった。というのは、この家と同時に、そしてこの家に合わせて製作されたものだったから。レッドウッドの大きな一枚板で、食卓としては、やや低かった。八人なら楽にすわれ、多少窮屈なのをがまんすれば、十人すわれた。レッドウッドは柔らかく、傷がつきやすいので、いささか傷んではいたが、まめに蜜蠟《みつろう》を塗ることで、栗毛の馬のような、深みのある美しい輝きが得られた。また、家のあちこちに、アーツ・アンド・クラフツ様式[*1]の趣味の良い収納庫が造りつけられていた。正面がガラス張りになっているものもあった。窓下によくあるような腰掛けが居

＊1　十九世紀後半に英国でウィリアム・モリスらが起こした美術工芸運動の流れを汲むスタイル。

間の内壁沿いに延び、レンガ造りの巨大な暖炉や煙突と直角を成している。その腰掛けは快適な場所だ。暖炉の延長で突き出ている小さな石のベンチもそうだ。ほとんど暖炉の中にいるような感じで、体がぽかぽかと暖まる。

観光客用に保護されている少数の木立――それも常に脅《おびや》かされているが――を別にすると、あの食卓の天板を切り出せるようなセコイアの木、あるいは、立派な垂木《たるき》や幅広くて長い美しい板をふんだんに使った、このような家を造るのに使えるようなセコイアの木は残っていない。かつてセコイア・センペルウィレンス[*1]はカリフォルニア北部の多くの地域でよく見られ、セコイア材、すなわちレッドウッドも住宅用建材として盛んに用いられた。当時、セコイア材は安価で、材木として非常な美点を備え、蒸《む》れ腐《ぐさ》れにも、天候の影響にも強かった。ナパ渓谷《バレー》にある私たちの別荘――一八七〇年代に建てられた、ごく普通のつつましい農家――もレッドウッドでできていたが、松材や樅《もみ》材《ざい》に対してするように、無造作にペンキを塗ったり、壁紙を貼ったりされていた。メイベックの世代の建築家たちは、レッドウッドに類《たぐ》い稀《まれ》な美しさを認識し、むき出しの姿で豪勢に用いた。彼らが認識していなかったのは、セコイアは無尽蔵ではないということだった。一九〇七年には、そういうことをよく考えた人はいなかったのだと思う。一九五〇年代になるまでは、私たちのうちの誰も、そういうことをよく考えはしなかった。やがて、レッドウッドの値段がどんどん上がり、レッドウッド保全同盟《セーブ・ザ・レッドウッズ・リーグ》の人たちが木材会社や政治家を相手に終わりなき戦いを戦っているのを見聞きするにつれて、私たちはあの、美しい大きな板材や梁を見上げては、後ろめたさと感謝の入りまじった畏敬の念にかられるようになった。

私たちの家のレッドウッドは、透明塗料などは施されていなかったが、サンドペーパーで絹のような滑らかさに仕上げられていた。カードウェルは自然なレッドウッドのインテリアの色を次のように巧みに表現している。「新しい材木のピンクがかった色調は速やかに落ち着き、深みのある赤茶色になる。その赤茶色は、自然光やまばゆく輝く照明が板の春材《しゅんざい》[2]の部分を照らし、虹の色を帯びた金色の輝きをもたらすことで、一層きわだつ」

　あの家は全体がレッドウッドでできているだけでなく、北西方向にすぐのところに、セコイア・センペルウィレンスが数本、生えていた。私の記憶をさかのぼれる限り、とても大きく堂々たるものだった。西の正面の木々は通りを見下ろすように聳《そび》え、間には、急な斜面と二つの石積み階段がある。この家全体の外観は、一般的な山荘《シャレー》のそれで、切妻屋根と深い庇《ひさし》、そして四つの側面のすべてにおいて二つの階の両方から突き出ている木造バルコニーが特徴的だった。その庇やバルコニーを支えている梁や支柱は、空や板壁を背に、太い斜めのラインをくっきりと描いていた。一階の板壁は、羽目板を横張りにしたもの、二階の板壁は縦張りだった。言葉にすると、いかにも凝った造りのように聞こえるが、濃い色の木材の単純さと家自体のどっしりとして調和のとれた見事な佇《たたず》まいのおかげで、屋根の角度とかバルコニーとかいった細部よりも、高く聳え、いささか厳《いか》めしく見える家全体の高雅な印象のほうがまさっていた。あの小さな北のバルコニーのような装飾的要素は、その高雅さが退屈に、あるいは威圧的に感じられないようにする役割を果たしていた。家は丘陵の通りの一番高い見晴らしの良い地点にあって聳え立っているとともに、一番主要な切妻屋根の西側の斜面において、丘陵の傾斜を丸ごと、反復していた。あらゆる面において、あの家は周囲の景色とコミュニティーに溶けこんでいた。

　歳月が過ぎるにつれて、家はその住人たちに、一層ぴったりと調和し、ふさわしいものになった。寝室のバルコニーのひとつは、スリーピングポーチ[3]として設《しつら》えられていた。屋根があり、窓に囲

＊1　セコイアの学名。
＊2　年輪の見られる樹木の材で、春から夏にかけて形成された部分。夏から秋にかけて形成された部分と比べて、色が薄く、軟らかい。

まれていて、うちの家族の四人の子どもたちにとって、日当たりのよい、小さな遊び部屋になった。そこをそういうふうにしたのは、シュナイダー家だったのか、私たちだったのか、私にはわからない。私たちはあの家に対して多くの改変を行なった。あれはもともと、子どもがひとりしかいない家族のために建てられた家だった。カードウェルはあの家を「ほどほどの予算で建てられたつつましい家」と呼んでいる。その家に、一九三〇年には私たちの家族、七人が住んでいた。私たちは相当に窮屈な思いをしたに違いない――父が東側に翼《よく》をつけ加えるまでは。増築された部分には、四つの居室、ふたつのバスルーム、ふたつの暖炉、広々とした屋根裏部屋があった（もともとの家の屋根裏は、やっと這《は》い回れるぐらいの、暗くて恐ろしい狭い空間に過ぎず、黒後家蜘蛛《くろごけぐも》と蝙蝠《こうもり》以外には利用不可能な代物だった）。

当節なら、メイベックの家に建て増しをするなんて誰も夢にも考えないだろうと思う。有名人崇拝熱がはやっているので、巨匠の作品は神聖にして不可侵だという考えが私たちの頭にしみついている。私に言えるのは、父とジョン・ウィリアムズという名のウェールズ人の大工が設計した翼は、継ぎ目もわからないぐらい、ぴったりと適合しているということだけだ。私が家の中を案内した訪問者のうち、その翼が、メイベックが設計したもともとの家の一部ではない、と気づいた人はひとりもいない。部分部分のバランス、窓の大きさや形その他において、その翼は、もともとの家と完璧に調和している。深い庇やバルコニーはないし、鉄の掛け金など、ウィリアム・モリス様式の細かい細工物もなかったが、それでもそうなのだ。そういう細工物は、一九三〇年代には流行遅れになっていて、きっと探しても見つからなかっただろう。この大幅な建て増しのおかげで、私たちにとってのこの家の快適さは完璧になった。とりわけ、私たち子どもにとってそうだったと思う。部屋数も、走り抜ける廊下も、もぐりこめる空間も、ひとりでいられる空間も、日の当たる隅っこもふんだんにあった。大きな屋根裏部屋で、私たちは電気仕掛けの列車を走らせ、おもちゃの兵隊を戦わせた。

母はいつも言っていた。女の人はこの家を好まない、男の人は好むと。あれは、母独自の理論のひとつだったのだと思う。確かに、あの家には狩猟小屋のような性質、がさつで、がらんとして素っ気ない感じがあった。男性に受ける男っぽい魅力があったと言えないこともない。そして、そういうのは、花柄プリント好きの女性には受けないだろうと思われる。もっとも、当時、私たちの知り合いに、花柄プリント好きの女性がたくさんいたわけではない。私の知り合いの女の人や女の子で、家に来たことがある人は、みんなあの家を好いてくれた。

キッチンは現代の主婦の理想には程遠かったと思われる。一九〇七年につくられたキッチンで、現代の主婦の理想に合うものは多くないだろう。あれはどちらかというと狭いキッチンだったが、レンジの前に立っていて、体の向きを変えると、二、三歩で、まな板のところにも、流し台にも、冷蔵庫にも行けるので便利だった。そしてあのキッチンは、私にとってキッチンの必須要素であるものを備えていた――流し台の上の窓である。窓からは、北側の庭園が見えた。クラブアップル[*1]の枝も見えた。春にはその枝が、見事に花咲くのだった。キッチンには戸棚や引き出しがたくさんあった。壁の一面には、陶器を収めて飾る食器棚があり、ウエストの高さから天井まで、木枠にガラスのはまった引き戸がついていた。これらの背の高い引き戸は、この家に属するものすべてがそうであるように、うまくできていて、私たちがそこに住んでいた何十年もの間、滑らかに動き続けた。ほんとうに大したものだ。パントリーは、裏階段ののぼり口の前の細い通路を挟んで、スコットランドの王様のドアとは反対側にあり、内部が涼しく保たれるように、家の外への開口部は網戸にな

＊3 （103頁）（かつて外気は体に良いと考えられていたことから）暑い季節や暖かい季節に寝室として使えるよう、屋根や網戸などを備えつけたバルコニー。
＊1 酸味の強い小粒のリンゴ。また、その木。

っていた。そこは薄暗い小さな部屋で、棚がたくさんあり、リンゴの匂いや、プフェッファーヌッセ[*1]の染みついた匂い、そのほかパントリーに付き物のいろんなものの匂いがした。私は時折、その匂いをかぐためだけに、パントリーに入っていったものだ。

その匂いの一部はレッドウッドだった。レッドウッド材は香り高い。一片のレッドウッドにその香りを感じ取るのは難しい。シーダー材や裁断したばかりの松材の一片からたやすく香りを感じ取れるのとは異なる。だが、レッドウッドで造られ、囲まれた空間には特徴的な芳香がある。我が家の香りのような、かぐと嬉しくなる香りだ。長く留守にしたあと、あの家に帰ってきたときにはいつも、嗅覚がさまざまな感情と深く直接的につながっていることを改めて感じたものだ。

それは視覚や触覚や聴覚とは何のかかわりもないことなので、匂いが生ずる空間は暗い、少なくとも薄暗いものだと、私には感じられる。そして、その空間は静かだ。境界がなく、それゆえにとても大きい。謎めいていて、優しい。そういう点において、それは私があの家そのものについての自分の記憶の中に見出す、もっとも早期の、もっとも基本的な印象に似ている。

先ほど、私は「北側の庭園」という表現を用いた。なんだか大層に聞こえる言い方だ。実際、元の庭園は堂々たるものだったに違いない。家は二軒分の敷地の中央線のすぐ南に建っていて、両方の土地いっぱいに、急斜面の庭園が広がっていた。それは、ゴールデン・ゲート・パークを手がけた造園家、ジョン・マクラレンが設計したものだった。その庭園にはバラの区画と噴水があった。家とは違い、格式張った庭園だった。私はこの庭園を覚えていない。思い出せるのは、いくつかの花壇と噴水だけだ。噴水は水を噴き出してはおらず、わずかに滴《しずく》が垂れているだけだった。家の前には数本のセコイアが聳え、杜松《ねず》の藪《やぶ》や二本のイチイがあり、南側にはりっぱなクスノキがあった。そしてアベリアの大株があり、とてもウィリアム・モリス的な枝垂れ柳があった。そのあたりが、私の子ども時代を通して、ずっとあった要素だ。シュナイダー家がこの庭園をちゃんと維持していたか、ほったらかしにしていたか、私にはわからない。私たち一家について言えば、まさに、ほったらかしていた。庭園の一部はバドミントンのコートになった。残りの部分は、大家族の庭園がたどりがちな道を成り行きまかせに歩んだ。私は古い品種のバラの間に、ブリテンズ[*2]の農場ごっこセットのための農地を造成したり、大きな金柑《きんかん》の茂みの下の秘密の通路で遊んだりしていた——私の両親が北の区画に二軒、家を建て、貸家にしようと決めるまでは。その後もクラブアップルの木は変わらず美しく花を咲かせ、新しい二軒の家の小さな庭も、植物がいっぱいの花の多い庭になったので、私たちが食器を洗いながら目にする景色は素敵だった。

こうして私たちの家の庭園は、管理可能なサイズに減じた。そして私たち子どもが成長すると、両親には庭でのんびりする時間ができた。父はバラやダリアを植えて世話をした。父はそういうことを楽しんだ。

非凡なメイベックのシャレーとマクラレンの庭園が、無作法な人類学者とウェールズ人の大工と、けしからんガキどもに冒瀆《ぼうとく》された経緯を事細かに書くことで、心を痛める人もいるだろうということはわかっている。もし、あなたの心に苦痛をもたらしたなら、ごめんなさい。でも、私は、自分たちがあの家も庭も、自分たちにできる最善の仕方で利用したという気がしている。私たちはあの家を隅から隅まで使った。自分たちをあの家に適応させ、あの家を自分たちに適応させた。強い思いをもって、あの家に住み切った。あの家を熱愛し、酷使した。子どもが母に対してするように。あれは私たちの家であり、私たちはあの家が擁する家族だった。それこそが、メイベックがこの家を建てたときに、彼の念頭にあったことだと思う。そうであってほしい。メイベックは丘陵のもっ

＊1　シュガーコーティングしたスパイシーなクッキー。ドイツの伝統的なクリスマス菓子。
＊2　古い歴史をもつ英国の玩具銘柄。精密な模型玩具で知られる。

と上のほうにある、彼の「亀甲金網の家」のひとつに住んでいた。彼が我が家を訪問したことを、
私はかすかに覚えている。私はとても小さかったに違いない。というのは、彼のおなかの柔らかな
カーブを見上げたのを覚えているからだ。しかも彼はとても背の低い人だったのだ。ズボンが体に
とまっている具合が、ほかの男の人たちのズボンとは違うように思われた。真ん中のひとつボタン
が高い位置にあった気がする。だが、はっきりとは思い出せない。彼の存在は、謎めいていて優し
げだった。
私は居心地の良さとか、使い勝手の良さと悪さ、階段とか、匂いとか、そんな話ばかりしている——ほんとうは、美について語りたいと思っているのに。でも、美についてどういうふうに語ったらいいのか、わからないのだ。美とは、何かほかのものを描きだすことによってしか、描きだせないもののようだ。一番星を見つけることができるのは、目を皿にして探しているときではないのと似ている。

もちろん、生まれてから大人になるまでずっと同じ家に暮らしてきた人は、きっと、その家が自分の心の仕組みと深くかかわりあっていることに気づくことになるだろう。いくらかは、ジェンダーによるかもしれない。女たちは、大方の男たちより、自分自身を住んでいる家と同一視しやすい、あるいは、住んでいる家を自分自身と同一視しやすいと言われる。ナパ・バレーの古いランチハウスは私にとって、とても大切なものだったし、今でもそうだ。五十年近く住んでいるポートランドもそうだ。けれども、バークレーの家は根本的なものだった。私が自分の子ども時代を思い出すときには、必ず、あの家のことが思い出される。それは、すべてが起こったところ。そこは私という人間が生じたところだ。

そして、私が生じるのを家が許容したその空間は、真に非凡なところだった——そう、そのこと

を私は言いたかったのだ。そこは並外れて美しかった。単に、きれいで好ましかっただけではない。それをはるかに超えていた。メイベックの芸術的基準は非常に高かった。家の中で私たちを取り囲んでいるすべてのもの、子どもたちのガラクタや日常生活のゴチャゴチャに埋もれているすべてのもの、すべての表面や領域が、お互いに気高いバランスをたもっていた。材料の良さや惜しみなく発揮された腕前によって、堂々と重々しく、温和で、ゆったりしていた。

カードウェルはこの家について、次のように述べている。「この家の広々とした印象は、ひとつのボリュームをほかのボリュームに関係づけることにおけるメイベックの優れた腕前ならびに、壁に囲まれたところに虚空を配置する仕方の巧みさによって、もたらされている」私が思うに、それらの虚空のうちでも一番素敵なのは、居間の天井の太い主要な梁を支えている、レッドウッドで覆われた太い一本柱がつくりだしているものだった。薄暗い玄関ホールから、午後じゅう日あたりのよい、明るく大きな居間に入っていくと、この柱に出会う。すると、柱を囲んで空間があるのが意識され、柱の周りの空気が動くのが感じ取れた（実のところ、この家はいささか風通しが良すぎた。だが、カリフォルニアでは、それは大して問題にならない）。柱そのもののきっぱりと力強い意思もはっきり感じられた。この家は私を頼りにしている、と柱は言っていた。私は頼りがいがあるよ、と。

たくさんの窓と数か所のフランス窓のおかげで、ベイエリアのまばゆい光がふんだんに入ってきた。それは陸地の光と海面から反射される輝きとが組み合わさったものだ。窓はいずれも眺めがよかった。バークレーの家々の美しい庭に加えて、南と西にはサンフランシスコ湾と湾岸の街々や橋のすばらしい景色が広がっていた。窓のひとつひとつが、それ自体、喜びの源だった。いずれも下枠の低い窓だったが、空が見えるのに十分な高さがあった。

これほど注意深く緻密に設計され、喜びを与えるように考えられた家が、その中に住む人に影響を及ぼさないはずがない。その影響は、とりわけ子どもにとって大きなものだったろう。幼い子どもにとって、家は世界そのもののようなものだから。その世界が念入りに美しくつくられたものであるならば、人間的な尺度で、人間的な観点から美に親しみ、美を期待する心がその子の中に育つかもしれない。メイベックが言ったように、そのような日常的経験は「音楽や詩と同じ影響力を、精神に及ぼすだろう」。だが、音楽や詩に触れる経験は短いし、ときたまにしか生じない。家の中に住む子どもにとって、家という存在の経験は、永続的で全面的なものだ。

こんなふうに言うと、宮殿で育つお姫様の話をしていると思われるのではないか、と心配だ。そういう話ではない。宮殿は美しい場合も、そうでない場合もある。美しさは宮殿が担う役割ではない。宮殿の役割は権力、富、重要性を表現することだ。その意味では、現代の「マクマンション」のほうが、メイベックの設計したいかなる家よりも、はるかに豪華である。メイベックが宮殿《パレス》を建てたのは、王様やお姫様を住まわせるためや、偉大さと富を顕示するためではなく、広く民衆に開かれた博覧会で、芸術作品が一般に向けて展示されるのを祝うためだった。彼の建築物はすべて、その設計の完全さと誠実さという形でのみ、力を示した。メイベックの住宅に、宮殿と共有する目標があるとしたら、それは秩序の表現だと言えるだろう。

構造物の中のすべてが互いに調和しているとき、それらの関係が力強く穏やかで、秩序正しいとき、人はそれに導かれて、世界には秩序があり、人間はそれを獲得することができると信じるようになるかもしれない。

私が今、周りをぐるぐる回るようにして考えているのは、道義心の表現、ならびに美学的手段による道義心の深まりというとても難しい問題だ。

美しい環境で育つというだけで、子どもの心がよい具合に形成されることにはならない。人間的社会的要素の影響は、自然の及ぼす影響を断然上回る。ベイエリアのすばらしい自然の魅力は、オークランド[*1]のスラム街で貧困のうちに育つ子どもたちの発達において、大きな要素にはならないだろう――荒廃や無秩序から束の間逃れて気を紛らわす助けにはなるかもしれないが。一方、社会の堕落や工業化がもたらす醜さから遠く離れて、田舎で、さまざまに魅力的な風景の中に住む人たちも、藪《やぶ》しかないような侘《わび》しい景色しか見ないで一生を過ごす人に比べて、心が広いとか、高尚な目的をもっているとか、いうことはないように思われる。そのような自然の美しさが、精神を明るく広くするには、子どもが生まれつき、非凡な観察力に恵まれているか、観察や美学的知覚の訓練を積むことで、徐々にその能力を深めていくかのどちらかが必要だと私は思う。

ひとつの部屋、あるいは、狭いアパートメントという環境から出ることなく育てられた子どもが学齢に達したときには、知的、空間的、社会的能力の成長が止まっており、育てられてきた空間の身体的・視覚的制限により、精神面でハンディキャップを負っているということを裏づける証左がある。窮屈で醜く、スラムや貧困なバリオ[*2]の不潔で騒がしく無秩序な環境が、そこに住む子どもの憂鬱《ゆううつ》な気分や怒りを助長し、世界全体に対する彼らの感じ方に制限を加え、影を落とすであろうことは否定しがたい。そうではあっても、人間同士が頼り合い、お互いに対して責任をもっているという意識は、そういう子どもたちのほうが、自分専用の部屋を与えられているミドルクラスの子どもたちより、はるかに強いかもしれない。

自然の美であれ、念入りにつくられた美であれ、道徳的な理解力と弁別力を養うのに十分ではない。しかし、早期から、美学的な美しさを継続的に経験することで、秩序と調和を当然、あるべきものだと考える気持ちが育つかもしれない。そして、そういう気持ちがやがて、道徳的な明快さを

＊1　カリフォルニア州アラメダ郡郡庁所在地。サンフランシスコ湾に面した港湾都市で、バークレーからほど近い。
＊2　米国で、ヒスパニック系住民の居住区を指す。スペイン語から入った言葉。

積極的に渇望することにつながるかもしれない。私は倫理的なことと、美学的なことを区別するのに困難を感じる。私の場合、倫理的な反応も美学的な反応も、突発的と言っていいぐらい、すぐに起こる傾向がある。反応に時間がかかるのは、まったく目新しいことや、複雑なことに遭遇した場合だけだ。そして私の反応は頑なだ——教育によって改善されることはありうるが。私の倫理的反応と美学的反応は非常に似通っているので、自分が倫理的に反応しているのか、美学的に反応しているのか、わからないことがよくある。「これはいい。あれはダメ」といった、何も考えずに出てくる確信は浅薄に思われるが、そうではない。それは深いもの、根深く非合理的なものであり、私自身の深い底にまで達している、無数の古い根がこんがらかっているところから出てくるものなのだ。それを正当化しようと、理由を探し始めると、私はたちまち深みにはまって、抜き差しならなくなる。なぜ自分が、シアトルにあるゲーリーの博物館[*1]はダメで、サンフランシスコのパレス・オブ・ファイン・アーツはよいのか自問し始めると、大変な時間と労力をかけた末に、不満足に終わるプロセスをたどることになる。そしてそれは、私が自分はなぜ、女性の要望で妊娠中絶を選べることが正しいと思うのか、あるいはまた、なぜ、拷問は間違っていると思うのか、説明しようとするときに陥る状況と同じなのだ。しかも私は、倫理的な問いと美学的な問いの間に、質的な違いがあると感じないし、さらに言えば、重要度の違いすら、あるとは感じない。しかし、このことを究明するには、哲学の素養が必要だろう。私はそういうものはまったく持ち合わせていない。

　中絶や拷問やゲーリーについて深追いすることはせず、私の住んでいた家の話に戻ろう。私が思うに、あの家は、道徳的理想あるいはコンセプトと区別することが不可能な——少なくとも私にとってはそうすることが不可能な——美学的理想あるいは美学的概念に基づいて建てられたのだ。すべての建築物にはこの意味での道徳性があると言ってもよいのではないだろうか。それは単なる比喩的な意味での道徳性ではなく、設計や素材に正直さや真っ当さが表われたり、不手際で一貫性を欠き、まやかしとインチキと俗物《スノッブ》根性で固めた仕事ぶりに不正直さが表われるという意味での道徳性だ。

レッドウッドの匂いを吸いこみ、複雑な空間を感じ取っていたとき、私はあの家のもつ、そういう道徳性を吸収していたのだと思う。

あの家による道徳的コンセプトの呈示は、美学的コンセプトのそれと同じように、賞賛に値するものだったと思う。私にとってそのふたつは切り離せないものだ。

「バランスに奇異なところのない美はない」とフランシス・ベーコンは言った。その言葉が全面的に正しいかどうかは別として、有益な考えではある。私たちの家にはその点で奇異なところが大いにあった。

今でも「サーディンズ」[*2]という遊びは行なわれているだろうか？　サーディンズをするには、大きな家とかなりの人数の人と暗がりが必要だ。ひとりが鬼になる。鬼以外は全員、ひとつの部屋に集まり、わいわいがやがや騒いで、鬼がどこかほかのところに隠れ場所を見つけるのに十分な時間の間、待つ。鬼はベッドの下、掃除用具入れ、バスタブの中など、どこでも好きなところに隠れてよい。そのあと、照明が消され、待っていた人たちは、てんでばらばらに、黙って、鬼を探す。鬼

＊1　カナダ生まれの米国の建築家、フランク・O・ゲーリーが設計した、ユニークな外観の博物館。二〇〇〇年にExperience Music Projectとしてオープンし、その後、正式名称が変わったが、EMP Museumという名で親しまれ、二〇一六年十一月に再度の名称変更で、Museum of Pop Culture（ポップカルチャー博物館。略称MoPOP）となった。

＊2　サーディンはマイワシの類いの小魚などを指す言葉。オイルサーディンなどの缶詰にされることから、like sirdinsのように、ぎゅう詰めのたとえにこの語が用いられる。

を見つけた人は何も言わず、ただ鬼の隠れ場所に一緒に隠れるのが決まりだ。隠れ場所は掃除用具入れだったら、数人入れるだろう。ベッドの下だったら厄介だ。ひとり、またひとりと、ほかの捜索者もその隠れ場所を見つける。彼らは、オイルサーディンの缶詰の中に自分の体を押しこみ、くすくす笑いを押し殺し、なるべくじっとしている。やがて最後のひとりがやってきて彼らを見つけると、皆、一斉に飛び出す。なかなか、おもしろいゲームだ。私たちの家は物陰や隅っこが数限りなくあり、サーディンズをやるには申し分のない家だった。

それは、あの家の大きさ、暗がり、思いがけない空間のもつ好ましい側面だったと言えるだろう。だが、あの家には、夜、ひとりきりで過ごしたなら、誰でも知ることになる、別な一面があった。

わが一族の中で、最初にそういうことをしたのは、私のいとこのひとりだ。彼は私の両親が転居してくる前に、あの家にひと晩、泊まったのだった。階段をのぼったところの大きな寝室で眠ろうとしていた彼は、跳び起きた。誰かが階段を一段一段のぼってくる足音がかなりはっきりと聞こえたからだ。侵入者を咎《とが》めようと、階段の降り口まで行ったが、誰もおらず、ベッドに戻った。ところがさらに大勢の人たちが階段をのぼってくる。人々はキーキーと、部屋の床を鳴らして、彼のほうへと歩いてくる。それなのに彼の目にその人たちの姿は見えないままだった。いとこは結局、バルコニーのひとつに出て寝るはめになった——人々が室内にとどまってくれるように願ってドアを閉めて。

レッドウッドの床は、いわば、遅れて発揮される反発力のようなものをもっている。歩行する足によって圧縮され、しばらく経ってから——たぶん何時間も経ってから、反発して元に戻る。いったん、この現象を理解したら、いくらかは平気になる。ティーンエージャーの頃、私は深い井戸のような階段を覗きこみ、目に見えない人たちがのぼってくる足音に耳を傾けるのが結構好きだった。そしてまた、夜、自分の小さな部屋で、ベッドに横たわって、屋根裏部屋を歩きまわる自分自身の足音を聴くのも好きだった。屋根裏部屋の床は、その日の午後の私の足取りを一歩一歩くり返した。

でも、幼い子どもだった頃は、その説明は、あまり助けにならなかった。当時私は、階段をのぼってすぐの大きな寝室で寝ていた。そして、夜がふけると、家が恐ろしかった。家は無限の大きさをもち、暗闇は深かった。その家の中には、たくさんの不思議なものが存在する余地があった。六歳で『キング・コング』を見てから、何年もの間、夜、恐怖の発作に襲われた。だが、家の中にほかの人たちがいるとわかっている限りは、なんとか抑えこめた。初めて、ひとりだけ、家にとり残されたとき、私は徐々にパニックに陥った。勇敢であろうと努めたが、影ときしみは徐々に、我慢できないものになっていった。私は兄たちが通りの向かいにいるのを知っていた。窓から身を乗り出してわめくと、彼らはすぐに戻ってきて、優しく慰め、悪かったねと言ってくれた。私は自分ながら馬鹿みたいだと思い、情けなくて泣いていた。大好きな自分のうちが、どうして怖いのだろう？　どうしてこんなに、なじめないものになってしまうのだろう？

あの家には奇異なところがあった。それが真実なのだと思う。

美というのはとても難しい言葉だ。私がすでに不平を述べたように、美は一筋縄ではとらえられない。人々は美という言葉を、かつてほど自由に使っていない。そして多くの芸術家——画家、彫刻家、写真家、建築家、詩人など——が、美という言葉を全面的に拒否している。美を判断するための共通の基準はないと彼らは主張する。彼らは美をたんなる小綺麗さに矮小化し、当然のこととしてそれを軽蔑する。あるいは、それを故意に捨て、真実や自己表現や鋭さなど、より高く評価するほかの価値を取る。

美に対するそのような拒否に反論できるふりはしない。美という言葉に、一般的に受け入れられる定義を与えることすら、私にはできないのだから。だが、美がほかの人にとって何を意味するかはどうでもいいとしても、自分自身にとって何を意味するか考えることが、芸術家には必要だと、私は思う。自分のしていることの美的な構成要素をどのように解釈するか？　その重要性は、その重みはどういうものなのか？　その要素を別にしたら、自分の作品を芸術と呼ぶのにふさわしいものにしているのは何なのか？　美しいものをつくるための探究を別にしたら、芸術家を芸術家たらしめているのは何なのか？　おそらくこれらの質問に対する答えは、芸術家の数だけあるだろう。そして、私にはこれらの質問をほかの人たちにする権利などない。けれど、自分自身にこれらの質問をして、できる限り正直に応えなくてはならないと感じている。

おそらく小説家たちは、ほかの種類の芸術家たちと比べて、美について語ることが少ない。小説家たちの作品について説明するのに、美という言葉はめったに使われないからだ。しかし、私は小説家として、自分の作品について考える上で、またほかの小説家の作品について語る上で、美という言葉は大事な言葉だと、常に考えてきた。たとえば『高慢と偏見』は、私にとって最高の美をもつ作品だ。精妙なまでの正確な言語、完璧なバランスやペースやリズムが、強力な知性と理解力と明快な道義心に奉仕し、完全で活気あふれる全体をつくりだす——そういうものを、美しいと呼ばずして、何を美しいというのだろうか。そのことを理解していただけるなら、私が実にさまざまな種類の小説、たとえば、『リトル・ドリット』[*1]、『戦争と平和』、『灯台へ』、『指輪物語』、そして美しいと言いたい気持ちにさせてくれる小説なら何でも——を言葉で言い表わすのに、美という言葉を使うことを、受け入れてもらえると思う。

さて、もしも『高慢と偏見』が一軒の家だとしたら、気高く均衡がとれていて、住むに楽しい、さほど大きくはない、十八世紀のイングランドの家だろう。

私たちのメイベックの家をどんな小説にたとえられるかはわからないが、その小説は暗闇とまばゆい光の両方を含むものだろう。その美しさは、正直で大胆で創意に富む構造や、魂と精神の親しみやすさと気前のよさから来ていて、同時にまた、ファンタジーや奇異さの要素ももっているだろう。

　このように書いていると、小説のあるべき姿について私が理解していることの多くは、煎じ詰めれば、あの家に住むことによって、私に伝えられたものなのではないか、という気がしてくる。そうだとすれば、私は一生をかけて、あの家を、自分の周りに言葉で再建しようと努めてきたのかもしれない。

＊1　『リトル・ドリット（*Little Dorrit*）』は、ディケンズの長篇小説。邦訳は小池滋訳（ちくま文庫、全四巻）。

目覚めていること

『ハーパーズ・マガジン』二〇〇八年二月号が初出。その後、『ワイルド・ガールズ（*The Wild Girls*）』（ＰＭプレス、二〇一一年）に収録。科学技術がものすごい勢いで変化していく時代、論拠はたちまち古くなり、普遍的な仮説のつもりで言ったことが、たちまち、馬鹿げたものになる。この記事の内容を現状に合わせて書き改めたい誘惑にかられたが、行なわなかった。テキストはそれが書かれた時代に向かって語りかけるものだが、のちの時代にとっても、有益な語りかけになるかもしれない――変化したことと変化していないことを明らかにし、ベンジャミン・フランクリンが言ったように、私たちには、死と税金以外のことは何も予測できないのだと示すことによって。

私たちの森からニシアメリカフクロウがいなくなるのを嘆く人たちがいる一方で、自分はニシアメリカフクロウのオイル焼きを食っているとうそぶくステッカーをこれ見よがしに車のバンパーに貼る人もいる。本もまた、絶滅危惧種であるらしく、ニシアメリカフクロウの場合と同じく、そのニュースに対する反応はさまざまだ。二〇〇二年、全国芸術基金（National Endowment for the

Arts、略称はNEA）が、手をもみしだかんばかりに、悲嘆に暮れて報告した調査結果によれば、アンケートに答えたアメリカ人成人のうち、過去一年に文学作品を読んだと答えたのは半数に満たなかったという（奇妙なことに、NEAはノンフィクションを「文学」から除外しているので、『ローマ帝国衰亡史』、『ビーグル号航海記』、エリザベス・ギャスケルによるシャーロット・ブロンテの伝記、そしてヴァージニア・ウルフの日記や書簡をすべて読んでも、文学的価値のあるものを読んだとはみなされない）。二〇〇四年、NEAは調査に回答したアメリカ人の四十三パーセントは、一年を通して、一冊も本を読まなかった、と発表した。『読むべきか、読まざるべきか』と題されたこの報告書で、NEAは読書の衰退を嘆き、非読書家は労働市場での評価が低く、一般的に言って市民としての有用性が乏しいと警告した。これがきっかけとなり、『ニューヨークタイムズ』のモトコ・リッチ記者は、日曜版の特集記事を書き、その中で、多様な読書好きの人たちに、そもそもなぜ、人は本を読むべきなのかとインタビューした。AP通信は独自の調査を行ない、昨年九月、回答者の二十七パーセントが過去一年、本なしで過ごしたと発表した。NEAよりはましな数字だが、APの記事のトーンには、無頓着さが目立っていた。ダラスのテレコミュニケーション会社のプロジェクトマネージャーが言ったという「本を読むとすぐ眠くなるんだ」という言葉を引用して、APの記者、アラン・フラムは「膨大な数のアメリカ人にとって、身に覚えのある習慣であるに違いない」と評した。

印刷物を前にすると意識を保つことができない自分に満足している、というのは、いかがなものか。だが、私は——悲しいことだと思っているか、密かにいい気味だと思っているかにかかわらず——本が消滅に向かっていると決めてかかることにも疑義を呈したい。本は今、ここにあり、これからも、あり続けると私は思う。過去においても、そんなに多くの人が本を読んでいたわけではない。どうして、今、誰もが本を読むべきだと考えるのだろう？

人類の歴史の大部分において、ほとんどの人は字を読むことができなかった。識字力は、権力をもつ者ともたない者の境界を定める標識であるだけでなく、権力そのものだった。楽しみは論点ではなかった。商売にかかわる記録をつけ、理解する能力、遠方と暗号《コード》を用いて通信する能力、神の言葉を独り占めし、自分の意思で、かつ自分の選んだタイミングでのみ、伝える能力――それらはほかの人たちをコントロールする恐るべき手段であり、自己を拡張することである。読み書きが行なわれている社会はすべて、支配階級（の男性）の本質的特権としての識字能力から始まる。

識字能力は非常にゆっくりと、下方にしみ出ていき、秘密性が薄れるとともに、神聖さを失い、多くの人に広まるにつれて、直接的な力が弱まる。ローマ人は結局は、奴隷や女性など蔑《さげす》まれている人々に読み書きを許した。しかし、それらの人々は、ローマ人の時代に続く、宗教を基盤とする社会で罰を受けた。暗黒時代、キリスト教の聖職者は少なくとも多少は読むことができたが、大方の俗人男性、ならびに多くの女性は読むことができなかった。しなかったのではなく、できなかったのだ。読むことは、女性には不適切な活動だと考えられていた――今日、イスラム社会の一部でそうであるように。

ヨーロッパでは、中世の間に、書かれた文字のもたらす光がゆっくりと広がっていったのが感じられる。それはルネッサンス期に入るとともに輝きを増し、グーテンベルクによる活版印刷術の発明とともに、燦然《さんぜん》と輝いた。その後、いつのまにか、奴隷たちが文字を読むようになり、あれこれの「宣言」と呼ばれる紙とともに、革命が行なわれた。開拓時代の米国西部では、女教師がガンマンに取って代わった。そして人々は、新しい長篇小説の最終回をニューヨークに運んできた蒸気船に群がり、「リトル・ネルは死んだのか？　死んでしまったのか？」と口々に叫んだ。[*1]

一八五〇年頃から一九五〇年頃までが合衆国における読書の絶頂期だったと思う。悲観的に見れば、そこからは下り坂だということになるが。このころ、公立学校が民主主義にとって根本的に重要だと考えられるようになり、図書館が一般の人に開かれ、賑わうにつれて、読書は私たち皆が分かち合うものだと考えられるようになった。一年生からの教育の中心は「英語」だった。移民が自分たちの子どもが英語を巧みに使えるようになることを望んだからだけではなく、文学——フィクション、科学的な読み物、歴史、詩——が世の中で広く尊重されるものだったからだ。

一八九〇年あるいは一九一〇年の教科書を今見ると、ぎょっとせずにはいられないかもしれない。当時、十歳の子どもに期待されていた読解力や一般的な文化的知識のレベルは、恐ろしいほどのものだった。そのような教科書や、一九六〇年代までの高校生が読むことを期待されていた小説のリストを見れば、アメリカ人は子どもたちに読む力を身につけてほしかっただけではなく、実際に、本を読んでほしかった、居眠りしてしまうことなく読書をしてほしかったのだと信じられる。

識字は、個人がいかなる形であれ、経済的に向上したり、階級的地位を保ったりすることへの正面入り口であるだけでなく、社交的活動としても重要だ。読書体験を分かち合うことは純粋な絆をつくる。読書をしている人は周囲のすべてのものから切り離されているように思われる——携帯電話に向かって下らない話をしているうちに、車をほかの車にぶつけてしまう人とほとんど同じくらいに。それは読書のもつ私的な側面だ。だが、読書には幅広い公的な要素もある。それは、あなたとほかの人たちとが読んだものの中にある。

今日の人々が、人気の警察ものやギャングもののテレビドラマで、誰が誰を殺したかを話題にして、何の害意も含みもない社交的な会話を続けることができるように、一八四〇年には、列車の乗客同士や職場の仲間が、『骨董屋』について、かわいそうなリトル・ネルが死んでしまうかどうか

＊1　この長篇小説は、ディケンズの『骨董屋（*The Old Curiosity Shop*）』。ディケンズ自身の発行する週刊誌『ハンフリー親方の時計（*Master Humphrey's Clock*）』に連載された。リトル・ネルは『骨董屋』の主人公の少女。『骨董屋』の邦訳には、北川悌二訳（ちくま文庫、上下巻）がある。

について、何のてらいもなくしゃべることができた。公立学校の教育は、詩やさまざまな古典的文学作品に重きが置かれていたので、多くの人が、テニスンやスコット、シェイクスピアへの言及を理解し、楽しむことができただろう。そういう文学作品は、皆の共有財産、社交的なつきあいの基盤だったのだ。人は、ディケンズの小説を目にしたとたん、眠気に襲われると自慢げに言うようなことはなく、むしろ、それを読んでいないことで、世の中に取り残されたような気がしただろう。

文学の社交的な性質は、今も、ベストセラーの人気に窺《うかが》える。出版社は型にはまった、退屈で下らない小説を、宣伝の力だけでベストセラーにして、咎められることもない。人々がベストセラーを必要としているから。それは文学的な必要性ではなく、社交的な必要性だ。私たちはみんなが読んでいる（そして誰も読み終わらない）本を必要とする。それについておしゃべりするために。

今日でもイギリスから船で本をもちこんでいたとしたら、ハリー・ポッターの最終巻を出迎えるために大勢の人がニューヨークの波止場に群がって、「あの人、彼を殺したの？　彼は死んじゃったの？」と叫んでいたことだろう。ハリー・ポッターのブームは純粋に社会的な現象だった。ロッ
クスターに対する崇拝や、そしてポピュラー音楽のサブカルチャー全体がそうであるように、思春期の子どもやティーンエージャーに、排他的な派閥と、社会的経験の分かち合いの両方を提供するものだった。

本は社会的なベクトルだ。だが、出版社はなかなかそれに気づかなかった。オプラ[*1]に注意喚起されるまでは、ブッククラブというものが存在することにさえ、ほとんど気づいていなかったのだ。だが、そのあとも、大企業の傘下の現代の出版社の愚かさは底なしだ。彼らは本を日用雑貨として売ることができると考えている。

今や、途方もなく富裕なエグゼクティブたちとその配下の無名の経理担当者たちがコントロールする金儲け機関が、芸術作品や情報を売って手っ取り早く金を稼ごうという考えのもと、かつては

独立していた出版社のほとんどを取得している。そういう人たちから、本を読むと眠くなると聞いても、私は驚かないだろう。大企業鯨の腹の中には、自らの古い出版社ともども呑みこまれた不運なヨナたちがいる。編集者などのアナクロな人たち、目をぱっちりあけて本を読む人たちだ。その中には鼻がよく利いて、見込みのある書き手を嗅ぎ出せる人もいる。目を大きく見開いていて、校正までできる人もいる。けれども、そういうことは大して、身の助けにならない。ほとんどの編集者たちはもう何年もの間、不利な条件のもとで、営業部門や経理部門と戦うことに多大な時間を費やさざるを得ないでいる。

　CEOのお気に入りである、それらの部門では、「良い本」は高額の売り上げを意味し、「良い書き手」は、次の本がこの前の本よりよく売れることが保証されている書き手だ。そのような書き手は存在しないということは、経営陣にはどうでもいいことだ。彼らはフィクションのおかげで生活できているのであっても、フィクションというものがわかっていない。彼らが本に対して抱く興味《インタレスト》は、私欲《セルフインタレスト》――本から得られる収益の追求である。また、マードック一族[*2]や、そのほかのまあ毒一族やらの経営トップたちにとっては、本を通して行使する政治的権力の場合もある。だが、それも要するに私欲、個人的な利益の追求である。

　そして利益だけでなく、成長も求められる。株主がいれば、彼らの保有する株の価値は年ごと、日ごと、一時間ごとに増加しなくてはならない。AP通信の記事は、本の売り上げが「熱を欠い

＊1　オプラ・ウィンフリー。米国の司会者、俳優。一九八六年から二〇一一年まで、人気トーク番組、オプラ・ウィンフリー・ショーの司会を務めた。この番組には、本を紹介するオプラズ・ブッククラブというコーナーがあった。

＊2　新聞社、出版社、映画会社、テレビ局などを数多く買収し、世界的な「メディア王」として知られたルパート・マードックとその一族。

て」いて「平坦」なのは、拡張の機会が限られているからだとしている。だが、買収されて巨大企業グループの一部になるまで、出版社は拡張を期待していなかった。供給と需要のバランスの良い状態が続いていて、本が着実に、「平坦」に売れていれば、それで満足していた。そもそも、どうしたら、本の売り上げを、アメリカ人の腹回りのように際限なく拡張させることができるだろうか?

マイケル・ポーランは『雑食動物のジレンマ』[*1]で、トウモロコシについてそのようにするやり方を説明している。筋の通った需要をすべて満たすに足るだけのトウモロコシを育てたら、筋の通らない需要——人工的な需要——をつくりだすのだ。まず政府に働きかけて、トウモロコシを食べて育った牛が標準であると宣言させ、それから牛にトウモロコシを与える。牛はトウモロコシを消化することができないので、このプロセスで、苦しみ、中毒する。そしてまた、トウモロコシの副産物の脂肪分や糖分を用いて、非常に多様なソフトドリンクやファーストフードをつくり、太るけれども、不適切な食生活に人々を慣れさせる。そして、これらのプロセスは止めることはできない。止めたら、利益が「熱を欠いた」、「平坦」なものになるだろうから。

このシステムはトウモロコシについては、うまく行きすぎるぐらいうまく行き、アメリカの農業と製造業全体に行き渡った。そういうわけで、私たちはますます多くのジャンクフードを食べたり、つくったりしながら、ヨーロッパのトマトはどうしてトマトらしい味がするのかなとか、外国車はどうしてできが良いのだろうかとか、いぶかっている。

トウモロコシの場合は、アイオワ州を端から端まで、「ナンバー2 フィールドコーン」[*2]で覆い尽くすことが可能だ。だが、本の場合はさまざまな問題にぶつかる。生産物の標準化だけでは限界がある。もっとも愚かしい本でさえ、知的な内容がいくらかはある。人々は似たり寄ったりのベストセラー、型にはまったスリラー、ロマンス、ミステリー、一般受けのする伝記、旬の話題を扱った本などを、ある程度までは買う。だが、彼らの製品への忠誠心は不完全である。本は読まれねばならず、時間と努力を要求する。本を読むには目覚めていなくてはならない。だから、人々は何らかの報酬を望む。忠実なファンは『一時の死』を買い、『二時の死』を買う。だが、突然、『十一時の死』を買う気が失せるかもしれない——その小説がシリーズのそれまでの作品とまったく同じ、成功間違いなしの定則に従っているとしても。読者が飽きたのだ。良き成長資本主義者である出版業者に何ができるだろうか？　どこかに安全な場所があるだろうか？

文学の社交的機能を利用することに、いくらかの安全を見出すことはできるだろう。社交的機能を大いに発揮する本には、共通の関心事となる旬の話題を供給して、職場やブッククラブの人々に絆をもたらすベストセラーやフィクション並びにノンフィクションの人気本に加えて、もちろん教育的なものも含まれる。高校までの教科書や大学で使われるテキストは巨大企業グループのお気に入りの獲物だ。そういうことはあるにしても、そもそも、出版界に安全性や当てにできる成長などを求めるなんて、巨大企業グループは愚かだったと思う。

私が「本の世紀」と呼んだ時代、多くの人がフィクションや詩を読み、楽しんでいることが当たり前だと考えられていた時代でさえ、実際に、どのくらいの人が学校卒業後、多くの時間を読書に

＊1　『雑食動物のジレンマ』Pollan, Michael. *The Omnivore's Dilemma* (2006). 邦訳はラッセル秀子訳（東洋経済新報社、上下巻）。

＊2　フィールドコーンは、家畜飼料、エタノール原料、加工食品の原料、添加物などとして利用されるトウモロコシの総称。私たちがそのままの形で買ってきて食べるトウモロコシ（スイートコーン）とは見かけは似ているが、品種が異なり、「食べ物というよりはむしろ工業的な原料（ポーラン『雑食動物のジレンマ』より）」である。「ナンバー2　フィールドコーン」は国際的に認められた相場商品としてのフィールドコーンの呼び名。

割《さ》いていただろうか。割くことが可能だったろうか？　当時、ほとんどのアメリカ人は厳しい労働に長時間従事していた。まったく本を読まない人も多かったのではないか？　たくさん本を読む人は決して多くなかったのではないか？　どのくらいの人がどういう状態だったかはわからない。当時は、調査が行なわれておらず、調査結果に頭を悩ませることもなかったのだから。

人々が時間をつくって本を読むとしたら、それが仕事の一部であるからか、ほかのメディアが簡単には利用できないからか、ほかのメディアにあまり興味がないからか――そのどれでもなければ――読書が楽しいからだ。パーセンテージについて嘆くことは、お説教めいたトーンを誘発する。本を読まないのは悪いことだ、もっと読むべきだ、もっと読まなくてはならない、と。本を読み始めるとすぐ目をあけていられなくなるダラスの眠たがり屋に気をとられるあまり、私たちは自分の側の人たち――読みたいから読む快楽主義者たち――のことを忘れてしまいがちだ。そのような人たちが多数派だったことはあるだろうか？

私は、冷徹なワイオミングのカウボーイが『アイヴァンホー』を三十年間、サドルバッグに入れて携行していたとか、ニューイングランドの女子工員たちがブラウニングの詩を読んで語り合う会をつくっていたとかいう話が好きでたまらない。そのような読者は今もいる。概して、学校はもはや、そういう読者のためにさほど尽力していない（ほかの誰のためにも、さして尽力していない）。それでも、最悪の学校からでも、胸に本を抱きしめて出てくる子どもがいる。

もちろん、本は今では、「娯楽メディア」のひとつに過ぎない。しかし本物の楽しみを届けるという点では、弱体メディアではない。娯楽メディアにおいてどのような競争が行なわれているか考えていただきたい。行政府の敵意により、公営ラジオが牙を抜かれてきた一方で、連邦議会は、少数の大企業が独立系ラジオ局を買収して、放送の質を落とすことを許した。テレビ界は娯楽とは何かについての基準を下げ続け、ほとんどの番組が頭脳を麻痺させるか、積極的に不愉快であるかのどちらかであるところまで来た。ハリウッドはリメイク作品をリメイクして私たちをうんざりさせるが、ときたま、芸術として取り組んだときに映画がどういうものになりうるかを思い出させる傑作をつくる。そしてインターネットは万人に万物を提供する。しかし、その網羅性のせいなのか、ネットサーフィンから得られる美学的な満足感は奇妙なほど薄い。自分のコンピュータで、写真を見たり、音楽に耳を傾けたり、詩や本を読んだりすることができるが、それらのアーティファクト[*1]はウェブによってアクセス可能になっているものであり、ウェブによって創造されたものではないし、ウェブ固有のものでもない。ブログを書くことは、ネットワーキングに創造性をもちこむ試みのひとつかもしれず、ブログはやがて美学的な形式を発達させるかもしれない。しかし、まだそうなっていないのは明らかだ。

それに、読者は視聴者ではない。読者は自分の楽しみが、もてなされる楽しみとは違うものだとわかっている。テレビならボタンを押しさえすれば、番組はどんどん放映される。すわって、眺めていればいい。一方、読むことは能動的だ。注意の行為、一点に集中する敏感さの行為。実のところ、それは狩猟、あるいは採集とさほど違わない。本は沈黙という形で挑んでくる。本は波のように寄せてくる音楽であなたをなだめはしない。甲高い笑い声の録音で、あなたの耳を聞こえなくすることもないし、あなたのリビングで発砲することもない。あなたはあなたの頭の中で、その本に耳を傾けなくてはならない。本はテレビ画面の映像がするように、あなたの代わりにあなたの目を動かしはしない。本はあなたの思考を動かしはしない——あなたが本の中で考えない限りは。本はあなたの感情を動かしはしない——あなたが本の中で感じない限りは。本があなたの代わりにその仕事をすることはない。物語をちゃんと読むということは、物語についていくこと、それを行為し、

＊1　人工物（とりわけ、歴史的、文化的な意義や価値のあるもの）。

感じ、それになること——はっきり言うと、それを書くこと以外のすべてをすることなのだ。読むことはゲームのように、ひと組の規則や選択肢つきの「双方向的」な代物ではない。読むことは、作り手の精神と、実際に共同作業をすることだ。当然ながら、誰もができることではない。

本はそれ自体、奇妙なアーティファクトだ。これみよがしなテクノロジーが用いられているわけではないが、複雑で、非常に効率的だ。じつに恰好のいい小さな装置だ。コンパクトで、大抵、目で見ても、手で触れても快い。何十年、あるいは何世紀ももつ。コンセントにプラグをさしこむことも、起動することも、機械に何かしてもらうことも必要ない。必要なのは光と、人間の目と、人間の精神だけである。本は唯一無二のものでも、短命なものでもない。本は長持ちする。本は頼りになる。あなたが十五歳のときに、あなたに何かを語った本は、あなたが五十歳のときにも、また何かを語ってくれるだろう。あなたのその本に対する理解が非常に変化していて、まったく新しい本だと思うかもしれないけれども。

重要なことは、本は物だという事実だ。物理的にそこに存在し、丈夫で、何度でも再使用できる、価値ある物。

電子出版が大いに有用であることを否定するつもりはない。だが、需要に応じた印刷出版は、必須のものになり、存続するだろう。電子は考えと同じくらいはかないものだ。書かれた言葉とともに、歴史は始まる。文明の多くは今も、製本された書物の堅牢さに——記憶を、しっかりとした物理的な形態で保つ能力に頼っている。本の継続的存在は、知的な種としての私たちの存続の大きな部分である。私たちはそのことを知っている。私たちは本の意図的な破壊は究極の蛮行だと考える。アレクサンドリア図書館[*1]が燃えたことは二千年[*2]にわたって嘆き悲しまれてきたし、バグダッドの偉大な図書館が踏みにじられ、破壊されたことをよく覚えていて、悲しんでいる人も多いだろう。だから、企業グループ傘下の出版社や書店チェーンについて、私が非常に腹立たしく思うことのひとつは、本はそれ自体、価値のあるものではないという彼らの前提だ。よく売れるはずだった本が、二、三週間のうちに「実績をあげ」なければ、表紙を破り取られ、破壊される。大企業の精神構造では、即座でない成功は、成功と認めない。今週の大ヒットは先週のそれを超えなくてはならない。まるで、同時に、二冊以上の本を並べる場所がないかのようだ。こうして、ほとんどの出版社（とチェーン書店）が、在庫リストの取り扱いに、ひどい愚かさをさらけだすことになる。

絶版になっていない本は、長年にわたって、出版社と著者のために多額の金を稼ぎだすだろう。一年あたりの稼ぎ高が、今では軽蔑をこめて「中堅本《ミッドリスト》」と呼ばれる部類のそれであっても、着実に売れる本が数タイトルあれば、出版社は何年も活動を続けていけるし、たまにはリスクを取って、新しい書き手を起用することもできるだろう。もしも私が出版業者だったら、J・K・ローリングに仕事を頼むよりは、J・R・R・トールキンに頼みたい。

だが、資本家は年単位ではなく、週単位で考える。即座に大金を得るために出版社はリスクを冒して、「今週のベストセラー」を書いてくれそうな旬の作家に、何百万ドルもの前金を渡さなくてはならない。その何百万ドルもの金――丸損になることもしばしばある――は、かつては信頼のおける「中堅」作家への普通の額の前金や、売れ続けている古い本の印税の支払いに充《あ》てられていた資金から出ていく。多くの中堅作家が脱落し、着実に売れていた多くの本が安値で処分された――モレクを養うために。[*3] これが事業を切り回すやり方なのだろうか？

＊1　プトレマイオス朝およびローマ帝国時代に、エジプトのアレクサンドリアにあった図書館。紀元前四八年、カエサルのアレクサンドリア戦役に際して起こった大火で焼けたと伝えられている。
＊2　二〇〇三年のイラク戦争の折の、国立図書館・文書館の被害を指していると思われる。
＊3　モレクは、旧約聖書に出てくるフェニキア人の神で、子どもを生け贄にして祀られた。ここでは、大きな犠牲を要求するもののたとえ。

私は巨大企業グループが目を覚まして、出版は、資本主義と健全な、よい関係がもてる普通のビジネスではないのだと気づいてくれることをずっと願っている。出版事業の一部の要素は、資本主義的なやり方でうまくやっていける。あるいは、そういうふうに仕向けることが可能だ。教科書産業は、その明らかな証拠だ。ハウツー本の類いにも、ある程度の市場があることが予想される。だが、避けがたいこととして、出版社が出版するものの一部は、文学である。あるいは、文学っぽい側面をもつ。文学というのはつまり芸術だ。そして芸術と資本主義との関係は、控えめに言っても、波風が立ちやすい。両者の結婚生活は幸せなものではなかった。苦笑しつつ見下《みくだ》しているというのが、両者がお互いに対して抱く、もっともましな感情だ。人間に利益を与えるものの両者の定義はかけ離れすぎている。

ではなぜ、企業グループは、自分たちが買収した文芸出版社を――あるいはせめて、同様に買収した出版社の文芸部門だけでも、こんな儲からないことにはつきあえないと、苦笑まじりに切り捨てないのだろうか？　どうして彼らを、製本業者や編集者への報酬支払いや、作家たちへの控えめな額の前金としょぼい印税を、良い年ならどうにかまかなえるという程度に稼ぎ、わずかな収益のほとんどを思い切って新しい作家を使うことに充てるという、でたらめなやり方に戻らせてやらないのだろう？　学校に入ってから出るまで、子どもたちは楽しみのために読書することを教えてもらう機会がめったにないし、そもそも、電子機器に気を取られているから、読書する人の割合が有意にふえているとは思われず、むしろさらに減少している可能性が高い。企業グループのトップに訊きたい。この陰鬱な光景の中に、何かあなたのためになるものがあるだろうか。どうしてここから立ち去ってくれないのか。恩知らずのチンケな連中なんか放り出して、あなたは仕事《ビジネス》の中の仕事《ビジネス》を進めたらいい。世界支配とか。

今しているようなことをしているのは、出版社を所有したら、印刷されるもの、書かれるもの、読まれるものに支配力を及ぼせると考えているからだろうか？　せいぜい、がんばってください。それは暴君の共通の夢だ。書き手と読み手は、それに苦しまされながらも、苦笑しつつ見下《みくだ》している。

大自然が用意した最大のごちそう

二〇〇九年頃に書いた未発表の文章。

私が九歳ぐらいの頃、十二歳ぐらいだった兄が、毎晩できるだけたくさん、夢を見たいんだ、と言った。どうして、と私が訊くと「ただ横になっているより、何かしていたいから」と兄は答えた。私はその、元気いっぱいな姿勢に感心した。私自身は、夢を活動だと考えたことがなかった。夢を「見る」[*1]とは言うけれど、夢を「する」とは言わない。今でも私は自分が夢をしているとは思わない。夢が自分の目的のために、私を利用しているのだという気がする。ところが、心理学者であるもうひとりの兄によると、私は自分の見る夢に責任があるという。夢を見ているのは私であって、ほかの誰でもなく、夢に出てくる人物は皆、私なのだ、と。彼の言うとおりなのだろうが、私はそれを認めたくない。そんな責任は引き受けたくない。私はそれから逃れたい。

夢は逃げ道を提供してくれないかもしれないが、眠りは提供してくれる。眠りは人がすることなのに、眠っている人は、自分が眠っていることを知らない。眠りについて語るのは難しい。

科学者たちはもう何十年もの間、眠りについて語ろうと懸命な努力を続けている。ウィキペディアの記事は、堂々たる書きぶりで始まる。「睡眠は、動物界全体にあたって観察される、体が休息をとる自然な状態である。（中略）人間やほかの哺乳類、そしてほかの動物の大多数において（中略）生存のために規則的な睡眠が必要とされる。（中略）睡眠の目的は部分的にしかわかっておらず、熱心な研究の対象となっている」その研究は非常に魅力的だ（ウィリアム・C・デメント著『夜明かしする人、眠る人』[*2]のような本でそのおもしろさを知ることができる）が、今のところ、結論には達していないのがもどかしい。すべてのヒト、イヌ、ネコ、ネズミが生涯の三分の一、もしくはそれ以上を費やして行なうことがあり、それは、私たち人間にとっては、特別に時間を割り当て（夜）、それをするための特別の場所を定め（ベッド）、そのために着る特別な衣服まで用意して（羊柄のパジャマとか）、真剣に取り組む活動なのだ。科学者たちは、眠りを記述することはできても、まだ、眠りを理解していると言えるところまでは来ていない。私たちは眠りを体で知っている、深いところでなじんでいるものだと感じている――だが、頭ではそれを捉えていない。

眠りは詩人たちに、非常によい宣伝活動をしてもらっている。詩人たちは、私たちが理解できないことについて明快に語ることに慣れている。

悩みを癒やす〈眠り〉、暗黒の夜の息子よ、
沈黙の闇に生まれた〈死〉のきょうだいよ、
帰ってきて、私の衰弱を和らげ、光を回復してくれ。
悩みを取り除く暗い忘却によって。
嘆くのは昼間だけで十分だ。

――サミュエル・ダニエル[*3]

＊1　原文は"having" dreams。
＊2　『夜明かしする人、眠る人』Dement, William C. *Some Must Watch While Some Must Sleep* (1972). 邦訳は大熊輝夫訳（みすず書房）。

眠りよ、来てくれ、おお、眠りよ、――安らぎの固い絆《きずな》、
知性の休息所、悲しみの鎮痛剤よ。
貧しき者の財産、囚われ人の釈放、
上下、貴賤、へだてなき裁判官よ。

――フィリップ・シドニー*1

ああ、魔法の眠りよ！　こころよい鳥よ。
静かに和らげられるまで　心の騒乱の海を
抱きかかえる鳥よ！（……）

――ジョン・キーツ*2

おお、眠りよ、それはだれにもやさしく
地の果てから果てまで愛されるもの。
聖母マリアに讃えあれ！
聖母はそのやさしい眠りを天国から
わしの心に忍びこませて下さった。

――サミュエル・コウルリッジ*3

星空にある沈黙
寂しい山あいにある眠り

——ウィリアム・ワーズワース＊4

叫び声が聞こえたようだった、「もう眠りはない、
マクベスは眠りを殺した」——あの無心の眠り、
心労のもつれた絹糸をときほぐしてくれる眠り、
その日その日の生の終焉《しゅうえん》、つらい労働のあとの水浴《ゆあみ》、
傷ついた心の霊薬、大自然が用意した最大のごちそう、
人生の饗宴における最高の滋養——

——ウィリアム・シェイクスピア＊5

＊3 （133頁）『ディーリア（*Delia*）』の四十五番目の詩の冒頭。

＊1 シドニー『アストロフェルとステラ』三十九番目の詩の冒頭。訳は、大塚定徳・他共訳『アストロフェルとステラ』（篠崎書林）からお借りした。

＊2 キーツ『エンディミオン』巻一より。訳は、出口保夫訳『キーツ全詩集　第一巻』（白鳳社）からお借りした。

＊3 コウルリッジ「古老の舟乗り（老水夫行）（The Rime of the Ancient Mariner）」第五部冒頭。訳は、上島建吉編『対訳　コウルリッジ詩集』（岩波文庫）からお借りした。

＊4 一八〇七年の『二巻詩集（*Poems in Two Volumes*）』所収の「〈羊飼い〉ことクリフォード卿が先祖の領地と名誉に復帰した際のブルーム城での祝いの歌（Song at the Feast of Brougham Castle upon the Restoration of Lord Clifford, the Shepherd, to the Estates and Honours of his Ancestors）」より。

＊5 シェイクスピア『マクベス』第二幕第二場。訳は、小田島雄志訳『シェイクスピア全集　マクベス』（白水Uブックス）からお借りした。

私はこれらを、『オックスフォード引用句事典』の「眠り」の項目の約百八十の例から、ほぼ無作為に選んだ。詩人は眠りの恩恵をよくわかっている。フィクションでは、眠りは大した役割を演じない。ただし、登場人物が欲しているのに、そこに存在しない場合は別だ。人は寝返りを打ったり、熱をもった枕を拳でたたいたり、眠れない人のお決まりの行動を取る。登場人物がようやく眠ると、作家は爪先立ちで、寝室から静かに去る。もちろん、その登場人物が夢を見る場合は除く。夢は眠りがもたらす唯一のドラマだ。作家が、誰それの呼吸が静かになり、規則正しくなったと言えば、それで終わりだ。私たちは吸う息、吐く息を記録してほしいわけじゃない。そういうわけで、眠りはフィクションから逃れ出てしまう。夢の足跡だけを残して。

　海の物語のすばらしい語り手、パトリック・オブライアン[*1]は、散文の網で眠りをほぼ捕まえることができた人だ。彼の登場人物、スティーヴン・マチュリンは不眠症で、鎮静剤を飲みすぎて、危ないことになることもあれば、まったく眠れなくて悲惨な状況になることもある。だが、たまには、非常に疲れて自然に眠れることもあり、そんなときは、快感とともに、自分の乗っている船が航海する海よりも深くて暗い深淵に滑り落ちていく。それらの文章においてオブライアンは、眠りに落ちていく体験の実体を、暗示的な書き方で表現する。まるで魔法のようだ。アクションの書き手として優れたオブライアンは、眠りにつく《ゴー・トゥー・スリープ》とは、アクション——すべてを変える行為であることを読者に悟らせる。

　行為。変化。旅。「ゴー・トゥー・スリープ」と私たちは抱っこした赤ちゃんに言う。あの場所へ行きなさい。あの、もうひとつの場所へ。あそこは、何もかもが違っている場所。おまえが泣かなくてよい場所。

　もちろん、小さな赤ちゃんにとっては、眠りは自然な状態だ。赤ちゃんたちが確実に眠りに戻ってくれるようすは、天使のように愛らしい。そして、おなかがすいたり、何か不快だったりして、眠っていられないとき、赤ちゃんたちは惨めさと怒りを伝えてくれる。赤ちゃんが状況を認識できる短い時間は、広大で穏やかな海に小島が散らばる多島海《アーキペラゴ》を成す。眠りに対する親のニーズが一番深くなるところに、小島が密に分布してとめどない大騒ぎをもたらしがちだとしたら、それは不運としか言いようがない。

成長することは、状況を認識できる時間が頻繁になることを意味する。赤ちゃんが状況を認識できる時間の島は数が増し、くっつきあって、昼間の大陸をつくる。その大陸では、私たち大人が目的をもって動き回り、用事をすます——目が覚めているんだから、自分の状況がわかっているに違いないと確信しながら。

瞑想《めいそう》をする人たちが証言するように、目が覚めていることと状況を認識できることは同じではない。一日中しっかりと目をあけていても、周りのことがわかっている瞬間が一瞬たりともない、ということもありうる。一度にふたつ以上の仕事をする《マルチタスキング》ことは、状況を認識することを妨げる、最新の効果絶大な方法だ。運転しながらコーヒーを飲み、証券会社と携帯電話で話す人は、状況を認識するところまでは到底届かない、狭く局在化した意識形態を身につけているのだ。しかし、気を散らす電子機器に囲まれていても、そして、私たちが状況を認識できる状態なのか、単に目が覚めているだけなのかにかかわらず、眠りの海は私たちを取り囲み、謎へと戻る夜ごとの旅に連れ出す。

私たちは自分の意思で、眠りにつくこともあるし、その意思が阻まれることもある。眠りたくても眠れない時間は長く感じるが、実際は、せいぜい一晩というところだし、それも稀《まれ》だ。不眠症は筆舌に尽くしがたいほどつらい。しかし、睡眠が欠如した時間が長く続くことは心と体にとって非

＊1　パトリック・オブライアン（一九一四－二〇〇〇）は英国の小説家・翻訳家・伝記作家。代表作に〈英国海軍の雄ジャック・オーブリー〉シリーズがあり、マチュリンはこのシリーズの主人公、オーブリーの親友。邦訳は高橋泰邦訳（早川書房）。

常に危険なので、ひどい痛みを加えられでもしない限り、それが五十時間以上に及ぶことはない。
意思の力で眠らないようにすることもできる、だが、いずれは、必ず敗北する。どれほどがんばって意識にしがみついていても、意識が溶けるようになくなる時が来たら、しがみつくこともできなくなる。意識はなくなる。世界とともに静かに去る。

意識が自分自身、自分の人間性、自分の命であるようにすら感じられるため、私たちはそれを失うことを恐れるかもしれない。コントロールする力を少しでも失うのを恐れるため、あるいは見る夢が悪夢ばかりなので、眠るのを恐れる人もいる。「マクベスは眠りを殺した」と夢遊病のマクベス夫人が言う。意識がないのに、ひとつのおぞましいことだけは、強く意識しているのだ。十二歳のときの私の兄のように、時間と頭脳の無駄遣いだと、眠りに対して腹を立て、わずか二、三時間の睡眠で十分だったという、少数の有名な人たちを羨む人もいる。ひと晩じゅう、横たわってぐうぐう眠る必要がなかったら、どれほどたくさんのことができるだろう、とそういう人は言う。私は、遺伝子改変によって眠る必要がなくなった人たちについてのSF小説を読んだことがある。その人たちは皆、天才になった。ほかの普通の人たちより、はるかに優秀になった。私は疑わずにはいられなかった。考え、働き、間違いを犯す時間が、一日に十六時間ないし十八時間ではなく、二十四時間あったら、人間の思考、労働、判断の量には違いが生じるだろう。けれども質は上がるだろうか？　上がるとしたら、どのように？　そして、なぜ？　誤りを犯すことも含めて、同じことをする時間が六時間ないし八時間ふえるだけではないか？　そしてその代償はいかなるものだろうか？

大学生だった頃、徹夜自慢をしたものだ。ビールを何本飲んだかを、あるいは（期末試験の前なら）、どれだけ勉強したかを自慢した。だが、次の日には、夜の間じゅう、うまく追い払うことができていた砂男[*1]がすぐそばにやってきて、ビールのことを二日酔いの不快感とともに思い出させ、あるいはまた、私の目に砂をかけて、せっかく準備勉強をした試験に集中するのを妨げるのだった。

砂男は優しいけれど、彼から逃げることはできないし、彼を説得することもできない。彼は、何が私たちにとって良いのか知っている――ほんとうに知っている――あの恐るべき者たちのひとりだ。

人間から故意に睡眠を奪うと精神的におかしくなる、ということが、研究者たちの実験から明らかになっている。そして、まったく眠らせないことが可能であるとしたら、そのようにされた人は死ぬだろう。拷問者たちはこのことをよく知っている。

合衆国で行なわれてきた医学教育の慣行の、もっとも奇妙な点のひとつは、短い休憩すらろくにない長時間シフトの実地研修を医学生たちに課し、疲労と睡眠不足により能力が落ちるような状態に追いこむことだ。患者を危険にさらすことが明らかな、この苦行を正当化する合理的な理由はまったくないと、私は知っている。だが、考えてみたら、病院というのは概して、眠りに対して敵対的である。真っ暗闇がない。まったくの無音状態もない。休息に配慮しない厳格な時間割。自然な睡眠の癒やし作用は十分に研究され、認められているのに、看護師がどたどたとやってきて、患者を起こし、睡眠薬を飲ませる。ＩＣＵは、静寂、暗闇、プライバシー、平穏、休息にまったく欠けていて、回復のための環境としては、信じがたいほど敵意に満ち、毒を含んでいる。

眠りが私たちに必要なものを与えてくれることを、私たちは知っている。だが、眠りが与えてくれるものは、私たちの知り得ない何かだ――目覚めのときに、それが自分たちから滑り落ちていくのは感じるかもしれないが。それは回復作用だろうか？　慰め、単純化作用、あるいは無邪気さだろうか？

眠っている人は愚かに見える。それを知っているから、私たちは眠っているところを人に見られ

＊1　お伽話などで、子どもの目に砂をかけて眠くさせる眠りの精。

たくない。私たちは眠っていたことを強く否定する。「うとうとなんかしていなかったわ。考え事をしていただけよ！」（口をだらんと開き、少しよだれも垂らしながら……？）。だが、眠っている人はしばしば、子どもっぽくも見える。無邪気に見えるのだ。眠っている人は罪がない。罪がない《イノセント》の意味は「害をなさない」ということだ。冷酷きわまりない殺人者も、残忍至極《しごく》な独裁者も、もっとも危険で凶暴な輩《やから》も、眠っている限りは無害だ。

　人間の歴史を通じて、眠っている人や動物を殺すことを忌《い》む、かなり強い感情があった。そのような行為は卑怯であるだけでなく、邪悪だとみなされた。眠っているとき、あなたの敵は無力であるだけでなく、イノセントな存在だ。彼があなたの敵になるには、目覚めていなくてはならない。私たちが安全な、離れたところから大量殺戮《さつりく》を行なうようになって、こういう道義的な区別は失われた。爆撃される標的エリアに存在するのは、定冠詞つきの敵（ジ・エネミー）だけである。それは人間とはみなされない。従って眠ることがなく、イノセントであるはずがない。それは数字をもたらしさえしない。爆撃機のパイロットに、死者数を数えることができるだろうか？　無人攻撃機が何かを気にかけるだろうか？

　ほんの二世紀足らず前までそうだったように、夜の闇とともに戦いが終わってくれればいいのに、と思う。爆撃機の下にいる人たちも、爆撃機に乗っている人たちも、毎夜、血腥《ちなまぐさ》い一日から逃れ出て、数時間のイノセンスが得られるように。

だが、今では無人機が私たちの代わりに何でもやれるので、誰ひとりとして二度と再びイノセントになることはない。

　私たちが皆、与えられたこの偉大な贈り物に対して、もっと敬意を抱いていたらいいのに、と思う。それは静かな時間であり、不知の隙間だ。夜ごと、私たちは忘却の水、すなわちレーテー川[*1]の水をたっぷりひと口与えられる。生まれる前にいたところを思い出し、そこへ戻っていくための練習として、それを飲む。そしてすっかり新しくなって、立ち上がる。眠りは、加入儀礼のうちでもっとも奇妙なもの。謎のうちでもっとも親切なもの。しきたり通り執り行なうこと自体が恵みである儀式。眠りが受け取って然《しか》るべき名誉と感謝を、誰もが皆、眠りに捧げていればいいのに、と私は思う。

＊1　ギリシャ神話で、ハーデース（黄泉の国）にあるとされる川。死者の魂はその水を飲み、生前のすべてを忘れるという。

女たちが知っていること

二〇一〇年二月、オレゴン州ジョゼフで催された「フィッシュトラップの冬の集い」[*1]での二つの講演をもとにして、手を加えた。それぞれの講演は、そのトピックについての公開討論会に先立って行なわれた。

第一夜

私たちの今宵のトピックは、「女たちから何を学ぶか」です。

男の役割と女の役割はどのように異なるか、ジェンダーはいかにして確立され、活性化されるかといった主題に対しては、私たちの多くがついつい、ひどく身構えてしまいます。人間の行動について一般化する場合、例外を取り上げるせいで脱線しがちですから、私たちの討論を実りあるものにするため、例外については脇に置き、別の機会に論じることを提案します。私たちは今、「ジェンダーの森」に入ろうとしています。そこは迷い子になりやすいところです。この木、あの木と目移りして気をとられていたら、私たちが通り抜ける道を見つけ出そうと努力している、あの大きな暗い森を見失ってしまうでしょう。

そういうわけですから、「女たちから何を学ぶか」という問いに答えるために、私がする、最初の大きな一般化は、「人間になる仕方を学ぶ」です。

千年にわたって、すべての社会で——このオレゴンでも今までずっと、いかにして歩き、話し、食べ、歌い、祈り、ほかの子たちと遊ぶか、どの大人を尊敬すべきか、何を恐れるべきか、何を愛するべきか、などについて、基本的な指示のほとんどを女たちが与えてきました。生き続けること、そして社会の一員であることという複雑で驚きに満ちた事業全体について教えてきたのです。

ほとんどの時代、ほとんどの場所において、赤ちゃんや幼い子どもは、主に——しばしば全面的に、母親や祖母やおば、近所の人や村のおばさんたち、幼稚園の先生たちに指導されます。そしてそれは今のアメリカでも続いています。スーパーマーケットで子ども連れの若いお母さんを見かけるたびに、私たちは人生の研究者、非常に複雑なカリキュラムを教える教師を目にしているのです。その人がうまくやっているか、それともあまりうまくやっていないかは、この法則には関係ありません。重要なのは、ほとんどの時間、その役割を果たしているのは、彼女だということです。

彼女が教える基本的なスキルは、おおむね、ジェンダーの区別とは関係なく、男の子も女の子もどちらも学びます。社会的なスキルの場合は、ブルーとピンクに色分けされるかもしれません。女の子が、大人のそばでは静かに行儀よくしているように教えられる一方で、男の子は叫んだり、しつこくまつわりついてもかまわないとされたり、女の子は頭に花をつけて踊ったら褒められますが、男の子は恥じ入るように仕向けられる、といったふうに。でも、基本的なスキルやマナーは概して、両方のジェンダーに適用されるものです。

それとは対照的に、幼い子どもが男たちから学ぶことは、一方のジェンダーに偏《かたよ》っている場合が多いのです。男は女よりも、ピンクとブルーが入りまじらないようにしたい傾向が強いのかもしれません。父親はしばしば子どもたちに、性による役割を教えます。男の子には男らしくある方法を

＊1　米国西部の書き手たちのための非営利文芸団体。

教え、女の子には女らしくある方法を教えるのです。男の子が成長するにつれて、男親はしばしば、全面的に自分がその子を教えるようになります。一方、女の子に対する教育はまったくしなくなります。何千年もの間、女子教育はほとんど全面的に、家庭内で女性によって行なわれてきました。今でも、そういうところはたくさんあります。自分自身の子どもではない少女を男性が教育するのは、ほとんどの場合、かなり新しい現象です。何千年もの間、家の外では、男性聖職者が掟《おきて》を押しつけていました。一家の父は家の中でそれを押しつけ、娘たちには従順であること以外、ほとんど何も教えていませんでした。六歳以降、男の子は男から学び、女の子は女から学ぶというのが一般的な決まりでした。パルダ[*1]やシャリーア[*2]のようにジェンダーの分割と階層制の序列が徹底しているほど、そうでした。

男たちが男の知識だけを、ある年齢を超えた少年たちに教えることに専念したので、幼い子どもたちに彼らの属する人間集団の作法や倫理——生物学的性とは関係ない、人間としての生き方——を教えることにおける主要な役割は、女たちに残されました。そして、おそらく、ここにこそ、変化を引き起こす——体制の転覆さえも引き起こす豊かな土壌があります。

父親たちの教えは、序列を維持し、現状を支持する方向に向いています。社会的・倫理的変化は女たちから始まるでしょう。女たちは階層制に力を注ぐことが少なかったし、子どもたちに新しい環境に適応することを教えるよう努めていますから。オレゴン街道を通った幌馬車隊のことが私の頭に浮かびます。男たちが、敵対的で危険であると想定される見知らぬ人々に攻撃的姿勢で立ち向かい、女たちを守るという伝統的な役割にいそしむ一方で、女たちは（密かに、である場合が多かったようですが）インディアンの女たちと話し合い、ささやかな物々交換を行ない、双方の子どもたちが触れ合うに任せました。偏狭な白人の男たちの物語から、「見知らぬ人々」は除外されていましたが、機を見るに敏な白人の女たちの物語は、その人々を受け入れ始めたのです。

私たちは、学ぶことのうち非常に多くを、物語として学びます。私たちが聞いたり、読んだり、習ったりする神話や歴史は、自分が何者であって、どういう集団に属しているのか、教えてくれます。炉辺で語られ、もっとも身近な人たちである家族について教えてくれる物語もあれば、種族や国家の公式の歴史もあります。

誰がそういう物語を語るのでしょう？　私たちは誰にそれを教わるのでしょう？

何世紀にもわたって、自分たちの一族がどういう人たちであり、自分の属する種族の中でももっとも身近なその人たちが、どのようにふるまうかについての物語を語り継いできたのは、一族の中の女たちです。男の聖職者、呪術師、指導者、首長、学者——そういった人たちは、もっと大きな単位の種族、人間集団、国家の一員として、私たちがどんな人間であり、どのようにふるまうべきなのかについての物語を教えました。女たちは個々の人の物語を伝え、男たちは公式の歴史を伝えるのです。

そしてここでも、男たちの教えは現状を支持するのに傾きがちで、女たちの教えは個別的なだけに、現状転覆を引き起こすほうに傾きます。

このふたつの教えは食い違うことがあります。

たとえば、「いかにして西部は獲得されたか」について私が教わった公式の、男の物語は、探検をし、幌馬車隊を率いて、牛の群れを駆りたて、動物を狩って殺し、インディアンを狩って殺した男たちについての物語です。私の大おばのベッツィが私に話してくれた西部での子ども時代のさま

＊1　インド、パキスタンなどで、女性が人目に触れないようにするためのカーテンやベールの意から、そのように女性を隔離する慣習を指す。

＊2　コーランに基づくイスラム法。

ざまな思い出話は、それとは違っています。一頭立ての馬車に持ち物すべてを積みこみ、燃えるランチハウスから逃げ出したというベッツィの話を、私は覚えています。そしてまた、私の祖母で、ベッツィの姉のフィービーが十二歳の頃、インディアンとの紛争がよくあって、両親が町に食料品の買い出しに出かけて三日間留守にしている間、スティーンズ山の上の小屋で、フィービーが幼い弟たちの面倒を見たという話も聞きました。先住民たちは立ち退かされ、政府の軍隊に追われて、敵意を燃やしていました。そしてフィービーは彼らが怖くてたまりませんでした。それでも、私が覚えている限り、その話では誰も、誰かを狩ったり、殺したりはしませんでした。

公式の男の教えと、私的な女の教えが違っていることもあるでしょう。その違いにとまどうこともあるでしょう。都市の中の人口密集地に住む、ひとり親の母親が子どもたちに、社会は彼らがお互いを尊敬し、誠実な市民としてふるまう人になることを期待しているという物語を教えたとします。けれど、その子たちが、町で集団のリーダーになっている若者から聞かされ、そして非常にしばしば教師や警官からも聞かされるのは、彼らにただひとつの役柄——薬物依存症患者や犯罪者のような、役立たずであるか有害な存在であること——しか与えない物語なのです。

あるいは、こういうこともあります。ある家庭が息子たちを、慈悲の心をもって穏やかに暮らすという物語の中で育て上げました。ところが、その後、男たちの組織、具体的に言えば軍隊が彼らを戦争の物語の中に投げこみ、そこで彼らは、殺戮すること、自責の念なく残酷にふるまうことを強制されるのです。

あるいはまた、ある母親が娘たちに料理や家事のスキルを教え、その豊かな伝統になじませました。ところが、実業家や政治家が、資本主義社会の物語では、そのような仕事にはまったく価値がなく、それらは仕事と呼ばれることすらない、という考えを娘たちに吹きこみます。

非常に頻繁にくり返し語られた、ある物語が私たちにこう告げます。女は生まれつき、冒険心が薄く、保守的なので、伝統的価値観の熱心な支持者である、と。それはほんとうでしょうか？　もしかして男が、自分たちこそが革新者、状況を揺り動かすもの、社会のあり方に変化をもたらす者、新しい重要なことは何なのかを教える者だと考えたくて、語っている物語なのではないでしょうか？

私にはわかりません。考えてみる価値があることだと思います。

第二夜

私たちの社会や文化での男たちの優勢を支えてきたもののひとつは、偉大な芸術は男によってつくられる、偉大な文学は、男が男について書いたものである、という考えです。

高校までの学校では、女性が――教師の世界の常として、男たちの階層制の中で働いている女性の教師が――そして大学では男性の教師が私に教えました。真に重要な本を書いたのは皆、男で、男たちこそが重要な本の真ん中にいるのだ、と。

けれど、私の母は――母はフェミニストではなかったし、体制転覆の意図など、まったくありませんでしたが――女性が書いた本をたくさん、私に与えました。『若草物語』や『黒馬物語』などです。のちには『高慢と偏見』や『自分ひとりの部屋』も。

私がファンタジーやサイエンス・フィクションを書き始めた頃、その文学ジャンルは、まったくの男の世界でした。女性の書き手はとても少なかったし、女性の登場人物は、地球や異星の姫君や、紫色のエイリアンの触手に巻きつかれて悲鳴を上げる美女、目をぱちぱちさせて「艦長、この時間スポンジ圧縮装置の仕組みを教えてください」という美人乗組員ぐらいでした。

私は数人の偉大な女性作家と数人の偉大な男性作家を心から敬愛し、サイエンス・フィクション界における存在感のある女性キャラクターの登場を歓迎してきたけれども、自分自身は長い間、フィクションは男たちについて、男たちの行為や思考について書かれるものだという考えに疑問を抱くことをしませんでした。この問題について熟考したことがなかったからです。

しかし、一九六〇年代、七〇年代には、ブラジャーを燃やす、あの恐るべきフェミニストたちが、さまざまな問題について考え、問いかけました。何が重要かは誰が決めるのだろうか、戦争と冒険が重要視される一方で、家事や出産や育児が重要視されないのはなぜか、と。

その頃までに私は、いくつかの長篇を書いていただけでなく、もう何年もの間、家を整え、子どもたちを産み育てていました。そのすべての活動は、人間がするほかの活動のどれにも劣らず重要なことだと、私は思っていたのです。そこで、私は考え始めました。私は女であるのに、なぜ、男たちが中心であり、第一であり、女たちは周辺にいる二流のものであるような小説を書いているのだろう——まるで、自分が男であるかのように。

そうすることを編集者が私に期待するから。そうすることを書評家が私に期待するから。だが、彼らはいったいどんな権利があって、私が異性装者としてふるまうことを期待するのだろう？

私はこれまで、借り物のタキシードや男性用局部プロテクターを身にまとってではなく、ありのままの自分自身として書こうとしたことがあるだろうか？　自分自身の皮膚、自分自身の衣服だけをまとって書く術《すべ》を、私は知っているのだろうか？

答えはノーでした。私はその方法を知らなかったのです。それを身につけるのに、ある程度の時間がかかりました。私を導いてくれたのは、ほかの女性たちでした。六〇年代、七〇年代のフェミニスト作家たち。それ以前の世代の女性作家たち——この人たちは男性優位主義の文壇によって埋もれさせられていましたが、再発見され、賞賛され、『ノートン版女性文学アンソロジー（*The Norton Anthology of Literature by Women*）』[*1]のような本の中で蘇りました。そして私の仲間のフィクション作家たち。ほとんどは私より若い人たちですが、女性として、女性について書き、文学界の権威主義的古株たち並びにジャンルの権威主義的古株たちに挑みかかっています。私はこれらの人たちみんなから、勇気を学びました。

でも、私は、女たちの知恵を尊ぶカルトをつくるのは好きじゃなかったし、今でも、そういうのは好きじゃありません。女たちの知らないことを知っていると、誇らしげに言うのは好きではないのです。女たちの奥深い、非合理的な知恵とか、女たちが生得的にもっている自然についての知識とか、そういうのを誇りたくないのです。そういうことをすると、非常にしばしば、女性は原始的で劣っているとする男性上位主義者たちの考えを増強する結果に終わります。女たちの知恵は幼稚で、原始的で、根っこを下《くだ》っていった先の暗闇にある。一方、男は地面を耕して、光の中で花を咲かせ、穀物を実らせる、等々というあれです。

でも、男たちは大人になるのに、女たちはどうしていつまでも赤ちゃん言葉でしゃべらないといけないのでしょう？　男たちは思考するようになるのに、女たちはどうして、漠然と感じるだけだと決めつけられるのでしょう？

私の小説、『帰還』[*2]では、ある登場人物が、それぞれのジェンダーに固有の知識があるという信念を語ります。この小説の中心的人物であるテナーと、テナーの知り合いで、年寄りで貧しく無知な女まじない師であるコケが、男の魔法使いたちと彼らの力について話をしていたとき、女の力についてどう思うか、とテナーが問いかけます。すると、コケはこう言います。

「そりゃ、おかみさん、女はまるっきりちがいますわな。女というものがどこで始まって、どこで終わるか、それがわかってる者がどこにいます？　いいですかね、おかみさん、このわし

＊1　文学研究書の出版に定評のあるノートン社刊行の、英語話者の女性作家の作品のアンソロジー。
＊2　ゲド戦記第四巻。原題 *Tehanu*。

も根を持っている。その根はこの島より深く、海より深く、大地が持ちあげられたときよりもっと昔にさかのぼり、ついには闇の世界に帰っていく。」コケの赤く充血した目は異様な輝きをおび、その声は楽器でもかきならしているようだった。「そう、闇の世界に帰っていく。月の生まれるより早くわしはいたのよ。わしが何者かだって？　誰にもわからん。女が何者かだって？　誰にも答えられん。力を持った女って？　女の力ってなに？　そんなことは誰にもわからん。木々の根より深く、島々の根よりも深く、天地創造より古く、月よりも歳がいってるんだでな。闇にその名をきくやつがどこにいる？」

（清水真砂子訳『帰還』（岩波書店）より。読み仮名を省略）

女が言ったり書いたりしたことが、男女を問わず、それを聞いたり読んだりした人によって、自分の期待通りのことを述べているのだと解釈されるのはよくあることです。聞いたり読んだりした人の期待と、まったく正反対のことを述べている場合にさえ、それは起こります。このコケの演説は、それに賛成し、支持を表明する人々によって百回ぐらい引用されました。そして、私の知る限り、テナーが何と答えたかに注意を向けた読者や批評家は、ひとりもいませんでした。

「闇にその名をきくやつがどこにいる？」とコケは言います。これは堂々たる修辞疑問文です。しかし、テナーはそれに答えます。彼女は言います。「わたしは問いつづけるわ」そしてつけ加えます。「わたしは闇の世界に十分長く暮らしたんだもの」[*1]

コケは男性優位主義の社会が女たちに言ってほしいと思うことを言っています。男たちが女たちに残す唯一の領域である原始的なもの、謎めいたもの、暗闇が自分のものであることを誇らしげに語っています。一方、テナーは自分の世界がその領域に限定されることを拒否しています。テナーは道理・知識・思考に対する権利を主張します。暗闇だけでなく、日の光も自分のものだと言っているのです。

あの一節の中で、テナーは私の代弁をしています。女である私たちは闇の世界に十分長く暮らしました。私たちは日の光に対して、道理、科学、芸術その他のすべてを学び、教えることに対して、男と同等の権利をもっています。女たちよ、地下室から、キッチンや子ども部屋から出ておいでなさい。この家全体が私たちの家なのですから。男たちよ、あなたたちがとても恐れているように見える、あの暗い地下室で暮らすことを学ぶべき時です。キッチンや子ども部屋で暮らすことも。それをやりとげたら、おいでなさい。みんなで語り合いましょう。私たちが分かち合う家の居間で、暖炉を囲んで。私たちには、教え合えること、学び合えることがたくさんあります。

＊1　登場人物の発言は、清水真砂子訳よりお借りした。

消されるおばあさんたち

二〇一一年執筆。未発表。

わたし、高位の女神官
わたし、エンヘドゥアンナ*1
そこでわたしは儀式の籠を捧《ささ》げ持ち、
そこでわたしは喜びの声を上げた
だが、あの男がわたしを死者の間に投げこんだ

——『エンヘドゥアンナ』紀元前二三〇〇年頃。
（ベティ・ドゥ・ションミーダーによるシュメール語からの英訳による）

女性作家たちに何が起こるか？

私はそのことについて何十年にもわたって書き続けてきた。新聞や雑誌で本と著者についてくり広げられる議論の男性優位の傾向について。

今では、文学が女性によって教えられる頻度は、男性によって教えられる頻度と少なくとも同等だ（教える人の待遇やその教育機関への世間的評価が上であるほど、女性教師の割合は減るけれども）。そして、フェミニスト理論は近年の文学観やカリキュラムの形成において大きな役割を果たしてきた。だが、そういったことはすべて、厳密な意味でアカデミックな世界に限られる。批評界のリーダーたちにとって、一般大衆のためにランクづけや評価をする人たちにとって、正典《カノン》制定者たちにとって、男性であること自体の価値と男性のなしとげた仕事であることの両方が、標準であり、規範である。要するに、文学のカノンは今もって、しつこく頑なに、そして以前より巧妙なやり方で、女性を締め出している。

個々の作品ごとに、あるいは個々の作家ごとに、女性によるフィクションを文学のカノンから締め出すのに（常に、ではなくとも、しばしば無意識に用いられる）ありふれたテクニック、もしくは仕組みが四つあるのを、私は知っている。中傷、省略、例外扱い、消滅である。これらの相乗的効果は、女性の書くものを周辺的な地位に追いやり続けることだ。

中傷

女性の書くものに対する中傷は、かつては露骨で直截《ちょくせつ》だったが、今日では、はっきりとした女嫌い《ミソジニー》の形をとることはめったにない。いまだに女性の作品すべてを、二流品で注目に値しないもののように扱うのは、ヘミングウェイとメイラー[*2]のような、これみよがしな男性優位主義的はった

＊1　古代メソポタミアのアッカド帝国の王女。神官であり、文学者であった。

＊2　ノーマン・メイラー（一九二三－二〇〇七）は米国の作家。

りの模倣者だけだ。しかし、仮説というのは、口に出して述べなくても、生まれることがある。

私の知る限り、今日の書評家で、ジョンソン[*1]が、ものを書く女（厳密には、彼は説教する女について言ったのだが）を後ろ足で立って歩く犬にたとえたという話を引っ張り出してきたり、ホーソン[*2]とともに、駄文を弄する女たちの群れが押し寄せてくるさまを想像し、金切り声を上げたりする人はいない。偏見は語られずとも生き延び、判断の歪みが省略という形で表われる。批評家が女性を連想するジャンルをまるごと、読まずに無視することはありうる。もしもミステリーや戦争小説が、ロマンス小説が通常されているように、見下されて、切り捨てられたら、あるいは、男性中心のジャンルに、「チック・リット」[*3]のような、小馬鹿にするレッテルを貼られたら、怒りに満ちた抗議が巻き起こることだろう。ある種のマッチョ小説を「野郎文学《プリック・リット》」[*4]と呼ぶ女性は多い。しかし、この語が批評で用いられているのを、私はまだ見たことがない。

女性作家を中傷するのに、上から目線の冗談っぽい口調がしばしば使われる。女性の作品は魅力的とか、優雅とか、哀切とか、繊細とか形容されることはあっても、力強いとか、骨太だとか、技量が卓越しているとか言われることはめったにない。ジャーナリスト的な精神の持ち主は著者の性別についての事実に影響されやすいようで、女性を性的な魅力という観点から見る。ジョージ・エリオットについて論じたもので、彼女が「不器量」だったということに触れていないものを見つけるのは稀である。『ニューヨークタイムズ』に『ソーン・バーズ』の著者、コリーン・マッカラ[*5]の追悼記事が載ったときも、同様に趣《おもむき》深い重要な情報が含まれていた。

生きているにせよ、亡くなったにせよ、男性作家について論じる場合は、その人が醜い（あるいは、醜かった）とか、魅力的でない（あるいは、魅力的でなかった）とかいうことには触れない。ところが、女性作家の場合、顔がきれいでないという罪は、死んでからまでついて回る。

女性の書いた作品を、男性作家の作品とではなく、ほかの女性作家の作品と比較するというのは、巧妙で効果的な中傷の仕方だ。書評者は、女性の作品が男性の作品より優れていると言わなくてすむし、女性作家たちの業績を、主流の外に――雌鶏ばかりの鶏小屋に――置いておけるので安全だ。

省略

定期刊行物の書評では、ほぼ例外なく、男性作家の本のほうが、女性作家の本よりも扱われる点数が多く、しかも、より長い批評を書いてもらえる。

女性の本の評者は、男性である場合も、女性の場合もある。しかし、男性の本の評者は、男性である場合が非常に多い。

女性による本が、数冊まとめて批評されることが多いのに対して、男性による本は個別に批評される。

もっとも鮮やかな省略のテクニックは、ご想像されているとおりかもしれないが、もっとも直接的な競争が行なわれる場――文学賞の選考の場で見られる。選考委員会は、男性による作品と女性による作品の両方を、最終候補に残す。だが、賞は男性のひとりに与える。

女性作家に限定された賞以外で、いかなる文学賞でも、女性たちだけから成る最終候補リストと

＊1　サミュエル・ジョンソン（一七〇九‐八四）は英国の詩人、批評家、随筆家、辞典編纂者。
＊2　ナサニエル・ホーソン（一八〇四‐六四）は米国の小説家・短篇作家。
＊3　若い女性向けの小説を指す言葉。chick lit。chick は、chicken（ひよこ）から来ていて、若い女性を意味する（見下した感じのする）言い方。lit は literature を意味する口語的表現。
＊4　プリック（prick）は男性器を指す卑語で、いやな男の意の俗語。そこからプリック・リットが、チック・リットに対応して、男性向け小説を指すのに使われるようになった。
＊5　コリーン・マッカラ（一九三七‐二〇一五）はオーストラリアの小説家。

いうものを、私は見たことがない。私がかつてある賞の選考委員を務めたとき、選考委員会が全会一致で選んだのは、四人の女性から成る最終候補だった。ひとりの選考委員（女性）が私たちを説得し、私たちは女性たちのひとりを最終候補リストからはじきだして、ひとりの男性を入れなくてはならなかった。そうしなければ、私たちは偏見をもっていると非難され、私たちの賞は「信頼性に欠ける」とみなされただろうから。私を含めてみんなが彼女に説得されてしまったことを残念に思う。

男性だけから成る最終候補リストは、かつては当たり前のこととみなされていたが、今では稀になってきている。やはり選考委員会に偏見があると非難されるかもしれないからだ。抗議されないように、最終候補リストに何人か女性を入れる。しかしながら、賞は男性たちのひとりに行く――三回のうち二回は、なのか、十回のうち九回は、なのかは賞による。

アンソロジーも同様な性別の不均衡を示しがちだ。イギリスで最近刊行されたサイエンス・フィクションのアンソロジーには、女性による作品が含まれていなかった。ひと悶着《もんちゃく》あった。選考に責任のある男性たちが謝罪した。彼らはある女性に、寄稿してほしい、と声をかけたのだが、うまく事が運ばなかった。そのあと、彼らはどういうわけか、収録短篇がすべて男性のものであることに、気づかなかった。ほんとうに申し訳ない、と彼らは謝った。

全作品が女性によるものだったとしたら、気がついていたのではないだろうか。「どういうわけか」そんな気がしてならない。

例外扱い

男性による小説が、著者の性別と関連づけて論じられることはめったにない。女性による小説は、非常にしばしば、彼女の性別と関連づけて論じられる。規範は男である。女はその規範の例外であり、その規範から除外されている。

例外扱いと除外は、評論と書評の両方で行なわれている。たとえば、ヴァージニア・ウルフが、イングランドの偉大な小説家だと認めざるを得ない批評家は、彼女が例外――まぐれ当たり――であることを証明しようと骨を折るだろう。例外扱いと除外のテクニックは多様である。この女性作家はイングランドの小説の主流の中の存在ではない。彼女の文学は「独特《ユニーク》」であり、後続する作家たちに影響を及ぼすことはない。彼女は「熱狂的崇拝」の対象だ。彼女は（魅力的で優美で哀切で繊細な）弱々しい温室の花であり、骨太で力強く、技量が卓越している男性作家に対抗しうるものとみなすべきではない、と。

ジョイスはほぼ瞬時にしてカノンの仲間入りをした。ウルフはカノンに入れてもらえないか、しぶしぶ受け入れられた場合も、その後何十年も疑いの目を向けられることになった。繊細で効果的な語りの技法と装置を備えた『灯台へ』が、記念碑的な袋小路である『ユリシーズ』と比べて、はるかに大きな影響をのちの小説作法に与えたことは、十分な論拠のあることだ。ジョイスは「沈黙と流寓と狡智」[*1]を選び、人生の荒波から保護された生活を送った。自分自身の執筆とキャリア以外の何についても責任を引き受けることをしなかった。ウルフは自国で、知的・性的・政治的に活動的な人々との途方もない人脈の中で、さまざまなことに大いに関与する生活を送った。大人になってから亡くなるまでずっと、ほかの作家たちと知り合い、その作品を読み、批評し、出版することを続けた。ジョイスは脆《もろ》い人で、ウルフはタフな人だ。ジョイスこそ、熱狂的崇拝の対象、まぐれ当たりであり、ウルフは継続的に豊かな影響をもたらした、二十世紀の文学にとって中心的な存在だ。

＊1　ジョイス『若い芸術家の肖像』から。原文の表現は silence, exile and cunning である。訳は丸谷才一訳（講談社文庫）を参考にした。

だが、中心的存在であることは、カノン制定者たちが、女性に対して、一番許したくないことだ。女たちは周辺に取り残されていなくてはならないのだ。

女性作家が一流の芸術家だと認められた場合でさえ、除外のテクニックは作動する。ジェイン・オースティンは広く賞賛されているが、それでも、模範とみなされるより、独特で無比な存在――すばらしいまぐれ当たり――だとみなされることのほうが多い。彼女を消滅させることはできない。しかし、完全に受容されてもいないのだ。

作家の生存中に行なわれる中傷、省略、除外は、死後の消滅への準備である。

消滅

私はこの言葉を消滅させる、抹消するという他動詞的な意味で――アルゼンチン的な意味で[*1]用いている。この言葉の含みをよく承知して使っている。

女性の書くものを貶《おとし》めるために用いられる冷酷で巧妙なテクニックのすべてのうちで、消滅は一番効果的だ。女性作家が沈黙し、無力になると、男たちはその機に乗じて結束を固め、隊列を詰めて、そのアウトサイダーを入れまいとする。女性の連帯、あるいは本能的な正義感がその隊列を解体できるほど強いことはめったにない。そして仮に女性たちの努力が功を奏したとしても、その努力を際限なく継続する必要がある。男たちの隊列は苦もなく再結集し続けるからだ。

私はかつて、格別に腹立たしく思う消滅の例について書いたことがある。エリザベス・ギャスケル[*2]とマーガレット・オリファント[*3]だ。このふたりは今日でも、しばしば単に「ミセス」という、彼女らのジェンダーと社会的状態を示す肩書きで、言及される（一方、「ミスター・ディケンズ」とか「ミスター・トロロープ[*4]」とかいう言い方は決して用いられない）。ギャスケルとオリファントは生前、よく知られていて、人気があり、尊敬され、立派な作家だと思われていた。ところが亡くなったとたんに、消滅させられてしまった。ギャスケルの業績は、すてきな町、『クランフォード』[*5]だけに縮約されてしまった。ヴィクトリア朝時代を研究する社会歴史学者たちは、ディケンズを読むのと同じように、ギャスケルの小説を資料として読み続けたが、それは文学のカノン制定者たちにとって、取るに足らないことだった。オリファントの作品は、『ミス・マーチバンクス（*Miss Marjoribanks*）』という長篇一篇を除いて、皆、忘れ去られた。『ミス・マーチバンクス』は彼女の最高傑作ではないが、文学史研究者たちによって言及される。とはいえ、絶版のままである。

これらの作家や作品が顧みられない不公正も、優れた作品が読まれず、無駄になっていることも、共に嘆かわしい。ヴィクトリア朝時代の優れた小説家は、それほど多くいるわけではないのに、そのうちのふたりを捨て去るなんてもったいない。それも、単に男でないという理由で、そうするなんて。それとも、彼女たちの小説の消滅について何かほかの理由が考えられるだろうか？　フェミニストたちや作品のテレビドラマ化のおかげで、ギャスケルは今ではかなり復権している。オリファントはそうではない。なぜだろう？　オリファントとトロロープには共通点がかなりある。彼らの限界は明らかだが、致命的ではない。双方とも、しっかりしていて、楽しめる小説を書いた。そ

＊1　かつてアルゼンチンにおいて、一九七六年にクーデターによって成立した軍事政権によって反体制派やゲリラと目された人々が激しく弾圧される中で、拉致されて消息を絶つ例が非常に多かった。ル＝グウィンが「他動詞的な意味で」「アルゼンチン的な意味で」と言っているのは、そのように「痕跡なく人（の存在）を消すこと」という意味でdisappearanceという語を使っているということである。
＊2　エリザベス・ギャスケル（一八一〇－六五）は英国の小説家。
＊3　マーガレット・オリファント（一八二八－九七）はスコットランド生まれの英国の小説家。
＊4　アンソニー・トロロープ（一八一五－八二）は英国の小説家。
＊5　『クランフォード（*Cranford*）』はギャスケルの小説のタイトル。邦訳は小池滋訳『女だけの町　クランフォード』（岩波文庫）など。

れらは心理的な側面に注意が払われていて、理解しやすく、社会的な資料としても非常に興味深い。けれど、オリファントの作品だけが消えた。小説のスタイルの変遷により、トロロープは流行遅れになったが、第二次世界大戦中に、人気が復活した。当時、物事が確実であるように思えた過去を恋しく思うイギリス人たちは、トロロープの小説にそれを見出したのだった。オリファントについて言えば、誰も彼女のことを思い出したり、彼女を蘇らせようとしたりする者はなかったが、一九七〇年代に変化が起こった。フェミニスト批評の形をとった女たちの団結と出版社の努力で、彼女の作品の一部が救助され、少なくとも一時的に護られた。

　私の知る限りで、女性作家を他動詞的に消滅させた最悪の例は、ウォーレス・ステグナー[*1]がメアリー・ハロック・フット[*2]に対して行なった所業だ。ステグナーは自分の小説、『*Angle of Repose*（安息角）』の設定・登場人物・ストーリーを、フットの自叙伝から盗《と》った。フットの自叙伝は『*A Victorian Gentlewoman in the Far West*（極西部のヴィクトリア朝風淑女）』というタイトルで出版された。ステグナーは自分の小説のタイトルさえ、この自叙伝の一文から盗《と》っている[*3]。

　ステグナーは、自分が盗用を働いた相手の著者の人格を貶めた。彼女を不倫をする妻であり、不注意から子どもを死なせた母である人物に仕立てた。それは、自叙伝で語られている現実の人間関係や娘が亡くなった状況、母親の悲しみをひどく歪めたまがいものだ。ステグナーは徹頭徹尾、人々や状況に対するフットの捉え方を、雑で安っぽいものに変えた。

　彼はフットの名や自叙伝のタイトルをどこにも出さず、刊行されている著作のある著者だという事実を故意に隠した。彼が小説の内容の源について、唯一漏らしたヒントは、その本の謝辞で、友人たち――フットの子孫――に対して「おばあさまをお貸しいただき」ありがとう、と述べた一文だった。

　おばあさんたちは女性作家たちより、はるかに扱いやすい。おばあさんたちは名前すらもっていない。
もちろん、芸術家たちは常に、貸し借りをしあっている。だが、ステグナーは借りたのではない。収奪したのだ。私に言わせれば、あれは剽窃《ひょうせつ》だ。彼にとって、フットの自叙伝が、独自の価値をもつ作品として存在するものでなかったのは明らかだ。彼にとって、それは原材料に過ぎなかった。男であり、名声のある小説家であり、スタンフォードの教授の自分が、思いのままに利用できる原材料だった。

墓荒らしをした者が、その墓に埋葬されたままの人の名を口にしないのは理に適《かな》ったことだ。

メアリー・フットの本を読んだ人の多くは、ステグナーのものより良いと考える。彼女の書いた物語は、彼女自身の人生の出来事に基づき、そこから選び取って語られている。その叙述は、感情の抑制が利いていて、正確だ。彼女は間接的な情報からではなく、自分が生活を通してよく知っている開拓者たちや、技術者たち、そして西部の景色を描き出す。ステグナーは設定や感情や登場人物をセンセーショナルにしたり、紋切り型にしたりする。しかし彼は、著名な男性作家で、著名な男性作家の役割を演じることにどっぷり浸かっていた。そのやり方は功を奏し、彼はその本でピューリツァー賞を得た。彼のその本は今も絶版にはなることなく、称賛され、研究されている。

メアリー・フットはほどほどの大衆的人気があったが、有名人ぶらない女性作家だった。彼女の

＊1　ウォーレス・ステグナー（一九〇九‐九三）は米国の作家。スタンフォード大学で長く教えた。環境保護活動家でもあった。

＊2　メアリー・ハロック・フット（一八四七‐一九三八）は米国の小説家、イラストレーター。自ら挿絵を描いた小説によって知られている。

＊3　安息角は、土砂などの山が崩れないで安定しているときの傾斜の角度を意味する。粉体工学、鉱業などにおける専門用語。フットの夫は鉱山技師だったので、フットにとってなじみ深い語であったのだろう。

その本は消えた。いや、消された。フェミニズムの第二波で女性の連帯が高まったおかげで、その本は、一世紀無視された末に再刊行された。とはいえ、誰がこの本について知っているだろうか？　誰が読むだろうか？　誰が教室で教えるだろうか？

　それが大事なことだと、誰が思うだろうか？

　今、私が考えているのは、亡くなったのはそれほど前ではないが、消される危険性が高いのではないかと心配でならない、ある女性作家のことだ。並外れて独創的で力強いストーリーテラー兼詩人のグレイス・ペイリー[*1]である。彼女のもつ難点は、彼女が――真実、純粋に――独特《ユニーク》だということだ。もちろん「まぐれ当たり」などではない。そうではなくて多くの女性作家と同じく、フィクションにおいても詩においても、男性中心の文壇に認められた歴たる派閥や潮流の一部ではなかったということだ。

　そして多くの男性作家とは異なり、ペイリーは自我を前面に押し出すことにあまり興味がなかった。野心的ではあった――そう、猛烈に野心的ではあったけれども、彼女の野心は、その時代の社会的正義を徹底させることだった。

　私は心配している。ペイリーの作品がちゃんと目に見える存在として、研究され、教えられ、読まれ、増刷され続けるように、女性の批評家やフェミニスト作家、公正な精神をもつ研究者や教師、文学愛好者がたゆみない努力を意識的に続けない限り、二、三年のうちにまったく顧みられなくなってしまうのではないか、と。そうなったら、たちまち絶版になるだろう。男が書いたからというだけで、彼女より劣った作家の作品が生き続けるのに、彼女の作品は忘れ去られてしまうだろう。

　いや、そんなことがあってはならない。単に男ではなかったからという理由で、優れた作家が消され、葬られてしまうのを許せるわけがない。その一方で、平和のうちに腐敗するに任せておくべき作家たちが、単に女ではなかったからという理由で、批評とカリキュラムの中でゾンビとして蘇っているというのに。

私は美女ではない。けれど、「彼女は不器量だった」と記した墓石は要らない。私は孫たちの祖母だけれど、「誰かのおばあさん」と記した墓石は要らない。もし、墓石をもつとしたら、私の名前を記してほしい。けれど、それにも増して私が望むのは、書いた人の性別によってではなく、書かれたものの質と作品の価値によって判断される本の表紙に、自分の名前が載っていることだ。

＊1　グレイス・ペイリー（一九二二－二〇〇七）は米国の短篇小説作家、詩人、政治活動家。グレイス・ペイリーの短篇作品はすべて、村上春樹訳による日本語で読むことができる。『人生のちょっとした煩《わずら》い』『最後の瞬間のすごく大きな変化』『その日の後刻に』（すべて、文春文庫）。

〔訳者付記〕
『極西部のヴィクトリア朝風淑女』（フット）Foote, Mary Hallock. ed. & introduction Paul, Rodman W. *A Victorian Gentlewoman in the Far West: The Reminiscences of Mary Hallock Foote* (1972).
『安息角』（ステグナー）Stegner, Wallace. *Angle of Repose* (1971).

ヴァージニア・ウルフからＳＦの書き方を学ぶ

二〇一一年四月に、『ガーディアン』紙に掲載された。

ＳＦを書こうとする誰もが知っていることではないが、ＳＦを読んだことがないなら、ＳＦをうまく書くことはできない。もっとも、ＳＦ以外のものを何も読んだことがない場合も、ＳＦをうまく書くことはできない。ジャンルは、豊かな中味をもつ方言で、それを使えば、特定の事をとりわけ、うまいやり方で言うことができる。けれども、方言が一般的な文学的言語と断絶してしまったら、仲間内でしか意味をもたないジャーゴンになってしまう。有益な模範となるものは意外にも、ジャンルの枠の外に見出されるものだ。私は常に現状をひっくり返すような勢いのあるヴァージニア・ウルフの作品を読むことで、多くを学んだ。

『オーランドー』を読んだのは、十七歳のときだった。その年齢の私にとって、この作品は、はっとさせられたのが半分、混乱してしまったのが半分だった。だが、はっきりわかることがひとつあった。ウルフが私たちの社会とは大幅に異なる社会――私たちにとって新奇な魅力をもつ世界――を想像し、それを生き生きと躍動するものとして描いた、ということだ。私はエリザベス朝時代のさまざまな場面や、テムズ川に氷が張り詰める冬の情景について考えた。読んでいるとき、私はそこにいて、氷上のあちこちで篝火《かがりび》が燃えたつのを見て、五百年前のその瞬間のすばらしい新奇さを感じた。それは絶対的な異界に連れてこられた身の本物の戦慄だった。

ウルフはどうしてそんなふうに書けたのだろう？　正確で具体的で描写的なディテールによって、である。それらのディテールはてんこ盛りにされてはいないし、平板な説明でもない。生き生きとして、力強い、選び抜かれたイメージだ。読み手はそれに促されて、自身の想像力でその絵を完成させ、光り輝く完全な姿のそれを見る。

ウルフは『フラッシュ』という小説において、ある犬の心の内部にはいる。それは人間ではないものの脳、異質な心理である。そういうふうに見ると、とてもSF的だ。この作品から私が学んだのも、正確で、生き生きとした、選び抜かれたディテールだった。私は想像する。ウルフが、自分がすわって書き物をしているおんぼろの肘掛け椅子のそばで眠る犬を見下ろし、おまえの夢はどんな夢なの、と心の中でつぶやくのを。そして耳を澄まし……風の匂いを嗅ぎ……ウサギを追って、丘を駆け巡る――時間のない、犬の世界の中で。

自分の目以外の目を通してものを見たい人にとって、有益なテキストだ。

〔訳者付記〕
『オーランドー』（ウルフ）Woolf, Virginia. *Orlando* (1928). 邦訳は杉山洋子訳（ちくま文庫）。
『フラッシュ――或る伝記』（ウルフ）Woolf, Virginia. *Flash: A Biography* (1933). 邦訳は出淵敬子訳（白水Uブックス）。

本の死

二〇一二年にブログ記事として投稿したのが最初で、『テクノロジー――書き手のための教本』（J・ロジャーズ編、オックスフォード大学出版局）に寄稿するにあたって、二〇一四年に手を入れ、また、今回、本書のためにわずかに手を入れた。

人は皆、本、歴史、自然、神、本物のケイジャン料理[*1]など、何であれ、その死について語るのが好きだ。少なくとも終末論《エスカトロジー》に心惹かれる人たちはそうだ。

そう書いて、私は自分に満足を覚えつつ、少し不安になった。いそいそと「エスカトロジー」という語を調べる。音の響きがそっくりなスカトロジーと意味が違うのは思っていた通りだったが、私がわかっていなかったのは、その語がひとつのものではなく、四つの最後のもの――死、最後の審判、天国、地獄――にかかわるものだったことだ。もし、これにスカトロジーも含まれるとしたら、合財袋《がっさい》みたいだ。

とにかく、エスカトロジストの判断によれば、本というものはまもなく死に、天国か地獄に行き、私たちはハリウッドとコンピュータ画面のお慈悲にすがるしかなくなるそうだ。

本を扱う産業に何か病的なところがあるのは間違いないが、その病気は、大企業所有者からの圧力のもと、予想可能な好売り上げと目先の利益に惹かれて、生産品の品質基準や長期の計画をないがしろにするすべての産業を侵している病気と深いつながりがある。

本自体について言うと、本にかかわるテクノロジーの変化は、本にとって大変動だ。しかし私には、「本」は死にかけているというより、むしろ成長しているように感じられる――電子書籍という第二の形態を獲得して。

それは計画外の大変化で、計画外の変化が大抵そうであるように、混乱を巻き起こす不快なものだった。もちろん、出版社から、取次業者、書店、図書館、読者に至る、本の出版や流通のための昔ながらの経路のすべての部分が、大きな負担を強いられている。読者たちは、急いで電子書籍とそれを読む電子機器を買わなければ、最新のベストセラーが――そして、もしかするとすべての文学が――自分のそばを素通りしていってしまうのではないかと恐れている。

でも、そういう問題なのだろうか？　本はそもそも読むためのものなのに。今、考えるべきなのは読書そのものについてだ。

読書は時代遅れなのだろうか？　読者は死んでしまったのだろうか？

親愛なる読者よ。いかがお過ごしですか。私はかなり時代遅れです。でも現時点で、決して死んではいません。

親愛なる読者よ。あなたは今、読んでいますか？　私は読んでいます。だって、これを書いている最中ですから。読まずに書くのはとても難しいことです。暗闇でものを書こうとしたことがあれば、おわかりでしょう。

親愛なる読者よ。今、何でお読みですか？　私は今、コンピュータで書き、かつ読んでいます。

＊1　ケイジャン人（かつて北米東部大西洋岸のアカディアと呼ばれた地域からルイジアナ州に移住したフランス人の子孫）の食文化が、アフリカ人やスペイン人のそれとまじりあってルイジアナ州で生まれたスパイシーな郷土料理。

あなたもコンピュータをお使いかと想像します（あなたが私の書いているものを紙の本で読んでいても、余白に「アホクサ」と書いているのでなければいいな、と思います。もっとも、私自身、いつも余白に「アホクサ」と書きたくなってしまうんですけどね——何年も前に、図書館の本の余白にそう書いてあるのを見て以来ずっと。そのとき読んでいた本の評としてはぴったりだったんです）。

読むことが、人がコンピュータを使ってする活動のひとつであるのは間違いない。さまざまな電子機器があって、電話したり、写真を撮ったり、音楽を聴いたり、ゲームをしたりすることができ、むしろそれが主要な目的だとみなされている場合もあるが、そういう機器でも、恋人にテキストメッセージを送ったり、本物のケイジャン・ガンボ[*1]のレシピを調べたり、株価の変動をチェックしたりするのに、結構時間を使っているかもしれない。今、言った活動のすべてに、読むことが含まれている。人々はコンピュータを使ってゲームをしたり、写真が並んでいるのを見て回ったり、動画を見たり、計算をしたり、集計表や円グラフを作成したりする。そして、幸運にも絵を描いたり、作曲をしたりすることのできる人もいる。だが、大体において（そう言っても間違いではないと思う）、人々がコンピュータですることの非常に多くは、ワードプロセシング（書くこと）とプロセシング・ワーズ（読むこと）なのではないだろうか？

エレクトロニクスですることのうち、読むこと抜きでできることは、どのくらいあるだろうか？幼児向けの娯楽を超えるレベルのコンピュータ利用には、ユーザーの識字能力が少なくともいくらか必要だ。操作は機械的に学習できるだろう。だが、それでも、キーボードの主要な要素は文字である。アイコンはユーザーをそこまでしか連れていってくれない。テキストメッセージを送ることが、ほかのすべての言語活動に取って代わっているような人もいるだろう。だが、テキストメッセージの作成は、書くことの原始的な形にほかならない。uとiの区別がつかなかったら（unless you no u frm i)[*2]、テキストメッセージはつくれない(lol)[*3]。

人々が今までになかったぐらい、盛んに読んだり、書いたりしているように、私には見える。かつて共に働き、しゃべっていた人たちが、今はそれぞれの仕切りの中で一日中、コンピュータ画面を見て、読んだり、書いたりしている。顔と顔を突き合わせて、あるいは、電話を介して口頭で行なわれていたコミュニケーションが今では、書かれて、電子メールで送られて、読まれることが多くなった。それのどこにも、読書と大きくかかわる要素はない、と言われれば、確かにそうなのだが、それでも、読むことをかつてないぐらい重要な能力にしているテクノロジーの圧倒的な隆盛の結果、本の死が起こるというのは、私には考えづらい。

でも、とエスカトロジストが言う。iPadでできる読書以外のおもしろいことがいっぱいいっぱいあって、そこから起こる競争がきっと、本を滅ぼすんです、と。

もしかすると、そうかもしれない。あるいは、読者がより、えり好みをするようになるだけかもしれない。『ニューヨークタイムズ』紙に最近載った記事(「タブレットが読書の邪魔をする」ジュリー・ボスマン、マット・リヒテルによる。二〇一二年三月四日付)には、ロサンゼルス在住のある女性の言葉が引用されていた。「気を散らされることがすごくたくさんあるので、本を見る目が非常にレベルアップしました。(……)最近、指先でタップしさえすれば娯楽の世界が広がること

*1 ケイジャン料理のシチューあるいはスープ。
*2 原文のフレーズのnoは、knowの代わりに使われている。frmは、fromの意。ネット上やメールでは、このように短縮した語がよく使われる。uもしばしば、youのスラングとして使われる。そういうわけで、no u frm iは、「uとiが区別できる」という意味であると同時に、「you(あなた)とI(わたし)が区別できる」でもある。
*3 英語圏で使われるインターネットスラング。laugh(ing) out loudの意で(笑)に当たる。

を忘れさせる本に惹かれます。本がそこまで良くない場合でも、私の時間は、より有効に使われていると思います」彼女の締めくくり方は妙だけれど、指先で娯楽の世界を起動するよりも、おもしろい本を読むほうがいい、と言いたいのだろう。彼女はどうして、本も娯楽の世界の一部だとみなさないのだろうか？　おそらく、本も指先で起動されるのだとしても、本が人を楽しませる仕方は、動きや明滅、痙攣《けいれん》、跳躍、きらめき、叫び、ドシンとぶつかる音、どなり声、金切り声、飛び散る血、耳をつんざく音など、私たちが娯楽だとみなすようになっているものを伴っていないからだろう。いずれにせよ、彼女の主張は明快だ。本が、その跳躍やドシンとぶつかる音や流血などと同じレベルでではないにせよ、あるレベルで楽しませてくれないなら、そんな本は読まなくていい。さまざまな娯楽を起動するか、もっと良い本を選べばいい。彼女の言う、レベルアップを図《はか》るのだ。

本の死について語る際には、まず「本」とは何かと問うのもいい考えかもしれない。私たちは人々が本を読まなくなっていることについて論じているのか？　それとも、何で——紙と画面のどちらで——本を読むかについて論じているのか？

画面で読むのと、紙のページで読むのとは、確かに違う。だが、どんな違いがあるのか、私たちはまだ理解していないように思う。その違いは相当なものかもしれないが、この二種類の読書に別々の名前を与えることや、電子書籍は本とはまったく別物だと主張することを正当化できるほど大きな違いかというと、そうではない気がする。

「本」が物理的な物としての本だけを意味するならば、インターネット愛好家たちにとっては、その死は祝い事だろう。「万歳！　われわれはまたひとつ、いやらしくて、重くて、かさばる著作権つきのモノを始末したぞ！」てなものだろう。だが、大抵の場合、本の死は、哀悼と絶望の時である。紙に印刷されている本の物質的な性質を（ときには内容以上に）大切に思う人たち、装丁や紙質や印刷の体裁を見て、本を評価し、美しい装丁の版を買い、コレクションをつくる人たち、そして単に、読書中、本を手で持ち、取り扱うことに喜びを感じる多くの人たちは、紙の本がやがて完全に、機械の中の非物質的なテキストに取って代わられてしまうだろうという考えに、当然ながら心を痛めている。

私にできるのは、「悩まないで。落ち着いて」と助言することだけだ。大企業がいかに怒鳴り散らし、いばり散らし、私たちを広告漬けにするとしても、消費者は常に抵抗という選択肢をもっているのだ。新しいテクノロジーがローラー車だとしても、その前に横たわっていない限り、均《なら》されることはない。

そのローラー車は確かに動いている。マニュアルやＤＩＹのガイドブックなど、いくつかの種類の紙の本が、電子書籍に取って代わられつつある。低コストの電子書籍版が、廉価版ペーパーバックを脅かしている。画面で読むのが好きな人たちにとっての良いニュースだが、そうでない人たちや、エイブブックス（AbeBooks）やアリブリス（Alibris）〔いずれもオンライン古書店〕のサイトで買い物をしたり、わずかに生き残っている古書店で七十五セントの見るからにくたびれたミステリー本に飛びついたりするのが好きな人たちには悪いニュースだ。しかし、物体である本を愛する人たちが、良い製本や紙質や装丁を、自分たちの読書の楽しみに不可欠なものとして評価することに真剣であるならば、彼らは良い造本のハードカバーやペーパーバックに対する、目に見える、安定した需要をもたらすことになる。書籍業界の人々に、ワラジムシ並みにせよ、市場についてのセンスがあれば、その需要に応じるだろう。問題は、彼らにワラジムシ並みのセンスがあるかどうかだ。書籍業界の近年の動きの一部は、それを疑いたい気持ちにさせるものだ。だが、希望を捨てないでいよう。それに、大企業に従属していない独立した出版社、「スモール・プレス」は常にある。スモール・プレスの多くは、非常に洗練されている上に目先がよく利く。

本の死についての抗議はほかにもある。それは、インターネットがもたらした直接的な競争との関係がより深い。「私たちの指先にある娯楽の世界」のせいで、読書が時代遅れになっているという抗議だ。

この文脈で「本」というのは、通常、文学のことを指す。今のところ、画面上で得られる情報に取って代わられることの非常に多い種類の本は、DIYマニュアルや料理本、さまざまな分野のガイドブックなどだ。『ブリタニカ百科事典』は死んだ。いわばグーグルの犠牲者だ。だが私はまだ、我が家にある第十一版を葬る気にはならない。あの中の情報は、それが属した時代（百年前）の産物であり、検索エンジンによって与えられる情報（これもまたそれが属する時代の産物である）との間には違いがあり、その違いは貴重なものでありうる。映画／監督／俳優の情報が載っている年鑑類は、数年前、ネット上の情報サイトによって抹殺された。それらのサイトはとてもよいサイトではあるが、本のように夢中になれるほどにはおもしろくない。我が家には二〇〇三年版の映画ガイドがとってある。私たち自身も非常に年をとっていて、その本はいかなるサイトよりも使い勝手がよいからだ。それにその本は、死んではいても、役に立つし、おもしろいのだ。亡骸《なきがら》についてこんなふうに言えるのは、本ぐらいのものだろう。

今に空が落ちてくると考えがちな性格であるにせよ、『イーリアス』や『ジェイン・エア』や『バガヴァッド・ギーター』[*1]が死んでいるとか、死にかけているとか思う人がいる理由が、私にはわからない。偉大な文学作品が、かつてあったより、はるかに激しい競争にさらされているのは事実だ。人々は映画を観て、本の内容がわかった気になるかもしれないし、指先にある娯楽の世界が、本を本来の場所から押し出すこともある。だが、本の代わりを務めることができるものは何もない。（低予算のわが国の学校でそれができているかどうかわからないが）人々が読むことを教えられている限り、そしてとりわけ、(低予算のわが国の学校では、基本的な能力を拡張することが怠られがちな現今だが) 読むべきものとして何が存在しているか、どうすればそれを理解しつつ読めるか、教えられているならば、その人々の一部は、指先で到達できる刺激のすべてよりも、読書を好むようになるだろう。

彼らは本を読むようになる。紙の上であれ、画面上であれ、文学として、文学が与えてくれる喜びと、存在の拡張を求めて。

そして彼らは、本が確実に存在し続けるように努力するだろう。継続性は文学と知識のもつ本質的な側面だから。本はほかのほとんどの芸術や娯楽とは違った仕方で、時間を占有する。長命さにおいて本にまさるのは、建築と石に彫った彫刻ぐらいだろう。

そして、ここで電子機器対紙の問題がこの議論に再導入される。人間の文化の伝播《でんぱ》の多くは、書かれたものの相対的永続性にかかっている。このことは四千年以上にわたって真実であった。もしかしたら、本のもっとも重要で、差し迫って必要な価値は、中味が詰まっていて、固くて無表情な、その存在そのものなのかもしれない。

私が話そうとしているのは、二〇一二年のアメリカにおける「本」のこと、というよりはむしろ、停電しがちだったり、電気がもともとなかったり、金持ちにしか利用できないような——世界中にたくさんある、そういう場所でどういう状況になっているか、そしてまた、私たちが今の調子で環境を粗末に扱い、破壊することを続けて、五十年とか百年とか経ったとき、どういう状況が起こっているだろうか、ということだ。

電子書籍を複製して、あちこちに送れる容易さは確かに、電子書籍の永続性を保証してくれる

＊1　ヒンドゥー教徒が座右に置くべき聖典とされる宗教叙事詩。大叙事詩『マハーバーラタ』の一部を成すもの。

——それを読む機器が製造できて、スイッチが入れられる限りは。しかし、覚えておいたほうがいいのは、電力は日光と同じようには、当てにできない、ということだ。

容易に無制限に複製できることは、ある危険をも伴う。紙の本のテキストを改変するには、存在するすべての本を、個々別々に改変しなくてはならないし、改変したあとには、見間違いようのない痕跡が残る。電子書籍のテキストが、意図的にであれ、データ破損によってであれ（海賊版のテキストはしばしば、信じられないほど破損されている）、改変された場合、紙の本がない限り、テキストを元通り正確に復元するのは不可能かもしれない。そして、海賊版をつくることや、間違いや縮小、省略、つけ加え、異なるものの混ぜ合わせなどが許容されるほど、テキストの真正さとは何なのか、理解できる人が少なくなるだろう。

テキストを大切に思う人たち、たとえば詩や科学的小論文の読者たちは、テキストの真正さが失われたらとんでもないことになりうるとわかっている。まだ文字をもたなかった私たちの先祖たちはそれを知っていた。詩の言葉は習った通りに正確に言わないと、力を失ってしまう。読み聞かせをしてもらっている三歳児は、読み手に要求する。「パパ！　まちがってるよ。シマリスさんは『ぼく、そんなことしていないよ』って言うの。『ぼく、そんなことしてないよ』じゃなくって」と。

物体である本は何世紀ももつ可能性がある。ざらざらの紙を使った安いペーパーバックでさえも、読めないぐらい劣化するには数十年かかる。電子書籍出版の現段階では、テクノロジーの絶え間ない変化、グレードアップや、意図的な打ち切り、企業買収によって、現行のいかなる機器でも読めないテキストの残骸ができている。その上、電子テキストは読めなくなったり、破損したりするのを防ぐために、定期的にコピーをくり返さなくてはならない。電子テキストを保管する人たちは、どのくらいの頻度でそうすべきなのか、明言したがらない。それにはかなりの幅があるからだ。しかし、電子メールのファイルを数年にわたってもっている人なら誰でも、エントロピーへの進行が速やかでありうることを知っている。ある大学図書館のライブラリアンから個人的に聞いた話だが、現状から考えて、図書館が保有するすべての電子テキストを八年ないし十年ごとに再コピーすることを無期限に続ける予定だそうだ。

私たちが紙の本について同じことをしなければならないとしたら、どんなだろうか？　想像してほしい。

現段階のテクノロジーで、私たちが図書館の内容をすべて、電子テキストのアーカイブに変えることに決めた場合、最悪のシナリオは、情報ならびに文学のテキストが、私たちが同意することも、知らされることもないまま、私たちの許可なく、複製されたり、改変されたりし、最初に刊行されたときのテクノロジーによっては読めないものになり、再コピーと再配信を定期的にくり返しているのでない限り、数年、もしくは数十年のうちに、容赦なく歪められるか、単純に、消えてなくなる運命である、ということだろう。

だが、それはテクノロジーが進歩して安定化することがないと仮定した場合の話だ。テクノロジーが進歩し、安定化することを期待しよう。だが、そうであっても、私たちはどうして二者択一モードにならないといけないのであろうか。二者択一モードが必要なことはめったにないし、それはしばしば破壊的だ。コンピュータは二進法でも、私たちはそうじゃない。

もしかしたら、電子書籍とそれを動かす電気がどこでも誰にでも手に入るものになり、それが永遠に続くかもしれない。もしそうなら、すばらしい。だが、現在の事情や、ありそうな将来を考えると、本がふたつの形態で手に入るようにしておくことが、現在も、また長い目で見ても、唯一の良策なのかもしれない。冗長性は種《しゅ》が長く生き延びるための鍵である。

指先に感じる多くの誘惑にもかかわらず、ずっと昔からそうであったようにこれからも、頑固で、粘り強い少数派の人々、本を読むことを学んだことがあり、読み続ける人々が存在し続けるだろう

——どのように、また、どこに（紙のページの上であれ、画面上であれ）本を見出すかにかかわらず。そして、本を読む人たちは、大抵の場合、本を人と分かち合いたいと思っていて、ぼんやりとではあっっても、本を分かち合うことの大切さを感じているから、どのような形でであれ、またどこにであれ、次の世代のための本が存在するように、心配りをするだろう。

人間の世代はテクノロジー的な世代とは異なる。現時点では、テクノロジー的な世代は、アレチネズミの寿命ぐらいに縮まっている。やがて、ミバエの寿命といい勝負になるかもしれない。

本の寿命は、そういうものよりは、馬の寿命や人の寿命に近い。オークの木の寿命ほどになる場合もあるし、セコイア並みになることだってある。だからこそ、本の死を悼むよりも、本が生き続けて、受け継がれていき、長くもちこたえるための方法が、今やひとつではなく、ふたつあることを祝うほうが良いのではないかという気がする。

ル＝グウィンの仮説

二〇一二年七月十四日、私のウェブサイトならびにブック・ヴュー・カフェのサイトに投稿したブログ記事をもとに手を加えた。この文章は、二〇一三年三月シアトルで開催されたシグマ・タウ・デルタ[*1]の大会での講演にも用いた。

昨年、『ニューヨーカー』誌の文学とジャンルについての記事で、アーサー・クリスタルが、ジャンル小説[*2]を読むことを「うしろめたい楽しみ」と呼んでいました。私はこれに反応して、自分のブログにこう書きました。そのフレーズは「自己批判と自己満足と馴れ合いを同時に達成する」と。私が自分の「うしろめたい楽しみ」について語るとき、私は自分が罪を犯していることを告白しています。けれど、私はあなたが罪を犯していることも知っています。だから、罪を犯す私たち、愛すべき存在だよね、ってなことになるわけです。

さて。文学は真剣に取り組まなくてはいけないもので、大学で読むものです。そしてジャンル・

＊1　一定の基準を満たした英語・英文学・英語による執筆の分野の優秀な学生ならびにプロの書き手を対象とする優等生協会の国際的組織。米国内外に九百以上の支部をもつ。
＊2　原語は genre novels。各ジャンルに属する小説という意味だが、「大衆小説」に近いニュアンスで言われる場合がある。

フィクションは、楽しみに読むもの、うしろめたいものです。でも、うしろめたくない楽しみ、カテゴリーにかかわらず、どんな小説からも得られるかもしれない、ほんとうの楽しみはどうでしょう?

文学的フィクションをジャンル・フィクションに対立させることの問題点は、多様なフィクションに対する理に適った区別に見えるものが、文学が上、ジャンルは下、という不合理な価値判断の隠れ蓑《みの》になることです。そういう価値判断は偏見でしかありません。文学とは何かについて、私たちはもっと知的な議論をしなくてはいけません。多くの大学の英語学科は、近づいてくる宇宙船を漏れなく撃ち落とすことによって、自分たちの蔦《つた》に覆われた象牙の塔を守ろうとする努力を、すでにおおむね、やめています。多くの評論家たちは、多くの文学がモダニズム的リアリズムの聖なる森の外で生まれていることに気づいているのです。それなのに、文学とジャンルの対立は未だに続いています。そうである限り、カテゴリーによる偽りの価値判断はそれにしがみつきます。

この退屈で厄介な状況を打ち破るために、私は次の仮説を提案します。

「文学とは現存する書かれた芸術作品の総体である。

すべての小説はその一部である」

ある小説を文学だとし、もうひとつの小説をジャンル小説だとする区別に隠された価値判断は、その区別が消えれば、消えます。大衆的人気があるということと、商業ベースに乗るということをごっちゃにしているエリート気取りの俗物《スノッブ》根性も、道徳的に「高い」喜びと、うしろめたい「低い」喜びを区別するピューリタン的お上品ぶりも妥当性がなくなり、非常に擁護しにくいものになるはずです。

いかなるジャンルも、本来的に、絶対的に優れているとか、劣っているとかいうことはありませんが、ジャンルは存在します。フィクションのさまざまな形式やタイプや種類が存在しており、それぞれを理解する必要があります。

フィクションの文学を構成している多くのジャンルには、ミステリー、SF、ファンタジー、自然主義、リアリズム、マジックリアリズム、グラフィック、官能小説、実験的小説、心理学的小説、社会的小説、政治小説、歴史小説、教養小説（成長小説）、恋愛小説、ウエスタン小説、戦争小説、ゴシック小説、YA小説、ホラー、スリラー等々が含まれます。そしてまた、急速にふえているジャンルの垣根を越えるものや、下位ジャンルも含まれます。たとえば、機能不全郊外家族・事実半依拠・告白的ノワール警察小説風並行歴史もの（ゾンビ付き）のような類いのものも。

これらのカテゴリーの中には、実態に即した特徴の記述による分類もあれば、主にマーケティングのための仕組みとして維持されているものもあります。新機軸の幅を狭くするカテゴリーもあれば、新機軸を奨励するカテゴリーもあります。昔からあるカテゴリーも、新しいカテゴリーもあり、ごく短命に終わるものもあります。

読者のひとりひとりに、好むジャンルと、退屈だったり、不快に思ったりするジャンルがあるでしょう。けれども、あるジャンルがほかのすべてのジャンルより、断然優れていると主張するには、自分の偏った見方を正当化する用意と能力が必要です。そして、それには、「劣っている」ジャンルが実際にどういう作品から構成されているか、それらの本質はどういうもので、それらのジャンルの中でも優れた作品はどのようなものなのかを知ることが含まれています。つまり、ちゃんと読まなくてはいけないのです。

フィクションのジャンルのすべてを文学として扱うならば、リアリズムの規則に従って書いていない人気小説家に対する底意地の悪い罵倒や冷笑[*1]（そんな罵倒や冷笑は時間の浪費に過ぎない）を見聞きしなくてすむようになるでしょう。MFAを取得するコースから、想像力に富む文芸創作が締め出されることも、英語教師が人々が実際に読んでいるものを教室で教えられないことも、人々がそういうものを読んでいることについてだらだらと、ばかばかしい言い訳をすることもなくなるでしょう。

批評家や教師が、一種類の文学だけが読むに値するものだと主張するのをやめたら、彼らが小説にできるさまざまなことと、そのやり方について考える時間がふえるでしょう。そして何よりも、それぞれのジャンルの個々の本のうちのあるものが、過去何世紀にもわたって、ほかのものの大半よりも読む価値があるとされ、これからもそうであるだろう理由について考える時間がふえるでしょう。

というのは、そこにほんとうの謎が潜んでいるからです。ある本が楽しめて、別の本にはがっかりさせられ、また別の本が発見であり、しかも長続きする喜びをもたらすのはなぜでしょう？　質の良さとは何でしょう？　良い本を良くしているもの、だめな本をだめにしているものは何でしょう？

それは本の主題ではありません。本の属するジャンルでもありません。だったら、何なのでしょうか？　これは、優れた批評、優れた本談議が常に扱っている問題です。

とはいえ、私たちが、文学と、人々がうしろめたく思いながら好んで読むものとの間の壁を打ち倒すことは許されないでしょう——出版社や書店が、自分たちの商売がその壁に依存し、「うしろめたい喜び」原理を利用していると考えている限りは。

もっとも、それを言うなら、本を商品として売ることができさえすればよくて、内容や質にはまったく無頓着なまま、あらゆる形態の出版物を支配下に置こうとしている巨大企業の攻勢に対して、出版社や書店はあとどのくらいもちこたえられるでしょうか？

＊1（179頁）Master of Fine Arts は通例、美術学修士号と訳されるが、文芸専攻も含まれる。

物語をつくる

二〇一三年にオレゴン州マクミンヴィル市で催されたテロワール文[*1]学・創作フェスティバルで行なった講演。本書の出版にあたって、わずかに手を加えた。

これからたくさん回を重ねるであろう、テロワールのフェスティバルの第一回目、私たちみんな、この名称の発音を学ぶのに一生懸命なこのときに、お招きくださってありがとう。私にとって問題なのは、昔フランス語をやっていたので、実際の発音はテルワーではないと知っているということです。テルワーというのは確か、モリー・グロスの長篇のひとつに出てくるオレゴン州東部の郡の名前です。でも、フランス語らしくrを喉に響かせて、テ・ル・ル・ル・ロワール・ル・ルと、この集まりの名を一日、言い続けたら、声がかれてしまうでしょう。それにどう発音しようが、誰が気にするでしょうか。ここはオル・ル・レゴンなんですから。そして私たちは、文学と創作のお祭りをしようとしています。誠に喜ばしいことです。

私は物語をつくることについて話すと約束しました。物語をつくるのは、私が人生の大半においてやってきたことです。というわけで、しばらくの間、皆さんが話したいことについて、話し合えたらいいと思います。でも、お願いだから、私がアイデアをどこで得るのかは、訊かないでくださ い。私は自分がアイデアを買っている会社のアドレスを、この長い年月、ずっと秘密にしてきましたからね。今さらバラそうとは思いません。

さて。大きな分け方として、物語には二種類あります。起こったことを語る物語と、起こらなかったことを語る物語です。

最初の種類に属するのは、歴史、ジャーナリズム、伝記、自叙伝、回想録。二つ目の種類に属するのはフィクション――つくりあげた物語です。

私たちアメリカ人には、第一の種類の物語のほうがなじみやすい傾向があります。私たちは、つくり話をする人を信用しません。「ほんとうのもの《リアル・シングズ》」「実生活《リアル・ライフ》」のほうがなじみやすいのです。私たちは「現実《リアリティ》」について教えてくれる物語を欲しがります。それが欲しいあまりに、まったくインチキな状況を設定して、撮影し、それを「リアリティ・テレビ」[*2]と呼ぶほどに。

こういうことすべてにかかわる問題は、あなたの現実は私の現実ではない、ということです。私たちが皆、同じように現実を知覚しているとは限りません。一部の人は、実のところ、現実をまったく知覚しません。Ｆｏｘ《フォックス》ニュース[*3]をご覧になれば、それがはっきりとわかります。

おそらく、私たちの現実認識にこのような違いがあるからこそ、私たちはフィクションをもっているのでしょう。

事実が私たちの共通の足場であるべきだというのが常識だと思われます。しかし実際は、事実はとても捉えがたく、観点によって左右され、論争の余地があるため、私たちが分かち合える現実に出会える可能性は、フィクションの中でのほうが高いでしょう。起こらなかったけれど、場合によ

＊1　テロワールは、ワイン用のブドウの産地などについてよく使われる、土地柄、風土を意味するフランス語。郷土の意味もある。

＊2　実際の生活をドキュメンタリー風に撮った（という体裁にしている）番組。

＊3　米国のニュース専門のケーブルおよび衛星放送チャンネル。

っては起こっていたかもしれない、あるいは、まだこれから起こるかもしれないことについての物語を、現実の人ではないけれども、そうだったかもしれない、あるいはそうなるかもしれない誰かに語ることによって——あるいは読み聞かせることによって、私たちは想像力への扉を開きます。そして想像力こそ、私たちがお互いの頭や心について何かを知ることのできる最善の、そしておそらくは唯一の手段なのです。

私は物語を書くためのワークショップで、思い出しか題材にせず、自分自身の物語、自分自身の経験しか語らない書き手に大勢出会いました。そういう人たちはしばしば言います。「ものを一からつくりあげるなんてできません。それは難しすぎる。でも、実際に起こったことなら語れます」と。その人たちにとって、自分の経験から直接、材料を取ってくるほうが、自分の経験を物語をつくるための材料として用いるよりも容易なようです。起こったことをそのまま書くことができると決めてかかっているのです。

それはもっともなように聞こえますが、実は、経験を再現することとは、巧妙さと練習の両方が必要な難しい仕事なのです。語りたいと思う物語の重要な要素の中に、自分が知らないものがあることに気づくかもしれません。あるいは、あなたにとって非常に重要な個人的経験が、ほかの人にとっては興味がもてないもので、それを読者にとって深い意味のある感動的なものにする技術が必要かもしれません。あるいはまた、自分のことを書くので、自尊心がまとわりついて、物語がぐちゃぐちゃになったり、願望的思考によって歪められたものになっていったりするかもしれません。何が起こったか語ろうと真剣に努めるならば、事実というのは、取り扱う際にまったく融通の利かないものだということに気づくでしょう。けれども、物語がすっきりした、恰好の良いものになるように、事実を捏造《ねつぞう》し始めたら、あなたは誤った仕方で、想像力を用いていることになります。つくりごとを事実として通用させているのですから。それは、少なくとも子ども同士の間では、嘘をついている、と言われる行為です。

フィクションはつくりものです。でも、嘘ではありません。フィクションは、事実を究明するか、嘘をつくかの二者択一とは異なるレベルの現実の上を動いていきます。

さて、ここで想像力の働きと願望的思考の違いについてお話ししたいと思います。書く上でも、生きる上でも大切なことですから。願望的思考は、現実から切り離された思考で、大抵は単に子どもっぽい勝手きままですが、危険な場合もあります。想像力はいかに大胆に飛翔しているときにも、現実から切り離されてはいません。想像力は現実を認め、現実から出発し、現実に戻って、現実を豊かにします。ドン・キホーテは騎士であることへの憧れに溺れ、その結果、現実とのつながりを失い、自分の人生をめちゃくちゃにします。それは願望的思考です。ミゲル・デ・セルバンテスは、騎士でありたいと願ったひとりの男についての創作物語をつくりあげ、語ることによって、私たちの笑いと人間理解の蓄えを大幅に増やしました。それは想像力の働きです。ヒトラーの千年帝国は願望的思考の産物であり、合衆国憲法は想像力の産物です。

この違いが見極められないとしたら、そのこと自体が危険です。想像力を働かせることが現実とは何のかかわりもない、単なる現実逃避であると考え、想像力を信頼せず、抑えこむとしたら、想像力は損なわれ、堕落し沈黙するか、真実でないことを口にするようになります。人間の基本的能力がすべてそうであるように、想像力も、子ども時代と生涯にわたっての練習と規律、訓練が必要です。

想像力の良い練習のひとつ――最善のものかもしれないのは、つくりものの物語を聴いたり、読んだり、語ったり、書いたりすることです。優れた創作物は、いかに奇抜に見えても、現実との一致と内的な一貫性の両方を備えています。単なる願望的思考のたわごとである物語や、語りの形をとった威圧的な説教に過ぎない物語は、知的な一貫性と真実性に欠けています。それは全《まった》きものではなく、ひとり立ちできず、それ自体に対して正直ではありません。
　それ自体に対して正直な物語を聴いたり、読んだり、語ったりすることは、精神にとって最上の教育だと言っていいでしょう。アメリカでも、多くの親が子どもに想像力にあふれた本を与えます――『不思議の国のアリス』とか、『シャーロットのおくりもの』[*1]とかを。高校ではSFとファンタジーがようやく、英語カリキュラムの一部として認められるようになりました。あとはただ、子どもたちが「夏休みにしたこと」だけではなく、「夏休みにしなかったこと」についても書くように、まじめに求められさえしたらいいな、と思います。子どもっぽい願望的思考（敵機を四十機、撃墜した！　火星の女王になってユニコーンに乗りました！　あのお馬鹿なジャッキー・ビースンの目を殴ってやった！）を卒業したら、彼らは自分の想像力に従い、それを賢く、うまく使う訓練を積むでしょう。そして、それが真実に至る道、人間らしくあるために欠かせない道具だと知るでしょう。

　書き手であるあなたが、物事をつくりあげることに対する、奇妙なピューリタン的恐怖を克服したら――自分の人生経験から取ったエピソードをそのまま語る必要はなく、物語をつくるために、自分の人生経験を、物語をつくる素材として、想像のための材料として使っていいのだとわかれば――ふいに自分が自由になったと感じることでしょう。あなたの物語はもはや、「あなたの」物語ではない。あなたについてのものではない。それは単に、ひとつの物語であるのです。あなたはそれをもっていくことができる。その物語が行きたがっているところに。そして、その物語が、自らの真の姿を見出すのに任せましょう。

　ゲーリー・スナイダー[*2]が私たちに与えてくれたイメージに、経験を堆肥《たいひ》になぞらえたものがあります。堆肥はゴミや食べ残しやさまざまなものの混合物が、しばらくの時間を経て、土に変わったものです。堆肥ができるには、沈黙と暗闇と時間と忍耐がかかわっています。そして堆肥からは、たくさんの花や作物が育ちます。

執筆を園芸だと考えるといいかもしれません。あなたが種を蒔《ま》く。けれどもそれぞれの植物は、自分なりに成長します。確かに、園芸家のあなたが庭園を管理しているけれど、植物は生きていて、意思をもっています。すべての物語は光のほうへ、自分なりに伸びていきます。園芸家のあなたのもっているすばらしい道具は、あなたの想像力です。

若い書き手たちがしばしば考えるのは――考えるよう教えられるのは――物語はメッセージから始まるということです。私の経験ではそうではありません。あなたが始めるときに重要なことは単純に、語りたい物語をもっている、ということです。成長したがっている苗。あなたの内的な経験の中の何かが光に向かって伸びていこうとしています。あなたは愛情深く、注意深く、忍耐強くそれを応援し、それがやりたいようにできるようにしてやることができます。無理強いをしてはいけません。それを信頼しましょう。観察し、水をやり、成長するに任せましょう。

あなたが物語を書いているうちに、その物語がそれ自身になり、完全に、真実の響きをもって自分自身を語るようになると、あなたは、それがどういう物語で、何を言っていて、自分はどうしてその物語を語りたいと思ったのか、発見できるかもしれません。ダリアを植えたと思っていたのに、伸びてきたのはナスだった、ということもあるかもしれません。フィクションは情報伝達ではありません。メッセージ送信でもありません。フィクションを書くことは、書き手にとって、驚きの連続です。

詩と同様、物語は言うためにもっていることを、ちゃんと伝わる唯一の仕方で言います。それは

＊1 『シャーロットのおくりもの』（ホワイト文、ウイリアムズ絵） White, E. B. and Williams, Garth. *Charlotte's Web* (1952). 邦訳はさくまゆみこ訳（あすなろ書房）。

＊2 ゲイリー・スナイダー（一九三〇－ ）は米国の詩人、自然保護活動家。

その物語を成している言葉そのものです。だからこそ、言葉はとても大切であり、だからこそ、適切な言葉を適切に使う術《すべ》を学ぶのに、非常に時間がかかるのです。だからこそ、沈黙と暗闇と時間と忍耐、そして英語の語彙と文法についての、しっかりとした本物の知識が必要なのです。

経験から引き出された、真実のこもった想像は読者の目に留まり、分かち合われます。想像力あふれる偉大な物語は、いかなるメッセージをも超えた意味をもち、何百年にもわたって、すべての種類の人々にとって意味あるものになります。たとえば、『オデュッセイア』『ドン・キホーテ』『高慢と偏見』『クリスマス・キャロル』『指輪物語』『ハニー・イン・ザ・ホーン[*1]（*Honey in the Horn*）』『ジャンプ・オフ・クリーク（*The Jump-Off Creek*）』など。これらの物語はいずれも、事実の記録ではありません。これらのすべてが純粋なフィクションです。そしてこれらは、私たち全員についての物語、私たちの物語です。このような作品は、私たちをさらに大きな物語の中に包含します——人間の物語、人間であるという現実の中に。

だからこそ、私はフィクションを愛し、物語をつくってくださいと、お勧めしているのです。そしてまた、適切な言葉を適切に使うことを学ぶために時間を取ってください、と。言葉の使い方を学ぶには、それなりの時間がかかります。練習が必要です。何年にもわたる努力が必要です。それだけの努力をしても、あなたの書くものが出版されることはないかもしれません。出版されても、それで生計が立てられることは、まず、ありません。でも、それがあなたのしたいことなら、そうすること以上に甘美な報酬を与えてくれるものは、世界中探してもありません。そうすることというのは、その仕事そのものをすること、そしてそれから、自分がそれをした——言葉を正しく用い、物語をつくりあげ、真実をこめて語ったことを知っている、ということです。真実を語るというのは偉大なことです。そして、稀《まれ》なことです。楽しんでやってください！

インターネットのすばらしい新世界での読書について、少しだけお話ししましょう。ここで、私たちは皆、書くことについて話していますが、世間のみんなが私たちに言うのは、本を読んでいる人なんかいませんよ、ということです。本は死んだ、と識者は嘆いています。ジョニーは読めないだけでなく読む気がないのです。[*2] アメリカ人は十年間に、ひとりあたり四分の一冊の本を読む、とかいう統計もあったと思います。ホメロスはどうやって iPad と競争できるでしょう？ 誰も『ドン・キホーテ』を欲しがりません。ツイートには向きませんから。じゃあ、ここで、書くことのお祭りをしている私たちは、いったい何をしているのでしょうね？

書き手たちを巡る状況は、昔からこんなでした。私たちは、読む習慣のある人たちのために書きます。そういう人たちは常に少数派です。エリートの意味で言っているのではありません。単純に、少数派なのです。この世界の大多数の人々は、楽しみのために読書をしたことがなく、今後する気もありません。読めない人もいるでしょうし、読む気がないだけの人もいるでしょう。

これは別に、髪をかきむしるような問題ではありません。あらゆる種類の人がいて世の中ができているのですから。男たちがバットでボールを打つのを何時間もぶっ続けで見るなんて、私にとっては、楽しみではありません。世の中には私と同じだという人が大勢いると思います。だからといって、野球が（あるいはクリケットの話であっても）死んだということにはなりません。

私たちは読書について、不必要なパニックに陥っています――実際に変化したのは、読書ではなく出版なのに。出版については、いくらかのパニックは根拠のあることです。私たちを取り巻くテクノロジーは私たちの頭より、ずっと先に行ってしまっているので、私たちは、読者にふんだんに

＊1　198頁以降参照。
＊2　米国の子どもの読み書き教育の問題を扱って、ベストセラーとなった本、『ジョニーが読めない理由（*Why Johnny Can't Read*）』（ルドルフ・フレッシュ著）のタイトルを踏まえた表現。

読むものを供給し、書き手に生きる糧《ピーナッツバター》を適切に供給する、申し分なく信頼できるシステムを捨てかねない、危険な状況にあります。かつての大手出版社は、欠点もありましたが、このふたつの仕事についてはよくやっていました。しかし、それらの大手出版社は今では、迅速に売れて迅速に死ぬものだけを出版することを彼らに要求する巨大企業に支配されています。そういう巨大企業は、市場とそこで売られる商品を支配して利益をあげること以外には、本にも著者にも興味のない金儲け主義者たちです。作家と出版社にとって、生計を立てていくための唯一の保証である著作権は今や、何もそれに代わるものがないのに捨てられかねない、差し迫った危険に瀕しています。成長しきった資本主義は本質的に、職人や芸術家にとって有害なものです。著作権は、私たちが資本主義社会の中で生きることを可能にする抜け穴のようなものでした。ところが、大企業は、政府内の反動的なグループを利用することにより、著作権を破壊し、私たちを搾取し、私たちが書くものをコントロールする道を、熱心に模索しています。

電子書籍出版やインターネットをどのように使えば、自分たちにとって有利に——書きたいものを書き、対価が得られるようにすることができるでしょうか？　私は年を取りすぎていて、アイデアが浮かびません。ここにいる皆さんが知恵を出してくれないといけません。あなたたちはきっとそうしてくれるでしょう。人々は読みたがっています。書きたがっている人ばかりのように見えるときもあります。でも、私の言うことを信じてください。それ以上に多くの人が読みたがっています。そして資本主義テクノロジーの巨大な機械の抜け穴や隙間のどこかで、書き手と読み手がお互いを見つけます。私たちはずっとそうしてきたんです。そういう出会いを起こせるかどうかは自分次第だと気づいたら、その方法が見つかります。あなたの心に勇気がわいてきますように。この世界での健闘を祈ります。

自由

二〇一四年十一月、全米図書協会から米文学功労勲章*1を授与された際のスピーチ。

このすばらしい報酬をくださった方々に心から感謝します。私の家族、私のエージェントたち、私の編集者たちが知っているように、私が今、ここにいるのは、私自身のしてきたことだけでなく、彼ら、彼女らのしてきたことの結果です。ですから、このすばらしい報酬は、私のものであるとともに、この人たちみんなのものです。さらに私は、非常に長い間、文学から締め出されていたすべての作家たち――私の仲間であるファンタジーやサイエンス・フィクションの書き手たちを代表してこの報酬を受け取り、彼ら、彼女らとともにそれを分かち合えることを喜んでいます。私たちは五十年の間、このようなすばらしい報酬が、いわゆるリアリストたち――リアリズム文学の書き手たちのところへ行くのを眺めてきたのです。

困難な時代がやってきます。私たちが現にしている生き方に代わる、ほかの生き方を思い浮かべることができ、恐怖に怯《おび》える私たちの社会と、その過剰なテクノロジーの向こうにある、ほかのあり方を見ることができ、希望のもてる確かな足場を想像することもできるような、そんな書き手た

＊1　Medal for Distinguished Contribution to American Letters.

ちの声が、切に求められるでしょう。私たちは、自由を思い出せる書き手たち——詩人たちや、幻視者たち、より大きな現実を扱うリアリストたちを必要とするでしょう。

今まさに、私たちが必要としているのは、市場で取引される商品の生産と芸術の実践との違いを知っている書き手です。企業の利益と広告収入を最大にするための販売戦略に合うように、原稿をつくることは、信頼できる本の出版や著作と同じではありません。

それなのに、営業部門が編集部門に対して主導権をもっているのを目にします。私の本を出している出版社が、無知と欲のために愚かなパニックに陥って、電子書籍に対して、公立図書館に一般顧客の六、七倍の代金を請求しているのも目にします。暴利をむさぼる輩《やから》が、服従しない出版社を罰したり、作家を企業の裁断《ファトワー》[*1]で脅《おど》したりしようとしているのも、目にしたばかりです。そして私は、生産者である私たち、原稿を書いたり、本をつくったりしている私たちの多くが、この現状を受け入れている——日用品を売る暴利商人たちが、私たちを消臭スプレーのように売り、私たちに何を出版するか、何を書くか、指図するに任せているのを目にしています。

本は単なる商品ではありません。利益追求という動機は、芸術の目標とは嚙《か》み合わないことがしょっちゅうです。私たちは資本主義社会で暮らしています。資本主義的な力からは逃《のが》れられないように思われます。けれど、王の神授の権だってそうだったのです。どのようなものであれ、人間のもつ力であれば、人間がそれに抵抗し、変化させることが可能です。抵抗と変化は、しばしば芸術において始まります。そして非常にしばしば、私たちの芸術である言葉の芸術から始まります。

私は書き手として長いキャリアをたどってきました。それは良い作家人生であり、良い仲間に恵まれました。そのキャリアの終わりにいる今、私はアメリカ文学が「川下に売られていく」[*2]のを見たくありません。執筆や出版を生業《なりわい》とする私たちは、その仕事の結果の正当な分け前が欲しいし、要求すべきだと思います。けれど、私たちの美しい報酬の名前は、利益ではありません。それの名は自由です。

聴いてくださって、ありがとう。

＊1　ファトワーは本来、イスラム教指導者が下すイスラム法に則った裁断を意味する言葉。ラシュディについて出されたものがよく知られているため、欧米では時に、誤って「死刑宣告」と解される。このスピーチの文脈では、もちろん比喩的に用いられていて、「作家生命を断つ（仕事を頼むのをやめる）という脅し」の意。

＊2　川下に売られる（get sold down the river）は、「裏切られる」あるいは「見捨てられる」という意味の成句だが、もともとは、奴隷が（待遇の過酷な）ミシシッピ川下流のプランテーションに売られる、ということから来ている。

本の紹介と著者についての解説

ここに収められているのは、さまざまな著者についての解説で、そのほとんどは本が新しい版で刊行される際の紹介文として書いたものだが、少数ながら、独立したエッセイとして書いたものもある。記事は、著者のラストネームのアルファベット順に並んでいる。

ジョゼ・サラマーゴについてのエッセイ、「矜持《きょうじ》の模範」は、本書の作品の中で唯一、最初に発表されたときと比べて、かなり形が異なっている。本書の編集にあたったジョイ・ジョハネスンが別々の年に発表されたふたつのエッセイとふたつの書評をひとつの、はるかに重複の少ないエッセイにまとめてくれたためだ。ちなみに、以前のヴァージョンは、最初に発表された定期刊行物や私のサイトで見ることができる。また、このエッセイに組みこまれていない、サラマーゴの作品の書評が、次の部、〈書評〉に収められている。

私は、すばらしいと思っていない本の紹介文は書かないし、強く興味をそそられる著者についてでなければ、長く詳しく書くことはないだろう。そういうわけでここに収められた文章は、私が好きな種類のフィクションの一端を示すものではある。だが、私が何を読んでいるかの指標や、お気に入りの作家のリストとしてはまったく役に立たない。私はSF作家だと思われているので、SFについて書くことを求められる。それはかまわない。とはいえ――H・G・ウェルズについての文章が三篇あるのに、ヴァージニア・ウルフについてのものがまったくない、というのはどんなもんだろうか。

まったく自由に題材に選んだ本が二冊ある。ひとつはH・L・デイヴィスの偉大なウエスタン小説、『ハニー・イン・ザ・ホーン』。『ティン・ハウス』誌の、自分の好きな本について書いてほしいという、太っ腹な申し出に乗ったものだ。もうひとつは、チャールズ・L・マクニコルズの『クレイジー・ウェザー』で、ここに収録されているのは、ファロス・ブックス社のハリー・カーシュナーのために書いた紹介文だ。彼は作家たちに、絶版の本を一冊選んで、なぜその本が再刊行されるべきなのか教えてほしい、と呼びかけ、そののち自分がその本を出版する、ということをしている。この注目すべき冒険的企画は、すばらしい出版物を次々に生み出している。

極上のアメリカの小説
――H・L・デイヴィスの『ハニー・イン・ザ・ホーン』

この記事が初めて発表されたのは二〇一三年で、『ティン・ハウス』誌に掲載された。

ミシシッピ川以西の作家たちは、ミシシッピ川より西にあるのは――スタンフォードは別として――サボテンばかりだ、という東部人の考えに直面せざるをえない。その上、東部人の多くは、「地域」的なフィクションは劣っていると思っている。彼らの言う「地域」とは東部以外のすべての場所のことだ。こんな論理に打ち勝つ術《すべ》はない。それだけに、オレゴン州の作家、H・L・デイヴィスがピューリツァー賞を――しかも一九三六年に――受賞したのはすばらしいことだ。ところが近年、デイヴィスはまったくと言っていいほど顧みられなくなり、文学の世界から消えてしまったかのような状況なので、読者は、彼の文章のスタイルや響きに、『ときには大それたことを思いつく（*Sometimes a Great Notion*）』執筆においてケン・キージー[*1]が、また、『トラスク（*Trask*）』執筆においてドン・ベリーが手本としたであろうものを見出して、驚くかもしれない。彼らだけでなく、本格的な小説を書く西部の作家たちのほとんどがデイヴィスを手本としてきた。あの高慢なウォーレス・ステグナーさえもそれに含まれる。そして、『ジャンプ・オフ・クリーク（*The Jump-Off Creek*）』や『馬の心（*The Hearts of Horses*）』のモリー・グロスは、彼の真の後継者というべき人だ。デイヴィス自身も、彼女の作品を読むことができていたら、自分の流儀をほぼ完璧に体得してくれていると認めていただろうと、私は思う。

デイヴィスが受賞した傑作小説は、『ハニー・イン・ザ・ホーン（*Honey in the Horn*）』だ。主人公のクレイは、頑固者で情緒不安定だが、好感のもてる十八歳かそれぐらいの若者だ。かなりいろいろな苦労をしてきているが、自己防衛的に心を閉ざすには至っていない。健全な本能や直感の持ち主であるにもかかわらず、無法者の仲間に入り、自分自身のろくでなしの父親を[2]（彼にとって、他人同然の存在に過ぎなかったにせよ）駆りたててリンチするのに、喜び勇んで加わる。恋人のルース（本書でもっとも生き生きとしたキャラクター）には、真っ正直さと、とらえどころのなさが入りまじっている。これは良質のラブストーリーであり、可能性と悲劇性の間にぴんと張られた綱の上で、終始、バランスをとっている。クレイとルースは共に、場合によっては殺人もためらわない人間であり、そのせいで、この小説には強い緊張感が保たれている。ふたりとも物知らずだが、考える力はある。若いけれども、すでに傷を負っていて、ひどい失敗の記憶に悩まされ、過去の闇につきまとわれている。彼らはそれでもなお、巨大で複雑な生の中で、何らかの道徳感覚を得ようともがく。彼らは、実に多様な人々と出会ったり、一緒に旅をしたりする。その中には、犯罪者に身を落として平然としている者もいる。多くは何の役にも立たず、無為に生きる。落ち着かなく動き回るだけの者もいる。そしてまた、クレイやルースのように、より明確な判断基準や、より良い生き方を手探りで求め続けている者もいる――この山並みを越えれば、そこにあるかもしれないと

*1　ケン・キージー（一九三五‐二〇〇一）は米国の小説家。映画『カッコーの巣の上で』の原作者として知られる。*Sometimes a Great Notion* も映画化された（邦題『オレゴン大森林／わが緑の大地』または『わが緑の大地』）。

*2　厳密に言うと、亡くなった母親の再婚相手だった人物。

……。

クレイは世界に対して、積極的な関心を寄せる。そしてデイヴィスはクレイを通し、見せかけの無頓着さとは裏腹に、彼自身が人と場所から得ている、驚くほど瑞々《みずみず》しい心象を私たち読者に見せてくれる。この本を読みながら、私たちはクレイとともに馬に乗り、乾燥した硬い地面を駆ける。

広大な地面のアルカリ性物質が、空の濃い青をそのまま映しだしていた。そして、彼が馬でそこに入っていくと、青は左右に分かれる。彼が進むとともに、空は左右いずれかの肘をこすり、雌馬の前脚から馬体の後ろへと流れていく。澄んだ空気の中に、熱気でふくらんで、遠くの景色の一部を拡大する箇所があって、その景色はわずか数フィート先にあるように見える。それはどんどん拡大して巨大化する――草をかじっているセージラット[*1]が子馬ほどに見えるようになるまで。そして、そのあと、まるで水に溶けたかのように、ふいに消える。

デイヴィスは気前がよくて、ひねくれ者で、大酒飲みだった。当時、ジャーナリストだの、男の小説家だのは、みんな大酒飲みだと世間から思われていた。彼は忘れがたい短篇「暖かい冬（Open Winter）」を含めて、いくつもの優れた長篇や短篇を書いた。そのすべてには、一九一二年のオレゴンの地とそこで働く人々が描かれている。『ハニー・イン・ザ・ホーン』には、一九一二年のオレゴン州で人々がしていたすべての仕事の見本を出したかった、と彼は述べている。その言葉自体が私たちを、重労働や熟練労働、肉体労働があり、そのすべてに、限りなく多様な仕事があった遠い世界に連れ戻してくれる。カウボーイの仕事に鍛冶屋の仕事、牧場の働き手たちのための賄い、腰に命綱をつけ、手に鉤竿《かぎざお》を持って滝で鮭を獲ること、穀物袋を縫い閉じることなど、実にさまざまな仕事があった。この小説は大恐慌の間に書かれた。まさに仕事のことが、人々の大きな心配の種になっていた時代だ。そして、この小説が描いている時代は今から一世紀前だ。テクノロジーの変化の速さを考えると、それは人類史上、一番長い百年だったと言えよう。デイヴィスの描きだすものを、無意味だと感じる人もいれば、強く惹きつけられる人もいるだろう。いずれにせよ、人類の文化の始まりから、ほんの一、二世代前まで、誰もがデイヴィスの描きだすような仕事の世界で暮らしていたのだということは、考えるに値する重要なことだ。だからこそ、この小説を読みだせば、誰しもたちまち、その世界に戻っていくのだろう。

この小説の生き生きと躍動する言葉づかい、真顔でからかうようなユーモア、あっさりとした筆致で描きだされる雄大な景色、そして、ふたつの山脈をまたにかけて、自分にもほかの人にとっても害にしかならない騒動をくり広げる、山ほどの喧嘩っぱやい登場人物たち——それらのすべてにもかかわらず、この本が私の心に残す、もっとも強い感情は、ロンリネス（ひとりぼっちの寂しさ）だ。あるいは、私がロンリネスという語のアメリカ版だと考えているロンサムネスだ。孤独な人々。もしかしたら、そのことはこの小説にとって不利な点になりうるかもしれない。私たちは孤独なヒーローを讃えはしても、自分がそうなりたくはないものだ。常在するテレビや携帯電話やソーシャルメディアは、私たちを孤独から救うためにある。それにもかかわらず、西部の人の多くは孤独を求めてやってきたのだ——自分だけの場所、空間、沈黙を求めて。私たち人間は社会的な動物だ。だが、私たちは自分の魂をつくるために、独り居を渇望する。アメリカ人は自分の意見を、少なくとも、魂と同じくらい大事にする。圧迫する人が誰もいないところで根づくことを許された意見は、大きく育ち、かつ、ひどく風変わりなものになる。デイヴィスは大いに楽しんで、それらを描写した。

＊1　米国西部の山間に棲む地リス、ベルディングジリスの別称。

デヴィス自身も独自の強烈な意見をいくつかもっていた。そのひとつは、「開発」業者に対する低い評価だ。開発業者は西部を、望ましい不動産に変えた人たちだ。アルカリ性物質を含む平地に、小さな白い杭をいっぱい打ちこんで、これから造る道路やオペラハウスのために印をつけた。そして、期待に胸を膨らませる人々に、十フィート分、土を載せるとか、鉄道が必ず通るとか、きっと金儲けができるはずだとか、セージブラッシュ[*1]の生える不毛の地にオレンジの果樹園ができるだろうとか、いいかげんな話をさんざん吹きこんだ。もちろん、開発業者は資本主義にとって忠実で、やる気まんまんの召使いだ。彼らに対するデヴィスの低い評価は、たぶんそれで説明がつくだろう。

　今日、非白人について語るときに用いられる種類の超丁寧な言葉づかい、白人の人種差別主義者に「ポリティカル・コレクトネス」[*2]というレッテルを貼られる、あの言語は、シェイクスピアにとっと同様、デヴィスにとっても、まったく知らないものだった。デヴィスは誰でもまったく同じように扱う。個人的に尊敬を勝ち取ったのでない限り、誰もデヴィスから敬意を払われることはない。彼はアメリカ先住民について、願望的思考の溝の向こうからではなく、自分自身の直接の経験から違いを知っている者として語った。それはフィクションではとても稀（まれ）なので、今日の人々はショックを受けるだろう『ハニー・イン・ザ・ホーン』が文学の正典（カノン）の座から脱落してしまった理由の一部はそのあたりにあるのかもしれない）。この本には多くのインディアン集団が登場するが、明確に区別して、生き生きと書き分けられている。ある海岸沿いの村のスケッチで、彼はアサバスカ語族の孤立した小集団を描写している。

　偉大な民族の落ちぶれた末裔（まっえい）には、一種の絶望感があった。こんな場所に引きこもっていては、いくらかでも頭脳を発達させた者がいたとしても、その能力の使い道がない。せいぜい七十人ばかりの住民しかいない、掘っ立て小屋の集落の長になる以外には、何も達成できることがない。しかも周りは、彼らの知らない人々や、知らない言語に取り囲まれていて、逃げ出す隙もない。だが、それが嘆かわしいというわけでもなかった。彼らは逃げ出したいと思ってはいなかった。彼らは今いるところに、千年近く前からずっと住んでいて、世界のどこかに、自分たちの二十エーカーの土地よりも、もっと良いところや、もっとおもしろいところがあるかもしれないとは、少しも思っていなかったのだ。

デイヴィスはこの村が、オレゴン海岸の多くの村がそうであったように、少し前に、白人のもたらした病気のせいで、住民の八十パーセントないし九十パーセントを失った可能性が高いことに触れていない。それに、彼は乾燥地に慣れた人だったので、そもそも、こんな多雨の海岸を好むということが、想像もできなかった。その二点を別にすれば、デイヴィスはほかの人たちすべてを馬鹿にするのと同じ程度に、この人たちを馬鹿にしているに過ぎない——このインディアンの村の近くの白人入植者たちについてのデイヴィスの描写も、同じように容赦ないものだ。因習的な敬虔《けいけん》さは馬鹿にするが、文化的な違いには興味をもち、敬意を払う——そんなデイヴィスには、同じ人生観をもたなくてはならないと感じることなく、インディアンに共感することが可能だ。さらに、彼はインディアンの人生観を自分がどう思うかなど、重要ではないと承知している。このような公平な精神による簡明な語りを、人種差別的／反人種差別的な感情的わめき声はやすやすと黙らせる。

＊1　ヤマヨモギ。米国西部の砂漠に、低木状になったものが群生している。
＊2　ポリティカル・コレクトネスは、差別的な言語・行為・態度を避けること、排除することだが、個々の状況により、考え方により、やりすぎだという批判（自己批判も含む）をこめて、この言葉が用いられる場合もある。

『ハックルベリー・フィンの冒険』は「ニガー」という言葉を使っているという理由で、禁止され、批判され、修正や削除を受けている――その「ニガー」のジムこそが、この本の道徳的ヒーローであるのに。『ハックルベリー・フィン』でさえ、そんな目に遭っているのに、それよりも非力な本がどうやって生き延びられようか？

　本書の登場人物たちは、何らかのゴールに到達することはもちろん、非常に意味のある行為はひとつもできないのではあるが、彼らは燃える火のように生きている――ばかばかしいほど悲劇的で、心が痛くなるほど滑稽で、とほうもなく片意地だ。人間のすることにはまったく無頓着なオレゴンの大自然の中に、デイヴィスははぐれ者や一匹狼を大勢、放つ。彼ら、まつろわぬ魂たちは、言い争う無数の声から成る狂った交響楽を奏でつつ、巡礼の旅を続ける。私はいささかのためらいと、いささかの安堵、そして喜びすら感じながら、彼らのうちに、わが同郷人の姿を見る。いかにして人間らしくあるかについての、アメリカの壮大な実験の最先端、極西部の人々にしか見られない、その姿を。

〔訳者付記〕
『ハニー・イン・ザ・ホーン』（デイヴィス）Davis, H. L, *Honey in the Horn* (1935). タイトルの「ハニー・イン・ザ・ホーン（牛の角の容器の中の蜂蜜）」はスクエアダンスの曲の歌詞の一節からとられたもの。

フィリップ・K・ディック『高い城の男』

二〇一五年刊行のフォリオ・ソサエティ・ブックス社版に寄せた序文。

『高い城の男』は一九六二年の末に出版された。六〇年代とはこういうものだと私たちが思っている事象が始まる前であり、SFがアメリカ文学と関係があると考えられる遥か以前だった。本が出たとき、その中には硝煙のにおいが立ちこめていて、革命のにおいもかすかにしていた。そして、その本は確かに、六〇年代、七〇年代の社会的な大変動につながる伝統的思考の脱構築と、リアリズムのフィクションとフィクションのもっと幅広い現実《リアリティ》との間に批評家たちが建てた壁の損壊との両方において、ある役割を果たした。

当時の書評家にはその壁を越える人はほとんどいなかったので、その小説に注目したのはSF界だけだった。その本は、SFというジャンルの外でも読者を見出したが、「カルト」本として、隅に追いやられがちだった。ディックの一九六八年の小説、『アンドロイドは電気羊の夢を見るか?』が原作ということになっている一九八二年の映画、『ブレードランナー』は、派手な効果や激しい活劇を追求するあまり、その物語の卓越した知性や倫理的な複雑さの大半を犠牲にしていた。だが、その映画の成功でディックは有名になった。九〇年代に入る頃には、より理解力と包容力に富む批評によって、『高い城の男』の心をかき乱すエナジーや、社会に不穏な気配をもたらすパワーが評価され始めていた。

ときにはぎこちなく、ときにはわかりにくく、まったく予測不可能だ――文字通り、コインや筮《ぜい》竹《ちく》がたまたま示す結果によって筋書きが定められる――が、それでも、究極的には、合理的かつ道徳的な目的によってコントロールされ、駆動されるこの小説は、批評的に解釈する人と一般の読者の両方を魅了し続けている。SFがアメリカ文学にした、最初の大きな、しかも永続的な貢献であると言っていいだろう。

この作品の、歴史改変ものという形式は、新しいテクノロジーや異世界を導入することなく、実際に起こっていてなじみのある地上の出来事に手を加えるものなので、SFを恐れている人たちも、この本なら、普通の歴史小説のように読めると安心できる。しかし、この場合は、それは罠《わな》であり、錯覚である。何しろ、この作家は、その両方の達人なのだから。

第二次世界大戦の結果に対してディックが行なった改変は、歴史的に見て、大いにありえたというものではない。だが、作り話としては、恐ろしく説得力がある。一九六三年からずっと、私はナチスが合衆国の東海岸を、日本が西海岸を支配する（した?）〔かもしれない?〕ことを、忘れられないままだ。そしてまた、静まり返った墓場としてのアフリカの暗い記憶にも悩まされている。

私より一歳年上のフィリップ・キンドレッド・ディックは、私が育った町、バークレーで少年期を過ごした。彼と私は、ともに一九四七年にバークレー・ハイスクールを卒業した。当時、この学校には三千人以上の生徒がいたという事実が、私が彼の名前さえ知らなかったことの説明になるかもしれないが、それでも、いささか腑に落ちない。バークレー・ハイスクール時代からの友人のだれかれに尋ねたが、誰ひとり彼のことを覚えていない。彼はまったくの一匹狼だったのか?　病気で長期欠席していたのだろうか?　アカデミックな授業よりも、技術習得の実技クラスを選んで受講していたのだろうか？　彼の名は卒業アルバムにあるが、写真は載っていない。ディックの人生では、彼のフィクションにおけるとおなじように、つかんだと思った手の中から現実が滑り落ちていくようだ。見つけたと思った事実も、結局、賛否両論ある断言か、単なるラベルに過ぎないとわかる。

ずっと後年になって、彼と私は二年ばかり文通をした。内容は常に、書くことについてだった。私が彼の仕事をどれほど称賛しているか、彼は知っていた。二、三度、電話で話したことがあるが、会ったことはない。

私たちの世代のアメリカの男性作家は——戦争に行くにはほんの少し若すぎたからか——自分の男らしさを証明するのに労を惜しまなかったタイプが多い。彼らは木こりになったり、貨物船に乗ったり、狩りをしたり、ヒッチハイクをしたり、これみよがしな浮浪者生活をしたりした。フィル・ディックはそんなことはしなかった。ほんの短期間、大学生生活を試しにやってみたのち、二、三年、テレグラフ・アベニューのレコード店で店員として働いた。五回、その都度違う女性と結婚した。そのほかに、書くこと以外に彼がしたことを見つけるのは難しい。創作は、最初から彼の天職だった。彼はそれで生計を立てようと非常に努力したが、出版界からの励ましは、ほぼ得られなかった。西部の作家たちの多くがそうであるように、彼は東部中心の文壇にコネがなかった。自分に書かせてくれる編集者と出会うには、粘り強さと幸運に頼るしかなかったのだ。スコット・メレディス・リテラリー・エージェンシーが彼の最初の長篇小説五作品（五〇年代に、リアリズムの正典《カノン》の基準に合うように書かれたもの）の売りこみを引き受けた。しかし、同エージェンシーは、売れる見こみがないとして、一九六三年に五作すべてをディックに送り返した。一九六三年といえば、彼が『高い城の男』を発表した翌年である。その初期長篇小説のうち、彼の生前に出版されたのは一作だけである。もっとも今ではそのすべての作品が入手可能だし、それぞれに熱心なファンをもっている。私が思うに、当時、それらを出版にもっていけなかったのは、彼にとって手厳しい経験だったろうが、そのおかげで、五〇年代の陰気なリアリズムから脱して、もっと広大な、想像力による領域に入っていけたのは幸いだった。そこで彼は独自の道を見つけることができた。

ディックは双子のひとりとして生まれた。彼の双子の妹は、生後六週間のときに亡くなった。彼はこのことについて、あたかも自分自身が思い出せることであるかのように書いたり、語ったりした。ときには、妹が自分の中に生き続けているとほのめかすこともあった。双生児、そっくりさん、シミュラクラム〔似姿、模造品〕は彼の書く物語によく登場する。確かに彼は、互いに異なる、もしかすると共存不可能な要素を自分の中にもつ人だった。だからこそ、自分自身のアイデンティティについて確信がもてないと同時に、自分自身を主張しすぎる結果になったのだ。彼は、頼りにならない、計算ができない、儲けにならない、等々、本物のペテン師以外のあらゆる汚名を浴びた。自分の文筆生活において、多くの部分を占めてほしいと彼が望んだペルソナ——伝統的に尊敬され、成功してきた純文学小説家——は、何も生み出せない亡霊となった。現実の彼は、パルプフィクション作家、金のためにできる限り速く書くSF作家であるようだった。

ヘミングウェイのような著名な作家が、自分は金のためにしか書いていないと、うそぶくとする。一方、ぱっとしない作家が、仕事だからという理由でものを書いている。このふたつは全然別のことだ。私の敬意は、断然、後者に捧げられる。生活のためにフィクションを書くというのは、厳しい商売だ。熟達した技で書かれた作品であっても、その報酬はほとんど常に、低収入か、不確実な収入だ。新しい独自の才能をもつ作家にとって、それは奴隷の生活のようなものでありうる。それでも、あらゆる工芸や芸術と同じように、文筆も、優れた技をもち、真剣に取り組んでいる人に、自分にできる限りの優れた仕事をしていることが自覚できるという報酬で報いる。それに加えて、その仕事がなされうる限りの最高のレベルに自分の技が達している、という密かな確信というボーナスもあるかもしれない。『高い城の男』を含め、ディックの最高傑作の多くにおいて、実直で謙虚な職人への敬意が、構成要素のひとつになっている。長い間、それは彼自身の姿だった。五〇年代の困難な時期に、パルプ雑誌のために書いたフィクションの一部が達している質の高さを、彼が自覚していたかどうか、私にはわからない。水準を下げてどんどん書けという市場の要求に対して、苦悩していたのは間違いない。しかし、彼は自分の鉱脈を探し続け、それを見つけた。さらに深く掘り進んで、『高い城の男』で、その主脈に到達したのだ。

『高い城の男』はヒューゴー賞を獲得した。ノミネートされ、年に一度、読者、作家、編集者、出版社の人やエージェントが集まるSF大会で、会員の投票によって選ばれたのだ。それでもなお、SF界の大部分の人は、彼を、労働馬《ワークホース》、つまり働き者の作家として受け入れたのであり、彼を花形作家《スター》だと認識するには時間がかかった。それは彼が、出版社や編集者に対する押しの強さに欠けていたせいかもしれないし、彼の小説の書きぶりが、いわゆる「SF黄金時代」の功成り名遂げた作家たちの書き方と非常に異なっていたせいかもしれない。その作家たちとは、ロバート・ハインライン、アイザック・アシモフなど、SFとはこういうものだという基調を打ち出し、長年、SF界の考え方に大きな影響を及ぼしてきた人たちだ。彼らと違って、ディックは文学かぶれだと非難されるおそれがあった。SF界の古株のベテラン作家たちも、勢いのある若い作家たちも、いかなる英語科教授と比べてもひけをとらないぐらい、偏狭だった。ジャンルに対する偏見と過剰な防衛のどちらも、それをする人自身を毒する。

しかし、ディックの世代ならびに、さらに若い世代のSF作家たちの多くは、「ニュー・ウェーブ」と呼ばれるものを創造するのに忙しかった。これは実際には、連続的に生まれたいくつもの波だった。それらは一緒になって、このジャンルの人工的な限界からあふれ出す潮流となり、やがて必然的に、このジャンルを「物語の海」、すなわち文学的フィクションの総体に再び加わらせることになる。それは、批評理論とジャンルの偏狭さの両方によって、SFが何十年にもわたって切り離されていた場所だ。フィル・ディックがどの程度、自分自身を、この新しい波をつくるグループの一員だと考えていたかはわからない。だが彼は、自分はいかなるグループにも仲間にも属していないと思っていた、というのが私の推測だ。彼が切実に必要としていたのは、自分だけに見える幻を追求すること、彼だけに話しかける天使に従うことだった。

七〇年代に「気晴らし用」麻薬の使用が当たり前のことになり、一部の人にとっては、人とのつきあいでやらざるをえないことになった。そして当時の神秘主義は、化学的な近道を用いることで、実践的な修練を不要にする方向に向かった。そういう状況下で、やや不安定な気質の人たちは、考えなしに自分で誘発した幻覚によって、深刻な錯乱に陥るおそれがあったし、実際、そうなった。私が覚えているのは、四十数年前に電話でしゃべったときに、フィルが、このところ、福音記者ヨハネとギリシャ語でディスカッションをしているんだと語ったことだ。ギリシャ語は彼の知らない言語だった。おやおや、とは思ったが、彼が聖人から直接知恵を授かって心から喜び、そのことをとても大切に思っているようすには、私の警戒心を和らげるものがあった。

一九六九年を境に、この種のオカルト的な啓示が、ディックの思考やフィクション作品を支配する度合いが強まっていった。それらの啓示は、彼自身が重要なものだと考えたように、重要なものとみなされてきた。けれども私は、それらの啓示を一貫性のある総体としてまとめようとした試みは——彼自身の『解釈』[*1]も含めて——ことごとく不成功に終わったと考えている。彼の称賛者の一部にとっては、彼の神秘主義的直感や聖なるものの訪れが作品に及ぼす影響が増していったことは、良いことであり、ウィリアム・ブレイクの「預言書」群の場合のように超越的なことでさえある。一方、彼の芸術にうまく取り入れられるには、彼の直感は脈絡がなさすぎるし、彼の幻覚は混乱しすぎていると考える人たちもいる。私自身は、それらが彼を、輝かしく熱狂的な唯我論の世界へ引っ張っていったのだと思っている。それらのせいで、彼は、普通の人々や、彼らの抱く道徳的な怒りに対する並外れて鋭い感受性（これこそ、私が彼の小説について、もっとも高く評価する要素だ）からどんどん遠ざかっていった。

そのような感受性の鋭さは、担うのが大変な重荷だったに違いない。『高い城の男』の田上氏の人間像は、著者の複雑なパーソナリティーのうちのこの要素を反映しているのではないかと、私は思う。田上氏は平凡で、慣例に従う、飛び抜けて優れたところのない、まずまず清廉潔白な中年の実業家だが、人間の徹底的な邪悪さに気づくことを余儀なくされ、それに立ち向かおうとする。恐怖におののきながら勇気をふりしぼり、屈辱に耐える彼は、外宇宙で光線銃で戦うヒーローにも、アッパー・マンハッタンに住み、性的な問題を抱えているアンチヒーローにも程遠い。たぶん、ヒーローという言葉は、レディーという言葉同様、その役割を終えたのだろう。私たちは田上氏のような人々のために、別な言葉、もっと深みがあって、これみよがしでない、地道な言葉を必要としている。

フィル・ディックの散文は明快で、簡潔で、しばしば、どちらかというと淡々としている。複雑な文法構造を避け、ユング派その他の重々しい専門用語を時折使うのを除いては、目立つ語彙を用いない。五〇年代、六〇年代のSFの掟は、格式はスノッブのためのものだと定めていた。本物のSF作家はただ、ありのままに書く（もちろん、その内容はすべて、でっちあげたものだけれど）。このスタンスがディックに影響を及ぼしたのかもしれないが、彼の一見、単刀直入で非音楽的で、報道記事のように感じられる言葉づかいは、微妙で巧妙な業《わざ》をカモフラージュする役割も果たしていた。フランス人は、英語圏の批評家たちよりずっと早い時期からディックを理解し、彼について

＊1 *The Exegesis of Philip K. Dick* のこと。日記など、ディックが書き遺したものをまとめた本。二〇一一年に刊行された。

深い考えに富む批評記事をたくさん書いていた。その頃、こちらでは、ディックは相変わらず、パルプ雑誌の原稿料で生計を立てようと努めていたのだった。そういえば、エドガー・アラン・ポーに夢中になったのも、フランス人たちだった。私はかつて、それは、ポーの詩が時折、大ハンマーで打ち叩くように聞こえるのが、フランス人の耳にはわからないからだろうかと、いぶかしんだ。たぶん、彼らには、ディックの散文が時折、ごとんごとんと聞き苦しく響くのもわからないのだろう。そして、そのおかげでフランス人たちは、彼の文体の見かけと内容との間の、危険をはらんだ、効果的な緊張感を存分に味わうことができるのだろう。

いずれにせよ、この長篇、『高い城の男』で、ディックは奇妙な、電報のような、癖のある言葉づかいをしている。この小説は、ひとつの時点では、ひとりの登場人物の視点から語られる（これは三人称限定視点の語りというもので、ヘンリー・ジェイムズの頃から、フィクションにおいて盛んに用いられてきたやり方だ）。読者は登場人物が考えていることを通して、物語を知る。そして、登場人物たちはしばしば、冠詞（"a" と "the"）抜きで考える。ときには、代名詞も抜ける。彼らの大部分は、日本人の支配のもと、北米の西海岸に暮らす人か、生まれや血筋によって日本人である人のどちらかなので、これは日本語の影響をほのめかす、いささか粗《あら》っぽい試みなのかもしれない。しかし、やがて、ドイツ人に支配されている東海岸出身の登場人物も、冠詞や代名詞のない、同じ種類の思考をすることに読者が気づくと、いぶかしく思わずにはいられないだろう。[*1]

同様な、しかしさらに深い謎は、これらの移住してきた日本人たちと、その臣民である北米の人たちがなぜ、中国の『易経』に従って、自分の人生の決断を下すのか、ということだ。日本において、『易経』が文化的に、非常に重要だったことは一度もない。そして、『高い城の男』を書いていたとき、著者が、すべてのプロットの決定、次に物語がどこに行くのかについてのすべての選択を、この古代からのお告げに委ねたと伝えられているのが真実であるならば、その謎は一層深まる。

ほんとうらしさに対する奇妙な無関心と、ランダムな可能性の多さ、そして現実のように見えるものと現実でないように見えるものとの相互浸透がふえていくことによって、私たちはディックの底知れぬ裂け目のふちに連れていかれる。ありそうなことと、ありそうにないこととの間の断絶。本物と模造品との間の断絶。歴史と捏造との間の断絶。起こったこと、起こったかもしれないこと、起こらなかったこと、起こるかもしれないことの間の何人《なんびと》にもはかりしれない深淵。そこは場所ではない場所、確かな足場がなく、何も当てにできない場所――ディックの想像力が知り尽くしていた心の渦。その渦を、彼は読者に示してくれた。わかりやすく、完璧にほんとうらしい仕方で、普通の声の調子で。

彼は私たちが知っている姿の世界をばらばらにする。ほかの小説家たちが散歩やディナーパーティーを描写するときのように穏やかに、それを行なう。彼はとんでもなく反体制的だ。

本の全体を通して、歴史的真実性について、偽造行為について、本物を本物に、偽物を偽物にするものについて熟考がくり広げられ、深いところでプロットを動かし、登場人物たちの考えや選択の動機となる。これらの考えとそこから生じる行為は、いかなる最終的理解にも解決にも至らない。それらは未解決のまま残される――重要性と活力もそのままで。田上氏は「私たちの」現実のサンフランシスコの短く、恐ろしい幻影を与えられる。その現実では、ドイツと日本は戦争に負けた。彼の幻影を引き起こしたのは、素朴な金属の装飾品だ。それはかつて、日本人の蒐集家のために歴史的遺物を偽造することで生計を立てていたユダヤ人の職人のつくったものだった。この本のタイトルになっている高い城に住む男は、高い城ではなく、ワイオミングの郊外の家に住んでいる。彼は歴史改変もののSF長篇の著者である。その小説の中では、ドイツと日本が戦争に負けている。

＊1　この最後の一文の原文は、あるべき冠詞の抜けたものになっている。

その小説のタイトル、聖書に由来するのだと自信ありげに述べられている『イナゴ身重く横たわる』は、旧約聖書の伝道の書（コヘレトの言葉）にあるフレーズに似ていないこともない。『イナゴ』の本の著者が出てくるのは、この本の終わり近く、サスペンスを積み上げていく部分が長く続いたあとで、当然のこととして、最後のドラマチックな場面に至ると予想されるのだが、ドラマは、ほとんど何気ない感じでしか起こらず、最後の場面は穏やかで、確かな技量の感じられるアンチクライマックスだ。

恐怖をかきたてる緊張感に満ち、計画されたものではない殺人が一度ならず起きるが、この小説は決して、スリルや暴力による解決という形での自己正当化を求めているわけでない。人間の邪悪さのもつ力を知っていて、それを恐れ、少なくとも、初期の狂気のさまざまな形になじんでいる者として、フィリップ・ディックは、無限の不安定さを感じさせるめまいと、ひとつのしっかりとしたものの存在との両方に心惹かれていた。ひとつのしっかりしたものとは、ごく普通の人のもつ、もっともありふれた意味での善意、善良さだった。私たちが大変な努力をしてやっと手に入れた良い意図こそが、私たちが信頼するにたるすべてなのか、それともそれは、地獄への道を歩きやすくするだけのものなのか。彼の才能の個性であるつかみどころのなさが、彼がそれをはっきり言うことを許さない。けれど私は、彼の登場人物たちが、不手際や過ちを重ねながらも、正しいことをしようと試み続けていることが、この非凡な小説の中心的な出来事だと、読み取っていいと思う。

〔訳者付記〕
『高い城の男』（ディック）Dick, Philip K. *The Man in the High Castle* (1962). 邦訳は浅倉久志訳（ハヤカワ文庫ＳＦ）。
『アンドロイドは電気羊の夢を見るか？』（ディック）Dick, Philip K. *Do Androids Dream of Electric Sheep?*

(1968). 邦訳は浅倉久志訳（ハヤカワ文庫ＳＦ）。なお、『高い城の男』の重要な登場人物である田上の名は、原作では Tagomi となっているが、浅倉訳にならって「田上」とした。

ハクスリーのバッド・トリップ

オルダス・ハクスリー作『すばらしい新世界』の二〇一三年刊行のフォリオ・ソサエティ版に寄せた序文。

一九三二年に『すばらしい新世界』が世に出たとき、サイエンス・フィクションと呼ばれることはなかった。当時、その言葉はほとんど用いられていなかったからだ。そして、その後も長い間、この小説がサイエンス・フィクションと呼ばれることはめったになかった。これは、そのような言葉でこの小説を形容すると、文学的価値がまったくないとほのめかしているように取られかねないという理由からだ。批評家たちが、そういう大雑把な偏見を捨て始めた今、私たちはようやく、この本を、実体にふさわしい名前で呼ぶことができる――初期のサイエンス・フィクションの大傑作、と。

オルダス・ハクスリーは、この小説を未来について警告する書として書いた。けれどもこの小説はそれ以上のことをした。それ自体が未来に生き延び、出版されてから何十年も、文学に非常に大きな影響を及ぼしたのだ。本書は後続の凡庸な作家たちにとって「未来」の書き方の手本となったため、新しい千年紀を迎えた近年の読者にとっては、わかりきったことをぐだぐだ説明していると感じられるかもしれない。一九三二年の読者には、非常に独創的で目新しく感じられたものが、陳腐になってしまったのだ。小説や映画を通して、私たちは多かれ少なかれ、巨大な研究施設や、瓶の中で育つ胎児、プログラミングされた子どもたち、永遠に若くてセクシーな女性たち、まったく見分けのつかないクローンの群れになじんでいる。それらは、物質主義的な天国の幻《ビジョン》であり、そこに欠けているものは何もない——想像力と、自然発生的な展開と、自由を除いては。私たちはときたま、テレビのニュースで、プログラミングされた均一な子どもたち、笑みを浮かべ、一糸乱れず体操をするクローンたちを目にすることすらある。

現実とフィクションの両方において、本書をモデルにした合理的なユートピアと合理的なディストピアは大体、同じパターンで運営されている。そしてそれらはかなり小さな場所であり、驚くほど似たり寄ったりだ。ハクスリーは完璧な地獄である完璧な天国を逆説的に描き出すのが非常に巧みだった。しかし、天国であれ、地獄であれ、合理的に考えられ、政治的な観点から考えられたものは、想像力をさほどかきたてない。ダンテやミルトンのような詩人だけが、天国と地獄の偉大さを見出し、それらを情熱で満たすことができるのだ。

『すばらしい新世界』は一度でも、合理的なディストピアの限界を超えて、もっと偉大な詩的ビジョンを垣間見させているだろうか？　そうだという確信は私にはないが、そうでないという確信もない。

警告する小説は、すべてのサイエンス・フィクションがやると多くの人が思っていることをやる。未来を予想するのである。いかに劇的に、あるいは風刺的に誇張するにしても、未来を予想する作家は、事実をもとにして推測する。そして良きにつけ、悪しきにつけ、未来に起こることがわかっていると信じ、読者にも信じてもらいたがる。しかし、多くのサイエンス・フィクションは未来とはまったく関係がない。それらは、冗談半分の、もしくは真剣な思考実験である。たとえば、H・G・ウェルズの『宇宙戦争』やレイ・ブラッドベリの『火星年代記』がそうだ。思考実験はフィクションを利用して、現実のさまざまな側面を再度組み立てて形をつくる。それを読者に、文字通りに受けとってもらうためではなく、可能性に心を開いてほしいからだ。思考実験では、信念というものをまったく扱わない。

この区別が私の心に浮かんだのは、ハクスリー自身が自分の予言を、かなり文字通りに信じているように見えると気づいたときだった。

一九二一年、ソビエトの社会的実験の初期に、エヴゲーニイ・ザミャーチンの偉大なディストピア小説、『われら』は、全体主義的支配のもとにある、過剰に合理化された社会を力強い筆致で描き出した。それよりずっと早く、一九〇九年に、E・M・フォースターは、短篇「機械が止まる」を書き、驚くほどの先見の明を示した。この短篇のことを、ハクスリーは知っていたに違いない。『すばらしい新世界』は反全体主義的ディストピアという伝統において、優れた先達をもっていたのである。そして一九三二年には、アジアのほとんどとヨーロッパの大きな部分が、独裁者に支配されていたり、乗っ取られたりしていたので、全体主義的政府を、いかなる種類の自由にとっても、もっとも差し迫った恐ろしい脅威であるとみなすのは、まさに現実に即していた。

しかし、一九四九年になっても、ハクスリーはまだ、この小説は警告の書であるだけではなく、芽生え始めている現実を描いたものだと語っていた。ジョージ・オーウェルが『一九八四年』を世に出したとき、ハクスリーはオーウェルに手紙を書いた。彼は『一九八四年』を「洗練されていて、深い意味をもつ」小説だと認めつつも、自分のビジョンを、より微妙だが、より残酷なオーウェルのディストピアに対して擁護するために、次のようにつけ加えた。「次の世代のうちに、世界の指導者たちは気づくだろう。乳幼児の条件付けと麻酔催眠が、統治の道具として、棍棒《こんぼう》や刑務所以上に有用であること、そして、人々が自分たちの奴隷状態を愛するように仕向けることで、彼らを殴ったり、蹴ったりして服従させるのと同じぐらい完璧に、権力欲を満足させられるということに」

明らかに彼はまだ、〈世界国家〉の市民の心理的プログラミングの必須の技術である「睡眠学習」

が、立証済みの有効な方法であり、使われるのを待つばかりになっていると信じていた。当時の心理学理論は、たとえばF・スキナーの「オペラント条件付け」のようにその考え方の支持材料になるものだった。そして、「睡眠学習」の効果を否定する実験のほとんどは、まだ出てきていなかった。一方、いかなる実験もそれを立証するものとして受け入れられたことがなかった。「睡眠学習」はハクスリーにとっては、フィクションの中での発明や科学的仮説というよりは、むしろ信仰箇条[*1]のひとつだったのだ。

どうして彼は、あやふやな理論にこれほど強く肩入れし、それを科学と呼んだのだろうか？　科学に対する彼の基本的態度はどのようなものだったのだろうか？

彼の祖父で「ダーウィンのブルドッグ（番犬）」の異名をもっていたトーマス・ヘンリー・ハクスリーと、彼の兄弟であるアンドルーとジュリアンは全員、類い稀な名声と人間性をもつ生物学者だった。トーマス・ヘンリー・ハクスリーは「アグノスティック（agnostic）[*2]」という言葉を造語し、科学によって提供された頭の開放空間に対応する魂の開放空間を創造した。理想的には、科学者は、常に知識をふやそうと努める一方で、究極の知に到ることはできないと諦めているものだ。際限なくテストをくり返すことで裏づけられ、修正されたまっとうな仮説（たとえば、ハーヴィーの血液循環の理論やダーウィンの進化論）は、科学が確実性に近づける限りのところまで近づいている。科学者は信念を扱わない。

オルダス・ハクスリーはもちろん、このことを知っていた。そして、アグノスティックな頭の理

＊1　キリスト教で、教会の公認する標準的教義信仰の要旨を箇条書きにしたもの。ここはもちろん、比喩的な意味で使われている。
＊2　（神が存在するか、しないかなどについて）人間の知性によって知るのは不可能だと信じる、不可知論の、の意。

想的な開放性に到達している科学者がほとんどいないこと、科学者の多くが、自分たちだけが知るに値することを知っているかのように話すことも知っていた。「世界国家」の技術者たちがひけらかす、議論の余地のない正しさについての独りよがりの確信は、現実の世界の研究室においても、神学校におけるのと、少なくとも同じくらいありふれている。

ハクスリーの書く小説は大抵皮肉っぽい。しかし、彼のディストピアのおぞましい科学万能主義は皮肉よりも、もっと激しいものだ。ある種の気質の人々にとって、開放的な頭の状態、究極的な不確実さの受容は、不満足なだけでなく、おぞましく、いまいましく感じられる。ハクスリーは自分の小説の中の発明品をほんとうらしく描くのに十分な科学知識があった。しかし、科学を嫌い、信用しないようになった原因が何であれ、彼が自分の小説の中の科学技術に与える役割は圧制的で邪悪なものだ。彼は科学を心も感情もない合理主義一点張りのものだとみなし、科学を追求しても、真の意味に到達することも真の善をなすこともできず、必然的に悪に仕えることになるのだと考えていたように見える。ヒューマニズムに則った科学の伝統の末裔でありながら、彼は科学を人間の敵として描いた。

そしてイギリスの知的かつ社会的な伝統である冷たく鋭い風刺の利いた文芸作品を得意とした若い作家は、中年に至ると、神秘主義的なロサンゼルス・ヴェーダーンタ協会[*1]のメンバーになり、一九六三年に亡くなったときには、当時、勢いを増していたドラッグ・ムーブメントの教祖的存在だった。彼の死ぬ間際の苦痛を百ミリグラムのLSDが和らげた。

カリフォルニアに行けば、人は自分のやりたいことができるが、カリフォルニアは人を変える場所でもある。『すばらしい新世界』は旧世界で書かれた。それもザ・サマー・オブ・ラブ[*2]よりずっと前に。しかし、今、読み返してみても、この小説における驚異のドラッグ、ソーマの重要性に驚く。世界国家では誰もがソーマを飲んでいる。世界国家自体がソーマに依存している。それは確かに一面では、プロットのための仕掛けだが、同時に著者の強い関心事であることは明らかだ。ソーマはすべての快感を強める。もちろん、その筆頭はセックスだ。ソーマは決して、バッド・トリップ[*3]を引き起こさず、確実に至福を誘発する。永遠にと言ってもいい——飲み続ける限り。健康上有害な作用があるとしても、それには触れられていない。依存性があるかどうかは、議論の余地のあるところだ。完璧なハイの状態を何時間も何日もぶっ通しで、いつでももたらしてくれるドラッグを無制限に利用でき、体に害がなく、おまけに、社会全体が熱狂的な賛意を示しているとしたら、それでもあなたは、それを飲まないでいられるだろうか？

飲まないという選択は許されない。あなたはソーマの毎日の服用量を消費しなくてはならない。世の中のすべてを幸福な無為のうちに抑えこむために。消費が、世界国家の——妄想の国家の——土台だ。

そして、この点で、このハクスリーのサイエンス・フィクションの先見の明は、否定することのできない根本的なもので、彼の時代の社会を飛び越えて、はるか先の私たちの時代の義務的な消費と安直な満足の世界を見ている。

そしてハクスリーが本書の感情的、根源的な力を大幅に増強する、ある要素を導入するのもここだ。誰もが完璧な無為の幸福を強制され、そこに浸っている妄想の世界に、彼はそうではない、ある登場人物を連れてくる。背が低く、とげとげしく、心が満たされていないバーナード・マルクス——最初のうちは、この

＊1　ヴェーダーンタはインド哲学の主要な一派。
＊2　一九六七年夏に、米国を中心に起こった、文化的政治的主張を伴う社会現象。あちこちの都市で、膨大な数のヒッピーたちが集会を開いた。
＊3　麻薬などによる悪酔い（恐ろしい幻覚などのいやな体験）。

人物がそのはみ出し者、あるいは反逆者のように見えるが、やがて彼は、その人に至る糸口に過ぎなかったとわかる。至福を知らない、その悲劇的なアウトサイダーはジョンである。彼は「野人」と呼ばれるが、「清廉な人《ピューリタン》」と呼ぶほうが正確かもしれない。ジョンは世界国家の外で、「原始人」たちに囲まれて子ども時代を過ごした。その生活は悲惨ではあったが、彼はそこで、ほんとうの愛と幸福を経験した。それゆえ彼は、化学物質がもたらすのはそれらの模造品に過ぎず、本物の経験への近道は存在しないという確信をもつ。天国だろうと思っていた場所が地獄だとわかった彼は、妄想から脱して現実を再び獲得するために、世界国家を支えているドラッグを服用することをやめようとする。

ソーマという語は、「体」を意味するギリシャ語だ。今日、私たちがこれに出会うのは、大抵は「心身相関の《サイコソマティック》」という語においてだ。だが、ハクスリーは、自分の読者の非常に多くが、ソーマという語の意味が直接的にわかるだけの古典教育を受けているはずだと想定することができた。

ピューリタンとは、自分の魂を救うために、肉体と肉体の快楽を否定する人だ。『すばらしい新世界』が政治と権力についての小説の中に隠された、肉体嫌悪・世界否定・自己批判を特徴とする神秘主義の研究であるということは、どの程度言えるのだろうか?

ジョンは、ムスタファ・モンドといういかにも敵役《かたきやく》っぽい派手な名前をもつ、その地の世界統制官と長い対話を行なう。この小説の中で、もっとも伝統的なユートピア論っぽい一節だ。世界統制官を、ドストエフスキーの『カラマーゾフの兄弟』の大審問官に擬せられたものとみなさないのは難しい。「かつて、神と呼ばれるものが存在していた。九年戦争の前にはね」と、彼は何気ない調子で話し始める。ジョンは、カトリックと先住民のさまざまな宗教がごったまぜになっている中で育ち、神についてはよく知っているので、この会話の中で言いたいことを言うことができる。神の本質についてのディスカッションで、彼は問う。「神は今、どのような形で姿を現わしているのでしょう?」すると、ムスタファ・モンドは答える。「そうだね、不在という形で姿を現わしている」と。彼らの話は、人間の魂が必要とするものについての議論に移る。ジョンが、美徳と禁欲の価値を保証してくれる神が必要だと主張すると、統制官はそのような考えは「政治の効力の悪さを示す徴候だ」と一笑に付す。「心地よい悪徳がたくさんなければ、文明を長く保つことはできない」と統制官は言い、「きみの道徳心の少なくとも半分は、瓶に入れて持ち運べる。涙抜きのキリスト教——それがソーマだ」と勝ち誇ったように言葉を続ける。

涙抜きの存在に対するジョンの最後の反駁《はんばく》と神、詩、危険、自由、善良さ、罪を持ちたいという要求、そして自分には不幸である権利があるとする宣言——ここが、この小説の頂点だ。しかし、頂点である以上、あとは転落していくしかない。かわいそうに、彼はまさに自分の不幸を見出すことになる。

そして、だからこそ、彼はこの小説の中で唯一、寓意的人物像や知的構築物ではなく、人間として読者の心に残る登場人物なのだ。この本を再読することになったとき、私はムスタファ・モンド、バーナード・マルクス、ぷくぷくした[*1]レーニナのことは忘れていた。しかし、「野人」のことは五十年間、ずっと覚えていた。

ハクスリーが後年に行なったドラッグ使用の実験は、ほとんど現実生活におけるソーマ、すなわち瓶入りの宗教の探究のように思われる。彼は自分が用い、支持するメスカリン、LSD、その他の幻覚剤が、知覚を偽りのものに変え、魂を危険にさらすと考えていたのだろうか? それとも蒙

＊1 「ぷくぷくした」には、原文では pneumatic（ニューマティック）という語が使われている。この語、ならびにこの小説での訳し方については、光文社古典新訳文庫『すばらしい新世界』の「訳者あとがき」で、訳者の黒原敏行さんが解説し、論じている。ちなみに、黒原さんご自身は、本作品での pneumatic に対して「弾みのいい」という訳語を用いている。

を啓《ひら》く王道、より偉大な真実を獲得する近道だと考えていたのだろうか？　たぶん、両方のことを考えていたのだろう。結局のところ、野人と統制官は、どちらも彼の心の創造したものだ。彼の心の中では、両者の相克は解決されないまま、続いていたのかもしれない。いや、そうに違いない。

本書は、自分の階級や文化への誇りを保ちつつ、沈着に、しかし危機感をもって書かれた作品で、派手な花火のような発明の陰に、曖昧な、もしくは点検されていない動機が隠れている。快楽は必然的におぞましく、堕落を招くものとして描かれ、自由は配慮に欠ける許可証として呈示される。しかし、そのふたつの選択肢以外に、ひどい世界から逃げ出す道はない。『すばらしい新世界』は苦悩に満ち、読者を悩ませる本である。「不安の時代」の傑作、二十世紀の苦悩の生々しい記録だ。そしてまた、文明が、ハクスリーが見ていた八十余年前にたどりはじめたコースをたどり続けることの危険について、非常に早い時期に、根拠ある警告を発した書であると言っていいだろう。

〔訳者付記〕
『すばらしい新世界』（ハクスリー）Huxley, Aldous. *Brave New World* (1932). 邦訳は大森望訳（ハヤカワepi文庫）、黒原敏行訳（光文社古典新訳文庫）ほか。
『一九八四年』（オーウェル）Orwell, George. *Nineteen Eighty-Four* (1949). 邦訳は田内志文訳（『１９８４』角川文庫）、高橋和久訳（『一九八四年』ハヤカワepi文庫）ほか。

スタニスワフ・レム『ソラリス』

ミュンヘンのハイネ出版社から刊行された『ソラリス』ドイツ語版の序文として、二〇〇二年に書いたもの。同書には、翻訳されたものが収録されている。

一九六一年に初めて発表された『ソラリス』が英語に翻訳されて出版されたのは、一九七〇年だった。アメリカの私たちは、それがすばらしい本だというだけでなく、私たちが知ったばかりのSF作家が、母国でものすごく人気がある上に、ヨーロッパじゅうで有名だということを知って、大層驚いた。そんな作家について、私たちのほとんどは何も知らなかったのだ。スタニスワフ・レム？　頭字語《アクロニム》のLEM《レム》なら知っていた。月着陸船（lunar excursion module）。SF作家には、なんてぴったりの名前だろう。そして、『ソラリス』は明らかに、自分の芸術を極めた人の作品だった。

ほどなく、レムのほかの作品が数篇、英語に翻訳され――そのひとつは、あの傑作、『エデン』だ――いずれも好評を博した。一九七三年、レムはアメリカSF作家協会（SFWA、現アメリカSFファンタジー作家協会）の名誉会員になった。しかし、当時は冷戦がもっとも冷えこんだひどい時期のことで、共産主義国の国籍をもつ人を受け入れることに、多くの会員が強く反対した。レムはソ連人ではなくポーランド人だったたし、彼の作品は、スターリン主義者たちが目指していることに対する適切な反体制的批判を含んでいるというふうにも読めたが、そういうことは、それらの会員たちにとって何の違いももたらさないようだった。この件は、ささやかながら、世間の関心を引く事件となった。ある雑誌がSF作家たちにベトナム戦争についてのアンケートを実施したとき、タカ派とハト派にきっかり半々に割れる結果が出たが、レムを巡る分断も、ほぼ同じようだった。両方の側から怒号が上がり、私も声を上げた。そして結局、SFWAの役員たちは、細かい規定をもちだして、レムの名誉会員資格を取り消した。私は高尚な道徳的スタンスを取るのが当然と思っていたので、その勢いのまま、SFWAの会員の投票で自分が受賞することに決まっていたネビュラ賞を拒否すべきだと感じた。皮肉なことに、そのときの短篇[*1]は、知的ならびに政治的抑圧を扱ったものだった。そういうわけで、賞は次点のアイザック・アシモフ（声高な冷戦の戦士のひとり）へ行き、ここに、レムの作品ばかりの皮肉な巡り合わせが完成した。

一九七二年に封切られたタルコフスキーの映画『ソラリス』のせいで、不運なことに、多くのアメリカ人にとっては小説自体の存在が霞んでしまった。あれは深い考えのもとにつくられた美しい映画だが、小説の知的な幅広さと道徳的な複雑さを体現してはいないと私は思う。そして実のところ、レムはこの小説で、惑星ソラリスを覆う海によって創造される奇妙な形状や構築物――ピラネージ[*2]の、この世のものとも思えない作品の数々やエッシャーのボルヘス的なパースペクティブを思わせるもの――を読者のために描き出すのを楽しんではいるとはいえ、この小説は映画的な解釈に抗《あらが》うものだ。なぜなら、それは本質的に、視覚を頼りに構想されたものではなく、さらに言えば、肉体的感覚を頼りに構想されたものではないからだ。それは何よりも、精神の働きで構想されたものであり、しかも、精神の働きそのものが主題なのだ。

この小説を再読しながら、読者はこの小説が、サイエンス・フィクションという形式の早期の巨匠たちの伝統に続く、純粋に真摯《しんし》なサイエンス・フィクション作品であることにすぐに気づくだろうと、改めて思った。レムは、創意の大胆さと、一人称の語りの場合にさえ感じられる、ある種の威厳もしくは超然たる物腰という点で、ジュール・ヴェルヌに似ている。そのときの科学の最先端がどこにあるか、また自分の寓話が社会的にどういう意味をもつかに対して鋭敏だという点では、ウェルズのようだ。ヴェルヌ、ウェルズの両者と同様に、レムは、あざといほど、巧みなストーリーテラーだ。情報を伏せること、明らかにすることについて、あらゆる技を駆使し、読者をはらはらさせ続ける。文字通りユニバーサルなたとえ話はオラフ・ステープルドン[*3]を思い出させる。

一九七〇年刊行の『ソラリス』の英語版に、洞察力に富む後書きを寄せたダルコ・スーヴィンは、英語で書く批評家の中で、当時、レムを正しく評価することができた、ごく少数の人のひとりだった。彼はその後書きの中で、非常に的を射た比較文学的指摘をした。『ソラリス』は十八世紀のコント・フィロゾフィックの変化形のひとつだと述べたのだ。哲学的短篇を意味するこの用語は、この作品への有益なアプローチを提起している。

とはいえ、レムが自分の宇宙を見る眼差しは、ヴォルテールのような人の穏やかで愉快そうな眼差しとは異なっている。レムの語りは、たちまち混乱、謎、緊張、不安の空気をつくりだす。第一章の惑星ソラリスへの到着からして、衝撃とほのめかし、ちらりと見えるもの、明らかな幻覚、説明されない出来事、謎めいたふるまいに満ちている。それらの謎の説明は、本全体を通して、少しずつ段々に積み重ねられていき、探偵小説と同じように、理解できた、謎が解けたという、深い単純な満足を読者に与える。しかし、解けたはずの謎の答えは、いわばまだ、新たな謎を「解決中」なのだ。説明は、より深いレベルにあるさらなる謎をほのめかし、垣間見させるだけだ。この小説

＊1　これは「バラの日記」という作品。短篇集『コンパス・ローズ』（越智道雄訳、ちくま文庫）ほか所収。
＊2　十八世紀イタリアの版画家、建築家。ローマの古代遺跡や都市景観を描いた銅版画で知られる。
＊3　オラフ・ステープルドン（一八八六－一九五〇）は英国の哲学者、作家。哲学的内容の空想小説によって、後年のＳＦ作家に大きな影響を与えた。

は、人間の理解力が知識の最終段階に到達することは不可能だということを表わしている。それはたぶん、人間の理解力は、人間の理解力自体を理解できるのがせいぜいで、その外側のものは何ひとつ理解できないということを含意している。

　サイバネティクス[*1]と情報理論に早くから通じていたレムは『ソラリス』において、理解したいという欲求が満たされないことを例証するための非常に洗練された語りの構造を創造した。濃密で、生き生きしていて、明示的な、彼の物語の言葉に導かれて、私たちは騒々しく、暗示的で、連続的なイメージを通り抜け、たくさんの理論や疑問に次々に出会う。そして私たちが最後にたどり着くのは、言葉による構築物である沈黙ではなく、言葉のない沈黙だ。

「学問的研究」と呼ばれるものをたくさん読んできた人なら誰でも、この追究のある要素に、喜びを感じるだろう。そのような読者には、今まで知らなかったソラリス学というものが、非常になじみ深いものに感じられるだろう。レムの辛辣な機知が最高の切れ味を見せるのは、ソラリス学図書館の蔵書や資料が紹介される場面だ。専門家たちの主張、学者たちの論争、際限なく移り変わる説明、押しのけ合い、互いを忘却へと押しやろうとするさまざまな理論。レムはそのすべてを、わずかなページ数で見事に描き出す。

　ジョナサン・スウィフトばりの風刺、ヴォルテール風の哲学的フィクション、そして、たとえ話タイプのSF、これらは皆、私たちに温かみよりは光を与えそうだ。人類についての一般的真実を求めようとすると、ほかのフィクションにとっては生気の源である人間個々の、簡略化することのできない御しがたさを描くのを諦めなくてはならない。また、こういう語り口では、自分自身の男性性を強調しがちだ。女性を貶めることもあるだろう。女性をステレオタイプとして描き、男性の登場人物との関係においてのみ、存在するように感じられるものにしたり、女性の存在をまったく無いものとしたりする。こういうことは、十八世紀とそれ以前の文学では（長篇小説を除いて）、ごくありふれたことだった。また、サイエンス・フィクションにおいては、人類の半分だけのための未来を創造することによって、ジャンル全体の知的ならびに道徳的可能性が狭められてしまうことが非常にしばしばあり、SFなど男の子たちのための冒険譚《たん》に過ぎないと軽んじられる結果を招くほどだった。

図書館に論文や記録を残した科学者やソラリス研究者たちは全員男性だったように思われる。ソラリスの観測ステーションに配属されている科学者たちの現在の班は男性から成っているし、以前の班もそうだった。二十世紀後半に書かれた本格的なフィクションで、知の王国を設立する際に女性をまったく含めないということは、意図的かどうかにかかわらず、省略することによって何かを告げているということだ。当然ながら読者は、知の王国はどういうわけか、女性を排除することによって設立されたのだろうか、といぶかしがるだろう。女性を受け入れたら、知の王国は崩壊するのだろうか、そういう含意なのだろうか、と。

レムに限ってうっかりなどということは、ありえない。『ソラリス』が呈示しているのは、女性抜きの宇宙の、独特で実に興味深い一例だ。というのは、この小説の真ん中に、ひとりの女性がいるからだ。彼女はまぎれもなく重要人物であり、本質的に受け身であるにもかかわらず、彼女の行動は決定的な意味をもつ。しかし、彼女は存在していない。

彼女は主人公のケルヴィンの妻であるだけでなく、はるかに分離しがたい彼の一部であり、より絶対的に彼のものである[*2]——いかなる妻も、そうはなれないぐらいに。死んだ妻でさえも、そうはなれないぐらいに。レイアは謎に満ちたソラリスの海がつくったもので、ケルヴィンの思い出から構成された虚構であり、幻である。彼女はある程度まで、考え、選択することができる。けれども

＊1　生物と機械の間に共通点を見出し、通信と制御の問題を統一的・体系的に追究する学問。

彼女の存在（存在もどき）は全面的に彼の存在に依存している。そして文字通り、彼から離れてはまったく存在しえない。それならば、彼の中で強まっていく彼女に対する愛情とはどのようなものなのだろうか？　現実において、かつて彼が、彼女が自殺するに任せてしまったことを読者は知る。そして今また、彼女が自殺しようとするとしたら……？　くり返し、そうしたら……？　これらの心かき乱す、強力な場面、このパターンは、この物語において、どういう機能を果たしているのだろうか？　この両者の関係（もしくは自分の中への閉じこもり？）はソラリス学と、あるいはまた、究極の意味の探求とどうかかわっているのだろうか？　レイアが犠牲になることと、この本の最後にケルヴィンが脆《もろ》く不確かな救済を垣間見ることとの間には、何らかの必然的な関係があるのだろうか？　あるいは、邪魔になる女性的な要素を排除され、宇宙がいま一度、純粋な、「ジェンダーのない」――すなわち、男性的な――心に還元されて初めて、彼が救済を垣間見ることができる、ということなのだろうか？

　読者によっては、これがこの小説についての、もっとも心惹かれる問題――この小説が明示的に問う逆説的な問い以上に、心惹かれる問題だと思うかもしれない。この小説は濃厚で不可思議な形象で私たちを惑わし、一切の情報を信じないように仕向け、幻覚の中を通り抜けさせ、展望《ビジョン》へと導く。だが、そのビジョン自体、妄想なのかもしれない。問われなくてはならないが答えられることのありえない問いを問い、忘れられることも、説明されることもありえないイメージを創造すること――それは、もっとも勇敢な芸術家たちの特権だ。

＊2　（229頁）レムの原作では、この女性の名はハリーだが、一九七〇年に出た英語版（フランス語版からの重訳）では、レイアとなっていた。なお、『ソラリス』をポーランド語のオリジナルから訳した沼野充義さんは「ハリーは恋人だったのか妻だったのかはっきりとは書かれていない」と指摘し、「こうした微妙さや曖

味さはレムの意図的なもの」と述べている（ＮＨＫテキスト二〇一七年十二月『１００分de名著　ソラリス　スタニスワフ・レム』）。

〔訳者付記〕
一九七〇年刊行の英語版は、フランス語版からの重訳である。その後、新たな訳者が二〇一一年に、ポーランド語のオリジナルからの翻訳を完成した。この英訳は同年にオーディオブックとして出たのち、二〇一四年にキンドル版が刊行された。このル＝グウィンの文章は、二〇〇二年に書かれたものなので、一九七〇年刊行の英語版に基づいている。

スタニスワフ・レム（原綴は Stanisław Lem、英語表記は Stanislaw Lem）（一九二一－二〇〇六）は、ポーランドの作家。『ソラリス』（レム）Lem, Stanislaw. *Solaris* (1961). 邦訳は沼野充義訳（『ソラリス』ハヤカワ文庫ＳＦ）、飯田規和訳（『ソラリスの陽のもとに』ハヤカワ文庫ＳＦ）ほか。一九七二年にタルコフスキー監督によって、また二〇〇二年にスティーヴン・ソダーバーグ監督によって映画化された。『エデン』（レム）Lem, Stanislaw. *Eden* (1958). 邦訳は小原雅俊訳（早川書房）。

ジョージ・マクドナルド『プリンセスとゴブリン』

二〇一一年のパフィン・クラシックス版に寄せた序文。

ジョージ・マクドナルドは一八二四年に生まれた。彼が育った世界では、人々は、ずっと昔から誰もがしていたように暮らしていた。徒歩で、または馬に乗って旅をし、薪で家を暖め、ろうそくで明るくし、ガチョウの羽根のペンを使って書き物をした。近所の人のことはよく知っていたが、ほかの人のことは知らなかった。五十マイル離れたふたつの町は、お互いにとって見知らぬ場所だったろう。私たちの世界と比べると、その世界は時の流れが止まっているような変化のない世界のように感じられたが、それでいて、私たちの世界よりずっとたくさん、謎と危険と暗がりと未知のものが潜んでいた。

そこは今でも、私たちの民話や妖精物語の舞台であり、幻想譚のほとんどの舞台だ。私たちの想像力にとって、今でもそこは我が家なのだ。私たちの多くは、自動車、飛行機、電気、電子機器をみんな消し去り、人間がつくったのに、今では人間を支配している機械から逃げ出して、物語の力で、時間の止まった緑の王国、伝説とファンタジーの国にまっすぐ連れていってほしいと願っている。

私たちは皆、それらの王国について、幼いうちから学ぶ。私たちの案内人は、永遠に続くはずの緑の世界が消え始めて、時間の外にある過去の世界、「むかしむかし、あるところに、小さなおひめさまがいました」と語られる国になろうとする、まさにその頃、子ども向けの物語を書き始めた作家たちだ。

ジョージ・マクドナルドは、それらの作家のうちの、もっとも初期のひとりだった。『プリンセスとゴブリン』は今では古い本だが、もともと子どもの読者のために書かれたものだった。ヒロインは八歳、ヒーローは十二歳。言葉づかいは大体において、とても単純でわかりやすい。けれども、マクドナルドは「案出（excogitation）」などという言葉も使った。とても複雑な文もないことはない。彼は子どもたちのために書いたが、上から語りかけるような書き方はしなかった。彼は年齢が幼いということと、頭が単純だということを混同しなかった。私が思うに、彼は読者は「案出」とは何かを推測したり、辞書で調べたりすることができるだろうと思っていたのだろう。そして、考え深い子どもが読めば、このわくわくするほどおもしろい物語の基礎にある深い意味が徐々にわかってくるはずだと、期待していたのだろう。

彼は往々にして、厳しい顔を見せる。優しくなることもできるが、軟弱になることは決してない。そして彼の緑の王国は、それほど緑濃いわけではない。そこはむしろ、彼の育ったスコットランド北部に似ている。高い丘と貧しい農場から成る、岩だらけで気候も荒々しい土地、雲と霧と虹の働きで美しく見える、物寂しい高地の雄大な光景に。空中できらめく魔法にとっても、地下のゴブリンにとってもぴったりの場所だ。

マクドナルドは、気高さとは何かということについても、厳格で明快だ。気高さは富とも社会的地位とも関係がない。プリンセスとは、ふるまいが気高い女の子のことだ。ふるまいが気高い女の子はみんなプリンセスだ。鉱山で働く少年カーディーは、勇敢で親切で、気高く賢明なふるまいをする（もしくは、うまくいくかは別として、そうしようとする）から、プリンスだ。王は良い人間だから王なのだ。ほかの定義は許容されない。これは根本的に道徳的な民主制だ。誰もがまったく同じようにふるまっているのに、ある登場人物を善人と呼び、他の登場人物を悪人と呼び、善玉が必ず戦いに勝ち、悪玉は必ず負けるし、おまけに醜い、というような、たるんだ精神の物語とは大違いだ。マクドナルドのゴブリンたちが醜いのは、ふるまいが良くないからにほかならない。不当に扱われた彼らは、立ち上がって権利を要求すれば良かったのに、地下に潜んでふてくされ、地中深く暗がりの中で復讐心《ふくしゅうしん》を燃やしているから、体がねじれてしまい、足もへんちくりんで足指がない……。

これは偉大な物語で、私はこの本全体が大好きだけれど、中でもゴブリンたちが一番好きだ。

〔訳者付記〕
『プリンセスとゴブリン』（マクドナルド）MacDonald, George. *The Princess and the Goblin* (1872). 邦訳は河合祥一郎訳（『星を知らないアイリーン――おひめさまとゴブリンの物語』角川つばさ文庫）、脇明子訳（『お姫さまとゴブリンの物語』岩波少年文庫）ほか。

吹き渡る可能性の風
――ヴォンダ・マッキンタイア作『夢の蛇』

二〇一一年六月、ブックビューカフェのサイトで、電子書籍として刊行された記事。

『夢の蛇』はいろいろな意味で、奇妙な本だ。ほかのどんなサイエンス・フィクションとも似ていない。そのことが、これが現在絶版であるという、一層奇妙な事実の説明になるかもしれない。

ＳＦではどんな本に影響を受けましたか、お気に入りは何ですか、と訊かれるとき、私はいつも『夢の蛇』の名を挙げる。すると例外なく、すぐに温かい反応が返ってくる。「ああ、あの本！」と。そして相手も、あの本は自分にとっても、初めて読んだときからずっと、大きな意味をもっていると語るのだ。だが、このごろの若い読者は、この本の存在を知らない人が多い。

この長篇のもとになった短篇は一九七三年度のネビュラ賞を受賞している。この本も刊行されるとたちまち、大人気を引き起こした。この本はみんなを夢中にし、今も愛されている。道徳的な緊迫感とわくわくする冒険、それはいささかも古びない。ペーパーバックがくり返し増刷されていて当然だったと思う。

なぜ、そうならなかったのか？

私は三つの理論をもっている。

理論その一、蛇恐怖症。この恐怖症はありふれたもので、蛇の絵を見るのも耐えられなかったり、ひどい場合は、蛇という言葉を聞くのも無理だったりする。ところがこの本は、蛇という言葉が題名にまで入っている。ヒロインは蛇を体に這わせるし、おまけに名前は蛇《スネーク》ですって？　わあ、気色悪い！

理論その二、セックス。これは大人向けの本だ。だが、スネークはようやく少女を卒業したくらいの年で、初めての修業の旅に出る。だから、若い女性たちは彼女に感情移入して、幸せな気持ちになったり、憧れたりするはずだ。ジーン・アウルの〈エイラ――地上の旅人〉シリーズのエイラにするように。もっとも男性に対する好みは、スネークのほうがエイラよりずっと良い。とはいえ、このような本が学校で容認されるだろうか？　性的習慣は、非常に風変わりに思われるものも含めて、社会によってさまざまだ。そしてスネークの性的行動は、倫理性が高く、かつ抑制されていない。彼女は不安にならないでいられる。彼女の種族の人々は、バイオフィードバックを通して自分の繁殖力を制御する方法、知識に基づいた単純な方法で受精が起こるのを妨げることができるからだ。だが、残念ながら、私たちはそういう方法を知らない。学校における「魔術」と「ポルノグラフィー」（想像力の文学と性的リアリズム、と読み変えてほしい）に対する根本主義者たちの不屈の戦いぶりを考えると、若いスネークがどんなふうにやっているかに気づいた右翼的な親たちが激論を始めるかもしれないことを覚悟の上で、敢えてこの本を学校にもちこめる人は、一九八〇年代の教師にはほとんどいなかった。セックスのないハードSFや、女の子たちが従順なハインライン流のファンタジーのほうがはるかに安全だった。かつて『夢の蛇』が中学や高校で教材として広く読まれるチャンスを潰し、今でさえ、YA読者に対するマーケティングを妨げている原因はこれだと、私は思う。

理論その三、ジェンダーが増刷に影響を及ぼしているという仮説。一般に、男性が書いた本のほうが女性が書いた本よりも、頻繁に、かつ長期にわたって増刷されているように思われる。もしこれが事実なら、ハインラインはマッキンタイアよりも有利な条件を与えられていて、それを享受し続けるということだ。

一方で、優れた作品は凡庸な作品よりも長く読み継がれ、真の道徳的問いかけは怒号や願望的思考よりも長く持ちこたえる傾向がある。『夢の蛇』は、明晰でスピーディーな散文で書かれている。そして濃密な叙情をたたえた風景描写が、読者をまっすぐに、よく知っているもののようでもあり、新奇なもののようでもある砂漠の世界へ連れていく。登場人物たちの感情や気分、そしてその変化も緻密に描写される。さらに、それらの人物たちに対する寛容さは、とても稀なものだ。とりわけ、激しい競争の伴うエリート主義の傾向の強いサイエンス・フィクションではとくにそうだ。

バイオフィードバックによるバースコントロールというアイデアについて論じたい。これはもちろん、技術についての想像力に富む偉大な発明の一例で、マッキンタイアの読者の多くはそのように理解し、評価している。だが、男性の批評家は、おおむねこれを無視してきた。ハードテクノロジーではないし、ジェンダーによる支配を覆すものだからだ。マッキンタイア自身は、バイオフィードバックによるバースコントロールを祝うべきことや大騒ぎすべきことにしていないし、疑問視すべきことにもしていない。それは当たり前のこと、ごく自然なことと考えられている。小説の中でスネークは、お粗末な教育しか受けてこなかったため、自分の繁殖力を制御できない若者に出会い、あきれ果てるが、彼に対しては同情的だ。スネークは彼がそのことを、インポテンツのような、自分自身の失敗としてしか考えることができず、ひどい屈辱を感じていることを理解する。異性との関係をもつことで、相手に痛手を与えるかもしれないのだから、彼の悩みはさらに深いということも。

スネークは彼を助けて、問題を解決する。

まあ、確かに、マッキンタイアのこの作品には、いくらかのご都合主義がある。だが、この小説は、社会的ならびに個人的な行動について、終始、思慮深く書かれているため、人間の本質の中に常にある親切心が大きな説得力をもつものとして呈示されている。その親切心は、皮肉っぽさとも感傷とも程遠いものだ。

　作家モウ・ボウスターンの言葉で私のお気に入りのスローガンになったものがある。「フレンドリーにひっくり返そう」というのだ。この言葉を見たり、聞いたりしただけでは、ばかばかしく思えるだろうから、ちゃんと考えてみてほしい。これはじっくり考えるに足る言葉だ。恐怖やショックや苦痛によって変化を起こすのは容易だ――いわば、即時の満足がある。フレンドリーなひっくり返しは逆説的で、作用が遅く、長続きする。そしてこっそりと進められる。倫理における革命。ほかの人たちがまだ従っているルールを書き換えること。マッキンタイアは自らを鼓舞する大騒ぎ抜きで、非常に巧みに私たちを変革するので、私たち自身、ほとんど気づかないぐらいだ。そういうわけで彼女はこれまで、フェミニストとしての栄誉を受けたことが、少しはあったとしてもほとんどなく、彼女の功績が受けるべき評価は、あとに続いた作家たちのところに行った。

　私が「こっそりと」という言葉で意味することの一例として、メリデスという名の登場人物を挙げよう。『夢の蛇』を初めて読んだとき、メリデスという名の奇妙なスペリング（Merideth）に意味があるのだろうと思い、この謎めいていて、活力にあふれた人物がなぜ、「楽しい死《メリー・デス》」と呼ばれるか、一生懸命考えた。そしてそのため、メリデスについて何がほんとうに奇妙なのか、まったく気づかなかった。この社会では、三人で結婚するのが普通であり、メリデスはひとりの男性とひとりの女性と結婚している――もちろん、それでいい――が、メリデスが夫として結婚しているのか、妻として結婚しているのかはわからない。私たちにはメリデスのジェンダーがわからない。それは一度も明かされないのだ。

私がそのことに気づいたのは、この本について会話していて、自分がメリデスを男性と考えていることに気づいたときだった。男性だと思ったのは、たまたま、ウェールズ語起源の男性名としてメレディス（Meredith）という名を知っていたからに過ぎない。ほかには、男性とも女性とも判断する根拠はまったくない。そしてマッキンタイアは、メレディスのジェンダーを示す代名詞を、誤りなく、しかし、さりげなく避けている。

一九七三年に世に出たジューン・アーノルドの『コックと大工（*The Cook and the Carpenter*）』は、フェミニストたちの喝采に迎えられ、主に、フェミニストたちによって読まれた。『夢の蛇』はその五年後にサイエンス・フィクションとして出版され、サイエンス・フィクションを読む人、みんなに読まれた。はたしてそのうちの何人が、ある登場人物のジェンダーを——読者である自分が決めるべく、もしくは決めるのを拒むべく——委ねられたことに気づいただろうか？　私は自分がまんまと、そして正真正銘、変革されたことを悟ったときの衝撃を今も覚えている。私たちが社会的構築物として、期待としてのジェンダーについて語っているすべてが、自分の心に確固として打ち立てられていることがはっきりとわかったのだ。その発見によって、私の心は開かれた。

この美しく、力強く、とても楽しめる本が復刊されることを心から願う。読む機会のなかった世代のＳＦファンのために、そして可能性の風が、開かれた心に吹き渡るのを待っている若い人たちのために。『夢の蛇』は古典的な作品だ。それにふさわしく大切にしなくてはならない。

〔訳者付記〕
『夢の蛇』（マッキンタイア）McIntyre, Vonda N. *Dreamsnake* (1978). 原書は、二〇二二年八月現在、Kindle版で読むことができる。邦訳は友枝康子訳（ハヤカワ文庫ＳＦ）。

正しく理解すること
——チャールズ・L・マクニコルズ『クレイジー・ウェザー』

ファロス版（二〇一三年）に寄せた序文。

チャールズ・L・マクニコルズの『クレイジー・ウェザー』のような小説を、私はほかに知らないし、あるはずがないと思う。この本は、踏みならされた道から遠く離れた土地で得た、類を見ない知識と人生経験をもとに書かれている。

唯一無二であることは、この本の強みでもあり、弱みでもある。書店であれ、図書館であれ、文芸評論家の頭の中であれ、類書のない本には決まった棚が用意されていないのだ。しかし、この一冊のような本はしばしば、幸運にも巡り会うことができた読者の心の中に、特別な位置を占めることになる。

自分自身が属さない集団について書こうとする作家は、二つの危険を冒すことになる。ひとつは誤解し、間違った記述をする危険——つまり、理解を誤ること。もうひとつは、相手を利用し、搾取する危険——つまり、行為を誤ることだ。支配的集団に属する書き手が、より力の弱い集団の代弁をする権利が自分にあると思いこんでいて、そういう危険の存在を知らずに自己満足に浸っていると、これらの危険を冒すことになる。このような無知は、意図がどれほど善良であっても、ひどい結果をもたらす。

白人は自然と神の摂理によって、そのほかすべてのものと人の管理者であり、所有者であり、搾取の権利を有するという思いこみを、コロンブスは新世界にもちこんだ。インディアンはそれ以来ずっと、その巨大な権利意識に直面させられてきた。

黙らせられている人たちの代弁をすることと、彼らの声を無断で借用することや、自らの声でそれをかき消してしまうことは別である。この誤った行為は、あまりにも長く続けられてきていて、本物の善意やちゃんとした業績をどれだけ積み重ねても、インディアンについて書く白人の小説家(または伝記作家、あるいは人類学者)から、搾取の疑いを完全に拭い去ることは不可能かもしれない。インディアンと白人の関係の歴史には、終始、罪深さが存在し、それを避けて通ることはできない。

罪深さに意味があるのは、それを意識することによって、それから脱し、より良い位置へ移動できる場合だけだ。前世紀の全体にわたって、主にインディアンの作家や活動家たちが倦《う》むことなく、意識を高める運動を続けてきてくれたおかげで、私たちはゆっくりとそのより良い位置へ向かいつつある。白人作家たちは少しずつ目覚め、学んだ。熱烈な一体化が大きな罪になりうること、そして、理想化することが、極悪な存在として危険視することと同等の侮辱でありうることを。今では、考えなしに「インディアンの視点」[*1]に立って小説を書こうと企てる者はほぼいない。

ナタチー・スコット・モマディが、一九九四年に『クレイジー・ウェザー』の新しい版の序文として書いた紹介文は、この上ない寛大さ、器の大きさを示すものだ。というのは、彼女はマクニコルズのこの本の内容について愛情をこめて語るだけでなく、南西部インディアンを描いた白人作家

*1　ナタチー・スコット・モマディ(一九一三-一九八六)は教育者、児童文学作家。チェロキー族の血を引いていた。

による古い時代のフィクションのいくつもに、好意的に言及しているのだ。私は彼女が挙げた作品について調べて、それまで知らなかったすばらしい小説をいくつか発見することができた。勝手ながら、彼女のリストに、ローラ・アダムズ・アーマーによる児童書、『夜明けの少年』を加えたい。ナバホの世界を我が家とし、心安らかに生きる少年の姿が穏やかな筆致で描かれている。

一方、この『クレイジー・ウェザー』で語られるのは、どこが自分の居場所なのかわからず、心安らかでもない少年だ。大人になる手前の年頃の、その少年、サウスボーイはふたつの世界に――ふたつの世界のはざまに生き、どちらの世界に進もうにも、道筋を見極めることができないでいる。

そして、彼の若き主人公もまたインディアンではない。『クレイジー・ウェザー』の作者について調べてみたが、詳細はわからなかった。第一次世界大戦では海軍の航空部隊で飛んでいた。ジャーナリストであり、映画脚本も書いた。だが、出版した小説は一作のみだ。彼は南西部の荒野に暮らすモハヴェ・インディアンとその近隣の部族すべてについて非常に詳しいが、彼自身はインディアンではない。

そして、彼の若き主人公もまたインディアンではない。サウスボーイは自分が何者なのか、どんな人間なのか、確かなことを見出せずにいる。モマディの紹介文では「混血《ミクスト・ブラッド》」とされているが、両親はどちらも白人だ。この物語の中で、私たちは多様な人々の声を聞く。インディアン、メキシコ人、白人。彼らの言葉や、歌や、叫びや、話を聞くのだが、考えを知ることができるのは、ただひとりだ。読者は、すべての物事、すべての人をサウスボーイの目を通して見ることになる。

サウスボーイはインディアンの乳母に授乳された。友であるモハヴェのハヴェックは言う。「乳は肉となり血となる。だから、おまえは一人前のインディアンになる。だからおまえが夢を見るなら、おまえは夢のとおりになる」モハヴェの土地の奥深くの、辺鄙《へんぴ》な牧場で育ったサウスボーイは、インディアンに囲まれ、インディアンの子どもたちと一緒に育ってきた。知っていることのほとん

サブスクの子と呼ばれて

山田悠介

人材サブスクサービスの闇に飲み込まれていく怜と仄花は、狂気を越えて幸せを摑めるのか？　鬼才・山田悠介が放つ最高傑作！　▼一五四〇円

Ultimate Edition

阿部和重

暴動、陰謀論、暗殺計画、反転する日常——すべて実在の楽曲名をタイトルに掲げ、奇妙に響き合う至高の十六篇。九年ぶりの短編小説集。　▼一八九二円

皆川博子随筆精華Ⅲ　書物の森の思い出

皆川博子／日下三蔵編

幼少期の追憶、舞台の魅力、『死の泉』と戦禍の中の子供たち、執筆の秘密——物語を愛し幻想の世界に遊ぶ小説の女王の随筆集、第三弾。　▼三三〇〇円

ゆれる階《きざはし》

村松友視

これまで黙して語らなかった「母」との複雑な関係。「一度死んだ」母とは？　静謐な筆致の中の圧倒的迫力に、作家の覚悟が漂う感動作。　▼二一七八円

出セイカツ記

衣食住という不安からの逃避行

ワクサカソウヘイ

誰しもが日々の中で抱く「漠然とした不安」に対して、衣食住の観点から著者本人が体を張って抵抗を試みた、爆笑と感動の生活探索記。　▼一七〇五円

有吉佐和子の本棚

ベストセラー作家、有吉佐和子が再注目されている。本や書斎、原稿などの写真と単行本未収録小説やエ

どはインディアンから学んだ。考え方も大方はインディアン流だ。けれども、彼はインディアンではない。彼の「血」はまざってはいないのだが、文化、精神、心の点でまじり合っている。彼はふたつの魂をもっている。十五歳となる彼は、そのうちひとつを選び、ひとつを永遠に捨てなくてはならないことに気づく。

もしかすると、大人になるということは常に、自分の属する人々を見つけることと、ひとりで知らない人ばかりのところに入っていくことの両方の側面をもつのかもしれない。

人類学者だった私の父は、『クレイジー・ウェザー』を好み、称賛していた。「マクニコルズは、ちゃんとわかっていたようだ」と父は言った。私の覚えている限り、インディアンを描いたほかの小説について、父がそんなふうに言うことは一度もなかった。父がこの本について言いたかったのは、マクニコルズがモハヴェの暮らしや考え方や宗教をよく理解していて、それが登場人物たちの言葉や行動から私たちに伝わってくる、ということだった。父自身、モハヴェの土地にしばらく暮らし、地元の人々と力を合わせて、この物語で再話されているような種類の夢の旅の神話を記録しており、語り手たちにも、語られた物語にも強い愛情と尊敬の念を抱いていた。

父がこの本を褒めるので、私も読んでみる気になった。この本が一九四四年に出版されて一、二年後、私が十五歳くらいの頃だ。私はとても気に入って、内容をいくらか理解した。まあ、その年頃の私の読書体験というのはほとんどがそうだけれど、その本のことが忘れられなくて、七十年後に再読してみて、昔以上に好きになったし、昔以上によくわかった、と言えたところで、初めて意味が出てくる。

理解しなくてはならないことは、とてもたくさんある。問題は、先住民の叡智《えいち》対白人の無知、あるいは、若者の純真さ対大人の愚かな悪、といった単純化された対決ではないのだ。作家はすべての登場人物に対して、皮肉と共感がこもった、複雑な眼差しを投げかける。次々に起こる手に汗握る出来事とさまざまな登場人物を描きつつ、ひとりの少年が大人になっていくストーリーを展開する一方で、私たちを導いて、私たちのほとんどにとってなじみがなく、白人のどの文化的伝統ともまったく異なる、それでいて同じくらい深く、同じくらいまっすぐに人間性に根ざしている生き方や考え方を見せてくれる。

マクニコルズが私たちを、ある複雑な社会と、そこにいる人たちの複雑な頭と心のただ中に連れていってくれる無造作だが見事な筆致、その軽やかさを、私がどれほど称賛しているかは、言葉では表わせない。彼によるモハヴェの神話の再話は、手際よく正確で、共感をこめつつ、恭《うやうや》しさには欠ける。モハヴェのやり方を軽んじてはいないが、それでも、コヨーテのように冷徹だ。ユーモアはドライで、インディアンのように言葉数が少ない。この本の大部分が一九四五年の私の理解を超えていたのは、おそらくそのせいではないか。

今ならば、『クレイジー・ウェザー』はヤングアダルト小説として出版されていたかもしれない。これは暗黙の了解でそれより年上の大人を排除するマーケティング上の分類で、ティーンエージャーが主役の物語はティーンエージャーのためのもの、というわけだ。例をあげれば、ハックルベリーフィンやロミオとジュリエットのような……? 何のかんの言っても、十五歳以上の読者は、ひとり残らず十五歳を経験しているのだ。私たちは、マクニコルズのような作家に感謝していいだろう。十五歳の鮮やかで鋭い知覚と、頭がごちゃごちゃになる困惑、どう使っていいのか見当もつかない力の目覚め、無敵の大胆さと傷つきやすさ、病的な落ちこみと、輝くような高揚と、身をよじる情熱――十五歳の人間がほんの数日、あるいはほんの数時間を駆け抜けて、自分の一生を決めなくてはならないときの感覚を思い出させてくれる作家に。

サウスボーイの劇的な通過儀礼は、砂漠の異常な熱波の高まりが、この世の終わりのような嵐を呼び起こす四日間の出来事だ――危険で美しい、クレイジーな天候の中のクレイジーな旅路である。

この物語の世界は、ある意味、終わりを迎えた世界だ。南西部の時を超えた風景や長く保たれてきた風習に対し、キリスト教の二十世紀は急激な大変動を引き起こしていた。サウスボーイと友だちのハヴェックは嬉しげに旅立つ。パイユート族との戦争で手柄を立てることが旅の目的だ。だが、結果はたったひとりのみじめなはぐれ者を闇雲に追い回すだけに終わる。栄光の日々は過去のものなのだ。「こうしてわしらはコヨーテの真似をするまでになっている。わしらの偉大さの日々は終わった」と、偉大な老戦士、イエロー・ロードはうめくように言う。「この世の終わりだ！　この世の終わりだ！」と、かつて白人だったかもしれないモルモンヘイターは叫ぶ。ハリケーン級の暴風雨により、崩れかけた崖沿いの道に閉じこめられたモハヴェの少年たちは死を受け入れ、「それぞれの夢を捨てて」大声で歌う。サウスボーイもモハヴェの信仰に則って死の恐怖を抑えようとするが、突如、母の教えの天罰の地獄の業火が頭に浮かび、恐怖に圧倒される。

彼は罪を犯したのだ――異教徒の世界の目印であり、象徴である長い髪が、顔を鞭打っていた。すべての轟音《ごうおん》を抑えて、自分の叫ぶ声が聞こえた。「ああ、神様、髪を切ります！　髪を切りますから！」すると、風がやんだ。まるで、最初から吹いていなかったかのように。

死の淵での迷信と迷信のぶつかり合い、恥と栄光の衝突。愚かな過ちである勲《いさおし》。白人とインディアン、あるいはインディアン同士の友情と反目のごちゃまぜ、崇高さと切っても切れずに絡み合う、徹底した馬鹿馬鹿しさ――そんなきわだった対比が見事に織り合わされて、物語全体ができあがっている。それはシェイクスピアのように劇的で、イーリアスのように、徹底的に非ロマンチックだ。

そして、その結末は偶発的であるとともに、必然的だ。この物語で起こること、すべてがそうであるように。老戦士の奇妙で熱狂的な葬儀の間に、嵐が来て爪痕を残して去るまでの間に、サウスボーイには自分の為すべきことがだんだん見えてくる。それを為すという目的に導かれて、自分は行くべき場所に行き、なるべき自分になるだろう、と彼は確信する。それは啓示であり、混乱を脱する道であり、大人への道である。だが、自分の未来としてその道を選ぶならば、そのほかすべての道を捨てなくてはならない。ハヴェックとの別れ際に、サウスボーイは、思いを巡らす。

去年のグレート・クライ――過去一年に死去した偉大な人物を称える、年に一度の式典――では、ふたりはほかの少年たちにまじってすわった。鳥の羽根のついた棒を握って走る、若者の走者として。次の夏は、偉大なイエロー・ロードを称える式典となるだろう。歌や走りや「説教」や偉大な勲の劇があるだろう。ハヴェックは走者を務めるだろう。サウスボーイは馬にまたがり、白人たちの中にいて見守るだけだろう。

最後の数ページで、物語は急速に進み、納得のいく結末、ハッピーエンディングに到達する。サウスボーイは自分の道を選びとり、自分の属する人々を見つけた。この本を読み終えて、かなりたってから、私はふと思った。あれっ、彼が属する人々の間での、彼の名前は何というんだっけ。私たちがそれを知ることはない。

ナタチー・スコット・モマディは、この本をゆっくり味わって読むよう勧めている。その通りだ。だが、初めて読むときにそうするのは、難しいかもしれない。ふたりの少年が馬にまたがり、神話と冒険、夢と危険に満ちたすばらしい風景の中に旅立ってからは、次々と事が起こり、緊迫感が一気に高まっていく。読者は彼らとともに馬で駆け、走り、嵐の中に突っこみ、通り抜けるしかない。

読了後、しばらくしてからでもいい。戻ってきてまた読んでほしい。今度こそ、ナタチーばあさまの言うとおり、ゆっくり読めることだろう。その豊かさを味わい、不思議さを考え、驚きに浸ってほしい。これほどたくさんの過ち、無理解、愚行、悲しみが積み重なった結果が、どうしてこれほど強く美しい小説になるのか、と。

〔訳者付記〕

『クレイジー・ウェザー』（マクニコルズ）McNichols, Charles L. *Crazy Weather* (1944).

『夜明けの少年』（アーマー）Armer, Laura Adams. *Waterless Mountain* (1931). 邦訳は和田穹男＋アキコ・フリッド訳（めるくまーる）。

パステルナークの『ドクトル・ジバゴ』について

もともと、ナショナル・パブリック・ラジオ[*1]の製作番組の「ぜひ読んでほしい本」コーナーのために書かれた原稿。二〇〇八年五月。

今年の九月のちょうど五十年前、ボリス・パステルナークの小説『ドクトル・ジバゴ』が英語に翻訳されて、合衆国で出版された。彼は自分の国でそれを出版することができなかった。

その十月、私はそれを誕生日祝いのプレゼントにもらったのだった——二十九歳の誕生日のプレゼントに。この本は私を圧倒した。一九五〇年代、冷戦が私たちの思考を濁らせていた。そして私はこの本の複雑な政治的スタンスをほんとうには理解できていなかった。だが、これは感情を通して理解する本だ。猛烈に知的だが、心で理解されなくてはならない本だ。

パステルナークは神秘的なリアリストで、私たちに人間の歴史における奇妙な時間について語ることのできる力を備えていた。一九一七年のロシア革命を一日、一日生き抜くことが、普通のロシア人にとってどのような体験だったか。さまざまな思想と理想の混沌の中、すべてのものが変わり、見慣れていたものが廃墟になり、新しい秩序が暴力的に打ち立てられては、突然、壊滅する。延々と続く派閥同士の戦いと破壊。そしてその中で、一日、一日を生きていく普通の人々の霊的な不屈さを。

このすばらしい文章をまた目にするのは、なんと嬉しいことだろう。たとえば、ユーリー・ジバゴが妻子とともに、避難民がぎゅう詰めになっている貨物車でモスクワからウラル山脈への長い旅をするところの記述。この本は忘れられないイメージでいっぱいだ。たとえば、空っぽの長い列車が、死んでいるかのように黒々と、シベリアの雪の上で線路に止まっている場面。風もないのにうねり、かさかさと音を立てるよく実った穀物畑について語る、静かだが、恐ろしい文章。畑がうねり、かさかさいうのはネズミのせいだ。村人たちが死に絶え、穀物は刈り取られず、ネズミたちはそこで無数に繁殖しているのだった。彼はひとり、徒歩でウラル山脈からモスクワへと戻る途中でその光景に出会う。

これはたくさんの旅と別れと出会いの物語だ。何十人もの登場人物が消えては、再び現われる。彼らは情熱的な愛情の絆で結ばれるが、お互いにしっかりしがみついていることができない。激しい憎しみも愛と同じくらい緊密に彼らを結びつける。彼らは出会い、別れ、涙し、また出会うのだが、それに気がつかない。無秩序のせいではなく、相互接続がやみくもに複雑なせいだ。それは大きな鉄道の駅の線路のようだ。それらの運命の交錯、真剣な意図でいっぱいのそれらの人々の魂、それらは革命の烈風に吹き飛ばされる塵《ちり》のように無力だ。

今になって思うと、私は小説の書き方について、パステルナークから実に多くのことを学んだ。長い距離や時間を飛び越えても、着地点さえ間違わなければ大丈夫だということや、正確なディテールがいかによく感情を伝えるか、そして、より多く省くことによって、より多くを包含する方法も……。

これは大きな本だ。五百ページの本は、ロシア全部と四十年の歴史、ひとりの男の人生と夢を包含していることを考えると長くはない。だがそれはひとりの人の魂のように広大だ。それは無限大

＊1　非営利ラジオ局のために番組を制作・配給する米国の組織（現在はＮＰＲが正式名称）。

の苦痛と裏切りと愛を包んでいる。私はこの本を愛する。偉大なロシアの小説の、おそらくは最後のものであるこの本を。悲惨な世紀から生まれた、この美しく気高い証言を。

〔訳者付記〕
ロシア語で書かれた小説だが、ソ連国内では発禁になり、一九五七年十一月のイタリア語版が初めての出版となった。一九五八年六月に仏語版が、同九月に英語版が刊行された。日本では、一九五九年に、原子林二郎訳『ドクトル・ジバゴ　第一部』『ドクトル・ジバゴ　第二部』が出版された（時事通信社）。
後年の翻訳出版として、江川卓訳『ドクトル・ジバゴ』（時事通信社、一九八〇年／新潮文庫、一九八九年、上下巻）、工藤正廣訳『ドクトル・ジヴァゴ』（未知谷、二〇一三年）がある。

矜持の模範
――ジョゼ・サラマーゴの作品についての考察

『矜持の模範』というエッセイ（『ガーディアン』紙、二〇〇八年）と、サラマーゴの小説の電子書籍版（ホートン・ミフリン・ハーコート、二〇一〇年）に寄せた私の序文、そして『見えることについての試論』（『ガーディアン』紙、二〇〇六年三月）と『象の旅』（『ガーディアン』紙、二〇一〇年七月）のそれぞれについての書評をひとつにまとめたもの。

友人である詩人のナオミ・レプランスキーが、ジョゼ・サラマーゴの『白の闇』を読んでいます、すごい小説です、と書いてきた。私はサラマーゴが一九九八年にノーベル賞を受賞したのを知っていた。でも、私にその本を買いに走らせたのは、ナオミのそのひと言だった。

最初のページで、あの風変わりな句読法を目にして、気勢を削がれた。サラマーゴは適切な句読点や接続詞なしで延々とつながっていく文章が好きで、引用符を避け、パラグラフを目の敵《かたき》にする。私にとっては、句読点は人間の発明品のうち悪い副作用を伴わない数少ないもののひとつだ。あの小さな点やカールが大好きで、創作コースの始めから終わりまでを、それらについて教えるのに費やしたことがあるぐらいだ。だから、ページの上から下まで密集した活字の茂みが続いていて、道しるべと言えばコンマだけのサラマーゴの文章に私はとまどい、腹立たしくなった。

　そして、茂みの中をどうにか押し進んでいるうちに、ほどなく怖くなってきた。物語は控えめにいっても、悪夢なのだ。私が今まで読んできた俗っぽい怖さのスリラーなんて、これに比べれば、まるでカスタードソースのように甘ったるい。ひとつの都市の住人誰もが突然盲目になる、いっぺんになるわけではなく、数日にわたって出鱈目《でたらめ》な順番でそうなる、というのは考えただけでも、かなり恐ろしい。次々に変わる普通の人々の、(文字通り)目を通してそれを描写する、サラマーゴの平坦で穏やかなトーンの語りは、ひしひしと恐怖を感じさせる。なんとか混乱を抑えこもうとする政府の努力にもかかわらず、もしくは、その努力のせいで、都市はじきに崩壊し始める。目の見えなくなった人が車を運転し、家々で火事が起こり、パニックに陥った兵士がパニックに陥った市民と向かい合う。早い時期に失明した人たちが隔離された元精神科病院の建物は、たちまち、恐怖と弱さが人々から引き出した最悪の部分――弱いものいじめ、奴隷化、無意味な残酷さ、レイプなど――が濃縮された地獄と化した。ここまで来て、私は読むのをやめた。私には耐えがたかった。

　読み進めるために、ひどい残酷さについての記述を我慢しようという気持ちになるには、著者を無条件に信頼する必要があった――プリーモ・レーヴィ[*1]を信頼するように。私はサラマーゴが単にホラーショーを上演して、読者の上に力を及ぼしているのではないことを知る必要があった。彼に、読者に及ぼす力があるのはわかっていた。その力は、苦しみを伝えるドストエフスキー的な才能だ。だが、彼がこの恐ろしい物語を、耐えてでも聴く値打ちのあるものにしてくれることを信じて語ってもらうには、それに十分なだけ、彼を信頼していなくてはならない。彼がそのような信頼に値するかどうか知る唯一の方法は、彼のほかの作品を読むことだった。だから、私はそうした。

　サラマーゴの作品で、英語で読めるものを皆、読んだのだ。サラマーゴは母国語のポルトガル語で書く。サラマーゴの小説を探すうちに、私はサラマーゴその人について、少し知った。すっきりして正直で、雄弁で控えめなノーベル賞受賞スピーチの中で、サラマーゴは、私たちが知る必要があると彼が感じる、まさにちょうど良い程度に、自分のことを教えてくれている。一九二二年に貧しい農民一家に生まれた彼は、十四歳まではだしで過ごした。彼の母方の祖父母は六頭の豚を飼っていた。それで生計を立てていたのだ。寒い夜には、一家はひ弱な子豚たちを自分たちの寝床に入れてやった。貧乏のせいで、彼は大学進学コースの教育からはじき出され、職業学校に行った。何年か機械工として働いたあと、強く望んでいたように、文学への道を進むことができるようになった。ノーベル賞のスピーチで、彼は「いつも周りにいた普通の人たち、国家と地主たちの権力の共犯者であり、受益者である教会に、欺《あざむ》かれている普通の人たち、いつも変わらず、警察に見張られている人たち、非常にしばしば、偽りの正義の気まぐれの罪なき犠牲者になる人たち」について語った。「……私は願っています。少なくとも今はまだ、希望を失っていません。広大なアレンテージョ〔ポルトガル南部の一地方〕の平原で見せてもらった、矜持の模範である人たちの偉大さに少しでもふさわしい自分になりたいという希望をもっています」と。

彼は共産主義者になった。今もそうだ。四十四歳のとき、初めての詩集を出した。さまざまな新聞のために執筆し、社説やエッセイを発表した。長年にわたって翻訳者としても活動し、コレットやトルストイなど幅広い作家の作品をポルトガル語に翻訳した。一九八〇年代、六十代にして、長篇小説を書くことに全エネルギーを投入することができるようになり、そのうちの最初のものである『修道院回想録』で、国際的な成功を勝ち得た。そしてそれ以来、ふり返る必要なく、前進している。米国を後ろ盾とするイスラエルの政策を歯に衣《きぬ》着せず批判するので、一部の批評家たちの間

＊1　プリーモ・レーヴィ（一九一九－八七）はイタリアの化学者・作家。ユダヤ系で、アウシュヴィッツ強制収容所からの生還者であり、そこでの体験を記した著作で知られる。幻想小説も発表した。

で評判が悪いということはある。もっとも、批評家たちはむしろ、サラマーゴの政治的意見を無視することが多いようだ。いまどき、社会主義的原則に本気でしがみついている奴がいるわけないだろうと言わんばかりの顔で。確かにそんなことをするには、彼のように、妥協しないたちの人間でなくてはならない。とはいえ、厳密には、彼は政治的な小説家ではない。説教くさいことは一切言わない。彼のテーマは複雑で、素朴であると同時に、つかみどころがない。

私の読書コース――『リカルド・レイスの死の年』、『石の筏《いかだ》』、『洞窟』、そのほかの数冊の本(詳細は後述)――は、非常に実り多かった。私は『白の闇』に戻り、再び最初から読み始めた。すでにサラマーゴの茂みに慣れていて、サラマーゴがどこに連れていってくれるにせよ、その道程がどんなに大変でも、ついていく価値があるという確信があった。

あの本を、私が怖がったほどには怖がらない人もいるだろう。小説家にも映画監督にも、自分の物語に、いやらしく描かれた情け容赦のない暴力を詰めこむ人が多すぎる。彼らはどんどん高くなる一方のショック閾値《いきち》を超えようとする。「アクション」以外に興味深いものは何もないと考えるように訓練されてきた読者を「ぞくぞく」させるために、あるいは自分自身の悪霊を解き放ってほかの人たちを襲わせることで身を護るために、残虐さを利用する。そして、写実主義者《リアリスト》の中にも、醜くなければ真実ではないという原則に従って、良識がわずかでも垣間見えたり、希望の光が微かにでも見えたりすることに、防火責任者のように敏感に反応し、即座に消して回る人が多すぎる。この問題については、私はキーツの味方で、概してそういうフィクションは避けている。私が非リアリストの作家が好きなのも、当初、サラマーゴの、胸が痛くなるほど醜い物語を信頼する気になれなかったのもそこから来ている。フィクションの残酷さや血腥《ちなまぐさ》い映画のスクリーンに動じない人たちは、彼らが当たり前のものとして受けとめる恐怖に対して私が抱く嫌悪感をもたないのだろう。それは気の毒なことだ。『白の闇』をようやく通して読めた私がしたような経験ができないのだからら。それは、立ち上がって恐ろしい暗闇の中から抜け出し、真実の明るい光の中にはいっていく、純粋に奇跡的な経験だった。

奇跡的な、と言ったのは、超自然的な力の関与をほのめかしてのことではない。それはサラマーゴの関心事ではない。彼は大体において、神にかんしては礼儀正しい。そしてイエスについての彼の小説[*1]には、イエスに対する愛情が感じられる。もっとも、エホバに対しては、絞首刑好きの裁判官はこう裁かれるべきだと思うような裁き方をしているが。彼は天に、いかなる助けも求めない。『白の闇』の暗い物語の中で、微かに見える一筋の光は、正しいことをしようと努力する孤独な人間の魂の輝きだ。その人はまちがったことをし、嘘をつくことによってのみ、正しいことをして夫を守ることができる。彼女はほかのみんなと同じように盲目であるふりをするが、実際は盲目ではない。だから、耐えがたく恐ろしいものを目撃しなくてはならない。彼女のジレンマの背後には、古い皮肉な諺《ことわざ》、「目の見えない者の国では、片目が見えれば王様になれる」がある。H・G・ウェルズは、彼が書いたもっとも優れた、もっとも奇妙な物語のひとつで、この諺が正しくないことを証明した。サラマーゴはこの反証をさらに発展させ、過去五十年間に書かれた倫理にかかわる小説の中で、その迫力において、ほかのどれにもひけをとらない作品にしあげた。『白の闇』は私にとって、ほとんど耐えがたいほどに心を揺り動かす、真実に満ちた二十世紀のたとえ話だ。この作品はこの奇妙な、停滞の時代に文学がどういうものでありうるか、文学に何ができるかについての私の考えをがらりと変えた。

サラマーゴは二〇一〇年の夏、八十七歳で亡くなった。その秋、ホートン・ミフリン・ハーコー

＊1　『イエス・キリストによる福音書』（サラマーゴ）*O Evangelho Segundo Jesus Cristo* (1991).

トが彼の長篇小説の電子版を刊行した。サラマーゴの小説群にとって、そのような版――ヴァーチャルな存在をもつというのは、いかにもふさわしい感じがする。というのは、サラマーゴはヴァーチャル文学――「現実のもつ、目に見えない不可思議を、より明らかに示すために、現実から乖離《かいり》したように思われる」フィクション――について最初に語った（彼は自分のブログの記事でそうした）人だからだ。サラマーゴはホルヘ・ルイス・ボルヘスをヴァーチャル文学の創始者だと考えていた。だが、彼は、ボルヘスのフィクションにはなかった、ある偉大な特質をヴァーチャル文学にもたらした。それは普通の人たちと日常生活に対する、情熱と共感に満ちた興味である。

私たちにはもはやカテゴリーをふやす必要はないのかもしれないが、ヴァーチャル文学という枠組みは役に立ちそうだ。ヴァーチャル文学は、既知のことから未知のことを推定する傾向をもつサイエンス・フィクションやスペキュレイティブ（思弁的）・フィクションとは異なる。まるごと想像されたリアリティをもつファンタジーとも、改善に役立つ憤りを含む風刺とも、南米固有のマジックリアリズムとも、日常茶飯事に固着するモダニスト・リアリズムとも異なる。これらのジャンルが皆、重なり合っているように、ヴァーチャル文学にもこれらのすべてのジャンルと共通点がある。だが、ヴァーチャル文学は、その狙いが、サラマーゴが言ったように、不可思議を、誰の目にも見えるように明らかに示すという点で、それらと異なっている。

サラマーゴの作品では、それはもっとも世俗的で気取りのない種類のもので――宗教的な偉大な悟りではなく――日の出前の一時間のように、少しずつ光が集まって、ゆっくりと明るくなってくるようなものだ。人の目にさらされた不可思議は、白昼の不可思議、世界がはっきりと見えることの不可思議、文字通り、毎日起こっている不可思議だ。

サラマーゴは六十歳を超えてから、最初の主要な長篇を書き、亡くなる少し前に、最後の長篇、『カイン』を書き終えた。私は彼のことを現在時制で書き続けずにはいられない。彼の作品の中に彼は生き生きと生きているから。「老人」という恐ろしい言葉の代わりにお為《ため》ごかしに使われる表現で言うと「お年寄り《シニア・シティズン》」になってから書いた作品群の中に。彼の驚くべき創意工夫と語りの才能、ラディカルな知性、機知、ユーモア、優れた判断力、心の温かさの輝きは、芸術家がそのような性質をもっていることを評価する人なら誰にでもわかる。だが、老齢を迎えた彼の芸術には並外れた強みが備わった。彼は私たちみんなに伝えるべきニュースをもっている。そのみんなには、かつて若かった頃、自分がみんなに言っていたのと同じことを、今の若い人たちや、若ぶりたい人たちが言うのを聞くのにうんざりしている年取った読者も含まれる。サラマーゴの背後には、波乱万丈の数十年がある。彼は大人になった。若さを礼賛する人たちには異端の言葉に聞こえるかもしれないが、彼は若かったときの彼以上のものだ。ひとりの男として、一個の人間として、また芸術家として、若いときの自分を超えている。彼は遠くまで行き、多くのことを学んだ。二十世紀の大半を経験した。そして、時間をかけて、それについて考え、何が大切なのか見定め、それをどのように言い表わすかを学んだ。彼がそれを伝えるのに用いるエネルギーと熟達の技は、驚くべきものである。彼は私の世代で唯ひとり、私が知らなかったことを教えてくれる——いや、むしろ、私が自分が知っていることを知らなかったことを教えてくれる小説家だ。唯ひとり、私が今でも学びとれることがある人だ。彼には時間と勇気があり、それを用いて、繊細で虚飾のない種類の理解——私たちが不適切にも知恵と呼ぶもの——を獲得することができた。しかし、それは、知恵というラベルを貼られた、いいかげんに人を安堵させるものではない。彼は決して気休めを言わない。彼は〈絶望〉の与える、諦めよという助言を口真似して言うことはないが、優しげな詐欺師である〈希望〉も、ほとんど信頼していない。

「ラディカル」という語は、元をたどれば「根の」という意味だ。そしてサラマーゴは地中深く根ざしている人だった。ある王の都でノーベル文学賞を授与された際のスピーチで、サラマーゴは情熱をこめ、簡潔に、アレンテージョの平原に住んでいた祖父母のことを語った。彼らは農民で、非常に貧しい人たちだった。そして、サラマーゴにとっては、生涯にわたって、愛する存在であり、道徳的な手本だった。自分の生まれた国に対する彼の愛情は、電子書籍の選集の中で唯一のノンフィクション作品である『ポルトガルへの旅』を生み出した原動力でもある。この作品は、その国を北から南へと旅する人のための詳細な案内書であるとともに、発見と再発見の旅、彼が政府の宗教的偏狭さに抗議して、何年も自分をそこから「自己追放」していた国への（戻り）旅だ。彼はラディカルにコンサーバティブだった——コンサーバティブという言葉の真の意味で。その真の意味は、彼が軽蔑する新保守主義者《ネオコン》の反動的な主張とは何のかかわりもない。無神論者であり、社会主義者である彼は、正々堂々と口を開き、単なる深遠な意見ではなく、合理的な確信を、明確な倫理的枠組みに基づいて形づくるために心を砕いた。その枠組みはほとんど、一文にまで凝縮することができた。だが、その一文は、非常に複雑な政治的・社会的・精神的な含意のある一文だ。「自分より弱い人々を痛めつけるのは間違っている」

　サラマーゴの国際的な評判がもっとも大きな痛手をこうむったのは、彼がイスラエルによるパレスチナ侵犯に対して、反対の立場を貫いたことによる。彼はイスラエルが、ユダヤ人の受けた苦難を思い出して、同種の苦難を隣人に与えるのをやめるように求めた。それによって彼は、イスラエルの攻撃的な政策に対する反対と反ユダヤ主義とを混同する人々の賛意を失った。彼にとって宗教はこの問題を考える要素にはならず、その一方で、ユダヤ人の歴史が彼の主張を裏づけている。これは自分より弱い人々を力によって痛めつけるという問題なのだ。

　サラマーゴが発した有名な言葉がある。「神は宇宙の沈黙であり、人はその沈黙に意味を与える叫びだ」。彼がこんなに印象的な警句を口にすることは珍しい。神に対する彼の通常の態度を、私が表現するとしたら、知りたがり屋で、疑い深く、ユーモラスで我慢強い、というところだろう。

わめきたてる職業的な無神論者とは天と地ほど違う。それでも彼は、無神論者だ。教会権力を嫌い、宗教を信じない。もちろん、神を敬う権力者たちは彼を嫌悪する。彼も衷心《ちゅうしん》から嫌悪をお返しする。興味深い『ノートブック』（二〇〇八年と二〇〇九年に書いていたブログ記事）の中で、彼はサウジアラビアの大ムフティー〔イスラム法学の最高権威者〕を鋭く批判する。その人物は十歳の少女の結婚を合法化することにより、児童性的虐待を合法化した、とサラマーゴは言う。そして、カトリックの聖職者の間に広がっている児童への性的虐待を取り締まるのに腰の重いローマ教皇をも批判する。そう、これも、身を護ることができない者への力による加害だ。サラマーゴの無神論は、彼のフェミニズム――女性の虐待や低賃金、過小評価など、男が、あらゆる社会で男に与えられている力を、誤った仕方で女性の上に及ぼすことへの彼の激しい怒りと地続きだ。そしてこういったことのすべてが、彼の社会主義につながっている。彼は常に弱者の味方だ。

サラマーゴにセンチメンタルなところはない。人々を理解することにおいて、彼はとても稀なものを人に寄せる――愛情と称賛の余地のある幻滅、はっきりと見えている上での許し。彼は人に期待しすぎない。サラマーゴは、精神において、またユーモアにおいて、ヨーロッパの最初の偉大な小説家であるセルバンテスに対して、セルバンテス以後の誰に対するよりも、近い位置にいる。理性の夢や正義の希望が何度となく打ち砕かれるときには、シニシズムが安易な出口になる。しかし、頑固な小農民であるサラマーゴは安易な逃げ道を用いるつもりはない。

もちろん彼は小農民ではない。先祖から引き継いだ貧乏の中、自動車修理工などの仕事を皮切りに、努力して道を切り開き、教養ある知識人になり、文学を学び、編集者兼ジャーナリストになった。彼は長年都市の生活者として過ごし、リスボンを愛していた。工業化された都市生活の諸問題を内部の人間として取り上げた。それでも、小説においてはしばしば、その生活を、都市の外の場所からも――人々が自らの手を使って生計を立てている場所からも見た。彼の作品が与えてくれるのは、のどかな田園への回帰ではなく、どこで、そしてどのようにして、普通の人たちが、私たちの普通の世界の名残《なごり》と、純粋なつながりを保っているかについての生々しい実感だ。

彼の小説について、もっともはっきりと目に見えるラディカルさは、前述した句読法だ。ピリオドの代わりにコンマを使い、パラグラフ分けを拒否した結果、ページ全体が、近づきがたい活字の塊と化し、会話は、ひとつひとつのセリフが誰の発言なのか、しばしばわからなくなる。私のようにページを見て、読む気を削がれる読者もいるだろう。実はこれはラディカルなあと戻りで、語と語の間に隙間がまったくなかった中世の写本の書き方に近づいているのだ。彼がなぜ、このような特異な書き方をするのか、その理由は知らない。私はそれに慣れて受け入れた。だが、とても喜んでそうしたわけではない。彼は学校の先生たちが「コンマ誤用」とか「無終止文」と呼ぶものを使うが、そのせいで、私は読むのが速くなりすぎ、その結果、文章の形や、会話の「発言 - 沈黙」のリズムがつかめなくなる。声に出して読むと、ほとんど不自由を感じない。速度が落ちるからだろう。

この奇癖さえ受け入れられれば、彼の散文(私はそれを、彼の作品のすばらしい翻訳者であるマーガレット・ジュル・コスタを通して知っている)は、明晰で説得力があり、生き生きとして力強く、物語を語るのにぴったりだ。彼は言葉の無駄遣いをまったくしない。彼は偉大なストーリーテラーであり(ぜひ、声に出して読んでみてほしい)、彼の語る物語はほかのどんな物語にも似ていない。

それぞれの作品についての短い解説をしたい。それは、サラマーゴ作品をどのように読むかについての私自身の、決して終わることのない学びのプロセスについての考察でもある。

ポルトガルで一九八二年に出版された『修道院回想録』はヨーロッパじゅうでたちまち、評判になった。ドメニコ・スカルラッティ[*1]、疫病、異端審問所、魔女、「飛ぶ人」などの予期しない、予想不可能な要素に満ちた大胆な歴史的ファンタジーであるこの作品は、奇妙で、魅力的で、おかしくて、読者をからかう。そして、愛すべきラブストーリーを語ってくれる。彼にとって、この作品は来たるべき偉大な小説群のためのウォーミングアップであったように、私には思われる。だが、この作品によって、彼は名声を確立したのだ。

彼の全作品の中で、私が一番苦労したのは、『リカルド・レイスの死の年』だ。この作品のサラマーゴは、もっともボルヘス的な知性を発揮しており、おそらく、もっともポルトガル的でもある。この本を読むには、題材（作家フェルナンド・ペソア、[*2] ポルトガルの文学的風土、リスボンという都市など）について知識まではもっていないにしても、少なくとも、仮面や分身や、仮のアイデンティティなどに強い興味がもてることが必要だ。サラマーゴはもちろん、そういうものに対する強い興味をもっていたが、私にはまったくそれが欠けている。そういう興味をサラマーゴと分かち合える読者にとっては、この本は宝物になるだろう。

次に紹介する本については、サラマーゴ自身がノーベル文学賞受賞スピーチで簡単に触れている。「ポルトガル政府が『イエス・キリストによる福音書』を検閲して、この本がカトリックに対して攻撃的であると主張し、それを口実に、この作品を、ヨーロッパ文学賞のポルトガル代表候補作から外させた結果、妻と私はカナリア諸島[*3]のランサローテ島に、住居を移しました」と。暴虐な偏狭さに抗議して母国を去る人は大抵、声を荒らげて、相手を非難し、拳をふりあげて立ち去るものだ。

＊1　ドメニコ・スカルラッティ（一六八五－一七五七）はイタリアの作曲家、チェンバロ奏者。
＊2　フェルナンド・ペソア（一八八八－一九三五）はポルトガルの詩人・作家。リカルド・レイスは、ペソアが作品を発表する際に用いたいくつもの名前のひとつだが、単なる筆名ではなく、それぞれに人格や作風や生い立ちをもつ「異名者」と呼ばれる架空の存在のひとつであった。
＊3　アフリカ大陸の北西岸に近い大西洋上にあるスペイン領の諸島。

彼は静かに住居を移しただけだった。正直に言うと、この本の主題は私にとって、非常に興味があるものではないが、これは繊細で優しく、それでいて静かに心を波立たせる本であり、イエスを扱った小説の長いリスト（この本のタイトルが暗示するように、リストの始まりは福音書そのものであるかもしれない）につけ加えられた優れた作品だ。

『石の筏《いかだ》』はサイエンス・フィクションで、すてきな映画になるという非常にまれな幸運に恵まれたすてきな小説だ。その映画[*1]はスペインでつくられた。ヨーロッパがピレネー山脈を境に割れ、イベリア半島が、すばらしいとも言えるが、大変厄介な漂流を始め、カナリア諸島を通り過ぎ、アメリカへと向かう。サラマーゴはこの機会をフルに利用して、官僚や専門家の予想を超えた出来事に直面したときの、各国政府やメディアの気短で無能で尊大な対応を笑いものにし、同時に、目立たない市民たち、いわゆる「普通の人たち」が同じ不可解な出来事に対してどう反応するかを探る。そして私たちはここで、重要な「サラマーゴの犬」たちの最初の一匹に出会う。

『白の闇』にも一匹の犬がいる。この本に出てくる人は皆、名前がない。犬も「涙の犬」とだけ呼ばれる。サラマーゴの傑作には漏れなく、犬が出てくる、と私は思っている。彼の犬たちは、彼の物語の深遠で本質的な要素を体現している。彼らは話せないから、それが何なのか私たちに教えてくれはしない。彼らの沈黙は彼らの重要性の一部だ。私は自分がなぜ、サラマーゴの小説で、犬の出てくるものを出てこないものより高位に位置づけるのかわからないが、もしかすると、サラマーゴが、人間を物事の枠組みの中心に置くのを拒んでいることと関係があるかもしれない。人間が人間性に固執するほど、人道的でなくなるようだと思うことがときどきある。私は新しいサラマーゴ作品を読み始めるたびに、犬が出てくるのを待ち望むようになった。

さて、『石の筏』の次に出たのは――この頃、サラマーゴは七十代で、一、二年に一冊のペースで長篇を書いていた――『リスボン包囲物語』だ。初めて読んだとき、私はこの本を好きになったが、自分が愚かで、この本を読むのに不適格な気がしてならなかった。というのは、これはポルトガル史における建国の出来事について書かれたもの（あるいは、そういうふうに見えるもの）なのに、自分はポルトガルの歴史をまったく知らないとわかっていたからだ。うかつな読み方をしていたため、私は自分が無知であろうとなかろうと、何の違いも生じないことに気がつかなかったのだ。再読の途中で、当然ながら、読者が知っている必要のあることはすべて、小説の中にあるのだと悟った――十二世紀にキリスト教徒がリスボンのムーア人たちを包囲したとき、起こったことの「本物」の歴史と、ひとつの単語の変化、すなわちひとつの「ノー」が、ひとつの「イエス」に変わったために、本物の歴史と織り交ぜられる「バーチャル」な歴史。二十世紀のリスボンの、一校正係の故意の誤りのせいで、新たな「リスボン包囲物語」が生まれたのだ。ちなみにその校正係はライムンド・シルバという名で、この人は「歴史的真実」の権威を転覆させることを望んでいる。ライムンドは「すべてのものには、目に見える側と見えない側があり、私たちはその両側を見ることができるまでは、そのものについて何も知らないのだという」ことを信じているという一点においてのみ、大衆と異なっている単純な普通の人」だ。校正係のライムンドはこの物語の（そしてラブストーリーの）ヒーローであり、そのことだけで、私のハートを射止めるには十分だった。

この穏やかで瞑想的な物語のすぐあとに、『白の闇』（ポルトガル語のタイトルは『盲目についての試論』の意）が出て、そしてほどなく、愛らしく機知に富んだ寓話、『見知らぬ島への扉』が出て、そしてほどなく『あらゆる名前』が出た。これはおそらく、彼の作品の中でもっともカフカ的な作品で、巨大な官僚機構への風刺が利いている。サラマーゴとカフカを比較するのは厄介な仕事だが、強いて言えば、サラマーゴはカフカよりも乾いていて、優しい――彼の怒りは深くて、節度

＊1　ジョルジュ・シュルイツァー監督『石の筏に乗って』（二〇〇二年。製作国はオランダ／スペイン／ポルトガル）。

がある。『変身』を書くサラマーゴも、ラブストーリーを書くカフカも、どちらも想像できない。そして『あらゆる名前』――奥が測りしれない暗闇につながっている、忘れがたい登録保存局と、登録保存局のファイルの無数の名前のひとつの背後にいる人物を探し求めることにとりつかれた職員のジョゼ氏が出てくるこの作品は、厳密に言えばラブストーリーではないかもしれないが、間違いなく、愛についての物語である。

そののち、彼は『洞窟』を書いた。この作品はいくつかの点で、私が一番好きな作品だ。この作品に出てくる人々が好きなのだ。サラマーゴは、のちに、この本の言いたいことについて教えてくれることになる――彼が次の文章を『ノートブック』に書いたときには、この小説についてではなく、二〇〇九年五月に目にしていた世界について語っていたのだけれども。

植物と動物の種が毎日、減っている。言語の数と職業の数も減っている。金持ちは常に、ますます金持ちになり、貧乏人は常にますます貧乏になる……ほんとうに恐ろしいほど、無知が拡大している。今日、私たちは富の分配における深刻な危機に瀕している。鉱物資源の利用は悪魔的な割合に達した。多国籍企業が世界を支配している。私たちの目に現実が見えないように影やイメージがさえぎっているのかどうか、私にはわからない。たぶんこの問題にはいくら議論しても終わらないだろう。すでに明らかになっているのは、私たちが世界で起こっていることを分析する批判的能力を失ってしまったことだ。私たちはプラトンの洞窟[*1]に閉じこめられているかのようだ。私たちは思考と行動に対する責任を投げ捨ててしまった。怒りを感じること、体制に順応するのを拒むこと、抗議することのいずれもできない愚鈍な生き物に、自らを変えてしまった――それらは、私たちの近い過去のきわだった特徴だったのに。私たちは文明の終わりに到ろうとしている。最後に鳴りひびくラッパを私は歓迎しない。私の意見では、新自由主義は民主主義を装った新しい形の全体主義で、民主主義と似ているのは見せかけだけだ。ショッピングモールが私たちの時代のシンボルだ。だが、まだほかにも、急速に消えつつある小さな世界がある。零細企業と職人技の世界だ。（以下略）

これが、『洞窟』の枠組みである――非常に豊かなディストピア。優れた技量に支えられたサイエンス・フィクション的な外挿法による推測が用いられ、繊細で複雑な哲学的瞑想を裏づけている『洞窟』は、同時に、そして何よりも、読み応えのあるキャラクター中心の小説である。そして主要キャラクターの中には、一匹の犬が含まれている。

二〇〇四年に、『見えることについての試論』が出版された。『白の闇』の設定と、登場人物の一部を再び取り上げたものだが、その使い方がまったく異なっている（同じ本をあるいは、同じ本のような本を書いたからといって、誰もサラマーゴを責めはしないだろうに）。これはパンチの利いた政治的風刺で、とても暗い――結末と含意において、逆説的な言い方になるが、『白の闇（英訳題は *blindness*）』よりはるかに暗い。

ノーベル賞受賞時のスピーチで、サラマーゴは自分自身を「弟子」と呼び、次のように述べた。

弟子は考えました。「私たちは盲目だ」。彼は腰を下ろし、「盲目」と書きました。それを読むかもしれない人たちが、次のことを思い出すように。私たちが命を貶《おと》しめるとき、私たちは理性を悪用するということ、人間の矜持は、私たちの世界の力ある者によって、毎日侮辱されているということ、ユニバーサルな嘘が複数の真実に取って代わったということ、そして、人は

＊1　プラトンがイデア論の説明に用いた比喩。縛られて洞窟の奥しか見ることができない人たちは、外から射しこむ光によって洞窟の奥に映る影を見て「実体」だと思いこんでいる。

仲間であるほかの生き物たちに払うべき敬意を失ったとき、自分自身を尊敬することをやめたということ。

これは表面上は、『白の闇』についての奇妙な描写のように見える。あの本の中で人間の矜持を侮辱するのは、力のない人々——自分たちやほかの誰もが盲目で、制御不能だということに恐れおののく普通の人たちなのだから。一部の者は、愚かで自分勝手な残酷さを発揮し（くわばら、くわばら）、自尊心と人間の品位を捨てる——元精神科病院を支配し、収容者を虐待する男たちのように。彼らは権力の腐敗の縮図だ。だが、私たちの世界でほんとうに力の強い者は、『白の闇』には姿を現わしさえしない。一方、『見えることについての試論』はすべて彼ら——道理の歪曲者、ユニバーサルな嘘つき——について書かれたものだ。

サラマーゴの小説が単純な喩《たと》え話でないのは、火を見るよりも明らかだ。一冊目の本の中で（ひとりを除き）すべての人々が、何に対して盲目であったか、『見えることについての試論』の市民たちに何が見えているか、「説明」しようとするのは早計だろう。明らかなことは、彼らが数年後の、同じ都市の同じ人々であるということだ。一方の本がもう一方の本を照らし出す。どんなふうにそうするのか、私にはようやく仄《ほの》見《み》えてきたところだ。

物語はあの普通の市民たちが、視力と静かな日常生活を取り戻してからそれほど経っていない時期に、視力とも、視力がないこととも、まったく関係がなさそうなあることをするところから始まる。その日は選挙の投票日で、市民の八十三パーセントが、投票に行かずに午前中を過ごしたあと、午後の遅い時間になって投票に行き、何も書かない白紙のままの票を投じる。官僚たちの狼狽や、ジャーナリストたちの興奮、政府の動揺が描かれる。その風刺は最初のうちはとても滑稽で、私はヴォルテール風の軽妙な話になるのだろうと思っていた。シグナルを見落としていたのだ。

白票を投じるということは、イギリス人やアメリカ人のほとんどにとって、なじみのないシグナルだ。イギリス人やアメリカ人は投票をまったく無意味なものにする政府のもとで暮らすのに慣れる、ということをまだ経験していないからだ。機能している民主制のもとでは、投票に行かないことは怠惰な抗議で、政権党の思う壺になりがちだと考えられる（労働党支持者の投票率が低かったせいで、マーガレット・サッチャーが再選されたことや、民主党支持者の無関心のせいで、ジョージ・W・ブッシュが、二度の選挙で選出されたことは、その例である）。投票がそれ自体、力の行使ではないと考えるのは、私には困難だ。最初のうち、私はサラマーゴの、投票しない投票者たちの目的が、さっぱりわからなかった。だが、国防大臣が、この国が直面しているのはテロリズムだと発言したところで、ようやく事情が見えてきた。

ほかの大臣たちの反対を押し切って、国防大臣は望むもの——緊急事態——を手に入れる。爆弾が炸裂し（メディアの報道によると、もちろんテロリストの仕業だ）、少なからぬ死者を出した。投票用紙に記入した十七パーセントの投票者は避難しようとしたが、失敗に終わる。政府が、道路を封鎖している軍隊に避難民を通すように言うのを忘れたからだ。持ち出そうとした一切合財を携えて家に戻る彼らに、投票しなかった人たち（テロリストと呼ばれる人たち）が手を貸した。その一切合財とは、ティーセット、銀の大皿、油絵、おじいさん……等々である。

ユーモアはまだ優しいが、トーンは暗くなり、緊張が高まる。個々のキャラクターが前面に出始める。唯一の例外であるコンスタント——『白の闇』から登場している「涙の犬」——を除いて、あとは皆、名前がない。四年前、誰もが盲目になったときに唯ひとり、そうならなかった女性を見つけるために、高位の警察官がこの都市に派遣されてくる。「白い闇の疫病と、白票の疫病」の間のつながりが疑われているのだった。警察官は私たちの視点になり、仲介者になる。私たちは彼が目にするものを見始める。彼は私たちを盲目にならなかった女性のところに連れていく。一冊目の本で、みんなを勇気づけていた、あの優しい女性だ。だが、あの物語が恐ろしい暗闇で始まり、だんだんに光に向かっていくのに対して、この物語は暗闇の中に落ちていく。『見えることについての試論』は私たちが生きている時代について、私がこれまで読んだいかなる小説よりも多くのことを語ってくれる。

さて、八十を優に超えた頃、驚くにあたらないが、サラマーゴは死についての本を書くことをした。死は老人にとってはなじみ深い主題で、若い作家が何頭の闘牛と戦おうが、何度、飛行機から飛び降りようが、老人と同じくらいこの主題になじむことはできない。『だれも死なない日』の前提は魅力的だ。ある死神（死神はひとりではなく、大勢いて、それぞれに、受け持ちの地域がある──お役所的機構は、ここにも行き渡っている）が、自分の仕事が嫌になり、勝手に休暇に入る。これはサラマーゴにおける大きなテーマだ。地位の低い勤め人が一度だけと思って、許される限界を超えたことをする……。そういうわけで、この死神が受け持っている地域では、誰も死なくなる。しばらくの間は、優しく不気味なこの物語は、政府機関内の競争や官僚の内輪もめなど、アメリカの下院そっくりの硬直した愚かしさがひしめく泥沼に落ちこんでしまうのだろうと思われた。それから、犬が現われ、私はこれで万事うまく行くと胸をなでおろした。犬とともに人々が来るだろう──本物の人々、勇敢だったり、愚かだったりする人々、そして予見不可能な物事も。彼らは恋に落ち、セックスし、チェロを弾き、誤りを犯す。彼らはサラマーゴのキャラクターたちで、愚かしく、痛ましく、気高く、要するに人間的だ──たとえ、彼らのうちのひとりが、それも唯ひとり名前をもつ者が「死神」だったとしても。

二〇一〇年、サラマーゴが亡くなってすぐ、『象の旅』の英語版が出版された。『象の旅』は彼のもっとも完璧な芸術作品で、モーツァルトのアリアのように、あるいは民謡のように強固なものだと言えるかもしれない。

一五五一年に、一頭の象がリスボンからウィーンまで旅をしたことは史実である。この象は、ポルトガル国王ジョアン三世からオーストリア大公マクシミリアンへの贈り物だった。小説では、象のソロモンと象使いのスブッロ（大公が、まさにハプスブルク家的な不適切さで、フリッツと改名させた）は、さまざまな役人や軍人に付き添われて、ゆったりとしたペースで移り変わる風景の中を進む。そして道中、村や町の住人たちと出会う。住民たちは象が自分たちの生活の中にはいってくるという突然の不可思議に対して、さまざまな解釈をする。これはそういう小説だ。

この小説はとんでもなくおかしい。老サラマーゴは熟達した軽妙なペンをふるう。ユーモアは優しく、揶揄《やゆ》は我慢強さと哀れみによって程良く和らげられているので、鋭い痛みは消え、ウィットは生き生きしたまま残る。

象使いとポルトガル人の騎馬隊の隊長が宗教について語る場面に始まる一節は、とりわけ魅力的だ。自分は一応はキリスト教徒なのだと説明してから、スブッロは兵士たちにガネーシャについて語り始める。ヒンドゥー教についてよく知っているようだね、と船長が言う。「まあ、一応は」とスブッロは答えて、物語を続け、シバ神が息子のガネーシャの首を切り落とし、その代わりに象の首をくっつけるくだりを語る。「お伽話だな」と兵士のひとりが言うと、象使いは「死んで三日目に起き上がった男の話と似たようなもんだね」と言う。近くの村から来た農民たちがその話を興味深げに聴いている。彼らは象については意見が一致していた。「ほんとうのところ、象なんてどうってことないよな。周りをぐるっと一回りしたら、それで見るべきほどのものはみんな見たってことだ」と。だが、宗教談義を聞いて目が覚めたようになり、自分たちの神父のところへ行って起こし、大切なニュースを伝える。「神様は象なんです。神父様」と。神父は反論し、象から悪霊を祓《はら》うと約束する。「共に私たちの神聖な教えのために戦おう。覚えておきなさい。団結すれば、決して敗れることはない」と神父は信徒たちに言う。このエピソード全体が、抑制の利いた、奇跡のような馬鹿馬鹿しさの連続だ。諦めと愛に満ちた深遠な知恵から、静かな笑いが立ち昇る。

ノーベル賞受賞の際のスピーチでサラマーゴはこう言った。「私は自分の狭い耕地の外に思い切って出ていこうと願うことができなかったし、そう願わなかったから、私に残っていたのは、根っこに向かって地中を深く掘り進める可能性だけです。こんな不遜《ふそん》な野望を許してもらえるなら、私自身の根っこだけでなく、世界の根っこに向かって」そのように忍耐強く掘り続けることによって、とても深くて重いけれども、それと同じくらい軽くて楽しい本が生まれるのだ。愚行と迷信にあふれたヨーロッパを象が旅する物語というと寓話だと思われるかもしれないが、これは決して単なる寓話ではない。この本には教訓はない。ハッピーエンディングもない。ソロモンはウィーンに着くことになる。そう、それはその通りだ。そして二年後に死ぬことになる。けれど彼の足跡は読者の心の中に残っているかもしれない。砂の上の深くて丸いくぼみは、オーストリアの帝国の宮廷に向かうのではなく、未知のほかのところに向かうのでもなく、おそらく、進んでいけば、もっと永続的に報いてくれる方向を指し示しているのだろう。

その足跡が今では、砂や、ページや、心に加えて、電子データの上にも刻まれている。それらは今、私のコンピュータの震動の中にあり、画面の上のシンボルとして現われる。光そのものと同じように、本物だけれど、さわって感じることはできないものとして、見て、読んで、たどっていきたいと思う者、すべてのためにそこにある。サラマーゴの作品にはウィットと、胸が張り裂けるような矜持と、自分の芸術を完璧に制御できる偉大な芸術家の簡潔さがある。さあ、私たちの世界の真の長老である人の声に耳を傾けよう。涙の男、知恵の男の語ることを聴こう。

〔訳者付記〕
著者はすべてジョゼ・サラマーゴ。

『白の闇』*Ensaio sobre a Cegueira* (1995). 英語版 *Blindness*. 邦訳は雨沢泰訳（河出文庫）。
『修道院回想録』*Memorial do Convento* (1982). 英語版 *Baltasar and Blimunda*. 邦訳は谷口伊兵衛、ジョバンニ・ピアッザ訳（而立書房）。
『リカルド・レイスの死の年』*O Ano da morte de Ricardo Reis* (1986). 英語版 *The Late Ricald Reyes*／*The Year of the Death of Ricardo Reis*. 邦訳は岡村多希子訳（彩流社）。
『石の筏《いかだ》』*A Jangada de Pedra* (1986). 英語版 *The Stone Raft*.
『洞窟』*A Caverna* (2000). 英語版 *The Cave*.
『イエス・キリストによる福音書』*O Evangelho Segundo Jesus Cristo* (1991). 英語版 *The Gospel According to Jesus Christ*.
『カイン』*Caím* (2009). 英語版 *Cain*.
『ポルトガルへの旅』*Viagem a Portugal* (1981). 英語版 *Journey to Portugal*.
『ノートブック』*O Caderno* (2009). 英語版 *The Notebook*.
『リスボン包囲物語』*História do Cerco de Lisboa* (1989). 英語版 *The History of the Siege of Lisbon*.
『見知らぬ島への扉』*O Conto da Ilha Desconhecida* (1997). 英語版 *The Tale of the Unknown Island*. 邦訳は黒木三世訳（アーティストハウス）。
『あらゆる名前』*Todos os Nomes* (1997). 英語版 *All the Names*. 邦訳は星野祐子訳（彩流社）。
『見えることについての試論』*Ensaio sobre a Lucidez* (2004). 英語訳 *Seeing*.
『だれも死なない日』*As intermitências da morte* (2014). 英語版 *Death with Interruptions*. 邦訳は雨沢泰訳（河出書房新社）。
『象の旅』*A Viagem do Elefante* (2008). 英語版 *The Elephant's Journey*. 邦訳は木下眞穂訳（書肆侃々房）。

アルカジイ&ボリス・ストルガツキー
『ストーカー（路傍のピクニック）』

二〇一一年のシカゴ・レヴュー・プレス版に寄せた序文。

この序文の一部は、一九七七年に『ロードサイド・ピクニック（路傍のピクニック）』[*1]に寄せた序文から採っている。一九七七年はこの作品が初めて英語で出版された年だ。ソビエトの検閲が最悪だった時代がまだ記憶に新しく、従って、ロシアから来た知的かつ道徳的に興味深い小説が、リスクを冒す勇気の輝きを帯びていた時点での一読者の反応を記録に留めたい、と私は思ったのだった。それはまた、ソビエトのSF作品についての肯定的な書評が、合衆国においては、ささやかながら本物の政治的声明になる時期でもあった。鉄のカーテンの向こうで暮らす作家は、私たちの敵のイデオロギーに凝り固まった人ばかりだと決めてかかることによって、私たちのSFコミュニティーの一部が冷戦を戦い始めていたからだ。これらの反動的な人たちの道徳的な純粋さは（よくあることだが）読まないことによって保たれた。読まなければ、多くのソビエトの作家が、政治や社会や人類の未来について党のイデオロギーから比較的自由に書くことができるように、SFという形を利用してきたことを目の当たりにしないですむからだ。

サイエンス・フィクションはすべての既存の体制《ステータス・クオ》を想像力を使って転覆させるのに役立つ。想像力を涵養《かんよう》する余裕のない官僚や政治家は、ＳＦなんて光線銃とか子ども向けのたわごとが書いてあるものだろうと決めこみがちだ。作家が検閲の対象となるには、『われら』におけるザミャーチンのように、あからさまにユートピアを批判する必要があるかもしれない。ストルガツキー兄弟はあからさまな言動をとらなかったし、政府の方針を直截《ちょくせつ》に批判することも（私の限られた知識の範囲内では）決してなかった。彼らがどうしていたかというと、私が当時、称賛に値することだと思い、今もそう思っていることだが、イデオロギーに何の関心もないかのように書いたのだ。私たち西側の作家の多くにとっては、なかなかできないことだった。ストルガツキー兄弟は自由な人たちが書くように書いた。

『ロードサイド・ピクニック』は「ファースト・コンタクト」の物語だが、凡百のそれとはひと味違う。異星人――「来訪者」――が地球を訪れて立ち去り、数か所の着陸地（今では「ゾーン」と呼ばれている）にゴミを残していった。ピクニックをしていた人たちがいなくなったあと、モリネズミ[*2]たちが現われて、用心深く、しかし好奇心満々で、ねじられたセロファンや、きらめくビール缶のプルタブに近づき、巣穴に持ち帰ろうとする。

謎の残留物のほとんどは、危険極まるものだ。有用だとわかったものもある――自動車に動力を供給する永久充電池など――が、科学者たちは、自分たちがその装置を適切な用途に用いているのか、それとも、たとえば、ガイガーカウンターを手斧《ておの》として使ったり、電子機器の部品を鼻輪にしたりするようなことをしているのか、わからないでいる。それらの人工物《アーティファクト》の原理、それらの背景にある科学がどのようなものなのか、知ることができないのだ。ある国際的機関が研究のスポンサ

＊1　日本語版では『ストーカー』という訳題になっている、この作品の英語版の訳題。こちらのほうがロシア語の原題の意味に即している。

＊2　森に棲むネズミ。とくに頻にものをためて運ぶ習性がある種類のネズミ。

ーとなっている。闇市場が栄えている。「ストーカー」たちは、さまざまな種類の体の損傷や死の危険を冒して、立ち入りを禁じられている「ゾーン」に入り、異星人の残したゴミを盗んで持ち出し、売りさばく。研究を支援している当の国際的機関に売りつけることもある。

伝統的な「ファースト・コンタクト」ものでは、勇敢で献身的な宇宙飛行士がコミュニケーションをとることに成功し、知識の交換、あるいは軍事的勝利、あるいは大きな商取引がそれに続く。この本では、宇宙からの来訪者は、私たち地球人の存在に気づいていたとしても、コミュニケーションには明らかに興味がなかったのだ。おそらく彼らにとって、私たちは野蛮人か、あるいはモリネズミに過ぎなかったのだろう。コミュニケーションがなかったのだから、理解もありえない。

それでも、理解は必要とされている。ゾーンはそれにかかわるすべての人に影響を与える。ゾーンの探検には、腐敗と犯罪がつきまとう。ゾーンから戻ってきた人を、文字通り災いが追う。ストーカーたちの子どもには遺伝子の変異が起こっていて、ほとんど人間とは思えないぐらいだ。

この暗い基盤の上で展開する物語は、はらはら、どきどき、先が読めない。舞台は北米、たぶんカナダかなという感じがするが、登場人物には、国籍がわかるような特徴はない。しかし、それぞれに生き生きと描かれ、好感がもてる。もっとも陰険な、古株のストーカー兼闇商人の活力は、おぞましいとともに魅力的だ。人間関係の描き方にも真実の響きがある。輝かしい聡明さをもつ人はひとりもいない。みんな、平凡な人たちだ。中心的人物であるレッドもとことん普通の人間で、度重なる苦労に耐えてきて、気難しくなっている。それを言うなら、登場人物のほとんどが、屈辱的で心を挫くような生活に耐えているタフな人々で、感傷も皮肉も交えずに描き出される。人間であることは褒め称えられもせず、貶《おとし》められもしない。作家の筆致は優しく、脆《もろ》さを知っている。

普通の人々を主要登場人物に用いることは、この本が出た頃のSF界ではかなり稀なことだったし、今でもこのジャンルはエリート主義に陥りやすい。非常に高い知能、並外れた才能、ヒラの乗組員ではなく士官、労働者のキッチンではなく権力の中枢を好む。このジャンルが専門的なもの（「ハード」なもの）であり続けてほしいと思う者は、エリート主義的スタイルを好むことが多い。サイエンス・フィクションを単に、小説を書く手段のひとつだと考える者は、もっとトルストイ的なアプローチを歓迎する。このアプローチでは、戦争が将軍たちの観点からだけでなく、主婦たちや囚人たち、十六歳の少年たちの目を通して描かれるし、異星人の来訪も知識ある科学者の考えだけでなく、一般の人々への影響という点からも描かれる。

人間が宇宙から受け取るすべての情報を今、理解できているか、もしくは、将来、理解できるようになるか、という問いは、ほとんどのサイエンス・フィクションが、科学万能主義の知力中心の潮流に乗じて、疑うことなくイエスと答えていた問いだ。ポーランドの小説家、スタニスワフ・レムはそれを「認知普遍主義の神話」と呼んだ。『ソラリス』はこのテーマの彼の作品の中でもっとも有名なものだ。『ソラリス』では人間の登場人物たちは敗北を喫する。異星の生物のメッセージもアーティファクトも理解できないことによって、高慢の鼻をへし折られる。彼らはテストに落ちたのだ。

人類が、「より進んだ」種《しゅ》にとってまったく興味の対象にならないものかもしれないという考えは、あからさまな風刺という形をとりやすいだろう。しかし、『ロードサイド・ピクニック』の作者たちのトーンは、終始、婉曲《えんきょく》でユーモアがあり、共感がこもっているままだ。彼らの倫理的ならびに知的な素養は非常に優れていて、それはある議論の中で、見事に発揮されている。その議論はある科学者と、研究を支援する国際的機関の職員で幻滅を感じている者との間で、異星の生き物の来訪の意味・解釈を巡ってかわされるものだ。しかし、この物語の中心はあくまでも個人の運命である。アイデア中心の物語の主人公たちは操《あやつ》り人形に過ぎない。だが、レッドはちゃんとした人間だ。私たちは彼のことを心配する。彼の生き残りと救済の両方が危険にさらされているから。

そして、ストルガツキー兄弟は、人の理解についてのレムの問いをさらに難しくする。異星人たちが残していったものを人類がどう扱うかがテストであるならば、実際のところ、何がテストされているのだろう？　あるいはレッドが、最後の恐ろしい場面で過酷な試練を経験するとき、実際のところ、何がテストされているのだろう？　そして、受かったか、落ちたか、私たちはどのようにして知るのだろうか？　「理解」とは何なのだろう？

「幸せをやるぞ！　タダで！　みんなにやるぞ！」という最後の約束の言葉の響きには、苦い政治的な意味が紛れもなくある。それでもこの小説を、ソビエトの失敗、あるいは「普遍的な認知」という科学の夢の失敗の、単なる寓話に卑小化してはならない。この本のほとんど最後でレッドは、神に対してか、私たちに対してか、こう言う。「おれは決して自分の魂を誰にも売らなかった。この魂は人間の魂だ！　おれが何が欲しいかは、そっちで察してくれ。それが悪いものであるはずがないと、おれにはわかってるから」と。

〔訳者付記〕

『ストーカー（路傍のピクニック）』（ストルガツキー兄弟）Strugatsky, Arkady and Boris. *Piknik na obochine.* 英題 *Roadside Picnic.* (1972). 原著は、一九七二年に文芸誌に連載されたが、まとまった本として出版されたのは一九八〇年だった。その間にも東欧、欧米で次々に翻訳されて、高く評価された。邦訳は深見弾訳『ストーカー』（ハヤカワ文庫ＳＦ）。

この小説は、タルコフスキー監督によって映画化され、一九七九年に『ストーカー』というタイトルで公開された。

ジャック・ヴァンス『惑星パオの諸言語』

二〇〇八年、サブテレニアン・プレス刊行のリプリント版に寄せた序文。

ジャック・ヴァンスは、さまざまな衣装や風俗、カーストやクラスなどのさまざまな社会的階層が織りなす緻密で華麗な絵巻を創作すること、権力を握る男たちがさらなる権力を求めて策を練り、しのぎを削る歴史を物語ることを愛した。その舞台は、驚きに満ちた地勢と風変わりな名前に富む遠い世界、はるか未来の国々だ。久方ぶりにこのヴァンスの世界を再訪した私が、愛情と驚きとともに、まず気づいたのは、それらは私がよく知っているところだということだった。宇宙船や超ハイテクノロジーといったSF的な道具立てにもかかわらず、未知なる世界でもなければ、未来の世界でもない。それらは、私たち自身の失われた世界《ロスト・ワールド》だ。飛行機が登場する以前の地球、果てしなく広く、尽きせぬ神秘と不思議にあふれていた、あまたの世紀の地球――地図に空白が広がり、サマルカンドやトンブクトゥやカリフォルニアが伝説の地であった頃、マルコ・ポーロが異邦人として中国にいた頃、バグダッドが、かの盗賊どもの住む地であった頃の世界。

私たちがこの世界を破壊し、着々とテーマパークやショッピングモールサイズまで縮小することを始めたのとほぼ同時期に、遠い宇宙のさまざまな世界、そして異星人やその流儀について書くことが始まった。『ナショナルジオグラフィック』がエキゾチックなネタに困ったとき、SFがそれに取って代わったのだ。ジャック・ヴァンスはその埋め合わせとなる発明をすること自体を、大いに楽しんできたようだ。彼は「千夜一夜」ばりの才を発揮し、極上の旅行譚のような素っとぼけたリアリズムで新機軸を描いた。

『惑星パオの諸言語』は、私が六〇年代にたくさん買って読んだヴァンスの小説の中でも、お気に入りの一冊だった。主題が好きだったからだ。ヴァンスは昔から、言語というのはおもしろくて、厄介なものだと認識していた——未だに、ひとつの星、あるいは、ひとつの銀河全体の（しばしば多様な）住民に同じ言語をしゃべらせて平気でいる多くのSF作家とは違って。「チキュウ」が「ギンガテイコク」の座について以来、誰もが「イング・リッシュ」を話すようになりました、と、さらりと説明してしまうほうが、バベルのような多言語状態をほんとうらしく描こうとするよりも苦労がない。だが、単言語宇宙の問題点は、矮小化され、人工的であることだ——これではテーマパークやショッピングモールへ逆戻りである。ヴァンスは、同世代のSF作家たちに共通する帝国的、還元的な物の見方に与《くみ》しなかった。そういう考え方では、多様性は些末事であり、顧みられないが、ヴァンスはむしろ、多様性を存分に楽しんだ。彼の描くさまざまな人々はさまざまな言語でしゃべり、彼らの名前にもそれぞれの話す言語の音韻が反映されている。

ヴァンスの文体は明らかに、言葉のもつ意味と音の双方が重要だと感じる人のものである。彼は——一九五八年のサイエンス・フィクションにおいては稀なことに——本物の、そして独自の文体をもっていた。彼の書く会話は、しばしば、堅苦しいまでに威厳があり、格調高い。たとえば、「思いこまされているにすぎぬと、そなたが心の内で打ち消している、その考えこそが、事実であるやもしれぬぞ」などという具合に。これはマンネリズムだ。だが、受け入れることができるなら、なかなか魅力的なマンネリズムではある。ヴァンスの語りのリズムは穏やかで、ゆったりしていて音楽的だ。描写は単刀直入で的確である。天候はどうなのか、何がどんな色をしているのか、感覚に訴え、読者を物語のその場に立たせる。「はるかな灰色の空に岩山が聳え立ち、その先で、元気いっぱいの小さな白い太陽が、風に吹かれたブリキの円盤のごとく弧を描いている。ベランは踵《きびす》を返し、戻っていった」

この短い一節は典型的だ。最初の一文は、詩的で的確で抑制の利いた鮮やかな描写において。第二文は、やや古めかしい言い回しと簡潔さにおいて。ヴァンスは言葉を浪費しない人だった。ヴァンスは、読者の急所をつかんで放さない流派のアクション小説家の対極に位置する。だが、それでも彼は、アクション小説家なのだ。彼のプロットの展開は、迅速ではないが着実で、読者をしっかりと運んでいく勢いもある。彼は物語の全権を握っている。登場人物、プロット、場面設定、描写、アクション、すべてが彼の支配下にある。そしてその支配というものが、おそらく彼の大きな主題のひとつなのだ。

『惑星パオの諸言語』は、民衆の支配を巡る闘争を描いている――政治的な軋轢《あつれき》、そして倫理上の議論も。ヴァンスの著作の多くと同様、この闘争は膨大な数の住民を巻きこんでいるが、物語は非常に少ない登場人物によって進んでいく。ひとりは少年で、名はベラン。彼は世界帝国の継承者でありながら、大いなる力をもつ男、パラフォックスを頼らざるを得ない身の上に陥る。筋立ては、要は古典的な父と息子の対決の物語だが、この父には、ほかにも息子が何百人もいるという事実によって、すばらしく複雑化されている。[*1] 父の非情な誇大妄想に、少年が悩みながらももち続ける正義感を対立させることで、ヴァンスは巧みに少年の葛藤をつくりだす。パラフォックスは強大な力を手にしていても、自分を形成した倒錯的な社会、さらには、自分の力の源であるその言語によって、完全に支配されている。一方、ベランはひとつの選択肢に縛られていない分、自由の望みがあ

＊1　ほかの息子たちはパラフォックスの実子だが、ベランとパラフォックスの間には血縁関係はない。パラフォックスは精神的物質的庇護を与える父親代わりというところだ。

る。
　このプロットを特徴づける思弁科学《スペキュレイティブ・サイエンス》要素は、サピア＝ウォーフの仮説として知られるものだ。これは（大雑把にまとめると）私たちの精神の方向性は、我々の言語によって形づくられる。また、人が思考できることの範囲は、おおむね、その人が考えるのにもち合わせている言葉に依拠している、というものだ。言語学はソフトなサイエンス、社会的な科学なので、ハードSFの頑固なファンは、この本はファンタジーだと片づけることだろう。だが、そういった屁理屈はいよいよ合理性をなくしている。疑問の余地がかなりあるとしても、長年生き延びてきた仮説をプロットの重要な要素とするという条件を満たしているので、『パオ』はSF成分百パーセントの傑作である。ヴァンスはサピア＝ウォーフを理解しており、必要な用心をしつつ作品に取り入れ、説得力をもつように練り上げて、そこから生き生きとした物語の糸を紡ぎ出している。

　私はパオに、いくぶん古めかしさを感じる。もしかしたら、それは当初から存在したのかもしれない。格調高い言葉づかいや、ゆったりとした話の運び、ありふれた、必然性のない暴力を描くのを彼が避けていることなどから来ているのかもしれない。だが、もしかすると、ヴァンスの逃れがたい男性優位主義――当時のSFというジャンルに、ほぼ漏れなく認められる欠点――が今だからこそ、古めかしく感じられるということもあるかもしれない。女は描かれないか、もし描かれたとしても男に依存した存在、付属物である。翳《かげ》のある少女ジタンが束の間、受動的役割を担い、パラフォックスの欲望の犠牲者である名前のない女たちの姿がわずかに垣間見えるように。ベランには、父はいても母はおらず、妻を探すことも見つけることもない。気にかけているのは、男の関心事とされていることだけだ。家事以外のすべての行為を男が担う。主導的地位は完全に男によって占められ、狂気さえも性差を反映している。というのも、世界を自らの息子で満たすという、パラフォックスの異常な計画は、男性の性衝動が、醜悪に誇張されたものにほかならないからだ。これは利己的な遺伝子そのものだ。女が何を望み、感じ、考えているか、社会においてどんな存在なのか、この本はひとつとして取り上げない。これはもちろん、多くの小説にあてはまることである。今でもそうだし、一応、女性の登場人物がいる小説の場合でもそうだ。世界の人口の半数に対するヴァンスの無関心は、少なくとも、見せかけの敬愛で偽装されてはいなかった。今の小説はどうだろうか。

ヴァンスの作品を尊敬する私は、この物語を男性支配への批判として読んでみようと思った。そういうふうに読めなくはなかった。だが、能動的な女性の登場人物がまったくいない状況での、そういう読み方は説得力を欠いていた。というわけで、このすばらしい小説は、現代の目には不備があると映るかもしれない。穏健で思慮深い作品でありながら、人類の半分の働きを省略していることが、そのほかの点では公正で細やかで懐の深い倫理的姿勢を大きく損なっている。

ジャック・ヴァンスは高尚な文学の書き手を気取ることはなかったように思うが、当時のパルプ・フィクションやジャンル・フィクションの書き手のほとんどと比較して、はるかに高い文学的水準を自らに課していたし、自分自身の目指すものに忠実だった。それにより、彼は末永く敬意を寄せられるに値する。願わくは、新たな世代の読者たちが、ショッピングモールやテーマパークをはるかに超えて、パオの八大陸やブレークネスの荒涼たる高地へと旅する喜びを見出しますように。

〔訳者付記〕
『惑星パオの諸言語』（ヴァンス）Vance, Jack, *The Languages of Pao* (1958). ジャック・ヴァンス（一九一六－二〇一三）は米国のSF・ファンタジー・ミステリー作家。

H・G・ウェルズ『月世界最初の人間』

二〇〇二年のモダン・ライブラリー版に寄せた序文。

「ジャンル」と「文学」はそれぞれ排他的なカテゴリーだと考えられることが多いので、多くの批評家や出版社、そして作家までが、商業主義や俗物根性に駆りたてられて、文学的なサイエンス・フィクションは、サイエンス・フィクションではないと主張し、凝った名称を考え出す。H・G・ウェルズが自分の初期の短篇を「サイエンティフィック・ロマンス」と呼んだとき、彼はそのような神経質な区別に加わっていたわけではなかった。このジャンルが名前をもつずっと以前からサイエンス・フィクションを書いてきた彼は、良き生物学者のように、記述されたことのない、新たに発見されたものに正しいラベルを付そうとしていただけだ。

「サイエンティフィック・ロマンス」はリンネ[*1]の分類法に従って、属と種《しゅ》の二段階からなる適切な名称である。ロマンスという語はルキアノスからアリオスト[*2]へ、そしてシラノ・ド・ベルジュラック[*3]へとつながる伝統を連想させ、ウェルズの作品における古めかしくて想像力豊かな、純粋に幻想的要素と、前例のない思弁的で知的な要素とを結びつけている。そのような結びつきは前例のないものだった。

というのは、ウェルズは科学者としてフィクションを書き、注目された最初の作家だったからだ。

彼は十九世紀の科学革命による発見やその影響を、わくわくしたり、喜んだり、恐れたりしながら眺めるアウトサイダーではなく、科学の内側から書いた。パーシー・シェリーは科学が明らかにした美を見ていた。メアリー・シェリーは科学の倫理的な両義性を見ていた。ジュール・ヴェルヌは科学を、無限に続く技術革新として見ていた。だが、ウェルズは、科学の目を通して見ていた。彼は優れた科学者の指導を受けて、情熱をこめて科学を研究する中で自分の精神を形成した。そういう人は文学の書き手としては初めてだった。彼が科学師範学校でトーマス・ヘンリー・ハクスリーの授業を受けた年、一八八四年は、まさに近代生物学が自らを定義し、世界を再定義している最中だった。ハクスリー自身の言葉によれば、彼はこの学びによって、世界についてのビジョンを得たと言う。

そして、彼の作家生活を通して見られるそのビジョンの両義性の大半は、この学問分野の倫理的な動揺を忠実に反映している。

一八九一年のエッセイ、『単一性の再発見』に、ウェルズはこう書いた。

　科学は、人が擦ったばかりのマッチだ。その人は自分が部屋の中に――心をこめた祈りのひとときに、聖堂の中に――いると思っていた。そして、自分の光は、すばらしい秘密が刻まれ

＊1　シリアに生まれ、ギリシャ語で執筆した二世紀の風刺作家。『本当の話』という作品で、月世界旅行譚を書いている。
＊2　アリオスト（一四七四－一五三三）はイタリアの詩人。叙事詩『狂えるオルランド』には、騎士アストルフォが月へ旅行するエピソードがある。
＊3　ロスタンの戯曲で有名な、十七世紀のフランスの文学者。作品の中に、『もうひとつの世界、あるいは月の諸国と諸帝国』というユートピア小説がある。

た壁や調和のとれた哲学的体系が彫りこまれた柱に反射して、それらを見せてくれるだろうと思っていた。火がつく前のぱちぱちという音が終わって炎が燃え上がる。奇妙な興奮のうちに、自分の両手が見え、自分自身がちらりと見えて、自分が立っているところが、自分のまわりの見える部分だけ見える。予期していた、人間の安らぎや美しさのすべて——まだ闇に包まれているそれらの代わりに。

彼がこのように書いた時点で、物理学者はまだ、穏やかな光に照らし出されたニュートンの宇宙で幸福に過ごしていて、自分たちの暗闇をまだ発見していなかった。しかし、生物学者は自分たちの暗闇を発見していた。それはダーウィンが擦ったマッチの周りに広がっていた。ウェルズのサイエンティフィック・ロマンスはすべて、進化の仮説が優れているがゆえに発見された広大な暗闇の研究として読んでいいかもしれない。

ウェルズは物語の荒唐無稽さ、ちゃらんぽらんな冒険小説要素について批判されてきた。一九〇一年に出版された『月世界最初の人間』に出てくる反重力物質、キャヴォライトは、初期の月訪問者を運んだ夢・グリフォン・つばさ・気球同様、非現実的なものだ。空飛ぶじゅうたん同様、と言ってもいいだろう。ウェルズは『七つの有名な小説』*1の前書きに、（ヘンリー・ジェイムズ風の微妙さについてしか訓練を受けていない批評家たちの中には文字通りにとった人が多かったが）典型的な謙遜として、自分の方法は「読者をだまして、もっともらしい仮説を軽率にも受け入れるように仕向け、その幻想がもっている間に物語を進める」ことだと書いた。このような手品は、サイエンス・フィクションの特徴的な策略だ。実在していない存在、または不可能な前提を（しばしば、テレパシー、地球外生物《エクストラテレストリアル》、超光速《FTL》速度といった科学的に聞こえる用語を用いることで）受け入れられるものにし、そのあとは、純粋に現実的で、論理的に一貫した記述で、効果や影響を説明する。

もちろん、正確な語りによって、存在しないものを描き出すのは、すべてのフィクションにとって基本的な仕組みだ。不可能なことへの拡張は、ファンタジーには適切だ。しかし、何が可能で何がそうでないか、確実にわかっていることは稀だから、それはサイエンス・フィクションの要素としても妥当なものだ。「……だったらどう?」は、サイエンス・フィクションと実験科学のどちらもが問う質問であり、両者はそれに答える方法を共有している。その方法は、まず仮定をしてみて、それから注意深く結果を観察することだ。

私たちが月に到達するための装置をもっていたら(六十年以内にそうなるだろう。それはキャヴォライトではないだろうが)、どうだろうか? 月に大気があったら(ウェルズは月に大気がないことを知っていた)、どうだろうか? 月の住人たちが高度に知的な種で、社会の進化を自分たち自身の、どちらかというと温かみに欠ける手に握っていたとしたら――そうだったら、いったいどうなるだろう?

これらの「……だったらどう?」のうちの最後のものは、大きな問いだ。ウェルズの企ては、ヴェルヌが主要な作戦として行なったように、現在のテクノロジーをもとに、ありうる未来のテクノロジーを推測するのと比べると、問題の大きさもリスクもかなり上回る。ヴェルヌが未来の機械的技術の大進歩に驚き喜ぶ一方で、ウェルズは、道徳と無関係な進化の力が私たちをどこへ導いていくのか、そしてさらに予見的なことを言えば、進化を、意図的・合理的に制御することの社会的・道徳的影響がどんなところに出てくるかを考える。これは百年後の私たちが、企業の科学技術が喜ばしげに、植物や動物や人間の遺伝子コードに手を加えているのを眺めながら、ようやく問い始めた問いである。

＊1　一九三四年に出版された個人作品集。

一八九六年のエッセイ、『人間の進化、あるいは、ある人工的プロセス』で、ウェルズはダーウィン説の進化のプロセスをまったくの偶然の作用としてではなく、人間の管理すなわち、非自然選択の作用の結果として思い描く最初の人々のひとりとなった。その一年前に『タイム・マシン』で、同じ一八九六年に『モロー博士の島』で、そして五年後に『月世界最初の人間』で、ウェルズはフィクションを通して、このビジョンを探究した。

『タイム・マシン』で、人類がおぞましいモーロックと、か弱いイーロイに分かれたのが、社会的階級のヒエラルキーを人類の遺伝子に、意図的に組みこんだことによるのであれば、それは恐ろしい逆効果を招いている。貴族たちが労働者階級の食肉になったのだから。『モロー博士』の思考実験の結果もまた悲惨だ。メンデルの遺伝法則が広く知られる前のフィクションの、大雑把なまとめ方で言うと、妄執にとりつかれた科学者の進化を操作しようとする試みは、怪物しか生み出せず、ひどい失敗に終わる。

『月世界最初の人間』では実験の条件が異なる。さまざまな用途のそれぞれに必要な能力を高めるように、自らを選別し繁殖させるのは人間ではなく、地球外生命体である月の住民、セレナイトだ。すべてのセレナイトが合理的で実用的な存在なのは疑問の余地がない。社会的昆虫が長い時間にわたるランダムな選択によって、それぞれの仕事に完璧に適合するように形作られてきたように、セレナイトは、貧困や暴力がなく、効率的で平和で調和に満ちた社会をつくるために、遺伝子管理や胎児や赤ん坊の扱いを通して、意図的に自分たちを繁殖させ、形作ってきたのだ。セレナイトの高度に特化された個々の肉体が人間の目に、グロテスクで恐ろしいものに映るのは、彼らの道徳性の低さのせいというよりも、むしろ私たちの偏見のせいだ。美学的な意味では、彼らは私たちにとってショッキングだ。だが、道徳的には、もしかすると彼らのほうが私たちより優れているのではないだろうか？

ウェルズは、この興味深い問題についての判断を、何についてであれ、何らかの道徳的判断をするための備えがまったくない、ふたりの語り手に委ねることによって、究極のところ、それを読者に委ねている。

主たる語り手、ベッドフォードは、欲深で独りよがりのヘマばかりする人物で、何にでも手を出したがるが、何ひとつうまくやれない。残忍さを爆発させるときには実に不愉快だが、悪漢としてではなく、漫画のヒーローとして許容できる。というのは、おおむね無能なのに、自分の無能さにまったく気づいていないからだ。ただひとり、地球に戻る旅路で、彼はほんのひととき、宇宙的な理解と、痛切な自己認識を得る――「馬鹿者……何世代もの馬鹿者たちの末裔」――だが、それはすぐに消えてなくなる。地球に戻った彼は、まったく元通りの彼だ。

科学者キャヴォアが得意なのはひとつのことだけだが、彼はそれにとても秀でている。彼はセレナイトたちとほとんど同じくらい特化している。そして、ベッドフォードが利己的であるのと同じくらい無私だ。「彼はただ知りたかった」。月にひとり取り残された彼から地球に届いたメッセージは、知的な勇気という点で称賛に値する。彼は最後の最後まで観察し、記録し続けるだろう。しかし、彼は知識を宗教にし、道徳的な価値感やコミュニティーへの責任や実際的な重要性の上に置いた。この一途《いちず》な信仰が結局は彼を裏切り、破滅させる。

月に棲む奇妙な生き物たちを訪れた初めての地球人たちは、このように自分たち自身、変形されていた。ひとりは情け容赦のない資本主義によって、もうひとりは情け容赦ない科学万能主義によって。これはとても暗いコメディーで、その憤りはスウィフトまで遡れるが、風刺という両刃《もろは》の剣は、ウェルズの時代から私たちの時代へとまっすぐ届いている。

ベッドフォードの軽くて楽しげで、残忍な口調で語られるこの話は、スピーディーで、滑稽な場面も多い、娯楽色の強い物語でもある。単なる冒険物語を超えているのは、知的な危うさと複雑さのおかげ、そしてまた、美学的な力のおかげである。美学的な力は均等に働いているわけではないが、いくつかの場面では並外れてすばらしい。そういう箇所では、力強い描写にしばし心を揺さぶられる。「月世界の朝」という章はそれ自体が、人はなぜサイエンス・フィクションを読むのか、という問い——その質問を見下した態度で発したにせよ、真面目に尋ねたにせよ、そういう問いに対する答えになっていると言っていいと思う。その答えを私なりの言葉で言い換えるとこうなる。このような読書体験を待ち望んでいるから。見えないものを、すばらしく正確に見ることができる視覚、まったく予期しなかったけれど必然的だと感じられる美——科学者が体験する気づきを体験したいから。

その章はまた、文学的技巧を知らないとか、美学的価値に無頓着だとか言ってウェルズを退《しりぞ》けようとする大物評論家たちにつきつけるべき回答書でもある。彼らよりも注意深い読者であるダルコ・スーヴィンは、「サイエンス・フィクションの伝統の転換点としてのウェルズ」というエッセイの中で、ウェルズの文章の詩的な特質を指摘している。「この詩情は、科学的認識が美学的認識に変わるショッキングな変容に基づいている。エリオットからボルヘスまで、詩人たちはこの変容に敬意を払ってきた」と。ショッキングとは、うまく言ったものだ。そのような変容は今でも稀なので、思わず息を呑まずにはいられない。

物語の後のほうで、もうひとつの忘れがたい場面が、より淡々としたキャヴォアの口調で語られる。キャヴォアはセレナイトの案内人に、赤ん坊たちを見せてもらっている。その子どもたちは、というと……

ひとりひとり広口瓶につめこまれ、そこからは前肢だけが突き出ている。特別な種類の機械オペレーターになるために圧縮されているのだ。この、高度に発達した技術教育システムにおいて、拡張された「手」は刺激物で刺激を与えられ、注射によって養われる。一方、体のほかの部分は飢えさせられる。（中略）理屈に合わないのはわかっているが、これらの子どもたちの教育方法を実際に垣間見ると、気分が悪くなる。しかし、じきに治るだろう。そして彼らのすばらしい社会秩序のこういう側面をもっとたくさん見ることができるだろう。広口瓶から突き出ているこの見るも哀れな手兼触手は、失われた可能性を求めて、弱々しく訴えているように見えた。その光景が今も頭から離れない。もちろん、これは結局のところ、子どもが人間に成長するにまかせて、それから、彼らを機械にする、わが地球のやり方よりはるかに人道的な処置なのだが。

この強烈に皮肉な一節は、「労働の分割」と非常に婉曲に呼ばれているものの問題全体を、いかにすれば、それがもっとも安上がりに達成できるかを示すことによって、問い返している。オルダス・ハクスリーの『すばらしい新世界』を読んだことがある人なら誰でも、孫が自分のおじいさんの生徒から何を学んだかがわかるだろう。私はウェルズはハクスリーよりも鋭く、かつ共感力に富んでいると思う。

そしてそれから、グランド・ルーナーが登場する。彼の脳は巨大で、半径が何メートルもあり、月で一番深い洞窟の中、青い光に照らされた暗闇に浮かび上がる膨らんだ巨大な膀胱《ぼうこう》みたいに、そそり立っている。それは体からほぼすっかり抜け出た知性の姿であり、純粋な精神の究極の夢だ。「それは偉大だった。それは痛ましかった」とキャヴォアは言う。ご自慢の客観性が邪魔をして、彼は自分自身の姿を見ていることに気づかない。孤立した精神。肉体もなく、愛もなく、暗闇の中に、そして醜い、肥大した組織の中に囚われて。

「理性の眠りは怪物を生む」[*1]

＊1　(289頁) スペインの画家、フランシスコ・デ・ゴヤ(一七四六－一八二八)のエッチング作品のタイトル。

〔訳者付記〕

『月世界最初の人間』(ウェルズ) Wells, H. G. *The First Men in the Moon* (1901). 邦訳は白木茂訳『月世界最初の人間』(ハヤカワ・SF・シリーズ)ほか。この小説の重要登場人物のひとり、Cavor の名前の発音表記は、既訳ではおおむねケイヴァーとなっているようだが、映画や朗読の音声を確認したり、英語のネイティブスピーカーに尋ねたりしたところ、カヴォー、あるいはキャヴォアというふうに聞こえたので、それを反映した表記とした。それに伴い、彼の名に因む「反重力物質」の名称の発音表記も変わった。さまざまな発音がありうるのかもしれない。

H・G・ウェルズ『タイム・マシン』

二〇〇二年刊行のモダン・ライブラリー版に寄せた序文。

『タイム・マシン』は一八九五年に出版された。そしてそれ以来、一度も絶版になったことがない。それはのちに二十世紀初期のもっとも有名な作家のひとりとなる若者の最初の目立った作品だった。実際のところ、この作品こそが、彼に初めての名声をもたらしたのだ。

それなのに、一九三一年ランダムハウス版にウェルズ自身が寄せた前書き（この本にも収録されている）のトーンがとても遠慮がちなのはなぜだろうか？「興味をもつ出版社や読者がまだ見つかるだろう」とかろうじて認めながらも、「これは明らかに未熟な書き手の作品である」と彼は言い切る。ひとごとのような三人称で、さらに二ページを書き進めたあと、急に「私のこの作品は」と言いだし、それを「勉強中の者の書き物」と呼んでいる。謙虚さは、上品で稀にしか見られない特質だが、それでもこれはやりすぎだ。彼は、フェビアン協会で初めて発表した論文について、微笑ましいコメントをしたときと同じようにふるまっている。彼の言葉を借りると、彼はその論文を口髭越しに自分のネクタイに読み聞かせたのだと言う。ウェルズはこの作品をさんざんけなしたあと、前書きの終わりのほうになってようやく、それを「彼にとってはなつかしい『タイム・マシン』」と呼ぶ。

H・G・ウェルズは、奇妙な人、いろんな要素が奇妙な具合にいりまじった人だった。ある伝記の表紙になっている一九二〇年撮影の写真の彼の顔に、私はふたつの側面を見る。一方は、好感がもてる温かくて機嫌の良い人、もう一方は、気を張り詰めていて、鋭く、妙にわかりづらい人だ。彼の澄んだ目は、まっすぐこっちを向いているのに、目が合わない。非常に多くのことをなしとげた複雑な人生をひと言で言い表わすべきではないが、彼について読んだり、彼の作品をくり返し読んだりしていると、しきりに頭に浮かぶ言葉がある。「とらえどころがない」という言葉だ。ウェルズは移り気だ。中味が詰まっていて、どっしりして、頭が冴えている。私たちは彼をピンでひと所にとめておくことができない。彼はこういう人だ、こういうことを言っているとわかったと思っても、次の瞬間には、彼はもはやそうでないことに気づく。

ウェルズが『タイム・マシン』に厳しく、この作品に対して距離を置く傾向があったのは、おそらく、自分の評判がリアリズム小説や、彼が「可能性のファンタジー」と呼んだイデオロギー色の強い後年のフィクション作品が体現する社会的政治的思想に基づくものであってほしいと思っていたからだろう。それに作家というものは、ひとつの成功作にずっとつきまとわれ、しまいには、それに言及されることにうんざりしてしまう場合がある。ウェルズには、自分の思想、自分の芸術を完成するために三十年間、一生懸命考え、仕事に励んできたという自負もあり、二十八歳のときに急いで書いた作品のせいで、そのすべてが未来の読者から見て、影の薄いものになってしまうのがいやだったのだろう。

だが、今も生きている彼の影響力の中で、初期のサイエンティフィック・ロマンスによる部分がますます勢いを増しているように思われる。それらの作品はすべて一世紀あるいはそれ以上の歳月を経ているものだ。『タイム・マシン』『宇宙戦争』『月世界最初の人間』『モロー博士の島』。これらの作品、とりわけ最初の二作品の印象は、私たちの心に深く刻まれている。そして本物の元型《アーキタイプ》となるのに十分なぐらい、私たちにとってなじみがある。映画のシーンとしてだけではなく、物語そのものの、はるかに深い示唆に富み、心に響く言語的イメージとして、そうなっている。それらの作品を読まずして、サイエンス・フィクションを書いたり、文学としてのサイエンス・フィクションを論じたりすることはできない。これらの作品は根本的なものである――ヴェルヌはそうでないが、メアリー・シェリーが根本的であるのと同じ意味で。これらの作品は、私たちのフィクションに、ある神話的傾向を打ち立てた。それ以来、私たちはずっとその神話的傾向を探査している。私は神話という言葉を、夢見ることや偽物をつくることを意味するために軽々しく使ってはいない。正しい意味で使っている――ある民族にとって重要な現実にかかわっていて、道徳的な認識や解釈に至る必然的な物語という意味で。

それらの道徳的認識を構成しているものが十分に記述できるのは、神話そのものの用語によってのみである。物語は、メッセージが引き出せるフォーチュン・クッキー[*1]ではない。認識そのものが物語だ。解釈は読者により、年齢によりさまざまに異なるだろう。

そういうわけで、人々は、ウェルズがオプティミストだったのか、ペシミストだったのかについて議論し続ける。そんな問いには彼自身だって答えられないだろうに。ウェルズは科学を愛した。彼は、科学がもっとも希望と楽しみに満ちていた時期に、科学に出会った。近代の物理学・化学・天文学、いずれもが若く、希望にあふれていた。ウェルズは科学が――理性が――人類を明るいユートピアに導いてくれると信じたかった。彼はそれを信じることに励んだ。しかし、一九三三年に彼が言ったように、「私がそれを認めることは稀だが、宇宙は時折、おぞましい形相《ぎょうそう》をこちらに向ける」のだった。それを認めたくないことを認めたのは、勇気あることだった。彼はとても正直な

＊1　アメリカなどの中華料理店で出される、おみくじが内部の空洞にはいっている焼き菓子。

芸術家だったので、それを隠せなかった。彼はその恐ろしい顔と向かい合った。それはあの暗闇の恐怖、サイエンティフィック・ロマンスに重みを加えている「創造における無目的な苦しみ」だ。

彼は『彗星の時代』や『近代のユートピア』のような希望のもてる未来の物語を書いた。前者は退屈そのものだし、後者は合理的なユートピアの例に漏れず、許容しがたいエリート主義に陥っている。彼はまた、おそらく初めて純粋なディストピアを扱った『睡眠者が目覚めるとき』を書いた。二世紀分の社会的ならびに科学技術的「進歩」が全体主義的法人型国家という袋小路に到達するという話だ。『トーノ・バンゲイ』のような同時代の平凡な生活を描いたリアリズム小説も、放射能を、制御不能な癌腫になぞらえる、忘れがたく、非常に先見的な幻視《ビジョン》を含んでいる。

ウェルズはイングランドの田舎が大好きだった。だが、彼の生きていた間じゅう、そこにはどんどん建物が建てられ、破壊が進んでいた。彼はイングランドの田舎を瑞々しい筆致で描き出した。それに伴われたノスタルジーは、合理的な技術主義社会《テクノクラシー》についてのすべてのビジョンを弱めた。未来がまったく管理できないもののように感じられるとき、彼はそういう未来を恐れた。ときには、未来を管理するための政治的イデオロギーを見つけようともがいた。また、ときには、どうすることもできないことを科学者らしく淡々と受け入れる境地になった。彼は自分のフィクションにおいて、あらゆる種類の可能性を研究し、想像したが、どのひとつにも安住しなかった。彼は恐れるものとまともに向かい合ったり、避けて逃げたり、戦略を変えてふり返り、再び向かい合ったりした。

ウェルズの衝動は、実生活においても、フィクションにおいても、からみついているものから自分を解放することであるように思われる。彼はそれを否定もしなければ、認めもしないように気をつけているようだけれども。身を落ち着けることができない、もしくはそれを拒むこの性癖は、おそらく時間そのものに対する態度において顕著だ。彼の世代には、自分自身をひとつの時代の終わりと次の時代の始まりにまたがって生きていると感じる人が多かった。ウェルズのフィクションは時間についての強い苦悩を示している。それは、「ふたつの時代の間に」存在し、前後から引っ張られていて、どちらにも安住できないと感じる人の苦悩だ。ふたつの時代に生き、その間を行ったり来たりしているという考えは、彼が作家としてのキャリアの全期間を通して、作品の中で、ほとんど強迫観念に近いテーマとなっている。

そして彼の最初の小説である『タイム・マシン』には、それが純粋なエッセンスとして存在している。

『七つのサイエンティフィック・ロマンス』と呼ばれる、くすんだ緑色の分厚い本を初めて開いたのは何歳のときだったか、子ども時代と思春期の間に、何度『タイム・マシン』を読み返したかは覚えていない。白いスフィンクスの足元のシャクナゲの茂みの間にある芝生は、私にとって、育った家の庭と同じくらいなじみ深いものだった。まっすぐで明晰で自信に満ちた語調は（ヴィクトリア朝散文とはこういうものという、パスティーシュ作家たちの概念とはまったく違うが、それでもやはり）模範的なものだ。ウェルズの語り手は、時間旅行者《タイム・トラベラー》の話について「語る内容はあまりにも空想的で信じがたいが、話しぶりは生真面目で信用できる」と言う。この言葉はこの作品自体だけでなく、サイエンス・フィクションに特徴的な語りの戦略をうまく説明している。生真面目に空想し、信じがたいことを信用できる口ぶりで語ること。

この作品には、空間を旅するように、「時間を旅する」というとほうもなく、とんでもなく逆説的な概念のほかにも、ずっと小粒だが、信じがたいことがたくさんある。そのひとつは、タイム・トラベラーの驚くべき無頓着さだ。子どもの頃、読んだ際には気づかなかったが、今では奇妙に思うのは、彼が未来に旅立つのに、ノートブックも、いかなる種類の食糧も持っていかないことだ。それればかりか、外用の靴を履くことすらしないのだ。パイプで煙草を吸う人なので、マッチはポケットに入っている。だが、パイプを持っていかなかったような気がする（ビルボなら必ず持っていったただろうが)。「どうして、どうして、コダックのカメラを持ってこなかったのかな」と八十万年後に彼はつぶやく。ほんとうに、どうして持ってこなかったのかな? それにしても、なんでまた八十万年後に? 大抵のタイム・トラベラーは、まず手始めに、一世紀後ぐらいに行くものじゃないだろうか? あるいは、せめて千年後とか……? 人類の歴史全体が五千年ぐらいしか遡れないのに、八十万年も先に行く? 何が彼にそんなことをさせるのか?

その問いの答えとしては、美学的な答えしかない。そして私にとってそれは、完全に満足できる答えだ。彼がそんなに先まで行くのは、旅そのものが抗しがたく魅力的だからだ。

最初の時間大旅行の描写は、見事な想像に支えられている。「黒い翼が羽ばたくように」夜が昼を追い始め、太陽は「ひょいと空を飛び越え」始める。それから、トラベラーは見る。「木々が伸び、蒸気の揺らぎのようなものに変わり、茶色になったり、緑色になったりする。それらは成長し、広がり、震え、消えた」。そして、丘陵が溶けて流れる。太陽がゆっくりと上下に動き、夏至点と冬至点の間を行き来し……。彼があんなに奔放に「未来に突き進んだ」のも当然だ。

そして再び、彼の物語の最後で、彼は何ら合理的な理由なく、「千年、またはそれ以上をひと息に行く大股な歩みで」未来に進んでいき、ついには、地球の時間のはての砂浜の「遠く離れた恐ろしい薄明」に到達する。荒涼として人間の気配のまったくない、あの光景の描写こそ、純粋にSF的な想像力による一節として、これまで書かれた最高のものだ。

サイエンス・フィクションは、人間(もしくは人間のようにふるまう神、動物、異星人)によって支配されているのではない世界を許容する、ほぼ唯一の種類の物語だ。時折、目を上げて、人間の行為が意味をもたず、人間の関心事が些細なことである領域——無限の宇宙であり、ルクレティウスの「光の世界」であるところ——を見ることは、慰めを超える自由を束の間、目にすることかもしれない。

タイム・トラベラーが八〇万二七〇一年、人類の名残である気味の悪い連中の間でした、人間としてのふるまいは、賢明なものではなかったし、称賛に値するものでもなかった。彼はメモも取らず、サンプルも集めなかっただけでなく、タイム・マシンを一時的に失い、ひとりの友人の死を招き、計画的にではなかったと言えないこともないが、熱狂して多くの人を殺害した――ほどなく自分が主演することになる映画を予見していたかのように。その一方で、タイム・トラベラーがフラワーチルドレンめいた[*1]イーロイを、次いで彼らの残忍な保護者たちを、さまざまな誤解を通して徐々に理解していくようすや、どうして人類がこんなふうに分割され堕落するに至ったか理解しようと努力するさまは、共感を呼び、説得力がある。それは、彼の理解が不確かなものにとどまっていることによるところが大きいだろう。タイム・トラベラーの話のあと、私たちはたくさんの未解決の心乱す疑問とともに残される。

　この小説は、暴力的な場面を描いた過剰にはらはらさせる一節が、一、二か所あるのを除けば、全体が、軽快で確かな手腕で書かれている。洗練されたうまい趣向がたくさんある。例をあげれば、「ゼニアオイの白い花のとても大きいのに似ていないこともない」ふたつの花だけが、トラベラーが持ち帰ったものだったというくだりや、タイム・マシンが実験室に再び停止したときの厳密な位置と、そこに位置した理由を説明する文章だ。こういう詳細も、SF的想像力のもっとも純粋なエッセンスから生まれるものだ。それらは手堅く、完璧にできている。庭園全体は幻だが、そこにいるヒキガエルたちは本物だ。

　タイム・マシンとはよくぞ名づけたものだ。それはすでに三つめの世紀を迎えたが、いささかも経年劣化のようすはない。象牙とニッケルのバーも水晶のロッドも無傷だし、真鍮《しんちゅう》の手すりも曲が

＊1　一九六〇年代のヒッピー。愛と平和の象徴として、好んで花を身につけたことから。

っていない。その言語とビジョンは百七年前に出発したときと同じ新鮮さだ。私はきっとこれから初めて乗る人をうらやんでいることだろう――それが、くり返すたびに、新しい何かを発見できる旅だということを知っていなかったら。

〔訳者付記〕
著者はすべてH・G・ウェルズ。
『タイム・マシン』*The Time Machine* (1895). 宇野利泰訳(ハヤカワ文庫SF)、橋本槇矩訳『タイム・マシン 他九篇』(岩波文庫)など。
『宇宙戦争』*The War of the Worlds* (1898). 井上勇訳(創元SF文庫)、雨沢泰訳(偕成社文庫)。
『モロー博士の島』*The Island of Dr. Moreau* (1896). 宇野利泰訳(ハヤカワ文庫SF)。
『彗星の時代』*In the Days of the Comet* (1906).
『近代のユートピア』*A Modern Utopia* (1905).
『睡眠者が目覚めるとき』*When the Sleeper Awakes* (1899).
『トーノ・バンゲイ』*Tono-Bungay* (1909). 中西信太郎訳(岩波文庫、上下巻)。

ウェルズのたくさんの世界

収録作品を選んだ『H・G・ウェルズ短篇選集』（モダン・ライブラリー、二〇〇四年）に寄せた序文。

ハーバート・ジョージ・ウェルズはヴィクトリア女王時代最盛期の一八六六年に生まれ、第二次世界大戦終結後まもなく、八十歳になる直前に亡くなった。私たちの大半と同じように、彼はしばしばSF的発明として片づけられるもの――両立不可能な異なる世界に存在すること、未知の惑星への時間旅行――を経験した。

ここ二世紀ばかりの間、三十年以上生きている人たちの多くは、世界がすっかり変わってしまって理解不可能になり、自分はその世界になじめないでいると、突然気づいたり、徐々にそう感じたりしてきたのではないだろうか。その世界とはたとえば、避難民にとっての亡命先、戦火を経験した国の人々にとっての、崩壊した都市、訓練を受けていない人が当惑して迷い子になる高度科学技術の迷路、貧しい人たちがショーウィンドウのガラスやテレビの画面越しに見つめる、とてつもない富の世界だ。十九世紀初期以来、大規模産業化以前の社会のそれぞれがもっていた完全なユニバースが、全体でひとつのマルチバースに変わり、変化の速度は常に増し続けてきた。

それらの変容が起こっているただ中で、H・G・ウェルズは一生涯、それらについて書いた。彼は受け身な観察者ではなかった。彼は自分の世界を変えるために、長い歳月、懸命に努力した。

最初の目標は、その世界の中で、自分自身をより良い状況に置くことだった。彼は厳しい階級社会で、使用人階級に生まれた。父親は庭師で、母親は小間使いで、郷紳《ジェントリー》の田舎屋敷《カントリーハウス》であるアップパークで働いていた。才気に富み、野心的だった少年は、その環境から脱けだした（しかし、子ども時代を過ごしたイングランドの田舎を、終生、懐かしむことになる）。生地店（そこでは、中流の下の階級について多くのことを学んだ）の見習い店員として働いたのち、その仕事をやめて、学校に戻った。教育を受けることが、社会的に上昇するための道だったから。彼は奨学金を得て科学師範学校に進み、トーマス・ハクスリーほかから生物学を学んだ。科学の新しいユニバースと専門職の社会的知的な領域が、共に彼に対して扉を開いた。やがて怪我や病気のせいで、彼は教職から執筆へと道を転じた。三十代半ばには、尊敬される人気作家となり、アップパークの使用人の居住区画とは大違いの、立派な家を新築した。

　ウェルズはほかの人々のために世界を良くすることにも野心的だった。社会主義者となり、フェビアン協会にもしばらく在籍したが、フェビアン協会は彼が満足するほど行動的ではなかった。彼は実に多面的で、ユートピアのような良い未来の可能性を信じる人であり、（ある程度までは）フェミニストであり、社会や不正や資本家の儲け主義の批判者であり、労働党の国会議員立候補者（落選の憂き目を見た）であり、大変動と社会の進歩の両方についての疲れを知らぬ予言者であった。彼は七十代の遅い時期に、『行き詰まった精神』を書いていた。大いに奮闘し、ふたつの大戦を経験し、ロンドンにとどまって大空襲に耐え抜いたあとも、彼は依然として、人類のための希望を探していた。もはや新しい人類、変化と進歩を経た種《しゅ》という考えにおいてしか、それを見出すことができなかったけれども。「適応せよ、さもなくば滅びよ。かつても今も、それが大自然の容赦ない命令だ」と彼は書いた。

　偉大な教師のもとで、生物学者としての訓練を受けたウェルズは、存在に対するダーウィンの動的な見方を受け入れるという点で、少しも揺るがなかった。生は、社会的ダーウィン主義者の言う単なる支配を求めての努力としてではなく、キリスト教的ダーウィン主義者の言う人間を最終的ゴールとする上昇としてでもなく、進化、すなわち、必然的で、絶え間ない変化として理解された。変わらないものは死ぬ。適応するものは生き続ける。適応の仕方が柔軟であるほど、長く存続する。融通の利くことが一番だ。変化には愚かで残虐な変化もあれば、知的で建設的な変化もある。考え、選択する精神があって初めて、このシステムに道徳性がかかわってくる。ウェルズは暗い未来と明るい未来の両方を想像した。彼の信条がどちらも約束せず、どちらもありうるとしていたから、そして彼の生きた八十年間が、知的ならびに科学技術面での偉大な達成とともに恐るべき暴力と破壊があった時代だったから。

ウェルズの在世中の風潮では、そして彼自身の考えでも、彼の重要なフィクション作品は、リアリズム小説の中にあった。アイデア重視で、社会的階層やそれによるストレスをよく観察し、時事的で、物議をかもしやすく、しばしば風刺的で、ときに熱のこもった憤りが感じられる本、たとえば『アン・ヴェロニカの冒険』や『トーノ・バンゲイ』は、バーナード・ショウの戯曲に匹敵する。もちのよさでは劣るが。ウェルズは一風変わった、不器用に見えることもある小説家で、彼の作品の大半は、おもしろくて、時折、鋭い才気が感じられるものの、時代遅れになってしまっている。彼自身の予想を超え、批評家たちの俗物《スノッブ》根性に抗《あらが》って、今日まで広く読まれているのは、彼の『サイエンティフィック・ロマンス』――ファンタジーとサイエンス・フィクションの中篇や短篇だ。

それらはリアリズムの作品よりも早い時期に書かれたもので、ほとんどは四十歳になる前の作品だ。彼の早期の評判はこれらの作品による。のちに、彼はそれらの作品に冷淡になる。ひとつには、何十年も前の作品のことをいつまでも言われると、芸術家は腹立たしくなるものだ、という理由が間違いなくあったし、またひとつには、彼は自分の作品を厳しく批判するたちで、初期の物語の多くは、金儲けのために乱造したものだったから、ということがあった。その上、近代の批評家の制定した正典《カノン》はすべての非リアリズムのフィクションを、本質的に劣るものとして、締め出した。ウェルズは叩き上げの人で、競争心が強く、劣っているという悪口に敏感だった。もしかすると、彼自身、豊かな想像力によるフィクションは、社会観察のフィクションほど、強力でも有用でもないと信じこんでいたのかもしれない。結局のところ、彼が受けた訓練は科学のそれであって、芸術のそれではなかった。そして科学者はまず、観察することを教えられる。だが、彼の天職は科学ではなく、芸術だった。そして彼の本質は、幻視者——見えないもの、観察不可能なものを見る人だった。私たちに見えるままの世界、ありのままの世界では、決して満足できず、それを変えるか、再び発明するか、新しいものを見つけずにはいられなかった。

『タイム・マシン』、『月世界最初の人間』、『宇宙戦争』、『透明人間』、『モロー博士の島』。私たちのほとんどにとって、H・G・ウェルズという名が意味するのは、これらの作品だ。そして、それは正当なことだ。これらの短めの長篇または中篇は、それぞれに、独自のカテゴリーを丸ごと打ち立てた。これらの作品は何世代もの読者たち——映画製作者、グラフィックアーティスト、漫画ファン、テレビのSFドラマファン、ポップカルチャーファン、ポストモダンの専門家たちを含む——の心に、いつまでも残る生き生きとしたイメージや元型《アーキタイプ》を残した。

ウェルズはサイエンス・フィクションという名称ができるずっと前から、サイエンス・フィクションを書いていた。彼はそれを「サイエンティフィック・ロマンス」と呼び、のちには「可能性のファンタジー」と呼んだ。どちらも、今、それが持て余している名前と比べれば、いい名前かもしれない。ウェルズの独自性と創意は驚くべきものだった。どんな種類のサイエンス・フィクションに目をとめても、その一例を——最初の一例を——彼の作品の中に見つけることができるだろう。

彼はサイエンス・フィクションとファンタジーを区別しなかった。当時、誰もそんな区別はしていなかったし、その後も長い間、そうだったから。そんな区別をする代わりに、彼はひとつの新しい文学を発明した。科学者としてフィクションを書いた初めての人だったからだ。彼の想像力は、当時、発見と拡張の希望に満ちた夜明けを迎えていた科学分野である生物学の研究によって形づくられ、そこから情報を与えられた。そして彼は、その無限の可能性があるという感覚を、精神だけが行けるほかの世界についての自分の思索と探究に、わくわくしながら、かつ、おずおずと持ちこんだのだ。

そののち、ウェルズは、社会的な主張や政治的な檄文《げきぶん》、ユートピアの計画に関心を移し、短篇を書くのをやめた。本書に収められた短篇のほとんどは、十九世紀の最後の十年間と二十世紀の最初の十年間、第一次世界大戦よりも前に書かれて、出版されたものだ。そして、そのうちの多くはヴィクトリア女王[*1]の亡くなる前に書かれて出版された。そのことには「ヴィクトリア朝の《ヴィクトリアン》」という言葉の意味を改めて考えてみるのに十分な重みがある。

サイエンス・フィクションについて研究する人たちの中には、サイエンス・フィクション作品の質は、アイデア次第だと主張する人がいる。明晰さや語りの推進力以外の文学的な問題や、型にはまっていないキャラクターづくりといったことに注意を向けることは、アイデアを弱めたり、薄めたりするに過ぎないというのだ。確かにこの考えを裏づける忘れがたい物語はあり、ウェルズもそういう作品をいくつか書いている。しかし、社会や心理学に対して彼が抱いていた興味や、彼の文学的水準の高さは、彼をアイデア主導のプロットという狭い関心から遠ざける方向に働いた。

ウェルズは自選短篇集（『盲人の国その他の短篇』一九一一年）の序文で、短篇という形式と自

＊1　ヴィクトリア女王は一八一九年に生まれ、一九〇一年一月に死去した。イギリスの女王としての在位期間は一八三七年から死去まで。

分とのかかわりについて述べている。キップリングやヘンリー・ジェイムズ、コンラッドその他多くの作家の作品を例にとって、彼は一八九〇年代を短篇の最盛期と呼んだ。そして「叙情あふれる簡潔さと鮮やかな結末」が短篇の美点であると述べ、過度の耽美主義を短篇の死であるとした。チェーホフはまだ翻訳されていなかったので、短篇の無限の可能性を示すのに引き合いに出すことはできなかった。モーパッサンの冷たく厳しく引き締まった短篇は、模範として認められていたが、ウェルズはそれについて、居心地の悪さを感じていた。「いかなる芸術分野でもそうだが、私はこの分野でも、だらしなさと多様さが大好きだ。厳格な形式と簡潔さのための決まり事を守ることに固執するのは、創造性に乏しい人の、創造性豊かな人に対する本能的な反応であるように、私には思われる」と彼は書いている。「厳格に規則を守っている作品を、短篇のお手本のようにみなすのを、私は全面的に拒否する」と。彼がそういう姿勢を示したのは正しかったに違いない。しかし、短篇を軽く見ていると言ってもいいような彼の形容、「このコンパクトで楽しい形式」には、ヘンリー・ジェイムズやキップリングの作品や、ウェルズ自身の最良の作品は収まらないだろう。もっと小粒な作品にならぴったりの形容だが。

もちろん、彼にはその違いがわかっていた。一九三九年、おそらく彼の最良の短篇である「盲人の国」の改訂について述べた際に、自分はアイデア中心の短篇や新工夫やトリックのからむ結末に対する寛容さを失った、と書いた。それは、彼が金のために書いた作品で山ほどやってきたことだったが。「手当たり次第、ほとんど何でも利用した。ブーンという発動機、ぱたぱたするコウモリ、細菌学者の試験管……。まわりの人間の反応を少し書いて、オーブンに入れて……ほら、できあがりだ」だが、それをずっと続けていくことはできなかった、と彼は言う。それは短篇についての心の持ちようの問題だった。「短篇が楽しくて読み応えのある意味深いものになりうるというだけでなく、そうあるべきだと感じていた。短篇が生き物のように無傷で完全なものではなく、更紗《さらさ》模様の布のように、足置き台にかぶせるなら半ヤードとか、用途に合わせて切り売りされるのがふさわしいものだったら、その短篇はまがいものか、不運な失敗作かのどちらかだと思った」だが、「並外れて優れた短篇を高く評価する風潮はすたれ始めていた」と彼は続けた。彼が市場に合わない短篇を書こうとしても、編集者たちは彼の提案を拒否した。それで彼は「徐々に業界から姿を消した」。

ウェルズは十七歳で見習い店員の仕事をやめたときに、布を一ヤードいくらで売ることをやめた。言葉を一ヤードいくらで売ることにより、彼は作家として軌道に乗った。だが、おそらくそのせいで、短篇という形式そのものにがまんができなくなってしまったのだ。というのは、短篇が一八九〇年代に栄え、その後は衰えた、というのは明らかに、真実ではないからだ。短篇という形式は、二十世紀を通して発達し続け、繁栄し続けた。彼が短篇小説を書くのをやめることになったのは、編集者たちが、並外れたものを正しく評価できなかったからではなく、批評家たちが文学的フィクションを、社会的ならびに心理学的リアリズムに限定し、ほかのものは文学未満の娯楽読み物だとして顧みない傾向が、ますます強くなったせいではないかと私は思う。ウェルズの短篇がいかに優れていても、空想的なテーマだったり、科学や歴史のように何らかの知的分野に題材を求めたものだったりすると、「ジャンル・フィクション」の枠に入れられて顧みられないことになりかねなかった。これは、想像力のフィクションの作家が皆、冒しているリスクだ。今でもなお、そうなのだ。文学の作り手として尊敬されたい作家たちは、サイエンス・フィクションを書いても、この作品はサイエンス・フィクションではないと先回りして言う。少なくともウェルズは、想像上の銃を携《たずさ》えていた。

だが、発砲するのをやめたのだ。

一方、『タイム・マシン』は今日までの百年余りの間、一度も絶版になったことがない。そして、ウェルズの短篇のうち、『タイム・マシン』のような純粋な文学的水準に達しているものは少数だが、それらの最良の作品は今も生彩を失わず、驚くほど的を射ていて、ときには、心をかき乱すほど先見の明があり、悪夢のように、また、詳細を思い出せない明るい夢のように、脳裏を去らない。ジョン・ハモンド編集の分厚く、貴重な本、『H・G・ウェルズ短篇集完全版』に収録された八十四篇から、今回、私は二十六篇を選んだ。優れているものを選んだのはもちろんだが、リアリズムの基準（こういう場合にはほとんど役に立たない）によって定められる卓越性によってではなく、一般的な意味で優れているものを選んだ。ひとつひとつの作品について、自問した。この物語は、知的な緊急性や道徳的情熱のゆえに、何らかの特別な美点や奇妙さや美しさのゆえに、一個の物語として、すばらしく良いものだろうか？　この物語はこれが属する種類の物語の中で飛び抜けて良いものだろうか？　そして、その種類は興味深いものだろうか？　それは実り多く、生命力にあふれたものであり、それはのちのほかの作家のほかの作品へとつながっていくものだろうか？　私は、「偉大さ」だけを評価して「偉大」な芸術とは模倣不可能で独自性があり、行き止まりであると考えている読者のひとりではない。私は芸術とは、場所と時間の両方におけるコミュニティーの企てであると考え、ほかの芸術を生み出していく芸術は、それ自体は優れていてもほかの芸術を生み出さない芸術よりも価値があると信じている。

残念に思いながら除外した作品がいくつかある。ひとつは「来たるべき世界の物語」。興味深い内容がぎっしり詰まっているが、とても長いので、収録するとすれば本の半分を占めてしまっただろう。「イーピヨルスの島」「愛の真珠」など、ウェルズが得意とする風刺的な冗談話もいくつか入れたかったが、それらは軽いため、ボートから押し出されてしまった。

ウェルズの短篇のほとんどがジャンル短篇であり、私はそれらをそういうものとして評価しているので、年代順に作品を並べるのでなく、ジャンルやサブジャンルごとにセクションに分けて並べた。それぞれのセクションには短い前書きをつけ、そこに収められたのがどういう物語なのか、そういう種類の物語はどこから来ているのか、そして、何につながっていくものなのかについて語ることにした。

各セクションの作品群をひとつのセットとしてひとまとめに語ろうとするのは難しい。ウェルズはとらえどころのない作家だ。もちろん、彼の独特のスタイルはこの本の至るところに見られる。これらの作品の多くはジャーナリスティックなトーンで語られる。気軽で快活で、非常に自信ありげでありながら、飾り気はなく明晰で、猛スピードで前進する。何もかも単純で、技巧を凝らしてはいないように見える。それこそ、まさにこの作家の狙いなのだ。

彼は高度に美学的な様式を信頼していなかった（彼とヘンリー・ジェイムズとの友情についての、ある魅力的な説によれば、ふたりのそれぞれが、もうひとりの短篇をしばしば書き直したくなると告白したという）。だが、彼はいつも注意深く書き、書き直す労を厭《いと》わない作家で、自分が何をしているか、ちゃんと意識しており、自らの技に鋭い感覚をもち、熟達していた。トーンを巧みに変えて、音楽における転調のような効果を出すこともできた。

個々の経験やキャラクターを明示するため、というより、楽しませたり、情報を与えたり、想像力を刺激したりするために書かれる物語では、構造をもたらすためにプロットが必要とされるので、行為が非常に重要だと、私たちはしばしば聞かされる。ウェルズは巧みにプロットをつくるし、彼のアクションシーンは生き生きと描かれ、はらはらさせる。だが、私が思うに、彼の本領は、あの、とても難しいのに、過小評価され、批判されることさえある語りの要素、視覚的描写にある。ウェルズは自分が読者に見てほしいものを、読者に見させることができる。それが実際には存在しないものであれば——幻想的な場面や、夢あるいは予言であれば、彼の力は不可思議なものに感じられる。彼は文字通りの幻視家《ビジョナリー》だった。おそらく彼が書いた最良のものは月世界のすばらしい朝であり、

『タイム・マシン』の終わりに垣間見える、死にかけている世界だろう。そして、短篇小説群においても、読者は何度も何度も、同じような生き生きした場面に出会い、別な世界を垣間見る。その世界は恐ろしかったり、輝かしかったり、単純にとても奇妙だったりする。これらの幻は記憶の中で、自分自身の目で見たものの権威をもつ。（キティ・ホークより二年も前に）ナポリの上空を飛ぶ飛行機の隊列も[*1]、時間の中に凍りついていて何も見えないでいる人たちを、ばかにして笑い、いろいろ変な顔をつくるげらげら笑うふたりの男も、塀のくぐり戸の向こうにある、魔法の園も、盲人の国の人々の顔も……。

＊1　キティ・ホークはライト兄弟が一九〇三年に、初の有人動力飛行に成功したノースカロライナ州の町。ナポリの上空の飛行機の隊列は、「世界最終戦争《アルマゲドン》の夢」の一場面。この短篇は一九〇一年に発表された。

〔訳者あとがき〕

著者はすべてH・G・ウェルズ。

『アン・ヴェロニカの冒険』*Ann Veronica* (1908). 土屋倭子訳（国書刊行会）。

『盲人の国その他の短篇』*The Country of the Blind and Other Stories* (1911).「盲人の国」“The Country of the Blind” (1904) の邦訳は橋本槇矩訳『タイム・マシン 他九篇』（岩波文庫）などに所収。

「来たるべき世界の物語」“A Story of the Days to Come” (1899). 邦訳は早川書房編集部編『来たるべき世界の物語』ハヤカワSFシリーズ所収。

「イーピヨルニスの島」“Aepyornis Island” (1894). 邦訳は阿部知二訳『タイム・マシン』（創元SF文庫）などに所収。

「愛の真珠」“The Pearl of Love” (1925). 邦訳は浜野輝編訳『ザ・ベスト・オブ・H・G・ウエルズ』（サンリオSF文庫）所収。

ル＝グウィンが収録作を選び、この文章を序文として書いた書籍のタイトルは、*Selected Stories of H. G.*

Wells。参考のため、収録作品のうち邦訳のあるものを一部挙げておく。
“The Crystal Egg”（「水晶の卵」など）、“The New Accelerator”（「新加速剤」など）、“The Stolen Body”（「盗まれた身体」など）、“The Star”（「ザ・スター」、「星」など）、“A Dream of Armageddon”（「世界最終戦争《アルマゲドン》の夢」など）、“The Valley of Spiders”（「蜘蛛の谷」）、“The Man Who Could Work Miracles”（「奇跡を起こした男」など）、“The Magic Shop”（「マジック・ショップ」「魔法の店」など）、“The Door in the Wall”（「くぐり戸」「塀についた扉」など）、“The Country of the Blind”（「盲人の国」など）。

書評

ここに収められた書評の多くは、初めて発表されたときのものとは、細かい点で異同がある。本書に収録する準備の段階でわずかに手を加えたためである。

書評の並べ方を時系列にするかアルファベット順にするか迷ったが、読者にお探しの著者がある場合に見つけやすいようにということで、アルファベット順に落ち着いた。これらの書評のほとんどは、初めて発表されたときのヴァージョンが私のウェブサイトで閲覧できる。また、これらの書評の初出については、巻末の一覧をご参照いただきたい。

私は書評を書くのが好きだ。だから、それを続けられるような、何の予備知識ももっていなかった本を試しに読んでみるということもしばしばしてきた。哀切極まる抒情《じょじょう》に満ちた大傑作と口をそろえて断定する、分厚い称賛の雲に包まれて送られてきた新刊見本が駄作だとわかったときは悲しい。しかし、私はおおむねラッキーで、もともと興味のある著者の本の書評を頼まれたり、大して期待していなかった本に、認識を改めさせられたりすることも多い。

これらの書評の大部分は、かつて『マンチェスター・ガーディアン』という名前だった、イギリスの『ガーディアン』紙に掲載されたものだ。同紙の編集者の方たちに感謝を捧げたい。良い本の書評を書く機会を多く与えてくれることと、すばらしく柔軟で知的な編集に対して、そして、八千マイル離れていてくれることに対して。ニューヨーク／東海岸文学界はとても内向きで偏狭で、私は自分がその一部でなくてよかったとずっと思っている。だが、ロンドンに住んでいたときには、イギリスの文学界の各派閥の強烈さ、競争における残忍さ、まかり通っている蛮行のひどさに、文字通り震え上がった。その後、そのような殺伐たる状況は少しはましになったかもしれないが、それでもやはり、『ガーディアン』紙の依頼でイギリスの本の書評を書くたびに、オレゴンに住んでいて良かったとほっとするのだ。

しかし、まあ、オレゴンに住んでいて良かったと思うのはいつものことなのだ。カリフォルニアを恋しく思うときは別として。

〔訳者付記〕

原著の第三部のセクションを成す「書評」には、三十二篇の書評記事が含まれている。本書では、紙幅の関係もあり、三十二篇の書評のうち、対象とする本に邦訳のあるものを中心に十五篇を選んで訳出した。割愛した書評については、このセクションの最後にリストを掲載する。

マーガレット・アトウッド『洪水の年』

二〇〇九年

私の考えでは、『侍女の物語』『オリクスとクレイク』『洪水の年』はいずれも、サイエンス・フィクションが為すことのひとつを見事に体現している。それは、想像力によって、現在の風潮や出来事から、近未来を推し量り、半ば予言、半ば風刺として描きだすことだ。しかし、マーガレット・アトウッドは自分の作品のどれにせよ、サイエンス・フィクションと呼ばれることを望んでいない。近年の優れたエッセイ集『動く標的（*Moving Targets*）』で、彼女はこう言っている。自分の小説の中で起こることはすべて、起こりうることであるか、すでに起こっていることである。だから、自分の小説はサイエンス・フィクションではありえない。サイエンス・フィクションは「今日、起こり得ないことが起こるフィクション」であるから、と。この、根拠なく制限的である定義は、頑迷な読者・批評家・文学賞の主催者たちが未だに忌避しているジャンルのものとして貶《おとし》められることから、自分の小説を護るために設けられたものだと感じられる。彼女は文学界の偏屈者たちによって、文学界のゲットーに押しこめられるのがいやなのだ。

彼女を責められる人がいるだろうか？　私は彼女の願いに敬意を払わなくてはならないと感じる。だが、そのせいで、私自身も偽りの立場に立たされることになる。彼女のこの、新しい作品をあるがままのものとして論じることができるなら、私はもっと自由に、もっと誠実に語れるだろうに。現代のサイエンス・フィクション批評の生気に満ちた語彙《ごい》を用いて、並々ならぬ警告をもたらす想像力と風刺に満ちた発明心を備えたこの作品にふさわしい賛辞を捧げるだろうに。だが、現実には、リアリズム小説にふさわしい語彙を用い、それにふさわしい期待しか抱かないように、自らに制限を加えねばならない。そういう制限を課せられているせいで、あまり好意的なスタンスをとれないとしても、仕方がないことだ。

　さて、この小説は、二十五年、「洪水の年」に始まる。どういう時代区分における二十五年目なのかについての説明はない。「洪水」についてもしばらくの間、説明はない。やがて、それが「水なし洪水」だったこと、その語が、名前のない疫病によって、ほんのわずかな人を除いて、人類が滅亡した（らしい）ことを指すことが、読者にはだんだんわかってくる。その病気の性質や症状は、咳を別にすれば、まったく描写されない。歴史や読者の経験の一部である場合、そのような事象を描写する必要はない。黒死病[*1]や豚インフルエンザ[*2]への言及で十分である。しかしここでは、病気の性質やそれが蔓延した最悪の時期のことを描写しなかったために、疫病は抽象概念にとどまり、小説的な重みがない。たぶん著者は、自分の小説で起こることはすべて、ありうることであり、すでに起こったことであるかもしれないから、読者はそれについてよく知っているという原理に基づいて、有益な情報の出し惜しみをしているのだろう。私はいくどか、自分はヒントをもとに推測し、

*1　十四世紀中期‐後期にヨーロッパに蔓延した伝染病（ペスト）の俗称。

*2　ル＝グウィンはおそらく、二〇〇九年（本稿の執筆年でもある）に、ヒトからヒトへの感染で、短期間に世界的に広がった新しい株（新型）のインフルエンザウイルスを念頭に置いて書いている。この株はブタ、トリ、ヒトのインフルエンザウイルスに由来する遺伝子を併せもつものであり、この感染症は、一般には、「豚インフルエンザ」と呼ばれた。

行間を読み、以前の小説についてのほのめかしを感知することについての賢さのテストを受けていて、それに落第しつつあるのだと感じた。

『洪水の年』は『オリクスとクレイク』の延長上にあるが、厳密な意味での続篇ではない。前作に出てきた登場人物のうち数人が出てくる。〈神の庭師たち〉や〈コーポレーション〉といった組織も引き続き出てくる。〈神の庭師たち〉は環境保護的宗教団体であり、屋上に農園をつくり、町にはびこるギャングや略奪者の手から護っている。文明の崩壊するときに、自然との調和を求める存在として、皮肉と愛情をこめて提示される〈神の庭師たち〉は心に残る発明品だ。〈コーポレーション〉についていうと、現在の国々の政府を、程度の差はあれ、秘密裏に支配している、私たちにとっておなじみの大企業とは異なるものだ。なにしろ、この小説では、国の政府として機能しているものは存在しないようだから。設定されている場所は、アメリカの中西部北部、あるいはカナダかもしれないが、地理的説明も歴史的説明もない。いくつかの〈コーポレーション〉と、とりわけ、その警備部門である〈コープセコー〉が全面的に支配している。前作におけると同じように、科学と技術はすべてコーポレーションに所有されていて、資本主義的成長をさらに促進し、大衆を革命など考えもしない状態にとどめるのに役立てられる一方で、この惑星の資源と生態学的バランスをますますひどく破壊している。遺伝子操作技術は盛んに用いられ、緑ウサギやラカンクのような無益もしくは有害なモンスターや、存在理由がわからないこともないブタを作り出してきた。

「二十五年」の世界が、もうひとつの偉大なリアリズム的小説『一九八四年』よりもましであるわけではない、というのはおわかりになるだろう。（そういうことが可能だとして）さらに陰鬱の度合いを増している。人類のほとんどが死んでしまい、少数の生存者が、見るからに希望のもてない生を求めてあがいている。ベケットだってこんな陰鬱な場面を数百ページも続けることはできないだろう。そういうわけで、この小説の多くの部分は、もっとも古くは「五年」にまで遡るフラッシュバックとして語られる。その頃も、状況は悪かったが、まだ、非常に悪い、というところまでは行っていなかった。そして、物語は、私たちの目となってそれらの場面を見る登場人物たちの中に活力を見出す。おそらく、読み終えて一年経って、私がこの本について覚えているのは、陰惨な出来事ではなく、ふたりの女、トビーとレンのことだろう。

「大衆的」フィクションと「文学的」フィクションを区別する特徴のひとつは、フィクションを演ずる登場人物たちの本質だ。リアリズム小説では、読者はある程度の複雑さをもつ個性的な人格を見出すことを期待する。ウエスタン、ミステリー、ロマンス、スパイ物では、カウボーイ、勝ち気なヒロイン、暗く物憂げな地主など、型にはまった人物、あるいは、決まりきった役柄を表わすに過ぎない人物でも受け入れるし、歓迎しさえもする。もちろん、予想と反対のものが与えられるかもしれない可能性は常にある。前記の区別は一応、そういうことになっているだけで、双方向の侵害が非常にしばしば起こるので、無意味に近いと言える。しかし、複雑で、予想できない個性をもつ人物像が実際に、非常に稀であるフィクションが一種類だけある。それは風刺だ。そして風刺こそ、アトウッドが非常に得意にするもののひとつなのだ。

『オリクスとクレイク』の登場人物の人柄や感情は、興味を引くものではない。彼らは道徳劇に用いられる人形だ。『オリクスとクレイク』に比べると、『洪水の年』は、トーンに風刺性が弱く、知的訓練のような傾向も弱い。そして、より痛切ではあるが、冷酷さは少ない。『洪水の年』は大部分、女たちの目――無力な女たちの目を通して描かれる。彼女たち個々の性格や気質や感情は生き生きとしていて、忘れがたい。ここには、ホガース[*1]的要素は少なく、ゴヤ的要素が強い。

前作に何らかの、愛情に満ちた人間関係があったとしても、私は思い出せない。本作では、愛情

*1　ウィリアム・ホガース（一六九七－一七六四）は十八世紀イギリスの国民的画家。風刺画に優れていた。

と真心が強く感じられる。登場人物同士の間の愛情深い人間関係が心に残る。そういう真心は、大きな困難の中でも、もちろん肯定されている。トビー、レン、アマンダのそれぞれ、そして〈神の庭師たち〉のあり方や行為のすべてと同じく、そういう真心も程なく、人間の意図すべての無残な失敗という形で終わることになるだろう。それでも、これらの真心は、三月の新芽のように芽生える。運命のはかりの皿に置かれた、この軽く小さな緑の芽の中に、私たちは非合理的な大きな希望を見続ける。そして、このあたりのどこかに——非合理的な肯定の中のどこかに、この小説の核心《ハート》があると私は思う。

そうだからこそ、ほぼ三章ごとに、〈神の庭師たち〉のリーダーのアダム一号の説教とともに印刷されている〈神の庭師たち〉の聖歌は、ヒッピー神秘主義や環境保護熱や素朴な信心の優しげなパロディーとして読めるかもしれない一方で、まったく真剣に受けとることも可能なのだ。彼らの聖歌集のリズムとウィリアム・ブレイク[*1]風のはぐらかし方は、彼らの感情にふさわしい。彼らの感情は、最初に受ける印象ほど単純ではないかもしれないから。

しかし、〈人間〉だけは〈復讐〉を求め、
抽象的な〈法〉を石に刻みつける。
人が作った間違った〈正義〉により、
人は手足を痛めつけ、骨を砕く。

これが神の具現？
歯には歯を？　目には目を？
ああ、〈愛〉ではなく、〈復讐〉が星を動かすなら、星は輝かない。

（佐藤アヤ子訳『洪水の年　下』より）

巻末の「謝辞」で、アトウッドは、彼女のウェブサイトで、〈神の庭師たち〉の聖歌が歌われるのを聴くように、私たちを誘っている。そして、これらの聖歌を「有志の信仰の集まりや環境保護活動のために」利用したい場合は遠慮なく、そうしてほしいとも言っている。それは、聖歌の内容が彼女の本心だということを示しているように思われる。

だが、この著者による、いかなる肯定的な言葉も、有刺鉄線と炎の剣と、彼女が呼び出すことのできる赤い目のロットワイラーたちとに取り囲まれている。この物語の多くの部分が暴力的で残酷だ。男性の登場人物はいずれも、まったく深みがない。彼らは自分の役割を果たす。それ以上のことは何もしない。女たちは生身の人間だ。だが、見ていて切なくなる人たちだ。レンの章は、限りない下落に限りない忍耐心をもって耐える優しい魂の連禱《リタニー》だ。トビーの本質は、レンよりもタフだ。だが、彼女は限界まで、そしてそれを超える試練にさらされる。もしかすると、この本は肯定ではまったくなくて、哀悼に過ぎないのかもしれない。わずかながらも、人間がもっていた良きもの――愛情、真心、忍耐、勇気――を悼む挽歌なのかもしれない。傲慢な愚かさと猿知恵と狂った憎悪にすりつぶされて、塵《ちり》となってしまった、それらへの挽歌。

遺伝子実験の生み出したものの中に、人類に取って代わるべく設計された人間もどき《ヒューマノイド》があることを知っても、慰めにはならない。セックスしたいときには青色になる連中――従って、オスの巨大なペニスは常に青い、そんな連中に取って代わられたい人がいるだろうか？（こういうことが起こ

＊1　ウィリアム・ブレイク（一七五七－一八二七）は英国の詩人、画家、神秘思想家。

る物語を、SFではない、と言われて信じる気になる人がいるだろうか?）

私はこの本の最後のほうの文章を意外に思った。それは避けがたく思われる暴力的な結末でもなく、音楽が消えていくような終わり方でもなく、デウス・エクス・マキナ[*1]による救済でもなく、驚きであり、謎である。松明《たいまつ》を持ち、歌いながら近づいてくる一隊は何者なのか？『洪水の年』で、歌うということをしたのは、〈神の庭師たち〉だけだ。〈神の庭師たち〉はみんな死んだのではないのか？ たぶん、私はまた、手がかりを見逃したのだろう。皆さんには、この並外れた小説を読んで、ご自分で判断していただくしかない。

＊1 機械仕掛けの神（古代ギリシャ・ローマ演劇で、突然現われて、劇中の混乱を強引に解決する神）。転じて、演劇・小説でそのような役割を果たす人物や出来事。

〔訳者付記〕

『オリクスとクレイク』（アトウッド）Atwood, Margaret. *Oryx and Crake* (2003). 邦訳は畔柳和代訳（早川書房）。

『洪水の年』（アトウッド）Atwood, Margaret. *The Year of the Flood* (2009). 邦訳は佐藤アヤ子訳（岩波書店、上下巻）。

右の二作に二〇一三年刊行の *MaddAddam* が加わり、〈マッドアダム三部作〉を成す。

ロベルト・ボラーニョ『ムッシュー・パン』

二〇一一年

ベッドに横になって、ロベルト・ボラーニョの小説、『ムッシュー・パン』の、クリス・アンドルーズによる優れた英訳による新刊書を読んでいた私は、ふいに不安を覚えた。その感覚は、何か、もしくは誰かに対する茫漠《ぼうばく》たる哀れみの情とまじり合っていた。その対象が何なのか、あるいは誰なのかはわからなかった。もしかすると、私の電気スタンドがずっと、意識できない程度にちらちらしていたせいかもしれない……それとも、とても古い映画の街頭シーンの灰色がかった光沢と、十二月の火曜の曇った日のごく普通の光との間を行ったり来たりしている自然光自体のせいだろうか。私をさらに落ち着かない気持ちにさせたのは、とくに理由は思い当たらないのだが、この本ではない、この本にとてもよく似た本を、何度か読んだことがある――それも、さまざまな場所で、という感覚だった。どこで何を読んだのかは思い出せない。もしかしたら映画で見たのだろうか？　もしかしたら、ロワイヤル通りのあの映画館で？　つばの広い帽子をかぶった二人のスペイン人が、私のすぐ後ろを足早に追ってきていて、暗い通路を進んでいく私に体を押しつけてきた。私はなんとか空席を見つけてすわったものの、心臓がどきどきしていて、目もかすんでよく見えなかった――あのときのことだったろうか？　映画の間じゅう、彼らは私の後ろにすわっていた。彼らの吸う煙草が手の届かない星々のように輝いた。スクリーンでは、主人公の男がよくわからない冒険をしていて、曲がりくねった路地や廊下を通り抜けていた。奇妙なことに、その経路は病院の中の一室に至るのだった。その部屋の、完璧に消毒された白さや、きっちり区切られた空間は待機しているように思われた――今にも部屋の出入り口に現われるであろう黒い人影を芸術的に引き立てるためだけに。それが現われることを、私は知っている。どうして現われるかなんて知りたくもないけれど。それは現われる――病室の出入り口に、あるいは、私が横たわって本を読んでいるベッドの脇に。

シュールレアリスムの語りは、それ自身と戦っている文学形態だ。断絶がシュールレアリスムの主要な戦略のひとつである一方で、物語は連結のプロセスだ――その連結がどれほど予想外のものであるとしても。現代芸術の自己破壊的要素に抵抗がない読者なら、『ムッシュー・パン』のさまざまなシュールレアリスム的装置が、筋の通った語り以上に、深い魅力をもっていると感じるだろう。私はそれらのシュールレアリスム的装置は、不思議に古風かつ非常に映画的であり、自己風刺に近づきすぎていると思う。だが、このボラーニョの初期小説に漂う倫理的ならびに政治的な緊迫感の切実さのゆえに、私はこの陰鬱な陳腐さを受け入れずにはいられない。この小説は、口に出すのがはばかられるほど邪悪なものに遠回りに近づいていくことで、大衆向けの文学や映画がよくやるような美化抜きで、その相貌を明らかにする。回り道をすることで、馴れ合いに陥るのを避けているのだ。

この本について筋の通った概要を述べると、誤った紹介になってしまう。「起こること」について私たちが知っているのは、すべて語り手が私たちに語ったことであり、この語り手は現実と幻覚を区別しないからだ。彼はムッシュー・パン。温和なフランス人男性。第一次世界大戦で肺に損傷を受けた。一九三〇年代半ばのパリで、メスメリスムの流れを汲む療法の施術者として、細々と生計を立てていた。彼には愛しているが、気弱すぎて打ち明けられないでいる相手がいた。彼はその女性に頼まれて、施術のため、病院に行く。その病院には、彼女の友人のバジェホという男が、どうしても止められないしゃっくりを伴う謎の病気で入院していて、死にかけている。その病院、アラゴ診療所の白い廊下は、迷路のような、悪夢のようなものだ。二人のスペイン人がしつこくパンを尾行し、そののち、施術をしないよう、買収しようとする。パンは金を受け取る。彼は診療所に戻るが、そこから、(迷路のような、悪夢のような)倉庫へ行くはめになる。彼はそこで命の危険を感じる。パンはスペイン人の片方を尾行し、映画館に入る。パンとスペイン人は、シュールレアリスムの映画を見る。映画の中のある場面で、パンは友人が映っているのに気づく。それは物理学者だった男で、ずっと前に死んでいる。そして昔、当時パンが知っていたもうひとりの男が、いつのまにかスペイン人と一緒にいた。男はパンと旧交を温めたいと言い張り、酒場に連れ出す。そしてにやにやしながら、パンに言う。自分は今、スペインのファシストたちに頼まれて、彼らが身柄を拘束している共和国側の人間に「施術」しているのだ、と。パンは男の顔にグラスの酒を浴びせかける。それから、帰り道を見つけ、診療所の夢の廊下を進んでバジェホを探すが、見つけられない。空っぽの部屋に隠れていたとき、パンは重要そうな会話が行なわれているのを目撃する。しかし、窓ガラス越しにその会話は聞こえない。数日後、パンの愛する女が、結婚したばかりの夫を連れて、パリに戻ってくる。彼女はパンに、バジェホが死んだこと、彼は詩人だったことを告げる。

＊1　動物磁気説。十八世紀に、ドイツ人の医師、F・A・メスメル(一七三四－一八一五)が提唱した。メスメルの名前をとって、メスメリスム(フランス語。英語ではメスメリズム)と呼ばれた。
＊2　この小説で設定されている時は、一九三八年四月で、スペイン内戦のさなか。作中、この男は、「メスメリスムの知識を応用して、捕虜やスパイを尋問している」と語る。

以上の物語に続いて、さまざまなほのめかしを含んだ、一連の短い追悼の言葉が登場人物の一部によって述べられる。

もっとも偉大な南米詩人という声もあるセサル・バジェホは共産主義の活動家で、母国のペルーで迫害され、後半生を外国で過ごした。彼は一九三八年、診断のつかない病気により、パリで亡くなった。彼の妻は「代替医療」の施術者に、夫を救う努力をしてほしいと頼んだ。

今日では、ボルヘスやガルシア・マルケスの後継者と呼ばれることの多いロベルト・ボラーニョは、独裁者ピノチェットが政権を取ったときに、母国のチリを離れ、その後は、ほぼ外国で過ごした。『ムッシュー・パン』を書いたのは、一九八三年、三十歳のときだ。二〇〇三年に亡くなった。

事実の種子から、想像力の蔓《つる》が大きく育つ。からみつき、からまりあい、影をつくり、実を結ぶ。ときには甘い実を、ときには苦い実を。

〔訳者付記〕
『ムッシュー・パン』(ボラーニョ) Bolaño, Roberto. *Monsieur Pain* (1999). 邦訳は松本健二訳(白水社、ボラーニョ・コレクション)。

バジェホの表記は邦訳書に従った。ほかにバジェッホ、バリエッホなどの表記がある。

ジェラルディン・ブルックス『古書の来歴』

二〇〇八年

合衆国がイラクに侵攻[*1]してほどない頃、私の地元の新聞に、忘れがたい写真が載った。イラク人の男性がバグダッドの図書館から、煙のたちこめる、カオスと化した街路に出ていく姿が写っていた。彼は両腕いっぱいに、あふれんばかりの本を抱え、重みに耐えている。美術書や何らかの古記録のような、大きくて重そうなものも含まれたそれらの本は、貴重な宝物だったのかもしれないし、建物が燃えている混乱の中でかき集められるだけかき集めて、とにかく持ち出したものに過ぎなかったのかもしれない。その人は図書館員なのかもしれないし、単なる読書家なのかもしれない。盗賊ではないことが私にはわかった。彼の顔に、不安と恐怖だけでなく、深い悲しみが浮かんでいたから。

破壊される収蔵館から救い出された本について書かれたものだと知って、私はジェラルディン・ブルックスの『古書の来歴』を読みたくなった。この本が扱っているのは、タイムリーさによって緊急性を感じさせ、その逆説的な性質によって鋭く胸を刺す、抗しがたい主題だ。何しろ、この小

*1　二〇〇三年三月二十日、米英を中心とする連合国軍が軍事攻撃を開始した。

説は、古いユダヤ教の典礼書が、イスラム教徒の図書館員の手で救われ、燃やされることを免れたという実話に基づいているのだ。

セルビア人がサラエボの図書館や博物館を砲撃の対象とし始めたとき[*1]、ボスニアの収蔵品の誇りであり、誉れであるサラエボ・ハガダー[*2]は国立博物館の図書室から密かに持ち去られ、銀行の金庫に隠された。だが、それは、サラエボ・ハガダーにとって二度目の救出だった。その半世紀前、その本はナチスの目と鼻の先で、まんまと持ち出され、第二次世界大戦が終わるまで、山村のモスクに隠されていたのだった。サラエボ・ハガダーは、一九四一年にはイスラム教徒の学者、デルヴィッシュ・コルクトによって、一九九二年には、博物館のライブラリアンでイスラム教徒であるエンヴェル・イマモヴィッチによって救われた。その少しあと、もうひとりのサラエボのライブラリアンが、(忘れられない、あの写真のイラク人のように)燃えさかる図書館から本を持ち出そうとしていて、狙撃兵に殺害された。彼女の名はアイダ・ブトゥロヴィッチという。

サラエボ・ハガダーは、キリスト教の時禱書[*3]のように挿絵があるという点で、ユダヤ教の聖なる本としては非常に珍しいものだ。サラエボ・ハガダーの挿絵は非常に繊細で美しい。この本は十四世紀のスペインで書かれ、美しく装本された。だが、その初期の歴史については何もわかっていない。一六〇九年のヴェネチアで、ひとりの司祭が、この本の中に「レヴィストペルミ(私がこれを精査・承認した)」と記し、署名することで、異端審問による焚書《ふんしょ》から、この本を救った。この本がどのようにしてヴェネチアから、二十世紀に二回も、間一髪の救出を経験することになるボスニアへと至ったのかについては、ほとんど、あるいはまったくわかっていないようだ。

そこには、もちろん物語があるはずだ。そして、ジェラルディン・ブルックスは、ヨーロッパ、アフリカ、中東の戦争や紛争に取材して『ウォールストリート・ジャーナル』紙のために記事を書いてきた経験、幅広い歴史の舞台への関心、そしてピューリッツァー賞受賞者であるということから、その物語を書くという任にぴったりだと思われるかもしれない。確かに、彼女の書きぶりは多くの読者を満足させるだろう。その話は複雑で、紆余《うよ》曲折に富み、結末にかけては、ミステリー的プロットも少々、絡んでくる。セックスがあり、どちらかというと曖昧な恋愛があり、お決まりの暴力行為の描写がある。歴史的な章がひとつ置きに出て、何世紀も遡り、典礼書の現実並びに想像上の変化を、典礼書の起源までたどり着く。それらの章には、その時代に生きる人々が、大勢出てくる。しかし、中心となる物語は、時とともに前に進む。それは現代に生きるオーストラリアの希少古書専門家、ハンナ・ヒースという名の聡明で博学な女性の物語だ。彼女は（架空の）ハガダーを分析するためにサラエボに招聘《しょうへい》され、そのハガダーを救った（架空の）ライブラリアンと恋に落ちる。読者は、五世紀の時間を遡る本を巡る冒険を追うのと、ハンナの仕事ぶりや、冷淡な母親との間のしこり、そして、ハンナ自身の思いがけない民族的ルーツについての発見を見守るのとを、交互にすることになる。物語はどんどん広がっていくが、すべて、きっちりと計画され、構想されている――もしかしたら、きっちりしすぎているかもしれない。

ハンナの章は一人称で語られており、会話が多い。生気にあふれ、きびきびとしたジャーナリスティックな文体で書かれている。散文としての個性や、美学的な質の高さはなくとも、非常に読みやすく、実用的だ。残念ながら、この自信に満ちた筆致の確かさは、時を遡って一九四〇年のユーゴスラビアに一歩足を踏み入れたとたんに失われる。ここでは、主人公はパルチザンに加わるユダヤ人の少女だ。文体はぶざまになる。うまくやろうとして、懸命に斧を研いでいる音が聞こえるかのようだ。一四九二年のバルセロナに至る頃には、会話はブルワー＝リットン[*4]のレベルまで下落す

＊1　一九九二年に勃発したボスニア紛争におけるサラエボ包囲でのこと。
＊2　ハガダーは、ユダヤ人の過越《すぎこし》の祭りの第一夜、第二夜の祝宴で用いられる典礼書。
＊3　一般のキリスト教信徒の個人的な祈禱のために編まれた祈禱書。

る。「手前が何をいたしたと思《おぼ》し召すのか、見当もつきませぬ」とか。語りは、予想できる行動を伴う有益な情報と、非常に多くの歴史小説にとって、コートのポケットの小石のように要らざる重荷になっている一般的な描写とのもっさりとした混合物になっている。

行動はいっぱいあるが、ユーモアの種はなく、心理的な発見の驚きもなければ、描写の焦点を定める潑剌《はつらつ》たる物言いもないまま、それらの章はだらだらと続く。歴史小説にとって、はなはだ不幸なことに、思考や感情の地方色に対する敏感さがほぼないし、過去を生き生きしたものにする人と人との違いの描出も不十分だ。

ブルックスは、現代的な正義感や倫理的判断をさまざまな場所や時代に持ちこもうと奮闘している。そういうものをその場所・時代に持ちこむのは、時代錯誤に過ぎないのに、そうしなくてはならないという不安に駆られているのだ。そういう不安は「ポリティカル・コレクトネス」と呼ばれる。かつては意味があったが、今では反動的な冷笑が反映されているにすぎない言葉だ。ブルックスの生真面目な善意は尊敬に値するだろう。しかし、実のところ、小説が時代錯誤をやって咎められないのは、それが完璧に隠蔽されている場合だけなのだ。過去の誤りを正す彼女の努力は、残念ながら見え見えだ。同様に、この貴重な本が生まれ、存在し続けたことに重要な役割を果たした女たちをつくりあげたブルックスの努力は、善意のフェミニズムの影響を受けている。年寄りのラビたちが、そんな話は無茶だと言っても、ブルックスは屈しない。かくして、読者は美しい挿絵の画家が女だったと知ることになる。しかも、黒い肌の女だったと。そのこと自体はありえないことではないし、説明はもっともな感じがする。私はできれば、その話を信じたい――だが、信じられない。その人、その芸術家、その芸術家の世界が、私がそれを信じることを可能にするほど、リアルにつくられていないからだ。それは希望的推測に過ぎない。真のフィクションがもつ猛々しいリアルさを帯びるには至っていない。

そういうわけで、結局私は、経験豊かなジャーナリストである著者が単純に、サラエボ・ハガダーの驚くべき実話を追ってくれたなら、これはもっといい本になっていたのではないか、といぶかることになった。誰かがアイダ・ブトゥロヴィッチの生と死を物語か詩にしてくれないかなあと思う。両腕に本を抱え、苦悩に満ちた表情を浮かべていた、あのイラク人男性の物語を私が知ることは決してないだろうから。

＊4（327頁）エドワード・ブルワー＝リットン（一八〇五－七三）は十九世紀の英国の小説家。作品に『ポンペイ最後の日』などがある。

〔訳者付記〕
『古書の来歴』（ブルックス）Brooks, Geraldine. *People of the Book* (2008). 邦訳は森嶋マリ訳（武田ランダムハウスジャパン）。

イタロ・カルヴィーノ『レ・コスミコミケ　完全版』

二〇〇九年

私が夏に読みたいのは、楽な姿勢で読みふけるのにいい、素敵に長い分厚い小説か、籠に盛った果物のように、何度も戻ってきては、その都度、ひとつかふたつ食べ、存分に味わえる短篇を集めた本のどちらかだ。さて、ここに取り出したのは、イタロ・カルヴィーノから届けられた、たくさんの物語の大きな籠――ネクタリン、杏《あんず》、桃、いちじく……何でもある。

これは、*Cosmicomics*[*1]（一九六八年刊行の英語版）という一巻本の作品全部と、*La memoria del mondo*（一九六八）から新たに訳された七篇、*Time and the Hunter*[*2]（一九六九）の収録作品全部、*Numbers in the Dark*[*3]（一九九五）から四篇、それに少数の単行本未収録作品を加えて、ひとまとめにしたものだ。「レ・コスミコミケ」のすべてを一冊の本の形でもてるのは嬉しい。しかも表紙がしゃれていて、装丁も良い。収録短篇の三分の一以上が、私にとってまったく初めてのものだった。英語で読む読者のほとんどにとってそうだろうと思う。これらの作品の中には珠玉というべきものが含まれている。ウィリアム・ウィーバー、ティム・パークス、マーティン・マクローフリンによる翻訳は、いかなる点でも申し分のないものだ。そして、マクローフリン氏による紹介文は、これらの目もくらむばかりに特異な物語への、この上ない手引きである。

イタロ・カルヴィーノは何だったのか？　プレポストモダニスト？　もうポストモダニズムとそれにくっつける接頭辞をみんなお払い箱にするべき時ではないだろうか？　イタリアがナチスに占領されていた時期、共産党に賛同する若いレジスタンス戦士だったカルヴィーノは、知的ファンタジーの書き手として、常に独特である存在となり、そうあり続けた。そして、彼がキャリアの半ばで発明した形式、コスミコミケとは何だろうか？　明らかにサイエンス・フィクションの亜種であり、典型的には、科学的仮説（現在、受け入れられていない場合もあるが、大抵は本物の仮説である）の陳述がベースにある。そして、その仮説が用意する舞台の語りは、大方は、Qfwfq なる人物が語り手である。「ただ一点に」はこんなふうに始まる。

エドウィン・P・ハッブルによって始められた星雲拡散速度の計算を通して、拡散を開始する以前に、宇宙の全物質が一点に集中していた時点を確定することができる。

もちろん、私たちはみんなそこにいたんだ——と、Qfwfq 老人は言った——ほかのどこにいられたって言うんだい？　空間なんてものが存在しうることを、まだ誰も知ってはいなかったんだ。時間というものが存在しうることもな。あそこでは、時間の使いようなんかなかった。なにしろ、缶詰のイワシみたいに、ぎゅうぎゅう詰めになっていたんだからな。

＊1　原著は *Le cosmicomiche*（一九六五）。原著の邦訳は『レ・コスミコミケ』（二〇〇四）。
＊2　短篇集 *Ti con zero*（一九六七）の英訳。最初、*t zero* というタイトルで刊行された。原著の邦訳は『柔かい月』（二〇〇三）。
＊3　原著は *Prima che tu dica 'Pronto'*（一九九三）。

缶詰のイワシみたいに。[*1] このイワシに注目してほしい。これこそ、カルヴィーノの方法と様式を特徴づけるものだ。この始まりから、物語は完璧に論理的に展開していく――少なくとも、論理についてのあなたの定義が（当然そうであるべきだが）現代の天体物理学のみならず、ゼノンのパラドックスやボルヘスのアレフ、[*2] いかれ帽子屋のお茶会も含んでいるならば。

カルヴィーノの後年の作品は、普通の意味での物語というよりは、「コント」、すなわち、知的理解、考えや理論、そして奇想をも、語りによって描き出すものとみなしてよいだろう。コントは啓蒙思想家たちのお気に入りの道具であり、風刺やユーモアに向いている。ヴォルテールの『カンディド』はその種のものの傑作である。コントはキャラクターよりはカリカチュアを、共感よりは皮肉を呈示する。人間的魅力や感情が、忍びこんできて力を行使することもあるかもしれないが、コントという形式は、非情なほど理知的にもなりうる。カルヴィーノのコントは、科学を相手に、時間や空間や数を相手に、言葉遊びをする。そのゲームこそが肝心なのだという作品もある。ゲームの好きな読者で、たぶんヴィトゲンシュタインやエーコに魅惑されるような人にとっては、*Time and the Hunter*（『柔かい月』）からの作品は、とりわけ読み甲斐のあるものだろう。死が避けられないことが気になってしまう読者は、それらの作品の過激な抽象性をつまらなく感じるだろう。だが、カルヴィーノの想像力から、過激さを抜いたら、何の価値もなくなってしまう。「追跡」において、カルヴィーノは文字通り、この主題をひたすら「追跡」するので、追跡は、スリラー映画のクライマックスではなく、物語全体になる――世界は一本のハイウェイだけに、感情はサスペンスだけになる。そのまわりの状況も人格もまったくなくなるので、ある意味、自閉的状態に感じられる。

カルヴィーノの『見えない都市』も同じように、考え、観念に由来するものだ。だが、老マルコ・ポーロが中国に戻って、老いたフビライ汗《ハン》に、旅において自分が見なかった都市について語るという概念は、本質的に滑稽で詩的で示唆に富むものなので、作家はそれに導かれて、おそらく彼の作品中、もっとも美しい作品をつくりあげた。そして『レ・コスミコミケ』のうちのいくつかが少々、グロテスクだとしても、ほとんどの作品は心から楽しめるし、いくつかの作品はカルヴィーノの真骨頂を見せている――知性、ユーモア、痛切さ、蒸留されて純粋な光になった皮肉。

それらの作品のトピックはスカッとするほど大きく、時空の果てまで広がる。あらゆる種類の隙間や捩《ねじ》れや見せかけを通して、温かさやユーモアがそこにはいってくる。カルヴィーノの軽快で、からっとしていて明瞭な散文は、膨大な空間を踊りまわり、生き生きとした素朴なイメージを至るところに届ける。そう、缶詰のイワシがそれだ。そして、地球の内部に住む人たちの頭上にある石の空も。その空に「暗闇の中、時折、火のように燃える筋がジグザグに走る。稲妻ではない。白熱した金属が蛇行する鉱脈を進んでいるのだ」。[*3]

私が思うに、この本の文章の唯一の欠陥は、冗談あるいは風刺なのか、発音不可能な名前を用いるのを慣行にしていることだ。「Qfwfq」という名を発音できず、字を見ても頭の中に音が浮かばなくて、それを含む文のリズムがつかめるだろうか？ 私にはできない。この点では、カルヴィーノの抽象化好きが、言語そのものを脅《おびや》かし、文字通り口には出せない、単なる数学的記号体系に貶《おとし》めている。これは危険なゲームだ。しかし、私たちは読み進める。語り手、とりわけ、Qfwfqと明記されている場合のQfwfq――偏在し、とめどなくしゃべり続ける彼の元気の良さと沈着さとに支えられ、彼の友人や親戚たち――最初のときに居合わせた人たちみんなに魅了されて。その人たち

＊1 like sardines。ぎゅう詰めの比喩に用いられる慣用句。
＊2 ボルヘスが短篇「アレフ」で描いている、虹色に輝く小さな球体。そこに宇宙のすべてを見ることができる。この短篇の邦訳は、鼓直訳『アレフ』（岩波文庫）に収録されている。
＊3 後出「もうひとりのエウリュディケ」（仮訳題）からの引用。

が最初にみんなそこにいたというのは、ほかのところに居ようがなかったからだ。そのひとり、Qfwfq の祖父の Eggg 老大佐は、私たちの太陽系が形成されつつあるときに、妻とともに移住してきた。「四十億年いる間に、ふたりは多かれ少なかれ、ここになじみ、少しは知り合いもできた」しかし、彼らの隣人のカヴィッキア夫妻は立ち去ろうとしている。アブルッツィ〔イタリア中部の州の名〕に戻るのだという。祖母もまた、引っ越したい気が少ししている。アンドロメダ星雲にいる自分の母親に会いたいのだ。でも、それはカヴィッキアさんたちの場合とは同じじゃない、と祖父は抵抗を示す。彼らはこの問題について言い争う。言い争いは彼らが死ぬまで続く。『いつだって自分が正しいと思ってるでしょ』『そりゃ、おまえがわしの言うことに耳を貸さんから』という具合に。こんなことがなかったら、宇宙の歴史は、祖父にとって、いかなる名前ももたず、いかなる思い出ももたらさず、いかなるにおいも感じさせることはないだろう――この果てしなく続く夫婦喧嘩がなかったら。万一、いつか、これが終わる日が来たら、どんなに寂しいことだろうか。すごい虚無感に襲われることだろう[*1]」

二重性、すなわち、正反対のものの共存についてのカルヴィーノの考え方は、完全に性的だと言っていいぐらいだ。この二元性が統合されて終わることはなく、永遠のプロセスが続く――陰陽の形象のように。それを夫婦喧嘩で表わすのは、なかなか当を得ている。落下する原子、宇宙の航海者、（美しい物語、「渦を巻く」での）軟体動物など、そのとき、いかなる形態をとっているかにかかわらず、Qfwfq は男もしくはオスだ。原則として、女もしくはメスである存在もいる。こちらの本質は、違っていることだけでなく、賛成しないこと、抵抗すること、逃げることだ。女もしくはメスは、他者の所有物になることのない、愛されるけれども自らは愛さない存在なのだ。読者が女もしくはメスの視点を取ることはないので、カルヴィーノの宇宙は、男性原理寄りに偏っている。私にとっては、彼が常に用いる、永続的で限界なく拡大するイタリアの家族という比喩のほうが、親しみやすいし、役に立つ。しかし、彼は「石の空」並びに、そのリライトである「もうひとりのエウリュディケ」などの物語において、性差による二元性を豊かに、そして強い感情とともに展開している。純粋な渇望のあるところ、男は張り合うものだ。そして二元性は永遠の三角関係へと展開する——そう、それはまさに永遠に続くものなのだ。

カルヴィーノは非常に多くの点で、彼の生きた時代の先を行っていた。そのため、亡くなって四半世紀経った今になってようやく、彼の作品は、ファンタジーだからという理由で軽く見られることなく、フィクションの金字塔、巨匠の作品とみなされるようになった。カルヴィーノが作家活動をしていた頃、サイエンス・フィクションは、文学が語られている場で語るのがはばかられるものだった。そして、漫画本は、それ以上に(ということが可能であるとして)許容範囲外だった。九〇年代後半になるまでは、ほとんどの文芸批評家にとって、それらについて真剣に語ることなど想像もできなかった。文芸批評家たちが、カルヴィーノがこれらの物語に与えた名前、「コスミコミケ」にいささかでも注意を払ったとしたら、それは、ひとつの解釈——宇宙の喜劇という意味を強調するためだった。しかし、カルヴィーノが私たちに、稲妻のような非常に速い導入部や、飛躍と大幅な単純化など、連なった枠の中の絵による語り——つまり、漫画の技法についても考えさせたかったのは間違いない。そして、レ・コスミコミケに属する、ある短篇「鳥の起源」では、直接的にこのイメージを扱い、独特な仕方で、読者に指示を与えている。「一番いいのは、自分自身で、ひとつながりの漫画のコマ——登場する者たちの小さな姿が、効果的に輪郭を描かれた景色を背に、然るべきところに収まっているものを想像することだ。だが、それと同時に、登場する者たちの姿や背景を想像しないように努めなくてはならない」

＊1　“As long as the Sun Lasts”(「太陽がある限り」)から。

そういうふうに、私たちは、まったく食い違う指示を与えられる。もし、その両方に従うことができるならば、私たちは、キーツがもっとも実り多いものだと考えた「消極的能力《ネガティブ・ケイパビリティ》」という状態に近いところに、到達するのかもしれない。イタロ・カルヴィーノは、作家人生の大半をそこで過ごしたのではないか——私はそんな気がする。

〔訳者付記〕

『レ・コスミコミケ 完全版』（カルヴィーノ）Calvino, Italo. *The Complete Cosmicomics* (2009). 英語による完全版の成立ならびに、元になった原著とその邦訳については、書評本文と傍注を参照。書評中で言及されている短篇のうち、「ただ一点に」と「渦を巻く」は米川良夫訳『レ・コスミコミケ』（ハヤカワ epi 文庫）で、「鳥の起源」と「追跡」は脇功訳『柔かい月』（河出文庫）で読むことができる。また、『見えない都市』の邦訳は、米川良夫訳（河出文庫）。

キャロル・エムシュウィラー『ルドイト』

一九九七年に発表したものに、二〇〇二年に手を加え、本書のために再度手を加えた。

一九九七年のある日、図書館で〈新刊フィクション〉の棚をざっと見ていたとき、『ルドイト』キャロル・エムシュウィラー作」と書かれた本が目にはいった。（エムシュウィラー？　私のよく知ってる、あのエムシュウィラーなの？　彼女が二年前に新しい本を出していたのに、私の耳に入ってこなかったなんて……。）

驚くには当たらなかったのかもしれない。エムシュウィラーの読者は、彼女が重要な寓話作者であること、すばらしいマジックリアリズム作家であること、フィクションにおいて、もっとも強く、もっとも複雑な声を、もっとも持続的に発してきたフェミニストであることを知っている。だが、彼女の本は、ほとんどがサンフランシスコの優れた小規模出版社、マーキュリー・ハウスから出ていて、広く注目を集めてはいない。ひとつには、彼女の独創性のさりげなさのせいかもしれない。大抵の書評家はそういうものよりも、ハト小屋の仕切りに収まるハトや帰ってきたウサギのほうを[*1]

＊1　「ハト小屋の仕切りに収まるハトや帰ってきたウサギ」はジャンルの枠にはまった作品やシリーズものの作品、の意。「帰ってきたウサギ」はジョン・アップダイクの『走れウサギ』に始まる四部作（ウサギ四部作）を思い出させる。

好む。エムシュウィラーは、イタロ・カルヴィーノ（知的なゲーム）とグレイス・ペイリー[*1]（まったくの正直さ）、フェイ・ウェルドン[*2]（強烈なウィット）、ホルヘ・ルイス・ボルヘス（純粋な輝き）を大胆に混ぜ合わせたもののように見える。だが、違う。彼女の声は、紛れもなく、彼女自身のものだ。彼女は誰にも似ていない。特異な存在だ。

『ルドイト』（特異な作品）について語る前に、エムシュウィラーのほかの本（それぞれみんな特異な本だ）について少し話したいと思う。

　一九九〇年より前には、私は彼女の作品のうち、サイエンス・フィクションの出版社から出たもののしか知らなかった。彼女はSF作家の枠には入りきらない人だったが、SF的テーマを巧みに扱う術《すべ》を知っていた。私にとって最初に読んだ彼女の本である *Verging on the Pertinent*（コーヒーハウス・プレス）は、ウィットに富み、クールで、恐ろしい寓話集だ。それを読んだあと、私は彼女のことを、実力のある、洗練された作家で、厳密な意味では好きではなくても尊敬できると思った。とはいえ、この短篇集の巻頭の作品、「ユーコン」[*3]は大好きだった。この物語は、極北の地に住む、ある女についての話で、彼女は夫の元から逃げ去り、その冬を一頭の熊とともに居心地良く過ごし、そのあと、心から愛し合える相手に出会う。それは一本のエンゲルマントウヒ[*4]、もしくは、トウヒの木にとてもよく似た、エンゲルマンという名の男だった……。このように、エムシュウィラーの作品では、読者が自分の望むように解釈できる場合が多い。彼女は自分が望む解釈を読者に押しつけることはしない。猛烈なウィットにもかかわらず、彼女は心優しい作家なのだ。そして、驚くほど多くの作品が、ハッピーエンドになっている。少なくとも、読者のあなたが、幸福な結末を願うのであればそうなる。ミスター・エンゲルマンがヒロインにとって、真実の愛の相手なのかどうか、私にはしかとはわからない。けれど、もっとも最近読んだときには、そういうふうに思われた。次に読むときには、違うふうに感じられるかもしれない。

一九九〇年に、『カルメン・ドッグ』が刊行された。[*5] メスの動物に変身する人間の女たちと人間の女に変身するメスの動物たちの物語だ。おそらく、彼女の本の中でもっともおかしく、もっとも残酷なもので、一種のフェミニスト版『カンディド』だとも言える。無垢なヒロイン、わんこ《プーチ》の親切さが、最後には、残酷さに勝つ。これはハッピーだ。少なくとも、読者のあなたがそうあってほしいと願えば、ハッピーエンドだ。プーチの子どもたちも健康に生まれて、すくすく育つ。子どもたちは「みんなセッター（全員オス）」だ。どうして、この本がフェミニズムの古典でないのか、私にはわからない。いや、実際、フェミニズムの古典なのかもしれない。たぶん、そのせいで、誰もこの本のことを聞いたことがないのだ。これは、すべての高校・大学で、ジェンダーについての必修書にすべきものだ。

私は二〇〇一年の春に、サン・ノゼ州立大学の文学の授業で『カルメン・ドッグ』を使った。そのときには、許可を得て、授業のために最初の三章をコピーした。版元のマーキュリー・ハウスがこの本を絶版にしており、私たちが十五部必要とするという事実にも関心をもたないようだったから。[*6] 学生たちはこの本が大好きになり、本の残りをコピーする許可を取ってほしいと私に求めた。彼らはすでにこの本を数部、見つけていた。この本を用いて教えるうちに、私は、これは自分が思

＊1　163頁参照。
＊2　フェイ・ウェルドン（一九三一－　）は英国の小説家、脚本家。
＊3　ユーコンはカナダ北西部の準州の名。
＊4　マツ科トウヒ属の常緑高木の一種。
＊5　厳密に言うと、一九八八年にイギリスで刊行され、一九九〇年にアメリカのマーキュリー・ハウスから刊行された。
＊6　その後、『カルメン・ドッグ』は二〇〇四年にスモール・ビア・プレスから再刊行された。

っていた以上にすばらしい本だと気づいた。この本の中には、残酷さはない。真実は、ある。そして、おかしさは？　もちろん、大ありだ。

『カルメン・ドッグ』に続いて、驚くべき短篇集『*The Start of the End of It All*（すべての終わりの始まり）』が出た。[*1] この本で、彼女の作品の領域も声も、広がりと深みを増した。「石造りの円形図書館」や忘れがたい「ビルカバンバ（Vilcabamba）」には、ボルヘスに匹敵するものがあると思わずにはいられない。その一方で、ボルヘスとの違いもはっきりと感じられる。エムシュウィラーの寓話では、新機軸はボルヘスの場合と同じように重要だが、人間の苦悩という要素に対して、ボルヘスほど距離を置いていない。この短篇集の表題作は、本物のフェミニストがサイエンス・フィクションを自分のものにしたときに、サイエンス・フィクションに何が起こるかを示すすばらしい例だ。エイリアンが地球に来るという話ではあるが、『未知との遭遇』や『E.T.』といった、ベタベタしたものとの共通点は何ひとつない。この短篇のヒロインは、エムシュウィラーのヒロインたちのほとんどがそうであるように、お人好しで、人を信じやすい、自己評価が非常に低くて、「受け入れてもらえなかったり、離婚していたり、老い始めていたり、取り残されたりしている」人だ。クリンプという名のひとりのエイリアン、あるいはエイリアンたちが彼女を丸めこんで、彼（ら）の／それ（ら）の）子どもたち——たくさんの小魚っぽいエイリアン——を産ませる。だが、彼女の猫たちが、一匹を残して、みんな食べてしまう。彼女は残った一匹を保護し、自分の父親の名をとって、チャールズ（あるいはヘンリーと）と名づける。そして、異星人について幻想を抱くのを一切やめる。これが完璧なハッピーエンドであってほしいと、読者のあなたが思えば、そうだし、思わなければハッピーエンドではない。だが、いずれにしても、とてつもなくおもしろい。

　さてこれが、私が知っていると思っていたキャロル・エムシュウィラーだった。優しくて、怖くて、おかしい、フェミニストの寓話作家。私は〈新刊フィクション〉の棚から、『ルドイト』（マーキュリー・ハウス、一九九五年）を取り、表紙を見つめた。エンパイアステート・ビルによじのぼるクィーンコングでも、鳥犬女でもない。そういう、過激で空想的なものではなく、それは、昔の西部の乗馬用の服を身にまとった、とても若い女性を写し、手仕事で彩色した写真だった。写真の中の女性は、手紙を読んでいる。背景は砂漠。

その表紙は、本の中身へのよい手引きだった。彼女の本すべてについて先程言ったように、『ルドイト』もまた、特異な本だ。この作家のほかの本とも、今どきの小説のほとんどとも異なっている。『ルドイト』は十九世紀の末期から二十世紀の初期にかけての極西部の女たちによる、あるいは、そういう女たちについての、かぼそく途切れがちな伝統に属している。だが、私が第一に言いたいことは、愛の物語《ラブストーリー》だということだ。

一般に、ラブストーリーと言うと、凡庸なものだと決めつける傾向がある。ロマンス小説の棚に並ぶ、頭の悪そうなジャンルの小説で、ブロンテやオースティンのような作家の掌中にあった芸術の域に達することは稀だ、と。しかし、実のところ、愛についての物語はそんなに多いのだろうか？　私がこの疑問を抱いたのは、講師を務めた創作ワークショップで「ラブストーリー」を課題に出したのがきっかけだった。そのときの参加者からは、情欲についての物語、十四篇が提出された。その次に試してみたときには、情欲についての物語が十一篇、憎悪についての物語が二篇、姪を愛する女性についての愛の物語が一篇だった。

私たちが日頃、さまざまな仕方で愛していることを考えると、フィクションで愛を探究するのに、もっぱら性欲や、性行動を力を行使する手段として用いる加虐的あるいは搾取的あるいは強迫的な関係といった側面しか扱わないことが多いのは、奇妙なことだ。

＊1　二〇〇七年刊行の畔柳和代訳『すべての終わりの始まり』（国書刊行会）は、日本オリジナル編集の短篇集であるため、エムシュウィラーの第三短篇集の *The Start of the End of It All* とは収録作品が異なっている。

『ルドイト』は愛の物語だ。情熱をこめて勝ち得たのに、安心できるものにはならない夫婦間の愛。少女ロティが継父や母親や幼い異父弟に対して抱く、激しく怒り、拒絶する愛。難船が多く、幾多の宝が沈んでいるような海を、陸も見えず、海図もないまま、進んでいくような家族愛。それらがどんな物語を織りなしていることか！　その物語は、マドンナがカメラの前でとる、どんなポーズよりも、はるかに興味深い。そういう物語は、私たちのほとんど全員が現実に生きている愛情生活にとても近いものになる。私たちの愛情生活、それは非ロマンチックな、調整↓失望↓再調整の際限ないくり返し。考えなしの残酷さと考えなしの優しさ。結び目ともつれと、こんがらかった網。憤怒と忠実さと反抗。一緒に生きようとし、愛し合おうとする普通の人々の普通の情熱。

この物語の真ん中には、ルドイトがいる。むさ苦しく、優しいカウボーイ。幸運に出会うたびに、それを信じることができず、逃げるのをくり返してきた男。そして年若いロティ——自分の服に火をつけ、男を射殺し、ルドイトの肖像として、口髭のある馬をたびたび描く少女。ルドイトは彼女の母、オリアーナと結婚した。オリアーナは、ご立派なはずの婚約者にレイプされ、出奔して、西部に来た。そして娘を産んだが、のちにその娘が家族を崩壊させ、彼女の元から逃げ出すことになる。わが国の歴史の大きな部分が、出奔中の人々から成っている。彼らは善良な人たちではないと言っているわけではない。一部は善良な人たちだ。

そして、この設定。わが国の東半分に住む人たちは、放牧地や、セージブラッシュに囲まれた牧場にいるカウボーイを、マッチョ映画の小道具とみなしがちだ。純文学にふさわしい設定ではない、と考えるのだ。まさかあんなところに、生身の人間が住んでるわけないだろう、と。

エムシュウィラー[*1]の描く一九〇五年のカリフォルニアのシエラ・ネバダの山腹は、ルイス・ラムーアとはかけ離れているし、ハリウッドとは別の惑星にある。それはむしろ、メアリー・オースティン[*2]の『*The Land of Little Rain*（雨のほとんど降らない土地）』の伝統を引き継ぐものだ。それは、多様なアメリカの中でも、「成功」が意味をもたないアメリカのひとつ——乾いた土での農業と、労多くして報われることの少ない牧牛の地であり、人はまばらで、それぞれの一匹狼が隣の一匹狼をかろうじて知っている、そういう土地だ。それは高望みをせず、くじけることもなく、奇妙な失敗をしては、出奔する人たちだ。砂漠の人たちだ。この無表情だが、危険で美しい風景の中で、深い沈黙を破る声や仕草は、どんなものであれ、人間の行為や人間同士の関係に影響する。しかし、エムシュウィラーは砂漠の生活を称賛しているわけではない。彼女は、牧場主がこの地域を知ってるのと同じように、風景としてではなく、土地として、ここを知っている。ここに住む人々を類型としてではなく、ひとりひとりの人として知っている。この土地の沈黙、この土地の人々の沈黙に耳を傾ける方法を知っている。

私の母方の一族は山岳や砂漠のある諸州の出身の極西部人で、まさにそういう人たちだった。エムシュウィラーの描き方はとても当を得ている。少女ロティは日記をつけていて、その記述内容がくり返し出てくる。私はそれを読んでいる間、一八七四年にオレゴン州で生まれたベッツィ大おばのことが、しきりに頭に浮かんだ。ベッツィがしゃべっているみたいだ、と私は思った。ベッツィはこの女の子を知っていたはず。いや、ベッツィ自身がこの女の子だったんだ。西部人にとって、フィクションの中に自分の同胞がいて、自分と同じような話し方をしている、という経験は、今でも稀だ。二十世紀初期には、西部人のことをよく知っている女性作家が何人かいた。ウォーレス・ステグナーに小説の中で、文章を盗用されたメアリー・ハロック・フットはそのひとりだ。また、

＊1　ルイス・ラムーア（一九〇八–八八）は主にウエスタン小説を書いた多作な人気作家。映画のベースとなった作品もかなりある。

＊2　メアリー（・ハンター）・オースティン（一八六八–一九四三）は米国の作家。米国南西部のネイチャー・ライターとして先駆的な存在であり、先住民族の文化についての著作もある。

H・L・デイヴィスの『ハニー・イン・ザ・ホーン』やモリー・グロスの『ジャンプ・オフ・クリーク（*The Jump-Off Creek*）』は西部の場所と人を断固たる正直さで描き出している。キャロリン・シー、ジュディス・フリーマン、ディアドリ・マクネイマー、アリスン・ベイカーは、この伝統を引き継ぎ、さらに進化させている。ようやく、徐々に、そして、大方は女性の作家の手で、西部はフィクションの世界に獲得されつつあるのだ。

それにしても、エムシュウィラーはニューヨークっぽく洗練された短篇を書き、ニューヨーク大学で創作を教えている人なのに、どうして私の大おばを知り尽くしているのだろう？　一流の小説家だからだ、と私は思う。結局のところ、フィクションの作家は想像力を使うのだ。そこが回想録の著者とは違うところだ。エムシュウィラーの小説の設定は、彼女の心の中に刻みこまれている。ホームステッド農場[*1]での生活がどんなだったか、馬にはどちら側から乗るか、彼女は知っている。本書巻末の写真のエムシュウィラーは、見事なアパルーサ[*2]のそばで、無骨な鞍《くら》を抱えて笑っている。しかし、背景の林だか藪だかは、バーストウ[*3]近くの小川《クリーク》沿いの低地のようにも、ロングアイランドのようにも見えるし、ほかのどこかかもしれない。私が確信をもって言えるのは、彼女は『ルドイト』で描いたものをよく知っていたということ、それは書く価値があったということ、そして、そのようなものを書いた人はほかにはいない、ということだけだ。

残念ながら、これを書いている時点で、『ルドイト』は依然として絶版だということを報告しなければならない。そして、もし、あなたが、当今、誰もが本を買うべきところだと心得ているところで調べたなら、私が得たのと同じ結果を得るかもしれない。タイトルは『ルドイト』となっているのだが、そこに書いてあるのは、ベラルーシについての本の説明だ。そして、私たちは例によって、パドルなしでアマゾンを遡《さかのぼ》らなくてはならないはめになる。私としては、どこかの良識ある出版社が『ルドイト』を再度刊行してくれることを願うばかりだ。この本は、猛々しく、そして優しく成長していく少女の猛々しく優しい肖像であり、愛し、悲しむ才能しかもたない男の悲しみと愛にあふれた肖像でもある。アメリカの過去の理想化されていない、ありのままの姿を描く、強靭《きょうじん》で甘美で、痛みと真実に満ちた小説だ。

＊1　開拓を促進する目的で、ホームステッド法により政府に与えられた土地で営まれている自作農の農場。
＊2　北米産の乗用馬。明るい地色の体表に黒っぽい斑点がある。
＊3　カリフォルニア州南東部モハヴェ砂漠中部の市。

〔訳者付記〕
『ルドイト』（エムシュウィラー）Emshwiller, Carole. *Ledoyt* (1995). この書評記事で言及されているエムシュウィラーの短篇「ユーコン」「石造りの円形図書館」「すべての終わりの始まり」は、すべて、畔柳和代訳の日本オリジナル短篇集『すべての終わりの始まり』（国書刊行会）で読むことができる。
『カルメン・ドッグ』（エムシュウィラー）Emshwiller, Carol. *Carmen Dog* (1988). 邦訳は畔柳和代訳（河出書房新社）。

ケント・ハルフ『夜のふたりの魂』

二〇一六年

毎日の暮らしについて書くのは、難しい仕事だ。異常なこと、どきどきすること、度外れたことについて書けば、自動的に人の心を惹きつける。だが、とても平凡で、きわだって不幸ですらない生活を描くのは、勇敢な書き手でないとできない。だから幸せ——性的な満足でも、野心が報われることでもなく、恍惚感《こうこつかん》でも、この上ない喜びでもない、ただの日々の幸せは、フィクションから消えてしまった。それはたぶん、私たちが幸せを信頼できず、感傷だと思ってしまったり、本物の幸せを偽物のそれと混同してしまったりするからだ。ほんとうに、幸せについて書くのは容易ではないのだ。真実の響きをもつには、もっとも慎ましい種類の達成や満足を描くにも、人間の力不足や残酷さを、そして、病気や破滅や死の可能性が常に身近にあることを意識した上でなくてはならない。ひとつでも偽りの言葉があれば、すべてが信じられないものになる。

ケント・ハルフの『夜のふたりの魂』には、偽りの言葉がひとつもないと思う。この散文の形式張らない気軽さや明瞭さ、物語の見かけの単純さにもかかわらず、浮ついた言葉も、容易に予想できる言葉も、ひとつもない。

通常なら、小説がどういう状況で書かれたかに、読者としての私はさして興味をもたない。けれど、この本の場合だけは違う。この本は著者が死にかけているときに書かれたものだと思うと、感動と畏怖を覚える。これは命の最果て、暗闇の縁からの報告書、責任を意識して書かれた報告書なのだ。ハルフは目撃者として証言している。私たちが行ったことがあるところより先へ行っている彼は、そこでは大切なのは何か、教えてくれる。彼は自分の状況を知っていて、この本を読む私もそれを知る。そのことを思うと、私は稀な特権を与えられたことを感謝せずにはいられなかった。その特権とは、言われる必要があること以外を言う必要がなくなった人とともにいる特権だ。

その声は静かだ。すべての暗闇がそこにある。だが、私たちは光を見ている。コロラドの小さな町の、ある寝室のランプを。

ハルフの長篇小説は、いずれもこの小さな町、ホルトを舞台にしている。最初の二作は、まあ、凡庸な作品だった。三冊目の『プレインソング（単旋律聖歌）』で彼は自分の声を見つけた。どういう声かと言えば、抑揚は根っからアメリカ的で、思いがけない剽軽《ひょうきん》さや、感情を表に出さず、穏やかで口数が少ないところは西部人らしい――そういう声だ。『プレインソング』とそれに続く二長篇はウィラ・キャザーの小説のように、あの広大な土地の物寂しさ、そこの人々の生活の逆説的な窮屈《きゅうくつ》さ、そして脆《もろ》さを雄弁に語る。暴力――見世物として誇らしげに示されることは決してない――は、ほぼ一瞬で終わり、不可避で、ショッキングだ。登場人物たちの中には、必ず子どもがいて、徹底したリアリズムで、情熱と力をこめて描かれる。若い人たちは落ち着きなく、神経質で、導いてくれる人がいない。年配の男たちは自分の仕事をし、防御壁を維持する。女たちはおおむね、物事がうまく運ぶように気を配るが、ときには、精神的にぼろぼろになったり、突然デンバーに行ってしまったりする。けれどもここには喜びもある。ハードな喜び――リスクをとる喜び、責任を担う喜び。これらの人々の間で、優しさは守られる。芽生えたばかりの苗木のように大切にされる

——ゆっくりと、深く根を伸ばし、水に至るまで。

　ニューヨークから見ると、ホルトは遠い。ロンドンやプラハのほうが近く感じられるぐらいだ。アメリカの東部の人間にとって、西部が意味するのは、サボテンとハリウッド、西部劇映画の撮影セットだ。文学の舞台ではない。ぱっとしない流行遅れのホルトへのハルフの忠誠心が、都会の批評家たちの偏狭さの餌食になってしまい、彼の考え深く、繊細で技量豊かな作品が、それに値する注目を得られなかったのかもしれない。たぶん彼は気にしなかっただろう。成功を求めて激しい競争をすることなく、宣伝によって有名人を製造する工場の機械的な大騒ぎを経験することもなく、彼は頑固に、ケント・ハルフであり続け、自分の仕事をして、防御壁を維持することができた。そして、書き続けることができた。自分が正しいと思うことをするのがどんなに難しいか——どうやってそれをしたらいいかわからないだけでなく、そもそもそれが正しいのかどうかさえ、わからないこともある——について。また、私たちがお互いに対してつらくあたることについて。私たちのほとんどがどれほど懸命に努力しているかについて。私たちが多くを望みながら、大抵は、わずかなもので満足しなくてはならないことについて。

　こういったことは皆、しっかりとした、申し分のない小説の素材になる。そしてこの最後の本では、とても稀なあるものがつけ加えられている。多くの小説が幸せの追求について書かれてきた。だが、この小説は、幸せがほんとうに存在することによって、きらきらと輝いているのだ。

「そしてある日、アディー・ムーアがルイス・ウォーターズを訪問した。」こうして物語が始まる。夫と死別したアディーは、妻と死別した隣人に、ときどき自分の家に泊まりに来てくれないだろうかと誘う。

「なんだって？」とルイスは言い、当然ながら、いささかあっけに取られる。「どういう意味だね？」すると彼女は言う。「ほら、私たち、どちらもひとりぼっちでしょ。ひとりぼっちで長くいすぎたと思う。何年も何年もだもの。私、寂しいの。あなたもそうじゃないかしら。夜、うちに来て一緒に寝てくれないかしら。そして話をするの」

こうして、コロラド州ホルトのシーダー・ストリート沿いの寝室に、灯りがともる。そしてひとつの幸せが、とても用心深く勇気をふり絞った末に、穏やかに達成される。だが、それは私たちが予想するであろう仕方ではなく、かなりの数のホルトのほかの住人を巻きこむ、かなり複雑な条件で、である。たぶん、幸せは困苦と比べると予見しがたいものなのだ——幸せは自由であることを前提としているから。そして、自由と同様、不確実なものだ。永遠には続かない。だが、幸せは実在しうる。そしてこの美しい小説の中で、私たちもその幸せを共にすることができる。

〔訳者付記〕
『夜のふたりの魂』（ハルフ）Haruf, Kent. *Our Souls at Night* (2015). 邦訳は橋本あゆみ訳（河出書房新社）。

トーベ・ヤンソン『誠実な詐欺師』

二〇〇九年

フィンランドの作家兼画家であるトーベ・ヤンソンは、ムーミントロールのファンタジーで、永続的な国際的成功を収めた後、六十代になって大人向けのリアリズムの小説を書き始めた。これらの本がスカンジナビアの外で大いに注目を集めるには、しばらくの時間が必要だった。子ども向けの本というのはいいものだ――道徳的に単純で文体も易しくて――という見下した仮説に基づいて、批評家、評論家そして賞の選考委員といった人たちは、子ども向けの本を書く人には大人向けのシリアスなものは書けないと片づけがちだ。こういう偏見が、絵画の世界に場を移し、『誠実な詐欺師』のプロットにおいて、ある役割を果たしているのは偶発的なことではない。

トーベ・ヤンソンの作品に親しんでいる人なら誰でもよくわかっていることだが、彼女の作品をいかなる理由にしろ、軽んじたり、見下したりするのは賢明ではない。彼女の子ども向けの本は複雑で繊細で、心理的にこみいっていて、滑稽味もあるが、心をかき乱すものだ。それらの作品の道徳性は妥協を許さないながらも、決して単純ではない。そういうわけだから、彼女が大人向けのフィクションに移っても、大きな変化はなかったのだ。彼女が描く、ごく普通のフィンランド人たちは、トロールたちに劣らず奇妙であり、冬のフィンランドの村は、ファンタジーに出てくる森のどれにも劣らず、美しく、危険なところだ。

もし変容があったとすれば、それは彼女の書き方の本質においてであろう。言葉は従来にも増して研ぎ澄まされ、引き締まっていて、むだがない。しかし、今並べたような形容文句は、現代の語りの散文の多くにあてはまる。いま風の拒食症的スタイル——スリラーや警察もの、実存主義的ノワールにぴったりだが、幅は限られる。ヤンソンの守備範囲は、苦もなく制御されているが、広大だ。彼女のむだのない正確な言葉は、緊張と圧迫感だけでなく、心の深いところの感情や心の広がり、安堵や平穏さを表現することができる。彼女の描写は性急でなく、正確で鮮やかで、まさしく芸術家の目を通したものだ。文体はまったく「詩的」ではなく、その正反対で、第一級の散文だ。その静かな清澄《せいちょう》さを通して私たちは到達できない深み、不気味な暗闇、約束された宝物を見ることができる。文はその組み立て、動き、抑揚において美しい。そして必然的な適切さをもっている。しかも、これは翻訳なのだ！ トーマス・ティールの名はタイトルページにトーベ・ヤンソンの名とともに掲げられるに値する。彼は真の翻訳家の奇跡をやり遂げたのだ。

できれば何ページも引用したいが、一パラグラフでもそのすばらしさはきっと伝わるだろう。

If it got really cold, it didn't make sense to go on working. The shed wasn't insulated, and the stove was barely able to warm it enough to keep their hands from stiffening. They locked it up and went home. But on the seaward side where the boats were launched, the doors had a latch that was easy to open. Mats would go out on the ice with his cod hook and when no one was in sight he'd go into the boat shed. Sometimes he'd go on with his work, usually details so trivial that no one noticed they'd been done. But most times he just sat quietly in the peaceful snowlight. He never felt cold.（トーマス・ティールによるスウェーデン語からの英語訳）

ほんとうに寒くなったら、作業を続けようとしても無意味だった。小屋には断熱材が使われていないし、ストーブは手がかじかまない程度に小屋を温めるのがやっとだから。彼らは戸締まりをして家に帰った。しかしボートを進水させる海側の戸には、掛け金がひとつあるだけで、あけるのは簡単だ。マッツはよく、鱈釣りの道具を携えて氷上に出ていき、視野の中に誰もいないときに、ボート小屋にはいった。作業の続きをすることもあったが、細部のめだたないところしか、いじらなかったので、手が加えられたことに誰も気づかなかった。しかし、大抵の場合、彼は穏やかな雪明かりの中で、静かにすわっているだけだった。決して寒さは感じなかった。(ティールの英訳文からの谷垣による試訳)

主要な登場人物を挙げると、まず、児童書のイラストレーターとして成功しているアンナ・アエメリン。そしてカトリ。彼女の愛と野心はすべて、彼女の庇護のもとにある弟マッツのためのものだ。そのマッツは、内気でおっとりしていて優しい少年だ。さらに、まっとうなボート製作者、リィエベリ、賢明なマダム・ニィゴード、意地悪な雑貨店主、村の子どもたちの小集団、そしてカトリの犬である。名前がなく、いつもひっそりとしている、黄色い目をしたその犬は、黄色い目のカトリがしこんだ犬だ。そして彼女は自分が孤高の狼のように、ほかの人たちより優れていることを誇らしく思っている。「私の犬と私は彼らを軽蔑する。私たちは独自の秘密の生活の中に潜んでいる、内なる野生の中に隠れている」

村人は誰も結婚していないようである。そして二人の孤独な女性、カトリとアンナの間に形成される関係は性的ではない、しかしそれは強烈に情熱的で、激しく不安定で、破壊的で、変革力をもつ関係だ。

アンナはカトリよりずっと富んでいるが、両親への敬意から、両親の遺した家をそのまま保ち、小冊子のために絵を描く仕事をしている。絵には出版社が文章をつける。彼女の絵は森の地面や下草、さまざまな木の葉や小枝、苔、地衣類などを、驚くほど精緻に描いたもので、そこへ彼女は出版社のテキストに出てくるかわいいウサギを描き加える。彼女は多くの時間を子どもの読者からの手紙に返事を書くのに使い、ビジネスの利益の追求のためにはまったく時間を割かなかった。彼女は冬の間じゅうよく眠る。春が来て、生命のある大地を見て、それを描くことができるようになるまで。

狼に似た若いカトリは、弟に安全な暮らしをさせ、弟が一心に欲しがっているボートを与えたいと心に決めている。それで、アンナの家に強盗が入ったように偽装して、アンナがひとり暮らしを不安に思うように仕向け、計画通り、彼女に雇われ、信頼を得る。じきに、カトリはアンナの家や生活をすべてコントロールしているように見えるようになる。カトリは、すべての古い家具と、アンナを眠らせる快い嘘とを投げ捨てる。しかし、いまや目覚めたアンナは、かつてそう見えていたようなウサギではなく、それと同様に、カトリも、真実、狼であるわけではないとわかる。このふたりの物語は、真実と虚偽、純粋さと複雑性、氷と雪解け、冬と春の鮮やかな対比と相互作用を通して展開する。その見事さゆえに、この小説は、私が今年読んだものの中でもっとも美しく、もっとも読み応えのあるものになっている。

〔訳者付記〕
『誠実な詐欺師』（ヤンソン）*Den ärliga bedragaren* (1982). 原著は、スウェーデン系フィンランド人であるトーベ・ヤンソンによってスウェーデン語で書かれた。邦訳は冨原眞弓訳（ちくま文庫）。スウェーデン語からの翻訳である。

チャイナ・ミエヴィル『言語都市』

二〇一一年

未来的な光景や用語でいっぱいの小説を書きながら、それがSFであることを、息をはずませさえして、断固否定する作家たちがいる。もちろん、彼らはSFなんて低級なものを書きはしない。このジャンルに手を触れることさえしない。彼らが書いているのは文学だ。彼らは、この軽蔑されるべきジャンルで用いられる文彩や常套句に、奇妙なほど通じているけれど、その使い方が非常にぎこちない。彼らは特殊な用語の意味を自信満々で無視し、車輪を再発明する。その際に彼らが発する自画自賛の叫びを聞けば、彼らの奮闘は、小説の書き方を知らなくても小説は書けるものだということを証明しようとする、悪あがきだという気がする。

チャイナ・ミエヴィルは自分がどういう種類の小説を書いているか知っていて、きちんとその名で――サイエンス・フィクションという名で呼ぶ。そして、それを、強烈に興味をかきたてる文学の形式にする美点のすべてを見せてくれる。このところ、サイエンス・フィクションの技は、「安全な」読者層相手のマーケティングに熱心な出版社のせいで退行を余儀なくされる一方で、形にならない形も含めて、さまざまな形をとるポストモダニズムからは変化と成長を約束されて当惑し、淀みに潜んでいた。今、この若い作家が本領を発揮して、サイエンス・フィクションの技をその淀みから救いだそうとしているのを目にするのは、とても嬉しいことだ。『言語都市』は十分な成果を勝ち得た芸術作品だ。

読者が何も努力する必要がなく、容易に先の展開が読めるのは、ゴミのような種類のサイエンス・フィクションだけだ。良いサイエンス・フィクションは、すべての良いフィクションと同じく、怠惰な精神には不向きだ。リアリズムの小説の複雑さは、道徳的で心理的なものだが、サイエンス・フィクションでのそれは、道徳的で知的である。個々のキャラクターが鍵であることはめったにない。しかし、ミエヴィルのキャラクターたちは巧みに描かれており、語り手兼主人公のアヴィスの人物像は、最初の印象よりも微妙だ。彼女の行動の中に、女性性を示す慣例的なシグナルはないし、非女性性を示すそれもない。これは、人間が純粋な他者を相手にするとき、ジェンダーの構築のされ方が異なるかもしれないことを示している。

今でも、女に対する話し方をついぞ学ばなかった男たちがいる。私たちはほんとうに異質な人たち——異星人たちとどのように話すだろうか？『言語都市』のアリエカ人は、私たちと途方もなく異なっている。コミュニケーションの問題、言語の本質、語られる真実の本質が、この小説の核心である。

物語の中のすべてが想像上のもので、多くがなじみのないものである場合、説明し、描写しなくてはならないものが、あまりにも多すぎる。そこで、SFの強みのひとつが発揮される。それは、箱単語《ボックス・ワード》の発明だ。読者はその箱を開いて、意味と含みという宝物を発見しなくてはならない。発明品であるボックス・ワードを解読し、そのおもしろ味を味わうのに必要な、想像力による飛躍は、読者に大きな喜びを与えうる。チャイナ・ミエヴィルはハードルをかなり高くしている。だが、彼の新造語のほとんどは、啓示を受けたような衝撃とともに明らかになる。私のお気に入りの新造語は「イマー」だ。それと私たちの時空の実体との関係は、海と私たちの陸地との関係に等しい。ゆえに、宇宙を旅することは「イマーに潜る《ィマース》」[*1]という。ほかにも、魅力的なイメージは枚挙にいとまがない。なにしろ、これは言語が大好きな作家の本だから。そして、普通の単語に新たなひねりが加えられている例もある。たとえば、アヴィスの自分は「直喩」だという理解。アヴィスがアリエカ人の言語を話せるようになる前に、アリエカ人は彼女をその言語の一部にした。私たちの言う『狼が来た』と叫ぶ少年」のような修辞技法にしたのだ。アヴィスは「与えられたものを食べた少女」だ。

　アリエカ人は「直喩」を必要とする。生得のものである彼らの言語は嘘を許容しないからだ。スウィフトのフウィヌムたちと同じく、アリエカ人は実在しない物事を口にすることができない。これは、私たちが言語の本質として知っていること——言語は不真実にとってのすばらしい伝達手段であり、おそらくは、発明、すなわち、まだ存在していないものへの飛躍にとって必要な伝達手段である。しかし、すべての言語が私たちの言語のようであるとは限らない。アリエカ人は真実だけを扱ってうまくやってきて、ミエヴィルが歓喜に満ちた詩情をたたえて描くように、高度のバイオテクノロジーを発展させもした。家具を寄生させている生きている家々、田舎で所有者たちの背後でよろめく大きな農場……。アリエカ人たちが実在するものについてしか考えられないのだとしたら、どうやって、こんな生物をつくることを思いついたのだろうと、私はいぶかしんだ。だが、その疑問には、間接的ながら答えが出ているかもしれない。それは、彼らが実在しないもの、考えることの不可能な不真実、嘘を渇望しているように思われる、ということだ。

　私たちの種《しゅ》は、アリエカ人の惑星にコロニーをつくった。私たちは、もちろんのこと、彼らに嘘のつき方を教える十分な資格がある。彼らは懸命に学ぼうとするものの、嘘をつくのがまったく下手だ。そんなとき、人間の大使が新たに派遣されてきたが、それは、それまでとは種類の異なる大使だった。この大使は、アリエカ人に彼らが望んでいるもの——あるいは、彼らが望んでいるものの、中毒性のある模造品、あるいは、一種の偽りの嘘を生み出す、彼らの言語の誤った利用法——を与えることができる。そのような逆説的な言葉を、真実しか話さないアリエカ人が耳にすると、それはアリエカ人に、ヘロインやメタンフェタミン〔覚醒剤〕のように作用する。彼らの現実把握を全面的に破壊し、致命的な依存性をもたらすのだ。

全面的な中毒症状によって、根底から揺るがされ、壊され、荒れ果てた社会の図（家々や農場も侵される。アリエカ人もそれらも、生物学的に見て、皆、似通ったものであるから）は、壮大な規模の黙示録的光景だ。生き生きと描かれている細部は、異星のものであり、私たちにとってまったく異質に感じられる。しかし、同じ光景を心理学的ならびに社会学的に見れば、私たちにも、ごくなじみ深いものだ。サイエンス・フィクションは、すべてのフィクションがそうであるように、私たちが何者であるのかについて語る手段なのだ。

最初のうちは、物語についていくのが少々難しいかもしれない。だが、すぐに、非の打ち所のない勢いとペースが得られる。これまでチャイナ・ミエヴィルが、すばらしい隠喩に基づいて小説を設定するものの、そのあとどこにつなげたらいいかわからなくなる、ということで知られてきたとしても、彼はもうそういう段階を卒業している。そして、暴力に頼ることも非常に減っている。『言語都市』において、彼の隠喩は——いわば完璧な隠喩で——すべてのレベルで機能していて、淀みない語り口、見事なまでの知的な厳しさとリスク、道徳的な洗練、美しい言葉の花火、付随的な問題、そして、主人公が、私たち読者が予想した以上に人間らしい人間になるのを見守るという、古風な満足感まで与えてくれる。彼女は「直喩」に過ぎないと、私たちはずっと思っていたのに。

＊1　『言語都市』の解説によると、「イマー」は「いつも」の意味のドイツ語から造られた言葉らしい、とのこと。また、immerse という語は、普通の英語の用法では、他動詞であり、「～を液体に浸《ひた》す」ことを意味する。

〔訳者付記〕
『言語都市』（ミエヴィル）Miéville, China. *Embassytown* (2011). 邦訳は内田昌之訳（新☆ハヤカワ・SF・シリーズ）。

チャイナ・ミエヴィル『爆発の三つの欠片《かけら》』

二〇一五年

現代のファンタジーには暴力的なものが多い。おそらく、ファンタジーなんて妖精ばかり出てくる綿菓子みたいなものだと考える人々から尊敬の目で見られたいのだろう。だが、チャイナ・ミエヴィルの作品の非常に多くが、あそこまで大胆不敵におぞましいのは、それとは違う理由だという気がする。むしろ彼は、扇情的な映画やゲームで、殺戮が無限に続くのに慣れている読者層の期待に合わせているのであり、彼自身もそうすることが楽しめるぐらいに暴力的な人なのではないか。しかし、彼が社会正義についてマルクス主義的信条をもっていて、それを公言している作家であり、現代の道徳的感情的な複雑さに対する鋭い感覚と、明晰で説得力のある講演やエッセイから窺える思慮深い精神を併せもっていることを知っているので、私は彼が、まばゆいばかりの鮮やかさで空砲を連射するかのように、そういうおぞましい要素を呈示することで、闇の世界とのもっと微妙で根の深いかかわりを隠しているのではないかと思う。それがすべてではないにしても、少なくともそういう一面はありそうだ。

鮮やか。この言葉を抜きにして、ミエヴィルについて語ることはできない――それが、私たちの未来についてのまったく新しい考え方を切り拓いたエッセイ「ユートピアの限界」[*1]におけるような知的な鮮やかさであれ、この新しい短篇集にくり広げられているような散文の鮮やかさであれ。文体に関係する鮮やかさはしばしば、ある冷淡さ――観客としての立場――を含む。読者は登場人物に感情移入して、共に苦しむことを期待されてはおらず、ただ、花火が炸裂するのを見て、息を呑み、歓声を上げることを期待されている。そして実のところ、これらの物語の一部は純粋な花火なのだ。ヒューと音がして花火が炸裂する。思いも寄らなかった華やかな図案が広がる。一瞬の優美さ――あっという間に消える。多くの書き手は、多くの読み手はそれ以上求めない。

私のような鈍重な者にとって幸いなことに、この本は、そんな花火技術だけでできているわけではない。書きぶりは終始、非常に優れていて、二十八の物語を通して実にさまざまなトーン――派手なものも控えめなものもある――を帯びる。パスティーシュがある場合も、そのやり方がとても巧みなので、気づかず読み進めてしまうぐらいだ。ほんとうに重い主題がさりげなく扱われているが、思慮に欠ける扱いになることはないし、おふざけによって卑小化されることもない。読者が密かに、共に苦しむことができる登場人物も少数ながらいる。とはいえ、共に喜ぶことのできる登場人物はいない。幸福は現在、ミエヴィルのメニューには載っていない。

しかし、彼のウィットはまばゆく輝き、彼のユーモアは生き生きしている。そして彼の想像力の純粋な活力は驚くばかりだ。「祝祭のあと」のような流行りの気持ち悪い話（ゾンビ。腐っていく肉の仮面）においてさえそうだし、ほんとうの感染力をもつに至る詐病の症状（「バスタード・プロンプト」）や、殺人を治療手段として日常的に用いる精神科医の一派（「恐ろしい結末」）など不気味なコンセプトが展開する物語ではなおのこと、そうだ。これらは本質的にホラーであり、このジャンルの奇妙な目標――恐怖と不快感を与えること――のために自己規制している。恐怖や不快感を覚えることと自体を目標とすることに満足できない読者は、「コヴハイズ」のような、より野心的な作品を好むだろう。「コヴハイズ」では、破壊され、海に沈んだ石油掘削プラットフォームが歩いて上陸してきて、地面を掘削して卵を産み、海に戻っていくのが、すばらしく心をかき乱す詩的正義とともに、描き出される。このような主題を扱う中で、作家は、私たちが世界にもたらした悪い時代について、遊び心はあるものの、私たちの心を深く苦しめる言葉で語り、楽しむことの可能な、ごっこ遊びの中のショックではなく、私たちができれば感じていないふりをしたいと思う本物の恐怖、単に非合理的だとは片づけられない恐怖を引き起こす。

鮮やかさはしばしば簡潔さの形をとる。私は「〈ザ・ロープ〉こそが世界」を読んでいる間じゅう、これなら楽に五百ページのSF長篇になっただろうに、と思い続けた。科学的・技術的な秘儀の詳細が詰まっていて、権力者たちの陰謀と宇宙企業や宇宙帝国の運命が絡む複雑な筋立てで、お約束通り、時折、性的活動の描写が挟まる、そんな長篇に。しかし、ミエヴィルはそういう安易な道を取らなかった。彼は五ページにすべてをこめて書いた。無造作に書かれた文章の密度の濃さはすばらしい。

（……）当初の経費は確かに莫大だったものの、一トンの荷物を重力に逆らってエレベーターで軌道上へ運ぶのは、あれやこれやを考えると——膨大な利ざやのことからしても——ロケットやシャトルやその他の別の方法で運ぶより何倍も安かった。宇宙エレベーター、あるいはスカイフック、あるいは〝静止軌道上ロープ留め輸送円柱〟は、いきなり実現可能となり、全人類の夢だとか「そこに宇宙があるからだ」とかいろいろな理由を付けて、調査プロジェクトが生まれていった。そうしたプロジェクトの前では、経済性なんて俗悪なことだとでもいうようにだ。（日暮雅通訳「〈ザ・ロープ〉こそが世界」より）

＊1　（359頁）「ユートピアの限界」（ミエヴィル）“The Limits of Utopia”. ミエヴィル自身が編集にかかわっているオンラインジャーナル“Salvage”で読むことができる（二〇〇二年四月三日確認）。

これはとことん、サイエンス・フィクションだ。こういうことを逐一、説明し始めたら、何時間もかかるだろうし、結果はおもしろくも何ともないものになるだろう。

そのあとに続く短篇、「ノスリの卵」は、無知な老奴隷の穏やかで、とりとめのない語り口で語られる。彼は戦争で略奪された偶像——囚われの神々——のための神殿兼牢獄で働いている。神々の司祭兼看守である彼自身も、囚われ人だ。彼は独りでいて、一番最近来た囚われの神に語りかける。この一方的な会話、あるいは告白、あるいは瞑想が、この物語の全体を成している。私はこの短篇を魅力的で、示唆と含意に富み、そして美しいと思った。

最後の長い作品、「デザイン」は、主題がきわだって独創的で、心をかき乱すもので、ゆったりと進む平易で明快なスティーヴンソン的散文の語り口や、ただ一度しか声にならない、語り手の抑圧された感情とは対照的だ。だが、これらの物語すべてのうちで、私の一番のお気に入りは、二ページ半の小品、「ルール」だ。ぜひ、読んでほしい。読んだことを後悔することはないだろうし、忘れることもないだろう。

〔訳者付記〕
『爆発の三つの欠片《かけら》』（ミエヴィル）Miéville, China. *Three Moments of an Explosion* (2015). 邦訳は日暮雅通ほか訳（新☆ハヤカワ・SF・シリーズ）。

デイヴィッド・ミッチェル『ボーン・クロックス』

二〇一四年

九月に出版されるある小説の書評を書き始めようとしていた七月のある日、私は、その小説がマン・ブッカー賞[*1]にノミネートされたことを知った。私は却《かえ》って、気勢を削がれた。「栄光への道、まっしぐら！」と叫んで、ほうっておきたい気持ちになったのだ。

確かに、そういう予言をせずにいられなくなる本なのだ。六百ページ近くにわたる一瞬もだれることのない華麗な散文において、メタフィクション的いたずらがくり広げられるこの本、『ボーン・クロックス』には、イラク戦争のおぞましさ、善と悪との終わりなき戦い、近未来での私たちの文明の没落など、心に強く響くことがたくさんある。この本は多方面から、正確に成功を狙っている。ある箇所では、自己批評さえ行なっている。引用したいという誘惑に耐えられないので、引用させてもらう。

> その一。〔著者が〕陳腐な表現を避けようと心に決めているせいで、一文一文がアメリカ人

＊1　イギリスの権威ある文学賞、ブッカー賞（スポンサーの関係で、二〇〇二年から二〇一八年にかけて、マン・ブッカー賞という名称だった）。

の内部告発者《ホイツスルブローワー》みたいに苦しげだ。その二。もろにファンタジー的なサブプロットが、この本の世界情勢報告書的な仰々しさと激しく衝突していて、目もあてられない。その三。創造の帯水層が枯渇しかかっていることを示す徴《しるし》として、作家が、作家の登場人物を創造すること以上に、確かなものがあるだろうか。

この批評は手厳しすぎて、公正さを欠く。しかし、その自己擁護的嘲笑は、この本の目立った特徴――自意識の強さ――の良い例ではある。そして、スケールの大きな創意、流行りの大衆文化のステレオタイプ（魂をむさぼるバンパイアの話なんか、読みたい人いるだろうか？）、ひとつの大殺戮から次の大殺戮へと軽快に移動していくことなどの点で、この本は私に、マイケル・シェイボンの『カヴァリエ&クレイの驚くべき冒険』や『ユダヤ警官同盟』を思い出させる。だが、シェイボンが純粋に自由奔放であるのに対して、ミッチェルの大胆さは、どことなく不安げだ。彼は常に、足元に気をつけている。シェイボンを読んでいるとき、私はのんきな気分でいられる。ミッチェルを読んでいるときには、不安で、用心深くなる。この物語は、一九八四年から二〇四三年までの間の、異なる六つの時期に、非常に異なる五つの声による一人称で語られる。その中には、ヤングアダルト向けスリラーの一般的なトーンで語る十五歳の少女もいれば、作家で、ミッチェルの完璧なセルフパロディー版である嫌なやつ（彼の第一作のタイトルは『干からびた胚』[*1]だった）もいて、さらに、肉体を替えて生き続ける不死に近い者もいる。こういう斬新な、時間と人の交替には、ついて行きにくいと私は思う。そして、不信を一時停止する気はあっても、どこでそうしたらいいのかわからない。〈盲目のカタリ〉という秘密のカルトの摩訶《まか》不思議と、「企業資本主義」の断末魔のリアリスティックな描写を、同じように信じるべきなのか？　それともその二つを違う仕方で信じるべきなのか？

でも、そんなことどうでもいいよね？　たかが小説なんだもの。
うーん。たぶんそうなんだろう。でも、これって、いったい、いくつの小説なんだろう？
これはひとつの小説で、どういうふうにまとまっているのか、私がわかってないだけかもしれない。それとも、まとまっていないということが肝心なのに、そこのところを私がわかっていないのかも。ほらね。作家の抱いている不安は、読者も不安にする。

時間的な飛躍において、また、語りが意識の流れ（もしくは自意識の流れ）であるという点において、『ボーン・クロックス』はヴァージニア・ウルフの『歳月』や『波』と比較することができる。しかし、『歳月』は過去時制で語られているし、『波』を語る声は、「ジニーは言った」「ルイは言った」というふうに、常に過去時制の枠にはいっている。一方、「時」に深くかかわっている小説、『ボーン・クロックス』には過去時制がほぼない。

現在時制での語りは、今では、多くのフィクション読者にとって、当たり前のものになっている。なぜなら、インターネットのニュースもテキストメッセージも、彼らの読むものはすべて、現在時制で書かれているからだ。けれど、この本の長さを現在時制一本で行くのは難しいだろう。過去時制の語りは、先立つ時を容易に含意し、条件法、仮定法、未来形など、霞がかかっている広い範囲にも手を伸ばす。しかし、継続的な目撃者の報告を装うものは、時と時の相関性や出来事と出来事の間の関係をほとんど受け入れない。現在時制は、幅の狭い光で闇を照らす懐中電灯で、一度に見せてくれるのは、次の一歩へのごく狭い範囲だけだ。それは「今」「今」「今」であり、過去もなけ

＊1　*Desiccated Embryos* と表記されている、このタイトルは、フランスの作曲家、サティのピアノ曲のタイトルから借用したものだと、ミッチェルはあるインタビューで語っている。このサティのピアノ曲、*Embryons desséchés* は、通例、『胎児の干物』『干からびた胎児』などと訳されているようだ。

れば、未来もない。赤ちゃんの世界、動物の世界、そしておそらく不死の者の世界だ。

私たち読者は、登場人物の一部が程度の差はあれ、実際に不死であることを知る一方で、まばゆい言語のジャングルや輝かしい映像や映画のお決まりの表現のようなものが渦巻く中で、静かにきわだつ、ある場面を垣間見る。そして私たちは、長いクライマックスの暴力三昧の直前に、もう一度、それを見ることになる。思うに、プロットのうちのいかなる要素も、この光景に直接、依拠してはいないし、さかのぼって関連づけられるわけでもないようだ。それでも、この本を読み終わったとき、私は、これこそが中心だと、激しいアクション全体の真ん中にある静かな中心なのだと感じていた。


「〈薄暮〉だよ」とアーケイディが答える。「生と死のあいだに存在する。それを〈高い尾根〉から見るんだ。美しくて畏れ多い光景だ。すべての魂が青白い光になって横切っていくんだ、〈海への風〉に流され、〈最後の海〉まで。もちろん、ほんとうはぜんぜん海なんかじゃなくて――」（北川依子訳『ボーン・クロックス』より）

〔前略〕〔西の〕窓から外を見ると、一マイルだか百マイルだかわからないが〈砂丘〉が広がっていて、さらに先には〈高い尾根〉と〈日の光〉が見える。ホリーがわたしについてくる。

「あそこが見える?」とわたしは彼女に言う。「わたしたち、あそこから来たのよ」

「じゃあ、砂丘を横切るあの青白い小さな光は」とホリーが囁く。「あれは魂なの?」

「ええ、いつでも何千もの魂が浮かんでる」わたしたちが、東の窓へと歩いていくと、いったいどのくらいの距離だろうか、砂浜がなだらかに下っていき、徐々に暗くなる薄闇のなか〈最後の海〉へと至っているのが見える。「あそこが彼らの行き着く先よ」見ていると、たくさん

の小さな光が、最果ての暗闇へひとつ、またひとつと呑みこまれていく。（右の引用部に同じ）

あっさりした描き方だが、この光景は、真のビジョンの質を備えていると、私には思われる。肉体を替え、魂をむさぼることによって、死すべき運命から逃れることについての与太話にもかかわらず、この小説の心臓部にあるのは死である。そしてそこには死の深さと暗さがある。デイヴィッド・ミッチェルが大の得意とする言葉のあや、腹話術師の饒舌《じょうぜつ》、噂話をはつらつとくり出す華麗さが勇敢にもそれを覆い隠している。どんな賞を勝ち得るにせよ、勝ち得ないにせよ、『ボーン・クロックス』は大いに売れるだろう。そして、この作品はそれに値する。非常に多くの人がこれを読み、大いに楽しむだろうから。私自身、これが何についての話なのか、確信がないにしても、すごい物語だということはわかっている。そしてこの物語の中には、クラクションの音とサクソフォンやアイリッシュフィドルの調べの下で、あの隠された、絶えることのない静寂が中心的な位置を占めている。語りの花火や言葉のクリーグ灯[*1]の輝きの背後に暗がりがある。その暗がりこそが、輝きを真実のものにするのかもしれない。

＊1　かつて映画撮影やスポットライトに用いられた強力なアーク灯。

〔訳者付記〕
『ボーン・クロックス』（ミッチェル）Mitchel, David. *The Bone Clocks* (2014). 邦訳は北川依子訳（早川書房）。

ジャン・モリス『ハヴ』

二〇〇六年

一九八五年に『ハヴからの最後の手紙』が出版されてブッカー賞の最終選考作品に選ばれると、ジャン・モリスの旅行記作家としての業績に見合う名声と、近現代の読者の多くがフィクションというものの本質をよく理解していないという事情とが相まって、旅行代理店は予期せぬとばっちりを受けるはめになった。なぜハヴへの手頃な航空券を予約できないのか、理由を教えろと客たちに迫られたのだ。

　問題は、無論、行く先ではなく、出発地点のほうだった。実際、行くことができないのは、ロンドンやモスクワからであって、ルリタニア[*1]や、オルシニア[*2]や、「見えない都市[*3]」からでなら、目的の列車を見つけるだけでよい。

　それから二十年を経た今、モリスはハヴに舞い戻った。そして、「ミュルミドンたち[*4]のハヴ」と題された結末部分を書き加えることにより、自分のガイドブックを補強し、掘り下げ、驚異的にその謎を深めてみせた。その結果は、一般的な読者が小説に期待するものとは異なっている。とはいえ、私はそのように言うことで、フィクション性や作者の想像力に疑念を呈しているわけではない。フィクション性は完璧だし、作者の想像力は生彩に富み、精緻を極めている。

この物語はいくつものエピソードを並べたもので、通常の意味でのアクションやプロットを欠いている。だが、物語に必須と考えられているこうした要素が通常果たす役割は、この本全体を通して力が集中していく方向性、あるいは意志といったものが十分に果たしている。通常、小説に不可欠とされる要素で、この本に欠けているものが、もうひとつある。抽象概念を体現する面もあるにせよ、ひとりの人間として記憶に残る存在感をもつ登場人物《キャラクター》たちだ。優れた旅行記作家の例に漏れず、モリスは興味深い人物に話しかけては、その会話を書きとめる。この本の第一部で私たちが出会った人々は第二部でも登場し、周辺を案内し、この国に何が起きたのかを自分の体験として示してくれる。だが、白状すると、私は再会した彼らの名前をほとんど思い出せなかった。モリスの才は人物描写にはない。彼女の描く人は、個々の人としてではなく、ハヴの住民の例として印象深いのだ。

このプロットとキャラクターの欠如は、伝統的なユートピアの描き方に共通する。そのせいで、学者その他の分類好きの人たちは、『ハヴ』をトマス・モアとその仲間の棚に並べようとするのではないか。栄誉ある位置ではあるが、この本のあるべき棚はそこではない。私がこう言っても、版元はもちろん、おそらくモリス本人にも感謝されまいとは思うが、『ハヴ』は、正しくはサイエンス・フィクションである。はっきりとSFだと認識されるタイプのもので、しかも質がすばらしい。

＊1　アンソニー・ホープの『ゼンダ城の虜』などの小説に登場する、ヨーロッパ中部に設定された架空の王国。
＊2　ル＝グウィンの一連の作品の舞台であるヨーロッパ中部の架空の国。
＊3　イタロ・カルヴィーノの『見えない都市』において、マルコ・ポーロがフビライ汗に、派遣使として訪れた先のことを報告するという体裁の語りに登場する諸都市。
＊4　ギリシャ神話でアキレスに従ってトロイ戦争に参加したテッサリアの戦士集団。転じて、指導者の命令にためらわず従い、非道な行為も辞さない者を意味するようになった。

関係する「科学《サイエンス》」つまり専門領域は、社会的なものだ——文化人類学、社会学、政治学、そして何より、歴史学。ハヴという存在は、数千年にわたる地中海地方の歴史、風習、政治に向けて掲げられた鏡なのである。それは集束鏡《フォーカシング・ミラー》だ——その強調された鏡像には、観察と推測の双方がくっきりと凝縮されている。私たちはどこから来たのか、そして、どこへ行くのか？　それがこの本の問いかけることだ。この本は、地図帳にも歴史書にも見当たらない、ひとつの地を創造することによって、それらの問いを投げかける。その地は、いかにもほんとうらしく、巧みに、実在する世界に何の不都合も起こさず導入され、そこを取り巻くすべてについて、一歩引いた視点からの皮肉と啓示に満ちた展望を、私たちに見せてくれる。作品の様式は、たとえばガリバーが訪ねた島々が描き出されたような、風刺的ファンタジーではない。とことん写実的で、きっぱりと観察に徹し、サウジアラビア、トルコ、そしてダウニング街のこれまでと現在の事情に精通している。本格的なサイエンス・フィクションは、ファンタジーではなく、リアリズムの一形態である。そしてハヴは、もうひとつのありうる地理を用いた例として卓越している。もし、サイエンス・フィクションに無知なくせに浅はかにも軽視するお偉方のスノッブ的な愚かな意見に左右されるなら、あなたはハヴから立ち去るがいい。だがそれは、残念だし、もったいないことだ。この本を読めば、そんな事態は簡単に防げて、得だけがある。

説明の難しい本である。ハヴそのものについて記述するのも難しい。作者自身、たびたび、そう嘆いている。著者の初めての旅に同行する私たちは、いささかちぐはぐなところはあるにせよ、魅力的な一九八五年のハヴを知ることができる。かわいらしいお城へと登っていけば、そこでは、アルメニア人のラッパ吹きが第一次十字軍[*1]の騎士たちを悼むカトリアンの哀歌「Chant de doleure pour li poz chevalers qui suent morz（死んだ勇敢な騎士たちのための悲しみの歌）」を夜明けとともに演奏している。私たちはベネチア式商館やカジノに出かけ、カリフを訪ね、謎めいた英国公館に赴き、また、大断崖の洞穴で暮らす穴居人、クレテヴたちに出会う。この断崖の内部ではヨーロッパ諸国とハヴを結ぶ唯一の陸上交通である鉄道が、日々、ジグザグのトンネルを駆けぬけている。私たちは「鉄の犬」を見に行き、スリル満点の「屋根伝いレース」を見物する。だが、知れば知るほど、一層、知る必要が高まっていく。理解できない事柄、水面下に隠された事象の気配が色濃くなり、はては脅威すら感じさせる。私たちは迷路に迷いこむ。千年にわたって築かれてきた迷宮が、私たちを過去へ過去へと引き戻す。アキレスの時代や、運河を造り、港の入り口に「鉄の犬」を建造したスパルタ人の時代へ。さらには穴居人クレテヴたちの計り知れぬ太古の時へと。このクレテヴたちは、熊の友人でもある。迷路はどんどん広がっていき、世界の半分ほどに延びていく。というのも、ハヴの詩歌はウェールズから深く影響を受けているようなのだ。また海岸を少し行けば、かつて世界でもっとも西に位置した、歴史ある中国人街が現存する。マルコ・ポーロは興味がなかったらしく、「ユアン・ウェン・クオについては、何も言うべきことはない……さっさとほかの場所の話に移ろう」と記したというが。

　アキレスやマルコ・ポーロはほんの手始めだ。イブン・バットゥータ[2]ももちろんハヴを訪れているし、偉大な旅行家たちが軒並み訪れて感想を残しており、それらはハヴ人とモリスによって丹念に引用されている。T・E・ロレンス[3]はこの地で秘密の使命を見出した可能性があり、アーネスト・ヘミングウェイは釣りにやってきて、六本指の猫たちを連れ帰ったという。ハヴ観光の華やかなりし時代は、第一次大戦の前と終結後のことで、当時、ジグザグのトンネルを抜ける汽車にはヨ

＊1　この曲名は古フランス語と思われる。
＊2　十四世紀のアラビアの大旅行家。
＊3　T・E・ロレンス（一八八八－一九三五）はイギリスの軍人、考古学者。映画『アラビアのロレンス』の主人公のモデルとして知られる。

ーロッパ社交界の最上の部分に属する人たちが大勢乗っていた。億万長者や、右派政治家なども。もっとも、ヒトラーがほんとうにハヴでひと晩過ごしたのかどうかは、今も議論が尽きない。一九八五年のハヴ国内の政治状況はといえば、非常に不透明だった。宗教は多種多様。これは、何世紀にもわたって、東西の列強が入れ替わり立ち替わりきたことによる。モスクと教会は平和に共存する。実際、宗教界は無風状態で、信仰に関心が薄いのかと思われるほどだった――聖なる瞑想に人生を捧げているという評判の世捨て人の小グループは、ただ禁欲主義を楽しみ、機嫌良く自己中心的に生きている快楽主義者だとわかった。だが、しかし……カタリ派[*1]の存在はどうだろう。初めての滞在の終わり近く、モリスは暗闇の中、密かに連れ出され、ハヴのカタリ派の集会を目撃する。それは、ベールをつけた女たちと修道士の外衣をまとった男たちの集う奇妙な秘密会議の儀式だった。出席者の中に、友人や、ガイドや、トランペット奏者や、トンネル案内人の姿を認めたようにモリスは思う……が、確信は持てない。何もかも、確かではないのだ。

　二十年後に再訪したハヴは、いくつかの点でわかりやすすぎるほどに映る。かつてのハヴの面影はない。詳細不明の介入《ジ・インターベンション》と呼ばれる事象によって破壊されてしまったのだ。鉄道は廃止され、巨大空港が建設中だ。総合リゾート施設「ラザレット！」（「！」は、名称の一部である）に船で乗り入れれば、そこには最高に贅沢な凡庸さが隅々まで行きわたっていて、中年女性の宿泊客の言葉を借りると、とても安全な感じがする。かつて異彩を放っていた中国人街の有力者の屋敷は焼け跡と化し、新たなランドマークである巨大な超高層ビル、ミュルミドン・タワーがそそり立つ――「恥知らずで無節操で技術的には並ぶもののない俗悪さの巨匠的表現」として。英国公使は以前の英国公使に比べて、陰険さでは少なくとも同等で、卑屈さでははるかに上を行っている。街のほとんどはコンクリートで建て替えられている。穴居人のクレテヴたちは衛生的な住宅をあてがわれ、熊は絶滅した。ポストモダニズムの世が到来している――特有の粗暴さに、狡猾さを併せ持った建築様式とプロパガンダ、宣伝と模倣の還元主義的文化、市場資本主義、派閥主義、テロをほのめかし続ける狂信的信仰とともに。にもかかわらず、私たちは程なく気づくのだ。ハヴがまだハヴであることに。あの迷路は、迷宮は、まだそこにある。ミュルミドン・タワーのエレベーターですら、一筋縄ではいかない。この国を実際に動かしているのは誰なのか？　カタリ派なのか？　だが一体、カタリ派とは何者なのか？　ミュルミドン・タワーに掲げられた「M」のほんとうの意味はなんなのか？

モリスはエピローグで、ハヴが寓意《アレゴリー》だとしても、何の寓意なのか、自分にはわからない、と言っている。私自身はまったく、寓意だとは受けとっていない。私はこれを、近年のふたつの時代における西洋と東洋の交差点についての優れた記述として、真に世界を見てきて、その中で常人の二倍の濃さで生きてきた、ひとりの女性による観察として読んだ。描かれた謎は、正確さの一部である。『ハヴ』は、二十一世紀初期を知るためのとてもよいガイドブックだと私は思う。

＊1　十二、三世紀のヨーロッパで盛んになったキリスト教異端派。弾圧を受け、十五世紀初めに消滅したとされる。

〔訳者付記〕
『ハヴ』（モリス）Morris, Jan. *Hav* (2006). "Last Letters From Hav"と"Hav of the Myrmidons"から成る。

船のわたしたちのなかには、京都から来た者もいて、繊細で色白で、生まれてからずっと家の奥の薄暗い部屋ですごしていた。奈良から来た者もいて、日に三度、ご先祖様に祈り、今もお寺の鐘が聞こえると言った。山口の農家の娘もいて、手首は太く、肩幅は広く、これまでずっと九時には寝床に入っていた。(岩本正恵・小竹由美子訳、新潮社『屋根裏の仏さま』より。このあとの引用部の訳文もすべて同書からお借りした。)

ジュリー・オオツカ『屋根裏の仏さま』

二〇一一年

ジュリー・オオツカのこの本がどのように読まれるべきかについて、この一節が手がかりを与えてくれるかもしれない。彼女はこの作品をノヴェル(長篇小説)と呼ぶ。この作品は綿密で注意深い配慮のもとに史実に沿って書かれているものだ。小説にふさわしい、生々しい表情や情景、ちらりと見えるもの、声などがあるが、それぞれ、そのとき限りのものであり、読者はどこかにずっといるわけにも、誰かにずっとついていくわけにもいかない。情報が与えられる。かなりたくさん。その情報は、とても優雅な、目に見えない仕方で与えられる。そして歴史が語られる。しかし、この作品は通常の小説における個人的体験の身近さも、歴史書のもつ幅広い視野もない。トーンはしばしば呪文のようだ。言葉づかいは単刀直入で、複雑に入り組んではいないし、メタファーもほとんどないのに、この作品の真の、そして類い稀な長所は、私たちが詩と呼ぶ、説明しがたい特質にあると私は思う。

長い語りを一人称複数形で書き通すのは冒険だ。なじみ深い一人称単数や三人称単数で書いているときには、思い浮かぶこともないような問題が出てくる。ひとつには、読者は語り手の「私」や主人公の「彼／彼女」に対しては容易に一体感をもつことができる、ということがある。この感情移入を嘲笑する批評家もいるし、それをわざと抑圧して喜ぶ小説家もいるが、これはやはり、物語の楽しみの根本的に重要な一要素なのだ。ところが、集団全体に対して強い一体感をもつことは難しい。その集団全体に強い興味をもっていても、そのメンバーに個人的な共感を覚えていてもそうなのだ。

そして「私たち」にはふたつのグループがある。「私たちと彼ら」と「私たちとあなたがた」だ。「私とあなたがたみんな」を意味する、含めるタイプの「私たち」と「私と、あなたを含まないほかの人たち」を意味する限定的な「私たち」を区別する言語もある。『屋根裏の仏さま』の「私たち」は「私」を含まない人工的文学的構成物だ。話し手であると想像される集団は、二十世紀初期の日本人の「写真花嫁」だ。代理人を通して合衆国で働く日本人の男たちと結婚した女たちは船で太平洋を渡り、お互いに写真でしか見たことのない夫のもとへ行った。この習わしは、ほかに妻を得る手段のない男たちと、黄金の州カリフォルニアでより良い生活がしたいと願う女たち――おおむね若く、とても貧しい女たちのためのもので、数十年にわたって実施された。この小説に出てくる集団は、第一次世界大戦後まもなくやってきた人たちのようだ。

写真花嫁たちは知るよしもなかったが、アメリカの人種的偏見のせいで、彼女たちは夫たちとともに疎外され、生涯、お互い同士にとってのみ、「私たち」――アメリカの日本人である私たち――

であることになる。白人のアメリカ人にとっては、彼女らはいつまで経っても「彼女ら」なのだ。以上のことが、オオツカが普通ではない、難しい方法で物語を語ることが正当化される根拠である。強力な根拠であり、効果的な根拠だ。ぐだぐだ説明することなく、的を射ているから。船の一番安い船室にいて、旅をするうちに、女たちはどんなに多様であっても、ひとつの集団を形づくる。約束の地に着くと、彼女らはばらばらになり、それぞれの夫のもとへ行く。夫たちは「彼ら」であることが強調される。「私たち」ではないのだ。

その夜、新しい夫は、わたしたちをすばやく奪った。平然と奪った。そっと、けれども手をゆるめず、無言で奪った。（中略）〈ミニッツ・ホテル〉のむきだしの床にあおむけに寝かせて奪った。（中略）まだ準備ができていないのに奪い、血は三日間止まらなかった。

のちに、彼女らがカリフォルニアの野良での「屈み仕事」に身を粉《こ》にし、移動労働者宿泊施設やミドルクラスの雇い主の家のキッチンであくせく働き、過酷な貧しい生活を続ける間も、白人たちの絶対的な他者性にもかかわらず、彼女らは夫たちとひとつにはならない。子どもたちが生まれても、最初のうちこそ、母親の胸が切なくなるほどいつもくっついてきたけれど、彼らもまた「私たち」ではない。

初夏のストックトンで、わたしたちは子どもたちをそばの溝の中においておいて、タマネギを掘り起こして袋詰めしたり、初物のプラムを摘みはじめたりした。わたしたちがいないあいだ遊べるよう、子どもらに棒を与え、わたしたちがちゃんとそこにいることをわからせようと、ときおり声をかけた。**犬をかまうんじゃないよ。ハチにさわっちゃだめよ。**（中略）一日が終わって空にもう光がなくなると、わたしたちはどこかに横になって寝ている子どもらを起こして、髪についた土を払ってやった。**さあ、おうちへ帰ろうね。**

いつしか子どもたちは父親たちより背が高くなり、日本語を忘れ、英語しかしゃべろうとしなくなる。ものすごくたくさん食べ、ミルクを飲み、ポテトにケチャップをかけ、親たちのことを恥ずかしく思う。そして親たちにお辞儀をしようとせず、溝は広がっていく。「一日過ぎるごとに、子どもらはどんどんわたしたちの手から離れていくようだった。」子どもたちは「他者たち」――白人のアメリカ人たち――の仲間になっていく。

だが、そこで、日本による真珠湾攻撃が起こった。

オオツカは語る。日系アメリカ人たちが経験した、敵意と猜疑心《さいぎしん》が高まっていった数か月間について。彼らの不安と信じられない気持ちについて。やがて彼らは、即決で財産を没収され、敵国人として強制収容所に送られた。その苦悩と痛みが抑えた筆致で描かれるそのくだりの文章は、この本の中で最良の部分かもしれない。

私が残念に思うのは、そのあとの最終章で、オオツカが突然、語りのモードを変え、彼女の女たちの集団を追うのをやめてしまうことだ。視点がふいにがらっと変わり、「私たち」は白人たちになる。「日本人は、わたしたちの町からいなくなった。」

私の町、バークレーから「日本人がいなくなった」とき、私は十二歳だった。その当時、何が起こっているのか知らなかったこと、理解していなかったことは、長年にわたって、私の心を悩ませ、気づきを与えた。白人のアメリカ人として、無知と否認をどう扱うかは、私自身が考えなくてはならないことだ。ジュリー・オオツカが私の代わりに、どうにかしてくれるわけではない。ただ、私が思うのは、オオツカが彼女のヒロインたちにつき添って、彼女らが追放された先の、あの過酷な砂漠と山の収容所の町々へ行ってくれればよかったのに、ということだ。そこは、戻ってきた人たちが証言し始めてくれるまでは、「私たち」のほとんどが、想像の中でさえ、行かなかったところだから。

〔訳者付記〕
『屋根裏の仏さま』（オオツカ）Otsuka, Julie. *The Buddha in the Attic* (2011).

ジョゼ・サラマーゴ『大地より立ちて』

二〇一二年

この二、三世紀の間、小説はほとんどの場合、ミドルクラスの作家によって、ミドルクラスの読者のために書かれてきた。非常に貧しい人たちや虐げられている人たちについての小説が、それらの人たちによって、あるいはそれらの人たちのために書かれることは一般的ではない。そのため、そういう小説は、非常に陰鬱なもの——暴露的でいかめしく、希望がなくて、必然的に残酷なものであると同時に、距離を置いて見た、社会学的な雰囲気の漂うものになりがちだ。虐げられた人について書かれた二つの偉大なアメリカの小説、『アンクル・トムの小屋』と『怒りの葡萄』は、書き手の強い正義感と主人公たちへの敬愛の情のおかげで、その威嚇的な冷淡さを免れている。同じことが、ジョゼ・サラマーゴの初期の小説、『大地より立ちて』にも言える。そしてこの作品には、それに加えてすばらしい特質がある。作者が子どもの頃、身近にいた人々、自分自身の身内、家族について書いているという点だ。

この書評を書きながら、私は彼自身に自分の言葉で語ってほしいという誘惑に抗しきれない。一九九八年のノーベル賞受賞スピーチを、彼はこんなふうに始めた。

> 私がこれまでに出会った、もっとも聡明な男性は読み書きができませんでした。午前四時、新しい一日の兆しがまだフランスあたりでぐずぐずしているときに、その人は藁《わら》布団の寝床から起き上がり、野良に向かいました。六頭の豚を草原に連れていくのでした。豚たちを繁殖させることが、彼と妻の生活の手立てでした。このふたり——私の母の両親は豚をふやすことによる、わずかな儲けに頼っていました。乳離れした子豚は、リバテージョ地方のアジニャガの私たちの村の隣人たちのところに売られていきました。（中略）冬、夜の寒さがうちの中の鍋の水を凍らせるぐらいになると、ふたりは豚小屋に行き、子豚たちの中でも弱っちいのを連れてきて自分たちのベッドに入れてやったものです。ごわごわした毛布の下で、人間たちからぬくもりが伝わって、ちびたちは凍えずにすみ、辛《から》くも死を免れました。ふたりは心優しい人たちでしたが、このような行動に彼らをせきたてたのは同情心ではありませんでした。彼らにとって重要なのは、感傷抜き、言葉のあやも抜きで、自分たちの日々のパンを守ることでした。自分たちの命を維持するのに必要な以上のことを考える習慣をもたない人々には当たり前のことです。

少年時代、祖父母とともに暮らし、働いた経験は、サラマーゴの小説——その着想や動機づけ、そのトーンの基盤を成している。ノーベル賞のスピーチで彼はこの小説を次のように要約した。

> バッドウェザー〔文字通りには、「悪天候」の意〕という名の家族の三世代が、二十世紀の初めから、独裁政治を転覆させた一九七四年の四月革命までの期間を、*Risen from the Ground* と題されたこの小説の中で、生きていきます。私はこのような、大地から立ち上がった男たち、女たちとともに——まず、現実の人々とともに、それから、フィクションの登場人物とともに——忍耐強くあるこ

と、時間というものを信頼すること、時間を心の頼みにすることを学びました。その同じ、時間というものが、私たちを造る一方で壊し、また造って、また壊す――それでも常に、時間を信頼する、ということです。[*1]

サラマーゴは人生の後のほうになって、ジャーナリズムを離れ、小説を書き始めた。あたかも、リンゴの老木が、急に、ヘスペリデス[*2]の金色のリンゴの実をたくさん実らせるようになったかのように。この本は、一九八〇年、サラマーゴが五十八歳のときに出版されたもので、「若書き」ではない。後年の作品の多くがもつ複雑な深みはまだなく、文体はまだかなり伝統的（句点があるし、パラグラフもある）だが、語りの声は紛れもなく、彼のものだ。成熟した穏やかな声。口語的で平易、しばしば皮肉っぽかったり、すてきにユーモラスだったりする。それが前に向かって流れながら、うねったり、自分自身とからまりあったりして、ためらったり、たゆたったりもしているようなのに、決して勢いを失うことはない。乾燥した土地を流れる大きな川のように。

＊1　〔ル＝グウィンによる注〕サラマーゴが信頼する翻訳者、マーガレット・ジュル・コスタの翻訳による、この小説の英語版のタイトルは *Raised from the Ground* となっている。また、小説英語版では、一家の名は、Mau-Tempo というポルトガル語のままである。〔訳者注〕サラマーゴのスピーチの記録（おそらくポルトガル語から英語に訳されたもの）で用いられている、小説の英語タイトルや、登場人物の一家の名前（の表記）が、マーガレット・ジュル・コスタの翻訳による小説の英語版のそれらと異なっているため、ル＝グウィンが断り書きをしている。小説英語版のタイトルは、*Raised from the Ground*。サラマーゴのスピーチの英語訳では、*Risen from the Ground*。両者の実質的な意味は同じ。また、小説英語版では、登場人物の一家の名前は、「悪天候」を意味するポルトガル語のままであるのに対して、スピーチの英語訳では、Badweather という英語の名になっている。

＊2　ギリシャ神話で、世界の西の果てにある園で、黄金のリンゴのなる木の番をしている娘たち。

サラマーゴの思考と共感の幅広さ、ならびに、彼が言う忍耐と信頼と、彼の情熱的な政治的確信との間の精妙なバランスが、この小説に、人間の不公正についてのこの種の証言の大半よりも、幅広い視野を与えている。ストライキ参加者としてつかまった男が殴られるのを描写した一節では、拷問の場所は、通常のように、離れた場所、口にするのがはばかられる秘密と見なされているわけではない。なぜなら、何事も秘密にしておくことはできないから。人間的なもののうち、自然の外にあるものは何もない。すべてのものがつながっている。すべてが語られるし、すべてのものが話せる。床の上の一匹のアリは、その男を見て思う。「顔が腫れあがっている。唇が切れている。そして目ときたら、ああ、気の毒に、痣《あざ》に埋もれて、目があるのもわからない。来たときの姿とは全然違う」と。拷問者たちが犠牲者に水をかけると、私たちはその水の長い旅路をたどる。地中の深いところを通り抜け、雲になり、雨になり、陶器の水差しの中にはいって、「高いところから顔の上に注がれる。突然に落下し、突然に砕け散った水はゆっくりと、唇、目、鼻、顎の上を流れ、こけた頰の上、汗びっしょりの額の上を流れ、(中略)そうして水はこの男の、今のところはまだ生きている顔型《マスク》を知る」。

サラマーゴは自分の視野の中に、非常に多くのものを含めるが、何を除外すべきかはわかっている。彼はそのことをよく知っている。その知識はとても稀なものだ。現代の語りの流れをしばしばせき止める機械的な会話はまったくない。苦しみや悲惨、拷問についての詳細で冗長な記述もまったくない。そういう贅沢な記述は、冷徹なリアリズムや容赦のない真実暴露として歓迎されるが、作家と読者の両方にとって、加虐的ファンタジーへの耽溺《たんでき》に過ぎないことのほうが多い。この小説の中に唯一、ファンタジーがあるとすれば、それは、この小説の予想外に希望の感じられる結末であるかもしれない。サラマーゴは真実を非常に尊ぶ人だった。私が思うに、彼が、クライマックスに達したところで物語をストップさせることを選んだのは、社会的正義の理想がいつか実現すると信じていたからではなく――彼はそういう意味で何かを信じるということはしなかったのではないかと思う――合理的な希望は絶望よりも有益だと判断したから、そしてまた、自分の芸術の中に美を探し求めたからだ。彼の傑作、『白の闇』は結末で、同じように、光への方向転換をする。しかし、その後、『見えることについての試論』では再び、光に背を向ける方向を向く……。彼は暗闇とは何かを知っていた。

近現代の小説における死は、ほとんど常に暴力的だ。かつては小説の中でも人は、現実の生活で大抵の人が死ぬような仕方で、死んでいた。射殺されたり、ナイフで刺されたり、爆弾に吹き飛ばされたり、そのほかのやり方で殺されたりすることなく、普通に、かつ不可避的に死んでいた。だが、私たちはフィクションでの死はもっと見栄えのするものであってほしいのだ――自分自身がしたいと思う死に方ではなく。本書の終わり近くに、死の情景がある。それは一生の間、懸命に働き、拷問によって損傷を受け、年を取って六十七歳で死のうとしている、ひとりの男の死だ。私たち読者は、彼の死を彼自身の目を通して見る。このシーンは私が知っているいかなる小説の死の場面よりも優れていると私は思う。知性と、激しい芸術的勇気と、徹底した人間的優しさの得がたい組み合わせから、サラマーゴの真実の語りが発現している。

ノーベル賞の受賞スピーチで、彼は次のように言った。

　十分、自分のものにできたかどうか自信がない、唯ひとつのものは、それらの女たちや男たちの中で、そういう経験のつらさが美徳に変えたあるもの、すなわち、生きることに対する、生得的な生真面目な姿勢です。毎日、私は自分の精神の中に、それの存在を感じます。永続的な召喚のように。私は少なくとも今はまだ、希望を失っていません。広大なアレンテージョの平原で見せてもらった、矜持の模範である人たちの偉大さに少しでもふさわしい自分になりたいという希望を。なれるかどうかは、時が教えてくれるでしょう。

時は今、英語を話す人たちに、この初期の小説において、サラマーゴがそのような偉大さに貢献し、それにふさわしいものになるためにいかに努力したかを知る機会を与えてくれている。私たちはすでに知っている。彼がすべての作品を通して、自分を召喚する厳格な精神をひたむきに追い続けたことを。

〔訳者付記〕
『大地より立ちて』（サラマーゴ）Saramago, José, *Lavantado do Chão* (1980). 英語版 *Raised from the Ground.*

ジョー・ウォルトン『図書室の魔法』

二〇一三年

うまいタイトルの小説、『アマング・アザーズ』[*1]は、私が思うにフェアリー・テイル（お伽話）である。なぜなら、そこには妖精《フェアリー》あるいは、フェアリーと呼ばれる何かがいるからである。それは誰にでも見えるわけではないが、見えない人や存在を信じない人の生活に影響を与えることができる。そういう意味では、フェアリーは現代の工業化したイギリスで、過去の民間伝承での役割に似た役割を果たしている。といっても、彼らは、フェアリーについての通常の概念にあてはまらない。丘のふもとであなたをさらう丈高い「美しい者」たちではなく、ヴィクトリア朝時代の人たちが愛した「豆の花《ピーズブロッサム》」[*2]その他の小妖精でもないし、ましてやティンカーベルではまったくない。本書の、彼らについての描写を読めば、偉大なイラストレーター、アーサー・ラッカムは彼らを見る

＊1　『図書室の魔法』の原題は *Among Others* である。among others は、「とりわけ」とか「（数ある中で）たとえば」という意味の慣用句でもあるが、文字通りには「ほかの人（あるいは物）の間で」ととれる。主人公が新しい環境に入って、ほかの人たちと交わり、新たな経験をしていくこの物語にふさわしく感じられる。また、この物語にはフェアリーなど普通の人間以外の存在も出てくることを考えると、さらに興味深い。

＊2　シェイクスピアの『夏の夜の夢』に登場する小妖精。

ことのできる人のひとりだったのだろうと、想像される。

オークの木がどんぐりと手のような形をした葉をもち、ヘーゼルがヘーゼルナッツと湾曲した小さな葉をもつのと同様に、たいていのフェアリーはごつごつした体つきで、灰色か緑色か茶色で、大体は、体のどこかに毛に包まれたところがある。今目の前にいるこいつは、灰色で、とてもごつごつしていて、フェアリーの中でかなり不気味な部類にはいる。

小説の主人公で語り手のモリは幼い頃からずっと、フェアリーが見え、その存在に気づいていた。彼女は彼らにトールキンのエルフのようであってほしいと思うが、彼らは優雅でも力強くもなく、不満げで、隅のほうにいて目立たず、なんとなく落ちぶれているような感じもする。彼らの一部はたぶん幽霊である。彼らを手なずけることも文明化することもできないし、彼らのすることは予測不可能だ。彼らは大抵、ウェールズ語を話す。どんな名前で呼んでも反応しないが、適切な仕方で頼めば、願いを叶えてくれる。彼らは「荒野」の断片のようでもある。森の名残があるところでのみ生き長らえ、古い公園、利用されたことのない未開墾地、町や農場の境界の先の忘れられた道路など、人の気配の届かないところに現われる。

しかし、『図書室の魔法』は、荒野と魔法との、つまらない方程式をつくらない。というのは、この物語に出てくる、ごく平凡だと思われる数人の人たちも超自然的な力をもっているのだ。願いを叶えてくれるよう、どのようにしてフェアリーに頼むのかについての知識は一種の魔法である。もっとも、そういうのではない種類の魔法もあり、中にはずっと邪悪なものもある。

超自然的な出来事を現代の通常の生活――この場合は、一九七九年のオズウエストリ[*1]――に持ちこむことは小説家にとって簡単な仕事ではない。リアリズム信奉者は、ファンタジーは子どもについて、あるいは子ども向けに書かれたものとして提示される場合のみ、許容できるという考えを、私たちに残した。しかし、自然と超自然の重なり合いには、本質的に子どもっぽい要素は何もなく、リアリズム最盛期に大人向けに書かれた小説にも、この重なり合いを用いているものが多くある。真っ先に私の頭に浮かぶのは、精妙で魅力的な作品、『狐になった奥様』だ。ほかの多くの作品におけると同様、デイヴィッド・ガーネットのこの作品では、超自然的な要素は単にそこにあるだけで、説明されることも、論じられることもない。これは上々の美学的戦略だ。というのは、もしそれが論じられるとしたら、作者は、ほんとうらしさと因果関係の両方に、真っ正面から取り組まなければならないからだ。

大抵のファンタジーはこの二つの難しい課題――ありえないことをほんとうらしく見せることと、現実的な設定の中で、魔法を説明可能なものにし、魔法に、現代の小説にふさわしい道徳的・感情的な意味を与えること――に挑戦するのを避ける。ジョー・ウォルトンはこの二重の難題を引き受け、勇気をもって、腕をふるう。彼女は示す。魔法の呪文の効果がいともたやすく、まったく自然なこととみなされて、そのように説明され、納得されて終わることを。そして、また、本物の変化をもたらすような、いかなる行為についても、必ず、その代償を支払わなくてはならないということも。この相互性は「三つの願い」の世界においても、ニュートンの第三法則[*2]の世界におけると同じくらい絶対的なのだ。

物語は、十五歳のモリの日記の形で語られる。しかし大人になったモリがひっそりとそこにいる。この立体幻灯機的な見え方はこの本を大いに豊かにしている。モリは独自の文体をもって書き、憑かれたように本を読む。大抵の場合、サイエンス・フィクションだ。この小説の読者の中には、ご

＊1　イングランド西部のシュロップシャーにある、ウェールズとの境界に近い町。
＊2　ニュートンの運動法則の三つ目、作用反作用の法則。

自分は聞いたことがないかもしれない作家について、彼女が情熱をこめて、あるいは非難めいた口調で語る批評に辟易《へきえき》する人もいるだろう。それは仕方がないかな、と思う。わたしたちはもはや、文学的教養の共通基盤をもっていないので、試しにかじってみたこともない古典的な著者に言及されると、多くの人が困惑する。それはさておき、その機会を与えられたモリは、ハインラインやゼラズニーに傾倒したときと同じくらいの熱心さで、プラトンをむさぼり読む。彼女の年齢にふさわしいエネルギッシュな確信をもって語られる批評は、読むのが楽しい。T・S・エリオットはめっちゃいい、[*1]と知って、私は嬉しかった。

肉体的、精神的に多くの大きなダメージを受けたモリは、自分にとって読書は埋め合わせだと考える。実際、本は彼女の情熱と強烈な知性に、芸術と思想から成る、より大きな現実への唯一の道筋を与えてくれる。愛していたすべてとの別れ、砕けた骨盤の痛み、十分に尊敬に値するけれど、とても奇妙な三人のおばさんに送りこまれた寄宿制女子校の息が詰まりそうなくだらなさ、頭のおかしい魔女である自分の母親からの奇妙な攻撃——本さえ読めれば、そういったことすべてをなんとか乗り越えられそうに思えた。だが、結局、読書もモリの期待を裏切る。モリは実生活での仲間を求め、人のぬくもりを求めて、魔法に頼る。

『図書室の魔法』は滑稽で、周到で、的を射ていて、初めから終わりまで夢中になって読める本だが、魔法の問題の扱いについては、それ以上だ。モリは、新しい友人たちは、進んで自分に友情を提供する気持ちがなかったのに、自分のかけた魔法の力に強《し》いられてそうしたのだと悟る。そのときのモリが抱いた道徳的な苦悩は、力に伴われる責任とまともに向かい合う誰もが抱く苦悩だ。この問題はすぐに解決できるものではないし、簡単に解決できるものでもない。

この本の中心はハロウィーンの夜、ウェールズの丘で、モリがフェアリーの命令に従って、死人の魂が死の世界の暗闇に行くのを手助けする場面だ。モリの脚を不自由にした衝突で、モリの双子の妹は死んだが、その魂が今、暗闇の入り口に来て、モリにくっつき、手を握り、モリに、彼女を送り出すことをさせてくれない。抑制と激しさとを帯びて、幾度となく脳裏に蘇るこの一節で、失うことと切実に必要とすることの苦悩が耐えがたいほどに募《つの》る。古いバラッドで、ときたまそうなるように、穏やかに事実を物語る声が、説明のできない経験を、より深く心にしみこませ、不思議さを現実のものにする。

＊1　原文では、brilliant の短縮形の brill という形容詞が使われている。英国の、主に若い人が使うスラングで、米語の cool にあたるらしい。

〔訳者付記〕
『図書室の魔法』（ウォルトン）Walton, Jo. *Among Others* (2011). 邦訳は茂木健訳（創元ＳＦ文庫、上下巻）。

シュテファン・ツヴァイク『変身の魅惑』

二〇〇九年

芸術家は懸命に努力し、骨身を惜しまず、自らを酷使するので、その彼らに、病気にまでなれと要求するのは、不当であるように思われる。しかし、天才とは病気であるという十九世紀の概念は、倦怠感《けんたいかん》の責任を芸術家、とりわけ、作家と作曲家に帰した。ほどなく、十代の頃から自分の頭脳をアブサンで毒したり、壁にコルクを張り巡らした部屋に引きこもったりはしないとしても、少なくも、人づきあいを一切しなかったり、アルコール中毒になったり、闘牛や自殺に夢中になったりすることを期待されるようになった。ドイツとオーストリアの芸術家は不公平にも、最初から優位に立っていた。というのは、彼らの社会全体がかなり有毒だったからだ。マーラー、リヒャルト・シュトラウス、トーマス・マン、そしてリルケさえも、文化人的神経症傾向を強く示し、へそ曲がりな性向や病気、死が影を落とす生涯だった。歳月が経った今、距離を置いて眺めると、彼らの業績は一層、力強く見える。それは、過剰に強い感受性の神秘的な雰囲気に圧倒されて損なわれるものが減り、病める英雄としての自己への陶酔がなくなり、均衡の崩れた世界を鋭い感覚で捉え、醒めた明晰さで伝えてくれるからだ。マンの短篇「若き日の悲しみ」は、家庭内のドラマのうちでも非常にささやかなものだが、わずかなページ数の生き生きとした穏やかな文章のうちに、歴史的瞬間がまるごと捉えられている。それよりはスケールが大きく、より暗い色調だが、感情の力と抑制ではそれに匹敵するシュテファン・ツヴァイクの小説『変身の魅惑』[*1]は、一九二六年のオーストリアのダークなお伽話だ。

この本は、ツヴァイクの作品の中では変わり種だ。彼の名声はまず、何よりも高度に「心理学的」な評伝に、次いで、張り詰めたような凝った文体で書かれた長篇小説によるものだった。『変身の魅惑』は彼の生前には出版されなかったし、おそらくは完成されなかった。彼は明らかに、この作品の大半を一九三〇年代に書き、ナチズムを逃れてブラジルに渡ったときに、その原稿を持っていき、ブラジルで執筆を続けたようだ――一九四二年に妻と合意の心中をして亡くなるまで。この作品は四十年前、ドイツで出版され、それからさらに三十年経って、今回、この英語版が出た。

この作品には古めかしさがない。気取ったポーズを取ってはいない。言葉づかいはまっすぐで、正確で、繊細で力強い。物語の流れは緩急自在だ。直線的な感情が高まっての爆発の描写が「昔風」の解決につながっていくのだろうと思っていたポストモダン世代の読者はショックを受ける。この作品が進行中のものだからか、この作品についてのツヴァイクの構想が本質的に多義的なものだからか、この作品には結論がないのだ。この小説の道徳的荒廃は徹底的で、的を射ていて、絶対的だ。シニシズムをはるかに超えている。ドストエフスキーと同じくらい、非合理的かつ反論不可能だ。

物語はオーストリアの侘しい村から始まる。クリスティーネはそこの郵便局で無味乾燥な仕事をして、病気の母親をどうにか養っている。彼女の家はブルジョワだったが、第一次世界大戦中に没落して貧乏になったのだった。ある日突然、戦争前に渡米した伯母から電報が来て、クリスティー

＊1　英語版のタイトルは『*The Post Office Girl*（郵便局の若い女性職員）』。

ネは招かれて、アルプスの贅沢なホテルに赴く。そこは魔法の世界で、クリスティーネが自覚していなかった願いの数々が、口にする前に叶えられた。本の中で長い部分を占めるこのくだりは、すばらしくよく書かれている。山の空気のように明るく、喜びでぴちぴちしている。だが、喜びが過剰になり始め、狂躁状態に近くなる。そして、逆戻りが起こる——ここもまた、すばらしい書きぶりだ。忘れられないほどリアルだ。シンデレラは灰の中に戻る。

そしてそこで彼女は、彼女の王子、フェルディナントに出会う。負けた戦争で戦い、シベリアに抑留された運の悪い元兵士。苦いものを心に抱えている。このふたりはどこでなら、共に生きられるだろうか？　どこでなら、生きるに値する人生を見つけられるだろうか？

クリスティーネの世界は、両立しない両極端——絶望的な願いと、忌まわしい富——から成り立っていて、そして彼女自身、激しく移り気で、ひどく影響されやすい。そんな彼女が自己を確立する機会を与えられないまま、両極端の間にほうりこまれる。アルプスのホテルで、富裕な客たちは、すぐに得られる肉体的快楽による満足だけを求めて生きる。クリスティーネはその人たちに憧れ、一日のうちに、彼らのようにふるまうようになる。彼女の世界は中道がない。ミドルクラスがない。老子が「輜重《しちょう》」[*1]と呼ぶものがそこには存在しない。誰も職業をもたない。みんな、金を得ようともがいているだけだ。誰も利己心を超えたところに目を向けない。霊的な向上を目指していささかでも努力するということがない。知的な興味もない。そういったものはすべて、戦争と、戦後のインフレと飢饉に苦しめられた恐ろしい年月によって、焼き尽くされてしまったようだ。クリスティーネは知的にも霊的にも、言語に絶する貧困の中にいる。

このような剥奪、このような欠如こそ、ヒトラーの出現を可能にしたものなのだろうか？　ナチズムがその空虚を埋めたのだろうか？　クリスティーネの世界に欠けているものは、広大で一見平凡な、人生の真ん中へんの要素だ。ミドルクラスの穏健さだ。彼女はミドルクラスの倫理的基準に機械的に従っているが、雑然とした、ごく普通の良識を支持するために必要な、知的ならびに霊的な正直さについていかなる基準ももっていない。そのような良識こそ、若者が怒りをぶつけ、知識人が嘲笑し、聖人が超越する対象であり、戦士たちが、やれる場合には破壊するものなのに。

　戦争の究極のゴールは奴隷をつくることだ。元兵士で元囚人のフェルディナントはそれを知っている。彼は知っている。自分が決して治らない損傷を負ったのみならず、永久に奴隷にされたのだということを。物語の最後に、彼はクリスティーネとともに自分たちに掛けられた軛《くびき》から逃れるための、一か八かの企てを計画する。もしかすると、彼らは正義を買うことができるかもしれない。だが、自由を盗むことができるだろうか？　私が彼らの未来（彼らに未来があるとして）に見るものは――クリスティーネがあれほど無防備で、あれほどかわいそうなので、私は彼女を好きにならずにはいられないから、見たくはないけれど――それはきっと、大群衆の中で大きく目を見開き、熱狂的に「万歳《ハイル》、万歳《ハイル》、万歳《ハイル》」と叫んでいるふたりの姿だ。でも、それは私に見えるものに過ぎない？　あなたに何が見えるだろうか？　危険を冒すことを恐れない、この美しい小説の著者は、それをあなたに委ねている。

＊1　行軍などの際に持ち運ぶ物資。また、それを運ぶ車。

〔訳者付記〕
『変身の魅惑』（ツヴァイク）Zweig, Stefan. *Rausch der Verwandlung* (1982). 邦訳は飯塚信雄訳『変身の魅惑』（朝日新聞社）。ル＝グウィンが書評の対象としている英語版の訳題の *The Post Office Girl* より、原題の意味に近いらしい。この未完の長篇小説はツヴァイクの遺稿であり、一九八二年に出版された。
「若き日の悲しみ」（マン）Man, Thomas. *Unordnung und frühes Leid*. 邦訳は伊藤利夫訳（サマセット・モーム編『世界100物語〈5〉意外な結末』河出書房新社）に所収。英語版 "Disorder and Early Sorrow".

ウサギを待ちながら――ある作家の一週間の日記

ヘッジブルックは、少し変わった作家の休息所《リトリート》である。そこは女性専用だ。グロリア・スタイネムの言葉を借りると、そこは退却《リトリート》して引きこもるところではなく、前進する場だ。

ジェンダーによる分離は、ほかのいかなる分離もそうだが、その動機を問われやすい。私は大きな雄のカキの中に埋まっている種真珠のような、女子だけのカレッジに行き、ミルズ・カレッジやベニントン・カレッジで教え、すばらしい創作ワークショップ、「ザ・フライト・オブ・ザ・マインド」でも何度も講師を務めた。[*1] 一方、たくさんの男女共学の学校やワークショップでも、参加したり、教えたりした。そういうわけで、私の判断は経験に基づいている。次のことは自明のことだと私は考えている。私たちが未だにそうしているように、男の世界に生きている限り、女たちには、男たちに従ったり、男たちがすることや望むことを真似る代わりに、自分たちが何をするか、どのようにするか、なぜするのかを、自分たちのやり方、自分たちの決めた条件で、構想することができる、学びや仕事の拠点を創造する権利がある。いかなる拠点も現実全体ではない。いかなる排他性も、申し分なく正当ではない。しかし、大きな不公正が栄えているときには、それを妨げ、一時的にでも元にもどすための機会は正当化される。知力と芸術はまったく全面的に男によって所有されてきたから、そしてその所有は猛々しく維持されてきたから、女は誰も、社会が知力と芸術の正当な分け前を、単純に自分に与えるとは考えられないでいる。今でも多くの女が、自分は思想家だ、作り手だと名乗ること、私は学者だ、科学研究者だ、芸術家だと言うことを、困難で、恐ろしくさえあることだと思っている。そのような恐怖には無縁な場所と、純粋に自分自身の仕事に費やせる時間――多くの男が、得られて当然だと思っているもの――が、多くの女にとっては、一生に一度与えられるかどうかの、途方もない贈り物なのだ。

シアトルの北に位置するホイッドビー島の海岸沿いに広がる美しい農場と森の中にあるヘッジブルックの六軒のコッテージは、私たちの多くにその贈り物を提供してきた（もっと詳しく知りたい方は、ヘッジブルックのウェブサイト Hedgebrook.org を見てほしい）。私は二十年前、ひと月滞在するようにと、ご親切にもお招きいただいた。私は一週間だけ行くことにした。それまで、作家村のようなところには、種類を問わずまったく滞在したことがなかったし、行きたいと思うこともなかった。だが、そのときは、そこがどのようなところなのか、興味がわいていたし、タイミングも良かったのだ。私は新しい小説を書くと、みんなにほのめかしていたところだった。それは長いものになりそうだった。長篇か、少なくとも中篇の長さになるだろうと思われた。一週間、毎日、一日中、その仕事にかかりっきりになるというのは、どんな感じだろうか？　まったく気を散らされることなく、食料品を買いに行ったり、家を掃除したり、食事をつくったりすることもなく、一日、二十時間かそれ以上も、たったひとりでいるというのは。

このあとに続くのは、それがどんなだったかについて、私が書いた記録である。

この日記と、滞在中に書いた中篇は、いずれもノートブックに書かれた。ひょっとすると私が丸ごと手書きした長い作品の最後のものだったかもしれない。アメリカの学校で筆記体を教えるのを抑制していることについて声高に文句を言う気はないが、私自身は教わってよかったと思っている。

＊1　ベニントン・カレッジとミルズ・カレッジはかつての名門女子大学（現在はいずれも男女共学化している。前者は一九六九年に完全な男女共学制になった。後者は二〇二一年にノースイースタン大学に買収されたのに伴って男女共学への変更が決まり、二〇二二年に同大学との合併が完了した）。また、「ザ・フライト・オブ・ザ・マインド」のワークショップは、女性の書き手を応援するプロジェクトの一環だった。

ヘッジブルックやそのほかの場所で戸外で書き物をしたときのことを思い出すと、手書きのもつ人間的なペースや、ノートブックのページからしょっちゅう目を離して、遠くや近くの周りのものを見たり、すわっている姿勢を変えたり、どういうふうに話題を変えていくか考えながら、余白にいたずらがきをしたり、日の傾きや、影が伸びていくことや、空の色をぼんやりと意識したことが心に蘇る。そんなふうに、仕事にしっかり集中していながら、外の世界に向かって開かれているという状態は、コンピュータの画面に向かって仕事をしているときにはない。良いペンか鉛筆に、丁寧につくられたノートブックというのは、純粋な最高のテクノロジーだ。単純で持続可能で、修正も簡単で、長持ちして、非常に融通が利く。すばらしい新テクノロジー（といっても、持続可能性ははるかに低い）が到来したからといって、この昔ながらのテクノロジーを、利用法を教えないことによって、完全に捨て去るのは嘆かわしい気がする。想像したくないことだが、私のひ孫世代の作家が、小説を書いている最中に、停電のせいで、言葉を発することができなくなり、プラグを抜いた機械のように押し黙る、としよう。「よし！」と彼女は叫び、鉛筆を見つけて、活字体でがしがしと書き始め、やがて筆記体を再発明するだろう。人間が物語を語ることを妨げられるものは何もない。私たち自身の計り知れない頑迷さにさえ、それはできない。

第一日　一九九四年四月二十日

午後零時三十分

私は明るい日の光を浴びて、〈ヘッジブルック〉の〈シーダー・コッテージ〉のフロントポーチにすわっている。リンダがシアトルのアレクシスホテルに車で迎えに来て、ここまで連れてきてくれた。マカティオからフェリーで海を渡った。水面は絹のようだった。アシカが投げ与えられた魚をキャッチし、そのあともしばらくあたりを遊び回っていた。本土には霧が垂れこめ、私たちの背後のカスケード山脈を隠していた。だが、ホイットビー島に近づくにつれて、雪をかぶったオリンピック山地[*1]が雲の上に顔を出しているのが見えた。ホイットビー島の上には霧はない。ここの日射しは熱いくらいだ。芝生を明るく照らして、周囲の木々の影を濃いものにしている。ポーチの下に、砂まみれの小さなトカゲがいて日なたに出たいのだが、私のことが怖くて出られないでいる。

　私も不安な気持ちだ。この場所に慣れなくて。温かく迎えてもらったのに。知らない人たちの間にいて、名前を覚えられなかったり、気の利かない対応をしたりするんじゃないかと、神経過敏になるのはいつものことだ。それに加えて、いつもとは違う不安がある。何の義務も、日課もなく、夕食のテーブルを共にする以外には人づきあいもなく過ごす七日間。でも、厳密に言えば休暇ではない。休日ではない。ほんとうの仕事のための労働の日々。自分がつくりだすものを除いては、集中を妨げるものが何もない。予想するだけで身が引き締まる。沈黙と禁欲の、シェーカー教徒の一週間。（風の音と小鳥の鳴き声を除いて）何も音のしないところで、耳を澄ます一週間？　これはテストなのだろうか？　私は合格するだろうか？　雲と雨がもどってきたら、薪を燃やして、この〈シーダー・コッテージ〉の部屋を暖かく保つことができるだろうか？　私自身の火を燃やし続け

＊1　シアトルから、ピュージェット湾を挟んで西にあるオリンピック半島中央部の山群。

ることができるだろうか？

この一週間を「どうでもいいことの探求《トリビアル・パスート》」[*1]に使いたくなかったので、コードウェイナー・スミス[*2]について書かなくてはならないエッセイの資料は持ってこなかった。コードウェイナー・スミスはトリビアルな作家ではないけれど、今週するのにふさわしい仕事とは思えなかった。自分はひとつの物語に恵まれたいと願うべきであり、そのためにこの日々はとっておこうと、私は心に決めた。そして、物語が浮かんでこなかった場合に読むために備えて、数冊の重い本を持ってきた。真剣に読むのだ、と私は声に出して言った。表面だけすくいとるような読み方や、がつがつと詰めこむような読み方ではだめだ。そこで私が持っているのは、レヴィ＝ストロース、クリフォード・ギアツ、インカ・ガルシラーソ・デ・ラ・ベーガ、ベルナル・ディアス、ジェンダーについてのペギー・リーヴズ・サンデイの著作、カリフォルニアの諸言語についてのリアン・ヒントンの著作だった。もちろん、これで十分なはず。小説で持ってきたのは、アンヘリカ・ゴロディッシャーのスペイン語の原書だけで、スペイン語の辞書も持ってきた。それから、ホアキン・ミラーの『モドック族の中での生活』。これはダン・クロウミーが貸してくれた本だ。私は楽に読めるものを全然持ってこなかった。私の選択は厳格で禁欲的だった。後悔することになるだろうか？

小さなスケッチブックと色鉛筆も持ってきていた。でも、カメラはない。安易なものは一切要らない。

かわいい籠にはいって、ランチが来た。二種類のパスタサラダ。菜っ葉類があったらよかったんだけれど。それから何かジュースのようなものも。でも、考えてみたら、ジュースやなんかが欲しければ、夕食のあとで、朝食のための食料を買い出しに行くときに買えばいいのだ。厳格な生活には水がふさわしいような気がした。

それにしても、何と完璧な美しさか！　鬱蒼たる樅の木と、そして若葉が芽吹き、四月にふさわしく花をつけている木々や茂みに囲まれた、小さな庭の刈りたての緑の芝は。日向ぼっこをするトカゲみたいにここにすわっているのは、何とすてきな贅沢だろう!

午後五時十分

小さなウサギが一匹。野生のウサギをこんなに長い時間、眺めたのは初めてだ(私はコッテージの中にいて、窓辺の席にすわっていた)。ぶち模様のある灰茶色のウサギ。横腹に沿って、小麦粉をまぶしたようになっている。短い尾がときどき、クイッと上がる。健康な若いウサギ。毛艶《けづや》が良い。大きな目は出目ぎみなので、斜め後ろからでも見える。この小さなかわいいウサギの側から考えると、神経質な小さな雌牛のようにびくびくと草を食《は》んでいる最中でも、自分の背後が見えるので、この目は大変都合が良い。後ろ脚はほっそりしていて、赤身を帯びている。彼女は立ち上がる。鼻がひくひく、もごもご動く。前脚の片方がだらんと下がっている。彼女はぴょんぴょん跳ぶ。お尻を体の下にたくしこむようすが、猫のようだ(うちの猫も同じようにする。私はうちの猫と離れていて寂しい)。

昼食後、デニースが周囲を案内してくれた——農場、小道、池。雄ヤギの悲鳴が聞こえた。最近、このヤギは膀胱結石のため、ペニスを切除する手術を受けねばならなかった。今、尿はチューブを通って、後方に勢いよく排出される。そのあと、獣医がチューブをきれいにしないといけないのだが、それが明らかに痛いようだった。美しいハーブ園や菜園、小規模な果樹園、ベリーの茂み、地下の野菜貯蔵庫、温室——夢のような農場だ。ああ、金よ。そなたは何という驚異をやってのける

＊1　トリビアル・パスートは、雑学的知識を問われるボードゲームで、一九八五年頃、米国で大流行した。
＊2　コードウェイナー・スミス(一九一三-六六)は米国のSF作家。本名はラインバーガーといい、政治学者であった。

ことか（ああ、しかし、そなたがこのようにうまく費やされることは極めて稀だ）。農場の母屋の向こうには、湿地が広がり、役立たず湾《ユースレス・ベイ》がある。何と愛らしい名前だろう。水の向こうに青く見える土地が、この島か、ほかの島か、本土か――何の一部なのか、私にはわからない。

私は〈シーダー・コッテージ〉の絵を描《か》き、彩色した。円で囲んで描いた太陽が、絵を描いているうちに、白い空に溶けこみ、気温も下がった。今、空が再び、かなり明るく晴れ、太陽が私のいる部屋の窓を横切って、右手の木立の後ろに隠れようとしている。だが、この先、好天が続くとは思えない。

西に傾いた太陽の光が、淡い杏色の葉のカエデの若木を透かして輝き、再び芝生にまだら模様をつくっている。私はウィスキーのショットグラスを手にして窓辺の席にいる。もうすぐ立ち上がって、夕食に行かなくてはならない。私はここに保管されている記念のノートで、このコッテージに泊まった女性たちの親切な感情のほとばしりを読んだ。なんとなく、自分はそれに値しないような気がした。皮肉っぽいから。ワルだから。私たち女は、織った端からほどけていかないように、ずいぶんがんばっている。

ちょうど今、ウサギが芝生を横切って行った。大きく跳ねて、ゆっくり急いでいるさまがかわいらしい。さっきと同じウサギかな？　それはウサギたちにしかわからない。

午後八時二十分

農場の母屋での夕食。米と豆、カッテージチーズと果物、おいしいマッシュルームの三角パイ、野菜サラダ、ワインとコーヒー。ほかの滞在者と一緒だ。ブルックリンから来た黒人の若い人がひとり。カルカッタから来た人がひとり。ハワイ先住民がひとり。若いアジア系アメリカ人がひとり。そして管理人のリンダに、創設者のナンシー・ノードホフ。ローラは料理をし、食べ、お給仕をして、後片付けをする。ひとりの滞在者は留守にしているとのことだった。

小雨の降ったあとの小道を歩いた。まず北に向かうと、すてきな黒い池があった。それから西の境界線に沿って歩いて、売店に行き、うちに電話をしてチャールズと話した。そこから敷地の北西のへりを回って、黒い池に戻り、コッテージに帰った。ここは奇妙なところだ。すごくたくさん小道があって、その間の森は鬱蒼としげっている。常緑樹とスグリとサーモンベリー、そして月桂樹のように丈の高い灌木で円錐花序に白い花がつくもの（これはニワトコだとわかった）。私は、一瞬、『眠れる森の美女』の生け垣を思い出した。サーモンベリーの赤い花は細かいトゲが生えた茎についていていて、高いところから私を見下ろして頷く。しかも、このすべてがひとつの囲いの中にあって、わずか三十三エーカーなのだ。迷子になることはあっても、発見されずに終わることはない。ここは夢のような場所だ。小さなワタオウサギはどこにでもいて、かなりの怖いもの知らずだ。私のコッテージの屋根の上でうるさく鳴いていたカラスの群れは、私が近づくと解散し、黒々と降下した。

夕闇が濃くなっていく。おおむね、晴れている。とても静かな中で夜鳥が鳴く。窓辺の席の窓の真ん前の灌木に、甘い丁字《クローブ》の香りのする球状の白い花が密集してついていていて、光が失われるにつれて、白さを増す。

第二日　四月二十一日
午前十一時四十五分

夜明けとともに起きようと思っていたが、広々としたロフトベッドに七時半まで横たわっていた。その間にも日の光が、チューリップの形の色ガラスがはめこまれた、美しいアーチ形の窓を明るくした。私は自分の物語を探した。太極拳をした。グラノーラ、バナナ、オレンジジュースに紅茶の朝食を用意して、窓辺の席で食べた。一週間ずっとこの席で過ごすことになりそうだ。

　ラップトップは持ってこなかった。チャールズが海辺の家で使いたいと言っていたし、私はそれが、物理的な意味でも精神的な意味でも荷物になるのは嫌だと思ったからだ。私は三冊のノートブックを持ってきた。これはそのうちの一冊だ。ノートブックを持ってきて良かったと思う。窓の席で書けるからだ。そこでは、私の傍ら――右側に三つの窓が並んでいて、足元にも細長い採光窓がある。私は空と木々と白い花の灌木と、シャクナゲをかばうロマンチックな切り株を自分のものにでき、そして常に、ウサギが現われるのを楽しみに待つことができる。

　物語の構想を練ったあと、雨が降る前に勇んで散歩に出かけた。というのは、雨が降りそうだったのだ。ところどころ青空は見えていたけれども。強い南風が吹いていた。冷たくはなかった。そういえば、まだ一度も薪ストーブに火を入れていない。〈滝壺の池〉を通り過ぎ、回り道をしてヤギたちのところに寄った。ニワトコの小枝を一頭に一本ずつやった。彼らは礼儀正しく立ち上がってそれを受け取った。あの、ヤギ独特の目でしげしげと見ながら。それからミルマン・ロードに沿って西に行き、上り坂になってダブル・ブラフ・ロードと交差するところまで行った。それからミルマン・ロードに沿っていくのが、砂浜に降りていく唯一のルートだ。かなりの距離になるが。雨が降らないといいと思う。雨が降ったら歩けないから。私は書くことと、歩くことを、かわるがわるするのが気に入っている。道端に花崗岩の石ころや興味深い複合物や、なかなかいい感じの丸石がたくさんあって、その中に、きれいな石をふたつ見つけた。そういえば、ウサギの毛がひとふさ、農場の車寄せの近くに落ちていた。夜明けのタカの仕業《しわざ》だろうか？　帰りに、シーダーの大木の下に二匹のカワウソのかわいいブロンズ像がある池の端《はた》を通った。像の足元の落ち葉の腐った土の中に、ふたつの白い貝殻があった。お供えに違いない。

午後五時半

物語を書いた。太陽が顔を出した。セーターを脱いで、ポーチに出た。草刈りの人たちが、森の中を通っていく小道の草を刈っていた。私は「爆破された切り株」の絵を描《か》いた。この切り株は、窓辺の席から南西の方向に、とても趣深く傾いている姿が見える。(前にコッテージをかいたときにすわったのと同じ、ハンモックだかタソックだか[*1]にすわって、この切り株を描いた)。私はさらに物語を書いた。太陽が引っこんだので、私も引っこんだ。

レヴィ=ストロースをさらにいくらか読み、ミムブレスの難しい鳥の図案や幾何学模様[*2]を刺繍した。ウィスキーを飲みながら。私はウサギを待っている。なのに、来るのはハエばかりだ。でも、銅の色をした若くてかわいいトカゲがポーチの下から出てきて、恐れを知らぬ禍々《まがまが》しい目つきで私をにらんだのだ。私が家の中に入ろうとした、ちょうどそのときだった。これは、デニースがみんなに訊いて回っていたトカゲに違いない。トカゲは立派な新しいしっぽをもっている。私がきのう見たトカゲは、砂まみれで、少々みすぼらしかった。あれは、しっぽをなくしていて、だからとても小さかったのだ。このトカゲは四インチぐらいありそうだった。いや、やっぱり三インチぐらいかな。

*1　ハンモック(hummock)、タソック(tussock)はいずれも自然環境の分野の専門語で、地下水流の凍結や植物の群生、あるいはその両方が影響して地表が隆起したものを指すらしい。ハンモックとタソックは専門的には区別されているようだ。

*2　ミムブレスは、ネイティブアメリカンのモゴヨン文化の一部を担った人々で、彼らの残したものとしては、黒白模様の陶器がよく知られている。

第三日　四月二十二日

午前七時

九時半に寝床にはいったので、五時半に目がさめた。鳥たちの夜明けのコーラスに耳を傾けた（大合唱ではなかったが、すてきだった）。魔法の開き窓から梢が見えた。そして六時前に起き上がった。家の裏手の森を通して光が射しているので、晴れているとわかり、長靴をはいて外に出た（夜の間に少し雨が降ったので、足元の草が濡れている）。そして〈シーダー・コッテージ〉の周囲で、唯一平らなところで、太極拳のエクササイズをした。それから、一日の始まりに〈黒池〉を見るのもいいかなと思って散歩に出かけた。〈黒池〉を見つける前にしばらく迷った。どういうことかと言うと、このコッテージの東と北は迷路——正真正銘の出鱈目な迷路なのだ。すべての小道はほかの小道につながるし、小道から枝分かれした小道もどこかで再びつながる。私がさまよっていたとき、私を挑発して走らせたのは、一匹のウサギだった。ビアトリクス・ポッターの本に出てくるような猛烈に勇敢なウサギだ。そいつはほんとうに走り去りたかったわけではなく、しぶしぶのようにちょっとだけ走って見せた。そして私がそいつに追いつく。そいつはそれをくり返したあげく、最後には馬鹿にしたように大きく跳躍して小道から離れると、茂みを飛び越え、下草の生えている暗がりに飛びこんで、姿を消した。私はようやく〈黒池〉を見出した。池のふちの柔らかいところのコケの上に用心深く立つと、前屈みになって、水面に移る自分の姿を見た。木々も空も完璧に映っていた。黒い水面は鏡のようだった。私の頭部は黒い、でこぼこな丸で、目鼻がわからなかった。〈黒池〉は不気味な池だ。もっと低いところにあって、もっと活気のあるすべての池に、滝や浮き草とともに〈黒池〉の水が流れこんでいるのだと思う。

昨夜の食事には、Aさんも加わった。彼女は妊娠していて、赤ちゃんの超音波診断のために町に行っていたのだ。彼女とBさんは、どちらも黒人で、美しく、かなり若い。私はみんなの中で飛び抜けて年齢が高い。四人の子持ちだというハワイのLさんは、今日、ここをあとにする予定だ。食事のあと、それぞれのコッテージに戻るため、一緒に森の中を歩いて、道が分かれるところに来たとき、彼女は私に子どもたちの名前を告げ、それぞれの名にどういう意味があり、その子の運命や人生における使命をどのように暗示するか、話してくれた。

今はまったく静かだ。きょうは静かな一日になるだろう。夕食のために集まることはせず、ランチと一緒に持ってきてもらうことになっている。ローラが二名の滞在者を町へ送っていくからだ。私は沈黙を耕すだろう。いや、やっぱり、耕さないで、休耕地にしておくかな。

天気予報が知りたくてたまらないけれど、ラジオは絶対つけたくない。純粋な沈黙が台無しにされ、汚染されるから。ここに来てから一度だけ、ラジオをつけたが、一分もしないうちに消した。

午前九時

ウサギは小道を使う。

野生のものが小道を使っていいのだろうか？　でも、考えてみたら、彼らも自分たちの小道をつくるのだ。だったら、人間の小道を使ったっていいじゃないか。

午前九時三十分

黒っぽい大きなウサギが、自ら、薪小屋への小道の守り手になった。彼はまっすぐ胴体を立てて――言い換えると、古典的なウサギのポーズで、耳も立てて、身じろぎもせず、小道の真ん中にすわっている。時折、数フィート、小道をパトロールしては、定位置に戻る。

後ろから見るとウサギたちは、脚の短い、小さな鹿みたいだ。行動も鹿によく似ている。草の食べ方、身じろぎもせず神経を張り詰めているようす、見張りをすること。私はうちでは、小さな捕食者と暮らしている。小さな被食者を観察するのは興味深い。

彼は今、警戒を解いて、〈爆破された切り株〉のそばの、ぎりぎり日陰になっているところで草を食べている。彼は「かじる」ことはない。ただ「食べる」。大きな草の葉がどんどん中にはいっていく。彼が噛むと、草の葉は上下する。スパゲッティみたいに。

大きな黒い目のふちの色が薄くなっているのも鹿っぽい。そして、葉っぱのような耳も。

午後五時

きょうは胃が気持ち悪くて、口の中で嫌な味がするので、コッテージの近くにいた。たぶん、気持ちも沈んでいる。午後の中程に外を歩き回り、一番低いところにある一番大きな池から南のほうを見た景色――ガマの生えている湿地を越えて、ディア・ラグーンやユースレス・ベイまで見渡した絵を描《か》いた。それからコッテージに戻って、ポーチにすわって、レヴィ＝ストロースを読み終え、ギアッツをかなり、ゴロディッシャーを少し読み、それから、ときどき休みながら、自分の物語を書き進めた。とても「生産的」で「勤勉」だが、活力と火花に欠けている。「私は雌牛が草を食むように働く」と言ったのは、ケーテ・コルヴィッツ[*1]だ。彼女は、子どもたちが大人になったあとで、自分自身についてそう語った。私もちょっと同じように感じる。現在の生活の中に、今やっているこの仕事以外のものがないからだ。私は、何か決まったバラエティーがあるほうがいい（ような気がする）。必ずしも誰かと一緒にいなくてよい。少なくとも、知らない人と一緒にいるのは嫌だ。そういうことではなくて、ほかの仕事――肉体的な労働――料理とか、掃除とか、庭仕事とか、何かを、毎日、同じ時刻に、同じ長さの時間、やるというのがいい。だから、私は散歩するのだ。でもきょうは、たくさん歩く気になれなかった。だから、気分がいまいちだ。晴れたり、曇ったり、風が吹いたり、やんだり、変化に富んだ一日に、十一時からずっと外にいたのはとてもよかった。

硬いポーチにずっとすわっていてお尻が痛いけれど。どっちのトカゲも来たし。きょうの夕食はひとりでここで食べる。チャールズに電話をしてみよう。ゆうべは留守だったし。そして、今書いてる物語は、残念ながら、展開がすごくゆっくりで、詳細に書きこんでいる。たぶん、詳細すぎると思う。ここで短いもの、小さな物語が書ければいいと思っていたけれど、私のつかんでいるのは、何かとても大きな、長い生き物のしっぽだ。今のところ、おとなしいようだけれど。もしかして巨大トカゲ？

二本の杖がドアの脇に立てかけられている。一本はただの、古びて傷んだ杖。もう一本は美しく磨かれた暗黄色の先細りの杖で長さは四フィート、節やこぶはほとんどなく、ほぼまっすぐだ。イチイ材かな？　そう言えば、〈シーダー・コッテージ〉なのに、ドアはイチイ材、と滞在者用のノートに書いてあった。ドアも黄色っぽくて、信じられないほど滑らか。ざらざらしているところがなくて、とても美しい。［あとでナンシーに訊いたところによると、杖はおそらくシャクナゲ材だと思うとのことだった。］

私は突然、気がついた。ドアからはいってきたハエが窓辺に来て、羽音を立てるので気になってしようがなかったが、窓をあけさえすれば、悩まされないですむのだと。ハエは外に出ていった。なんて、馬鹿なんだろう《マ・ケ・ストピデッツァ》！

午後八時二十分

二匹のウサギが窓辺の席の窓のすぐ外にいる。一匹は毛皮に白い毛がかなりまじっていて、年寄りウサギと言いたい気がするけれど、野生のウサギが年寄りになるまで生きられるだろうか？　も

＊1　ケーテ・コルヴィッツ（一八六七－一九四五）はドイツの画家、版画家、彫刻家。

う一匹の色の濃いのは、例の小道の守り手だ。夕闇の草原に幅の狭い繊細な足を踏み入れ、きれいで敏捷な、ふたつの温かい体が、はっきりと目的意識をもって動いたり、止まったりする。

農場の母屋の台所で、自分の夕食の皿を洗っていると、窓の外の給餌場をメスのカンムリウズラが引っ掻いていた。周りには、メキシコマシコやコガラやスズメがいる。小さな小鳥たちの中にいると、優雅な楕円形の体はずいぶん大きく見えた。彼女は盛んに引っ掻いたり、突っついたりした。私はウズラがウズラらしくふるまっているのを見るのが大好きだ。ウズラたちは、ウズラらしさでいっぱいだ。

第四日　四月二十三日

午前九時

りっぱなガンが三羽、ガーンガーンカリカリけたたましく鳴きながら、森の上を南へ飛んでいった。

午前十時

二頭の鹿が北から小道をたどってやってきた。用心深くゆっくりと歩きながら、あちこちで若枝をかじる。非常に警戒している。メスの鹿と去年生まれた子鹿だろうと見当をつけた。茶色い被毛、ぱたぱたする黒い尾。機敏に向きを変える、葉っぱのような大きな耳に日の光が射す。顎のひげも日を浴びてきらきらしている。

ここでは皆が、同じ小道を使っている。

胃の具合はまだよくないが、ましになってきた。

エリザベスが試験に合格した。昨夜、チャールズとテオと電話で話した。

午後五時二十五分

十一時まで書いた。それから、作業グループの様子を見に行った——きょうは土曜日だ。彼らはみんな、ボランティアやヘッジブルックを利用したことがある人たちだ。私は菜園で雑草を抜いている人たちに加わった。私たちはレタスやポピーを少し残した以外は、畑をすっかりきれいにした。そしてランチを、みんなで外で食べた。気持ちのいい日で午前中は涼しかったが、それでも今までで一番暑かったと思う。五時近くまでずっと晴れていた。私は帽子と日焼け止めをコッテージに取りに行き、それからまた雑草抜きに戻った。ジャガイモ畑との境界のフェンスのきわの雑草を抜いた。私は三時ちょっと過ぎまで働いた。良い人たちと一緒で楽しかった。いろんな作家や本や映画についておしゃべりした。もう十分だと思ってコッテージに戻り、すてきな共用の浴場で、気持ちのいいシャワーを浴びた（どろどろに汚れたシャツを、うちに持ち帰るべく汚れ物入れにつっこんだ。ジーンズは部分的に濡らして汚れを拭き取った。あと数日、もたせなければならない）。ヘッジブルックの経験者とそのお母さんと小道で知り合い、〈シーダー・コッテージ〉に案内した。

ポーチにすわり、午前中書いた分を読み返した。さらに書き進めるには、ちょっと周囲が賑やかすぎる。ゴロディッシャーを読み、五時からウィスキーを飲み始める。とてもいい一日だった。私は切実に肉体労働を必要としていたのだ。こういう場所で、どうしたら、肉体労働を組みこめるだろう？ ちゃんとやる価値がある仕事がやれて、でももちろん、やりたい人だけがやるようにするにはどうしたらいいだろう。午後の決まった時間に「ガーデン・パーティー」[*1]をやるというのはどうだろう？ ボランティアの仕事の情報をリストにして貼り出す？ 誰も義務感を感じないですむ

＊1　園遊会と園芸仕事の作業班の意味をかけている。

ように、でも、気分転換を兼ねた作業をやりたくなったらできるようにできるかな？　実際にやったら、なかなか難しいだろう。

第五日　四月二十四日
午前十一時四十五分

夜明けとともに雨が降り始め、それからずっとしとしとと降り続いている。初めてストーブに火を入れた。寒くはないが湿っぽいのだ。そして私には、元気の出ることと、手間のかかることの両方が必要だった。今、ちょうどまた、火をつけたところだ。火はすぐにつき、風を引きこみ、薪はあっという間に燃え尽きる。もし薪をくべ続けるなら、きょうのうちにいったん中断して、薪を取りにいかなくてはならないだろう。

物語は今、二十五ページ目だ。この作品のタイトルを、「愛は愛」ではなく「魂をつくること」にしようかなという考えが浮かんだ。この物語は、セックスについて書かれているのと同じくらいに（それ以上ではなくても）、宗教について書かれている。［追記　この作品を収録している本は、*Four Ways to Forgiveness* というタイトルで出版された。[*1]］

きょうは、肉体労働も散歩もできそうにない——ずぶ濡れになりたいのでなければ。それにずぶ濡れになった場合、どうやって濡れた衣類を乾かすのか？　この家は薪ストーブというすてきなものがあるのだから、壁掛けヒーターなどつけて、値打ちを下げるようなことはしないだろう。

昨夜のディナーでは、ローラに代わってジェニファーが料理をした。彼女の、よく太った色白の赤ちゃん、ナッシュも一緒だった。Bさんもいた。それから新しい人であり、かつ、戻ってきた人であるLさん、それからJさん。Jさんのことはもう少しよく知りたい。テキサスにあるほかの作家村から、こちらに移ってきた。彼女のことが好きかどうか、自分でもわからない。でも、もし好きになったら、きっと大好きになるだろうと思う。でもそれには時間がかかるだろう。きのう菜園から戻るとき、Aさんと一緒になり、おしゃべりをした。彼女はここに来て五か月になるが、あまり体調が良くないそうだ。彼女は美しくて好感がもてる人で、率直で、成熟した優しさがある。

第六日　四月二十五日
午前十一時四十五分

きのうは、太陽がだんだん顔を出してきた。それで二時に出て、大きな道路を歩いたのだった。まず東へ、それから西へ。友人のジュディスが、ラグーンの岸に降りていく途中のゲートに「立ち入り禁止」とあっても無視していいから、と言っていたゲートまで来て、それを子細に見た。「立ち入り禁止」を無視するのは到底無理だった。きっとジュディスが去ったあとで、フェンスがつけ加えられたのだと思う。曇っていたけれど、結構、暑くなってきた。でも、夕方までにはすっかり晴れ、そして涼しくなった。

ディナーのとき、インドから来たGさんはまだ戻ってきていなかった。良さそうな人だったので、とても残念だ。ここの庭師のコニーが私たちに加わった。私は彼女が好きだ。銀髪なので、絆を感じる。食後、Bさんが短篇を朗読してくれた。すぐに帰らずに夜、みんなでいるのは初めてだ。それはバンパイアもののラブストーリーだった。バンパイアものにとって可能な限りにおいて、フェミニズム的に適切だ。Aさんは、引き続き、体調があまり良くない。Lさんは内気だが、人柄がよい。Jさんが Bさんの作品のある言葉について批判的な意見を言い、そのあと、当惑したような顔をしたのが、かわいらしかった。私には傲慢さと内気さの区別がつかない——若い人たちの場合に

＊1　*Four Ways to Forgiveness* は四作品から成るものだったが、のちに作品がひとつふえ、さらに後年、*Five Ways to Forgivenss* というタイトルで電子書籍として出版された。

は。いや、別に若い人に限らず、いつでもかな。

散歩で、ミリアム・ロードを歩いていたときにきれいな石をいくつか拾い、コッテージのドア前の階段の脇の大きな石の上に飾ってみた。その近くには青い小さな花がいっぱい集まって、穂のような形になっている——そういうのを何というのか思い出せないけど、そういう花が咲き誇っていて、まだ森の小道にいる間から、木々の間からその青紫色が見えて嬉しくなる。この花には、いつもミツバチやマルハナバチが寄ってきている。このコッテージに次にはいる人は石が好きかな？

午後八時頃、チャールズに電話して、そのあと〈闇小沼《やみこぬま》〉[*1]に行ってみようと試みる。失敗——また失敗——そのあとようやく、たまたま出くわしたみたいに見つけることができた。ほんとにすてきなところだ。黒い水面は、森と空を映す完璧な鏡だ。水面にはまったく動きがない。ただひとつの例外は、虫が触れたときに、すばやく静かに広がっていく微かな水の輪だ。夜鳴くカエルは、下の〈滝壺池〉にいる。カモたちはおおむね、下方にいくつもある日当たりの良い池にたむろする。〈黒池〉は寂しいところだ。

さて、私の現状について書くと、レヴィ＝ストロースは読み終えた。彼は私の書いている物語にかなり影響を与えた。クリフォード・ギアツはところどころつまみ食いした。リアン・ヒントンのカリフォルニア・インディアンの諸言語についての著作は読了。サンディは、私の書いている物語に不都合な影響があるかもしれないので避けている。インカ・ガルシラーソ・デ・ラ・ベーガは、昨夜読み始めたばかりだ。ギアツが良識について書いていることは良い。そして彼はレヴィ＝ストロースよりはるかに良識がある。だが、レヴィ＝ストロースは精神を発動させる。ともかく、私の精神についてはそうだ。彼は、私がそこにあることも知らなかった車輪が、回転し始めるようにする。しかし、彼の神話全体は、私にはほとんど狂気のように思われる。置き換えはフロイト派の「意味」の解釈のようだ。鏡を映す鏡を映す鏡を……というふうに続いていき、「やめろ！　もうたくさんだ」[*2]と叫ぶことができる外部の立ち位置がない。ギアツはどうかというと、とほうもなくアイヴィーリーグ的で、残念だ。そのせいで、彼はときどき、小賢しい印象を与える。非常に多くの学者・研究者のキャリアにおいて、興味深い運命の逆転――大学学部生のときは「大きな学校《ビッグ・スクール》」にいたが、研究者、教育者としてキャリアを積むのは「小さな学校《リトル・スクール》」になるといったふうな逆転――が起こるという彼の指摘は正しいが、プリンストンは天国だという彼の思いこみは、人類学者の言うこととしては呆れるばかりだ。こんなものを読んでいるのが恥ずかしくなった。こういう人たちは知的能力や優秀さのヒエラルキーをほんとうに信じているのだ。信じざるをえないのかな？　もちろん、優れた学者が、周辺部よりも学問の中心地から出やすいということはある。それは望ましい結果をもたらすのに必要な人数の問題だ。だが、高慢さ、俗物《スノッブ》根性、偏見、そして、富によって利用可能になる特殊な学問は別として、学生にはまったく違いがないという事実に対する徹底した無関心は、教育ある人間の心のもち方としては許されない。そういう態度は、教育界における根の深い過ちを明らかにしている。私がこの本を、きちんと手順を踏んで読むことができなかったのはそのためだと思う。私はどちらかというと、クリフォード・ギアツは好きではない。俗物《スノッブ》からものを教わるなんて真っ平だ。レヴィ＝ストロースも、良い子たちの行くリセや、高等師範学校《エコール・ノルマル・シューペリウール》にいじらしいほど厚い信頼を寄せているが、彼はスノッブじゃないし、私は喜んで彼から学ぶ。

貴族とならつきあいようもあるけど、成金ははなからご免だね！　ハッハッハ。

＊1　〈黒池〉と同じものを指す。ル＝グウィンは、その池を勝手に〈黒池〉と呼んでいたが、やがてヘッジブルックの人たちが使う呼び名を知って、その名も使うようになったのだろう。〈闇小沼〉の原語は the Dark Tarn、〈黒池〉の原語は the Black Pond。地理学的にも語学的にも厳密な訳ではないと思うが、お許しいただきたい。

＊2　"Hold, enough!"『マクベス』第五幕第八場からの引用。

午後五時二十五分

興味深い対比の続き。ギアツとレヴィ＝ストロースの対比は、ラクーンとユニコーンのそれに等しい。

それはさておき。

すてきな布に包んで籠に入れたランチを、すてきなジェニファーが持ってきてくれた。ジェニファーの笑顔を見るとほっとする。ジェニファーが来るまでは、ローラの疲労のにじみでた姿を目にするたびに、申し訳ない気がしていたからだ。でも、ローラもすてきな笑顔をもっている。ディナーのときに、二、三度見たことがある（今では、ジェニファーの役割が大きくなるにつれて、ローラはなるべくディナーにかかわらないようにしているようだ）。ジェニファーはのんき《イージー》なたちだけれど、ローラはそうではない。ランチはちょと風変わりだ。新鮮な野菜のすてきなサラダ、ゆうべのシェパーズパイ[*1]からつくった野菜スープ、そしてチキン。パンはない。いつもないのだ。ここではパンは食べない。飲み物はその人次第。私は朝食に卵とイングリッシュマフィンを食べるのに慣れている。飲み物については、ありがたいことに、ジュディスが私に紅茶を持っていくように教えてくれた。ハーブティーはあるが紅茶はまったくない。おいしくない「カフェイン抜き紅茶」しかない。カフェイン抜きコーヒーは、夕食後や夜に飲むのに良いのだけれど。

すべて順調で、池に行き「はるかな青い摩天楼」（シアトルのダウンタウンだと思う）のスケッチと、もうひとつ〈滝壺池〉の葦《アシ》のスケッチを試みた。

私は自分が書いている物語の終わりに近づいている。この物語は、ここでの私の執筆時間に自らを合わせて、残り時間いっぱいまで満たそうとしているのかもしれない。きっとそうだと思う。でも、それはすでに四十一ページあるし、だらだらと続くべきではない、よね？　四十一ページの今でさえ、この物語には奇妙な飛躍がある。私はその物語がどういう物語か知っているはず。だが、そう思った次の瞬間には確信がもてなくなる。この家のドアの右手の、ロフトからの梯子の下端の近くで、家の東端の低くて小さな窓のそばにある低くて狭い場所を試してみたら、いろいろいい考えが浮かんできた。この土曜日に自分の母親にこの家を見せた女性（彼女はかつてここに滞在したことがあったのだ）は、滞在中ほとんどの書き物をその場所でしたと話していた。私には、やや暗いし、奇妙な場所だと思われる。でも、良いスペースだ。この家は、家の中のどこからどこに目を向けても、美しく、感じよく見える。家の中のいかなる部分をいかなる角度から見ても楽しめる。そしてとりわけ、目に映るものの感じがいいのが、彼女の好んだこの場所だ。ただ、あの窓辺の席が草原と森と空のすべてを提供してくれているのに、こんな薄暗い場所にいるなんて、という気持ちに、私ならなりそうだ。それに、窓辺の席からはウサギが見える。ゆうべも二匹いた。とても几帳面なウサギたちだ。

丸一日あるのは明日が最後だ。「テスト」的な側面は、土曜日までに、あらゆる意味で合格済みだった。書くことについては、二日目までには合格していた。保留にしたいような気持ちがしつこく残っている感じはするが、それは私がここに来ることについてチャールズが否定的だったせいかもしれない。きっとそのことが、ここになじむ妨げになっているのだろう。私は自分の考えをまとめた。思っているのはこういうことだ。ここはものを書くすべての女性にとってすばらしい場所だ。ただし、それは、ここでの生活が、ほとんどの人たちが生きてる世界で生きるということに取って代わらない限り、という条件つきだ。われながら頭が固いけれど。

〈シーダー・コッテージ〉の滞在者たちが男性だったとしたら、あの滞在記念のノートに、どんな

＊1　炒めた挽肉などをマッシュポテトで包んでオーブンで焼いた料理。

ことを書いただろうか？　とても気になる。ここに滞在した女性たちの感謝と喜びは、角《つの》でつくられた容器から流れでる蜂蜜のように、ノートに綴られている。「私の大好きなうちをお渡しするわ。ほら、ここはあなたのうちよ」とみんなが言う。「ほんとに楽しかった。あなたも楽しんでね」と。「私、書いた」とみんなが言う。そして「書いて！」と。

第七日　四月二十六日

正午

目が覚めて、横たわったまま、物語を夢見ていた。六時四十分に起き上がり、書いて書いて終わりまで行った——終わりかもしれないし、そうでないかもしれないけれど。その物語は、ここで丸一日過ごした最初の日に書き始めたもので、私は「民の男（"A Man of the People"）」と呼んでいる。〈黒池〉まで歩いていき、ハーブ園に寄った。そこで、ディア・ラグーンを鉛筆でスケッチした。灰色の曇り空で、結構寒い。

昨夜はAさん、Lさん、Jさんが自作を朗読した。私たちは八時過ぎまで、母屋の客間で一緒にいた。Bさんが「吸血鬼の歯」を着《つ》けた。みんなは〈闇小沼〉に行って満月が森の上に来たときに、それに向かって遠吠えするという。彼女らがそうしたとしても、私には聞こえなかった。［追記あとで訊いたら、ちゃんと遠吠えしたそうである。］私はロフトの寝室でくつろいでいたので、遠吠えしたいとは思わなかった。

きょうの午後二時、芸術作品である、すてきな共用浴場でシャワーを浴び、そしてコッテージに戻る途中で、ナンシーと話をした。ナンシーは薪を割っていた。ほどなくリンダが通りがかって、お茶を飲んで話をした。話は、ヘッジブルックについて何か書くこと（つまりこの日記）についてだった。結論らしい結論には至らなかった。四時に、ナンシーとトレッセ・グリーンが来て、ナンシーが私たちを彼女の「森散歩」に連れていってくれ、「迷路」の中にある、私が発見していなかったし、そんなものがあるとは思ってもいなかったすばらしい場所に、二、三、案内してくれた。何本かのシーダーが、真ん中の根っこから奇妙にのたくって伸び、それからまっすぐ伸びているところや、美しい樅の木の木立など。〈カワウソ池〉やその東側のシーダーの老大木のそばを通って、〈シーダー・コッテージ〉に帰った。トレッセはお茶を飲み、私はウィスキーを飲んだ。それから歩いて、お別れの食事会に行った。お米と笑いがたくさんあった。Aさんがみんなに、自分が描いて印刷したカエルのイラストつきの文房具をくれた。そして私は、静かで穏やかで、冷え冷えとした灰色の夕闇の中を〈シーダー・コッテージ〉に帰っていった。荷造りをして、もうひと晩、眠るために。

ほとんどの女性にとって、ヘッジブルックにおけるどのような滞在も、何らかの意味で重要なものになるだろうと私は思う。長期の滞在は、若い女性にとって、交差点となるだろう。書くための、あるいは精神的な過渡期をまっとうするための孤独を切実に必要とするいかなる女性にとっても、ヘッジブルックでの滞在は全き祝福である。私がここで過ごした一週間（最初はとても長く思われたけれど、今はとても長かったような、同時に、とても短かったような気がする）――私にとって、それがもつ重要性は主に、滞在した家と森と農場の雄大な美しさと平和にあったように、今は思う。離れた場所に「隔離」されること、自由、贅沢、休息、そして何よりも、心にしみる美しさの中にそれはあった。

もしも書くべき物語を見つけることができなかったら、どうなっていただろう。私は懸命に働いた。それが私の人生の喜びだ。だから、ここのすべての美しさ、日光、ウサギたち、鹿たち、散歩、自分より若い女性たちとの交流、夜の甘美で深い沈黙。目が覚めて、一日の最初の光の中で、ロフトから見える窓の色ガラスのチューリップを通して木々の梢を見ること。それらすべては、人生の喜びに添えられたオマケに過ぎない。料理に添えられたソースのようなものだ。

　とはいえ、ここに来ていなかったら、おそらく、この物語は書いていなかっただろう。これを書くのに丸々、一週間かかった。これはかなりのプレッシャーに対する応答だ。「私は書くためにここに来た。何も書かれていないノートブックを持ってきた。私には物語が必要だ」。物語はそういうプレッシャーに対して生み出された。つまり、〈シーダー・コッテージ〉が、ヘッジブルックが、私にこの物語をくれたのだ。

　そして、その喜びも。

　トレッセが明朝八時に来て、私を車でうちに送っていってくれることになっている。*¡Chau mi*《チャウ・ミ・》 *casita*《カシタ》 *querida!*《ケリダ》（またね、私の大好きな家。）

訳者あとがき

アーシュラ・K・ル＝グウィンの評論集、*Words Are My Matter* の翻訳をお届けします。この評論集は、二〇〇〇年から二〇一六年までの間に書かれたエッセイや書評、そして一九九四年春の特別な一週間の日記を一冊にまとめたものです。原著は二〇一六年十月にスモール・ビア・プレスから出版されました。翻訳出版の順序は逆になりましたが、二〇二〇年一月に翻訳出版された『暇なんかないわ　大切なことを考えるのに忙しくて』の原著よりも一年余り前に出ています。なお、この二冊の原著は、二〇一七年、二〇一八年に、相次いでヒューゴー賞（関連書籍部門）を受賞しています。

両者の収録作品の執筆期間は重なり合っていますが、*Words Are My Matter* の書評以外のエッセイ（講演をもとにしたものを含む）の多くが二〇〇九年以前に書かれたものであるのに対し、*No Time to Spare* の収録作品はすべて二〇一〇年以降に書かれたものであるというように、前後にずれてもいます。また、*No Time to Spare* がブログ記事をもとにしたものであったのに対して、*Words Are My Matter* は、新聞や雑誌、書籍に掲載されたものや、公の場での講演やスピーチが主ですので、ル＝グウィンの、社会的影響力のある作家としての公的な側面がより強く出ていると言えると思います。

それもあって、老年の生き方や愛猫の話などもあった『暇なんかないわ』の親しみやすさと比べると、本書は少し（かなり？）歯ごたえのあるエッセイ、作家・作品論、書評がぎっしり詰まった硬派の造りですが、マーガレット・アトウッドが「優雅で怖い物なしで好奇心まんまんの、こんな精神の持ち主と共に時を過ごすことは常に喜びだ」と讃辞を寄せているように、ル＝グウィンの個性の魅力は変わりませんから、じっくり、ゆっくり楽しんでいただけたらと思います。

本書の構成をざっとご説明しますと、最初に自作の詩があり（ル＝グウィンは詩人でもあり、何冊も詩集を出しています）、続いて、著者による「前書き」があります。そしてそのあとの本文は四つのセクションに分かれています。第一のセクションはエッセイ（講演に基づくものを含む）で、内容も長さもさまざまな作品が二十一篇収められています。第二のセクションは、比較的長い作家・作品論十四篇から成っています。第三のセクションには、主として短い書評が集められています。お断りしておかなくてはならないのは、この第三のセクションのみ、抄訳であるということです。権利者の了解を得て、原著の第三のセクションの三十二篇の書評のうち、十五篇を選んで訳出し、残り十七篇は割愛しました。詳しくは、第三のセクションの初めの〔訳者付記〕ならびに巻末英文目次をご参照ください。最後の第四のセクションは、ものを書く女性のための宿泊施設に滞在したときの日記です。

さて、まずは本書の原題について。*Words Are My Matter.* このタイトルはどういう意味でしょうか。実は同じ文章が、『暇なんかないわ』の原文中にあり、文脈から、「言葉が私の扱う素材だ」という意味にとれます。それで、*Words Are My Matter* というタイトルの My Matter も、同じく、「私が扱う素材」という意味だろうと思いましたが、「私にとって重要な問題」という意味にもとれそうな気がしました。確信がもてなかったので、信頼する英語のネイティブスピーカーの方たちに相談しました。この一文だけを聞いた場合、my matter は少なくとも三通りの意味にとれるそうです。私にとって重要な問題、私の扱う素材、私自身の本質。いろんな意味にとれるからこそ、タイトルとしておもしろいのでしょう。

その後、*Ursula K. Le Guin: Conversations on Writing*（『アーシュラ・K・ル＝グウィン――書くことについての対話』）という小さなインタビュー集（二〇一八年にティン・ハウス・ブックスから出版されたもの）の中で、ル＝グウィンが、本書、*Words Are My Matter* のタイトルは巻頭の詩に由来すると語っているのを見つけました。そこで詩をじっくり読み直しました。Words are my matter. の語句は、石を掘るという表現の直前にありますので、主に表面に出てきているのは、三つ挙げた意味のうちの二番目、私の扱う素材の意味のようです。しかし原詩を注意深く読んでいくと、my matter のほかの意味も響いてくるように感じられました。タイトルとしても、三つの意味が同時に感じられるような、そういう響きがあるのではないかと思います。

巻頭の詩は、書くことの困難さを描いたものですが、次の「前書き」でも、書くことについての考えが述べられています。ル＝グウィンはノンフィクション（ル＝グウィンは詩と物語以外のものをこう呼ぶようです）の書き方について、ふたつのアプローチがあると示唆しています。きちんと調べ物をし、考え抜いて、自分が伝えたいことをしっかりまとめ、明快で正確な言葉を用いて、読者に伝わるようにするやり方と、言葉が口から出てくるまでは自分が何を言いたいのかわかっておらず、書くこと自体が探索であるようなやり方です。ル＝グウィンは本書の収録作品の中で、「芸術作品の中に住む」を後者のアプローチを用いた例として挙げ、次のように言います。「物語を書いているときにするように、思考の直接的手段あるいは形式として散文を用いることができるとき――知っていることや信じていることを言う方法や、メッセージを運ぶ乗り物としてではなく、書く前には知らなかったことに至る探求、あるいは発見の旅として散文を用いることができるとき、私は自分が散文を適切に用いていると感じる。本書に収めた長めの作品の中でも、『芸術作品の中に住む』が特に気に入っているのは、おそらく、そのためだろう」と。

私はル＝グウィンの別の本、『いまファンタジーにできること』に収録されている「メッセージについてのメッセージ」という文章が、その歯切れの良さも含めて大好きですが、物語がメッセージを運ぶ乗り物ではないということはわかっても、物語が、読者である私に何をするのか、どういう作用を及ぼすのか、ということが、よくわからないでいました。「芸術作品の中に住む」を読んで初めて、それがわかった気がします。このエッセイの最後の一文はとても切なく美しいものです。

前者のアプローチを用いてメッセージを伝えるエッセイ・講演の好例は本書の中にいくらでも見つかるはずですが、ル＝グウィンが「前書き」で取り上げたのは、全米図書協会から米文学功労勲章を授与された際のスピーチ、「自由」でした。準備期間六か月、発表時間六分の究極のメッセージ伝達とも言うべきものです。

「前書き」でこの長短二篇、「芸術作品の中に住む」と「自由」を取り上げたところにル＝グウィンの凄さを感じます。ル＝グウィンはどちらの書き方もすばらしくうまくやってのけます。そして物語を語るようなエッセイには純粋な喜びを見出し、メッセージを伝えるスピーチには使命感をもって臨み、任務を果たして安堵するのです。

さて、本書の第二のセクションの作家・作品論の多くは、古典的な作品や定評のある作品が新しい版で出るときに依頼されて書いた序文・紹介文です。それらは日本の読者にとっても優れた読書ガイドになることでしょう。また、過去に読んだ作品について、いろいろ嬉しい発見や再発見をする方も多いだろうと思います。

次の第三のセクションは、主にイギリスの『ガーディアン』紙に掲載された書評から成りますが、ほかの定期刊行物で発表されたもの、未発表のものも含まれています。

第二のセクション、第三のセクションのいずれにも、ル＝グウィンが自ら本を選んで書いたと明記しているものや、そのように明記はされていなくとも、その本について書きたいというル＝グウィンの意思が強く感じられるものがあります。そういう紹介文や書評は、こもっている熱が違います。米国西部の風土や人へのル＝グウィンの愛情や、内容が良いのに読まれなくなってしまった本を惜しみ、再び読まれるようにしたいという熱意に、心を打たれます。

なお、本書全体を通して、邦訳についての情報は網羅的なものではありません。また、図書館や古書店でしか見つけられないものも多く含まれています。ご了承ください。

第四のセクションは、一九九四年に女性の書き手のための村に一週間滞在したときの日記で、美しい自然と仕事のプレッシャー、ひとりきりの時間の過ごし方、心と体のバランス、ささやかな人間関係の機微などが描かれています。この時期、ル＝グウィンは六十五歳だったはずで、おそらくはまだ現役の主婦や母親としての感覚が残っていたことでしょう。急にひとりになり、好きなだけ仕事ができるようになったことへの反応から、逆に、彼女がそれまでにどのように、主婦や母親としての役割と作家としての活動を両立させてきたかが窺えます。

最後に楽しみな話題をひとつ。発表は大分前だったようなので、ご存じの方も多いかと思います。The Ursula K. Le Guin Prize for Fiction という文学賞が創設されたそうですね。訳すとすれば、アーシュラ・K・ル＝グウィン小説賞、という感じでしょうか。このニュースを知り、ル＝グウィンのオフィシャルサイトに飛んでいって確認しました。望まれる書き手の像として、あの「自由」のスピーチに用いられていた表現がそのまま用いられ、そのような書き手を讃え、援助するための賞である旨が記されていました。

年に一度、想像力に富むフィクションの、出版された作品を対象として、二万五千ドルのキャッシュが贈られるとのことです。最終候補作品が既に九作品決まっていて、第一回の受賞作は二〇二二年十月二十一日（ル＝グウィンさんの誕生日！）に発表される予定。この本が出る頃にはもう、受賞作が決まっているのですね。

本書の刊行に際しては、多くの方に大変お世話になり、ありがとうございました。

引用文に訳をつけるにあたり、しばしば既訳をお借りしました。その際には必ず、訳者の方のお名前を明記するように致しました。訳を使わせていただいた訳者の皆さまに厚く御礼申し上げます。引用文の訳文にどなたのお名前も明記されていない場合は、私自身による訳ですが、既訳を参考にさせていただいた場合があります。また粗筋の紹介などの場合にも、参考にさせていただいた場合があります。ありがとうございました。

本書は幅広く、かつ奥深い内容で、私にとって難しい本でした。直接に、また書籍やウェブサイトを通して多くの方にお知恵を貸していただき、深く感謝しております。とりわけ、いつもお世話になっているロバート・リードさんに、今回も読解上の質問をたくさんさせていただきました。ありがとうございました。

『暇なんかないわ』に引き続き、編集を担当してくださった島田和俊さんはじめ、誤字や誤綴りを丁寧にチェックしてくださった校正担当者の方々、本を世に出してくださったそのほかの皆さまに厚く御礼申し上げます。

そして、この本を手にしてくださっているあなたに、心からの感謝をささげます。

二〇二二年九月

谷垣暁美

「書評」初出一覧

マーガレット・アトウッド『洪水の年』――『ガーディアン』紙、2009年7月掲載
ロベルト・ボラーニョ『ムッシュー・パン』――『ガーディアン』紙、2011年1月掲載
ジェラルディン・ブルックス『古書の来歴』――『ガーディアン』紙、2008年1月掲載
イタロ・カルヴィーノ『レ・コスミコミケ　完全版』――『ガーディアン』紙、2009年6月掲載
キャロル・エムシュウィラー『ルドイト』――『ウィメンズ・レビュー・オブ・ブックス』誌、1997年掲載、2002年加筆
ケント・ハルフ『夜のふたりの魂』――2016年執筆、未発表
トーベ・ヤンソン『誠実な詐欺師』――『ガーディアン』紙、2009年12月掲載
チャイナ・ミエヴィル『言語都市』――『ガーディアン』紙、2011年4月掲載
チャイナ・ミエヴィル『爆発の三つの欠片』――『ガーディアン』紙、2015年7月掲載
デイヴィッド・ミッチェル『ボーン・クロックス』――『ガーディアン』紙、2014年9月掲載
ジャン・モリス『ハヴ』――『ガーディアン』紙、2006年6月掲載
ジュリー・オオツカ『屋根裏の仏さま』――『ガーディアン』紙、2011年12月掲載
ジョゼ・サラマーゴ『大地より立ちて』――『ガーディアン』紙、2012年10月掲載
ジョー・ウォルトン『図書室の魔法』――『ガーディアン』紙、2013年3月掲載
シュテファン・ツヴァイク『変身の魅惑』――『リテラリー・レビュー』誌、2009年3月掲載

なお、以下の書評については、紙幅の都合もあり、権利者の了解を得たうえで、日本語版には収録しないことにいたしました。

Margaret Atwood, *Moral Disorder*. Published in the *Guardian*, September 2006.
Margaret Atwood, *Stone Mattress*. Published in the *Financial Times*, September 2014.
J. G. Ballard, *Kingdom Come*. Published in the *Guardian*, July 2006.
T. C. Boyle, *When the Killing's Done*. Published in the *Guardian*, April 2011.
Margaret Drabble, *The Sea Lady*. Published in the *Guardian*, July 2006.
Alan Garner, *Boneland*. Published in the *Guardian*, August 2012.
Kent Haruf, *Benediction*. Published in the *Literary Review*, February 2014.
Barbara Kingsolver, *Flight Behavior*. Published in the *Literary Review*, December 2012.
Chang-Rae Lee, *On Such a Full Sea*. Published in the *Guardian*, February 2014.
Doris Lessing, *The Cleft*. Published in the *Guardian*, March 2007.
Donna Leon, *Suffer the Little Children*. Published in the *Guardian*, April 2007.
Yann Martel, *The High Mountains of Portugal*. Written in 2016, not previously published.
Salman Rushdie, *The Enchantress of Florence*. Published in the *Guardian Unlimited*, July 2014.
Salman Rushdie, *Two Years, Eight Months, and Twenty-Eight Nights*. Written in 2015, not previously published.
José Saramago, *Skylight*. Published in the *Guardian*, June 2014.
Sylvia Townsend Warner, *Dorset Stories*. Not previously published.
Jeanette Winterson, *Stone Gods*. Published in the *Guardian*, August 2007.

著者略歴

アーシュラ・K・ル＝グウィン

Ursula K. Le Guin

1929年カリフォルニア州生まれ。コロンビア大学などで、ルネサンス期のフランス文学・イタリア文学を専攻。1969年に長篇『闇の左手』でヒューゴー、ネビュラ両賞を受賞し、高い評価を得る。おもな長篇に『ゲド戦記』(〈アースシー〉の物語)、『所有せざる人々』、『ギフト』『ヴォイス』『パワー』の〈西のはての年代記〉3部作、『ラウィーニア』など、おもな短篇集に『オルシニア国物語』、『風の十二方位』、『なつかしく謎めいて』など、評論に『いまファンタジーにできること』、『夜の言葉』、『世界の果てでダンス』、『ファンタジーと言葉』、『暇なんかないわ　大切なことを考えるのに忙しくて』、『文体の舵をとれ』などがある。

訳者略歴

谷垣暁美（たにがき・あけみ）

1988年から翻訳に従事。訳書に、U・K・ル＝グウィン『ギフト』『ヴォイス』『パワー』(〈西のはての年代記〉シリーズ)、『ラウィーニア』、『なつかしく謎めいて』、『いまファンタジーにできること』、『暇なんかないわ　大切なことを考えるのに忙しくて』、P・ギアリー『ストレンジ・トイズ』(いずれも河出書房新社)、G・フォード『言葉人形』(東京創元社)、W・トレヴァー『恋と夏』、A・ロス『ミスター・ピーナッツ』(ともに国書刊行会)、D・ヒーリー『抗うつ薬の功罪』、J・ラニアー、『万物創生をはじめよう』(ともにみすず書房)ほか。

www.ursulakleguin.com

私と言葉たち

2022年11月20日　初版印刷
2022年11月30日　初版発行

著　者　アーシュラ・K・ル＝グウィン
訳　者　谷垣暁美
装　丁　山田英春
発行者　小野寺優
発行所　株式会社河出書房新社
〒151-0051　東京都渋谷区千駄ヶ谷2-32-2
電話　(03) 3404-1201〔営業〕(03) 3404-8611〔編集〕
https://www.kawade.co.jp/
組版　株式会社創都
印刷　モリモト印刷株式会社
製本　大口製本印刷株式会社

Printed in Japan
ISBN978-4-309-20872-5
落丁本・乱丁本はお取り替えいたします。

河出書房新社の海外文芸書

ギフト　西のはての年代記Ⅰ

アーシュラ・K・ル＝グウィン　谷垣暁美訳

ル＝グウィンが描く、〈ゲド戦記〉以来のYAファンタジーシリーズ第一作！〈ギフト〉と呼ばれる不思議な能力を受け継いだ少年オレックは、強すぎる力を持つ恐るべき者として父親に目を封印される——。

ヴォイス　西のはての年代記Ⅱ

アーシュラ・K・ル＝グウィン　谷垣暁美訳

〈西のはて〉を舞台にしたファンタジーシリーズ第二作！　文字を邪悪なものとする禁書の地で、少女メマーは一族の館に本が隠されていることを知り、当主からひそかに教育を受ける——。

パワー（上下）　西のはての年代記Ⅲ

アーシュラ・K・ル＝グウィン　谷垣暁美訳

〈西のはて〉の物語ついに完結！　都市国家エトラで奴隷として育った少年ガヴィアには、不思議な幻を見る力があった。その多くが現実となるなか、悲惨な事件が起こり——。ネビュラ賞受賞。

ラウィーニア

アーシュラ・K・ル＝グウィン　谷垣暁美訳

SF／ファンタジー界に君臨するル・グウィンの最高傑作、遂に登場！　英雄叙事詩『アエネーイス』に想を得て古代イタリアの王女として生きた一人の女性の数奇な運命を描いた、壮大な愛の物語。

河出書房新社の海外文芸書

いまファンタジーにできること

アーシュラ・K・ル＝グウィン　谷垣暁美訳

『指輪物語』『ドリトル先生物語』『少年キム』『黒馬物語』など名作の読み方と、ファンタジーの可能性を追求する最新評論集。「子どもの本の動物たち」「ピーターラビット再読」など。

暇なんかないわ　大切なことを考えるのに忙しくて　ル＝グウィンのエッセイ

アーシュラ・K・ル＝グウィン　谷垣暁美訳

美しい自然や動植物、文学、音楽から、軍服、罵り言葉、愛猫パードまで。「アメリカSFの女王」が、自らの人生経験をふまえて繊細かつ奔放に綴った2010年代のエッセイを集成。

血を分けた子ども

オクテイヴィア・E・バトラー　藤井光訳

ジャネル・モネイやN・K・ジェミシンらが崇拝するブラックフェミニズムの伝説的SF作家による、ヒューゴー賞、ネビュラ賞、ローカス賞の三冠に輝いた表題作を含む唯一の作品集。

キンドレッド

オクテイヴィア・E・バトラー　風呂本惇子／岡地尚弘訳

謎の声に呼ばれ、奴隷制時代のアメリカ南部へのタイムスリップを繰り返す黒人女性のディナ。人間の価値を問う、アフリカ系アメリカ人の伝説的作家による名著がついに文庫化。

河出書房新社の海外文芸書

十二月の十日

ジョージ・ソーンダーズ　岸本佐知子訳

中世テーマパークで働く若者、賞金で奇妙な庭の装飾を買う父親、薬物実験のモルモット……ダメ人間たちの何気ない日常を笑いとSF的想像力で描く最重要アメリカ作家のベストセラー短篇集。

リンカーンとさまよえる霊魂たち

ジョージ・ソーンダーズ　上岡伸雄訳

南北戦争の最中、急死した愛息の墓を訪ねたリンカーンに接し、霊魂たちが壮大な企てをはじめる。個性豊かな霊魂たちが活躍する全米ベストセラー感動作。2017年ブッカー賞受賞。

セミ

ショーン・タン　岸本佐知子訳

セミが人間と一緒に会社で働いている。誰からも認められず昇進もせず、それでも17年間コツコツと……。誰の心にも残る、印象的な、静かで過激な問題作。

遠い町から来た話

ショーン・タン　岸本佐知子訳

誰にも愛されなかった物からペットを手作りすることやちっちゃな交換留学生のこと——平凡な毎日の奇妙で魔術的な断片に光を当て多様なスタイルの絵と共に紡いだ珠玉の名作！